Ciudad de ACHLEVA

Finca Corvalis

La torre

El castillo

Plaza de la ciudad

El Tarro y la Jarra

Bosque de Ebonwilde

Nihil Nunc Salvet Te

HOJA DE SANGRE

GRANTRAVESÍA

CRYSTAL SMITH

HOJA DE SANGRE

Traducción de
Enrique Mercado

GRANTRAVESÍA

Hoja de sangre

Título original: *Bloodleaf*

© 2019, Crystal Smith

Traducción: Enrique Mercado

Ilustración de portada: © 2019, Billelis
Basada en el concepto de Crystal Smith y Erin Fitzsimmons
Diseño de portada: Jessica Handelman
Mapa: Francesca Baerald
Fotografía de la autora: Katey Campbell Jones

D. R. © 2019, Editorial Océano de México, S.A. de C.V.
Homero 1500 - 402, Col. Polanco
Miguel Hidalgo, 11560, Ciudad de México
www.oceano.mx
www.grantravesia.com

Primera edición: 2019

ISBN: 978-607-527-975-6

A Jamison y Lincoln.
¿Saben qué? Son los mejores.

Y a Keaton.
Te amo.

PARTE UNO
RENALT

1

La horca había sido erigida a la sombra de la torre del reloj, en parte para que los espectadores presenciaran las ejecuciones sin que el sol les diera de frente y en parte también para que el Tribunal consumara sus crímenes a la hora precisa. Orden en todas las cosas, ése era su lema.

Fijé mi capa alrededor del mentón y mantuve la cabeza inclinada mientras la multitud convergía en la plaza bajo la torre. Era una mañana fría; el aliento salía de mi boca en nubes tenues que se elevaban y desaparecían en la niebla. Miré cautelosamente a izquierda y derecha por debajo de mi capucha.

—Es un buen día para una ejecución —dijo con tono informal el hombre que estaba a mi lado.

Aparté al instante la mirada, incapaz de verlo a los ojos por temor a que reparara en los míos. Aunque era extraño que se determinara que alguien era una bruja por un rasgo tan trivial como el color de sus ojos, había precedentes.

Un murmullo se extendió por el gentío cuando dos mujeres fueron empujadas escaleras arriba hasta la plataforma. Las dos habían sido acusadas de brujería. La primera sacudía tanto sus esposadas manos que pude escuchar el tintineo de sus cadenas desde mi lejano lugar entre la muchedumbre. La segunda, más joven, de rostro triste y hombros caídos, permanecía inmóvil. Las dos vestían harapos y exhibían manchas de tierra en sus mejillas pálidas y sus enmarañados cabellos. Quizá llevaban varios días sin comer, y por eso estaban tan desesperadas y furiosas. Ésta era una táctica calculada: si las mujeres acusadas de brujería ofrecían en el cadalso una apariencia trastornada e infrahumana, eso no sólo disipaba las reservas del par de escrupulosos que dudaran de las prácticas del Tribunal, sino también contribuía a un espectáculo más entretenido.

El hombre que me había hablado se acercó.

—Estas ejecuciones son una diversión fabulosa, ¿no le parece? —intenté ignorarlo pero se inclinó y repitió en voz baja—: ¿No le parece, *princesa*?

Asustada, fijé la vista en un par de ojos resueltos de color café oscuro, flanqueados por una boca adusta y una ceja en alto.

—Kellan —murmuré exasperada—, ¿qué haces aquí?

Apretó la mandíbula y unas sombras se acumularon bajo sus pómulos cobrizos.

—Es mi deber protegerla, así que tal vez usted pueda decirme qué hace aquí, y responder mi pregunta y la suya al mismo tiempo.

—Quería salir.

—¿*Salir*? ¿Para venir a este sitio? Bueno, vámonos —me tomó del codo y me solté.

—Si me sacas ahora, haré una escena. ¿Eso es lo que quieres? ¿Que llame la atención?

Frunció los labios. Nombrado teniente del regimiento de la familia real a los quince años y mi guardia personal a los diecisiete, ahora, a los veinte, llevaba ya algún tiempo sujeto al juramento de protegerme. Y lo sabía: lo único más peligroso para mi bienestar que una agitada turba de enemigos de brujas sería alertarlos de mi presencia, así que, aunque le dolió hacerlo, cedió.

—¿Por qué desea estar aquí, "princesa"? ¿Qué puede tener esto de bueno para usted?

Carecía de una respuesta razonable, así que no contesté. En cambio, me puse a juguetear nerviosamente con la pulsera de dijes que colgaba de mi enguantada muñeca; era el último regalo de mi difunto padre, y usarla siempre causaba en mí un efecto relajante. Además, necesitaba serenidad justo ahora que llegaba el verdugo, vestido de negro y seguido por un clérigo del Tribunal, quien anunció que el gran magistrado Toris de Lena subiría al estrado para dirigir la ceremonia.

Toris lucía imponente, con su cuello almidonado y su rígida capa negra del Tribunal. Caminó de un lado a otro, con el Libro de Órdenes del fundador contra el pecho; era la imagen misma de la pesadumbre.

—¡Hermanos y hermanas! —empezó—. Es con gran tristeza que nos reunimos hoy. Tenemos ante nosotros a las señoras Mabel Lawrence Doyle e Hilda Everett Gable. Acusadas de practicar artes arcanas, las dos fueron juzgadas y condenadas por el justo Tribunal —levantó un pequeño frasco con un líquido rojo que pendía de su cuello para que todos lo viéramos—. Soy el magistrado Toris de Lena, portador de la sangre del fundador, y fui seleccionado para presidir esta ceremonia.

—No entiendo —dijo Kellan en mi oído—. ¿Se impuso usted el reto de estar en medio de sus enemigos y enfrentar sus temores?

Fruncí el ceño. Por supuesto que temía que me arrestaran, juzgaran y ejecutaran públicamente, pero éste era sólo un caballo negro más en mi enorme establo de pesadillas.

—Mi pueblo no es mi enemigo —insistí mientras la gente coreaba a mi alrededor, con el puño en alto: *¡Cuélgalas! ¡Cuélgalas!*

Justo en ese momento vi que una tenue sombra pasaba frente a la joven —Mabel— y se detenía junto a ella. Titiló a sus pies y cobró forma con la niebla matutina, hasta definirse por entero; el aire se enfrió más en la plaza cuando ese espíritu nebuloso absorbió calor y energía. Era un niño, de no más de siete años de edad, que se prendió de las faldas de la mujer encadenada.

Nadie lo tocó. Nadie miró siquiera hacia él. Quizá yo era la única persona que podía verlo. Aun así, Mabel sabía que el chico estaba ahí y su rostro resplandeció con algo que no pude identificar: dolor, alegría o alivio.

—Conozco a esa señora —murmuró Kellan—. Su esposo iba a Greythorne a vender libros, al menos dos o tres veces cada temporada. Murió el año pasado; fue uno de los que se contagiaron de la horrible fiebre que cundió a principios del invierno. Junto con un hijo suyo, además.

A pesar de que yo también conocía a Mabel, no podía arriesgarme a decírselo a Kellan.

La torre del reloj marcaba un minuto antes de la hora y el florido discurso de Toris llegaba a su fin.

—Es su turno de hablar —dijo a las mujeres cuando el verdugo hizo descender la soga por su cabeza y la fijó en su cuello—. Señora Mabel Lawrence Doyle, ha sido juzgada y condenada por el justo Tribunal por el delito de distribuir textos ilícitos y tratar de resucitar a los muertos con el uso de magia y brujería, en desacato a nuestro Libro de Órdenes. Por la sangre del fundador, ha sido sentenciada a morir. Diga sus últimas palabras.

Me paralicé, a la espera de que Mabel apuntara un dedo hacia mí y me llamara por mi nombre, de que cambiara su vida por la mía.

En lugar de eso, dijo:

—Estoy en paz, nada tengo de qué arrepentirme —y miró al cielo.

Una fragancia conocida circuló en torno mío: un olor a rosas, pese a que la temporada apenas comenzaba. Yo sabía lo que eso quería decir, pero cuando miré a ambos lados no vi ningún indicio de ella. El Heraldo.

Toris volteó hacia la segunda mujer, cuyo cuerpo se estremecía con violencia.

—Hilda Everett Gable, ha sido juzgada y condenada por el justo Tribunal por el delito de usar brujería para perjudicar a la esposa de su hijo, en desacato a nuestro Libro de Órdenes. Por la sangre del fundador, ha sido sentenciada a morir. Diga sus últimas palabras.

—¡Soy inocente! —exclamó Hilda—. ¡Nada hice! ¡Ella mintió, ya lo dije! ¡Ella mintió! —dirigió sus temblorosas y atadas manos a una mujer que se encontraba en las filas delanteras—. ¡Embustera! ¡Falsaria! ¡Pagarás por lo que hiciste! ¡Pagarás por…!

El reloj dio la hora y la campana retumbó entre la gente. Toris inclinó la cabeza y pronunció sobre el ruido:

—*Nihil nunc salvet te* —*Nada te puede salvar ahora.*

A una señal, el verdugo hizo que el suelo bajo las mujeres se abriera. Lancé un grito; Kellan ocultó mi cara en su hombro para amortiguarlo.

La campana sonó nueve veces y calló. Los pies de las mujeres aún se movían.

La voz de Kellan era más amable ahora:

—No sé qué pensó usted que vería aquí.

Quiso alejarme para protegerme, pero me zafé. Aunque estar cerca de una transición de la vida a la muerte siempre hacía que se me revolviera el estómago, debía presenciar ésta. Tenía que ver.

El cuerpo de Mabel se había aquietado por completo, pero el aire a su alrededor brillaba. Era extraño ver a un alma desprenderse de su cuerpo, cómo salía de ese caparazón grotesco de la misma manera en que una dama elegante se quita una capa vieja y enfangada. Al momento en que emergió, Mabel vio que su hijo la aguardaba y se aproximó a él. Desaparecieron en cuanto se tocaron; de esa manera pasaron de la frontera al más allá, fuera de mi vista.

Hilda tardó más tiempo en morir. Amordazada y farfullante, los ojos amenazaban con salir de sus cuencas. Cuando esto ocurrió, fue horrible. Su alma se separó del cuerpo con lo que habría sido un gruñido si hubiera hecho ruido. Su espectro arremetió entonces contra la mujer a la que había señalado entre el gentío, pero ésta no se dio cuenta; estaba atenta al lamentable costal de huesos que se mecía en un extremo de la soga.

—¿Desea reclamar el cuerpo de su suegra? —preguntó Toris.

—¡No! —contestó ella con énfasis—. Quémelo.

El fantasma de Hilda vociferó en silencio y arrastró sus intangibles uñas por el rostro de la nuera. Ésta palideció y llevó la mano a su mejilla. Me pregunté si la cólera de Hilda le había dado a su espíritu suficiente energía para realizar un verdadero contacto.

No envidié a la nuera. Quizás Hilda se quedaría indefinidamente en la frontera, para perseguir a su delatora, gritarle en silencio y enturbiar el aire con su odio. Yo ya lo había visto suceder.

—¡*Vámonos*, Aurelia! —Kellan empleó mi nombre en lugar de mi título; estaba muy nervioso.

La gente comenzó a alterarse y a empujar hacia delante mientras los cuerpos eran bajados del cadalso. Alguien junto a mí me dio un fuerte empujón que me hizo caer sobre los adoquines, y aunque extendí las manos para aminorar mi caída, mi peso recayó sobre mi muñeca. No estuve mucho tiempo en el suelo: Kellan me ayudó a ponerme en pie de inmediato y me rodeó con sus brazos como una jaula protectora, al tiempo que se abría camino entre el tumulto.

Sentí con la otra mano el vacío en mi muñeca.

—¡Mi pulsera! —grité mientras intentaba ver por encima del hombro el lugar donde había caído, pese a que el suelo ya no era visible entre tantos cuerpos—. Debe de haberse roto cuando tropecé...

—¡Olvídela! —dijo Kellan, firme y amablemente; sabía lo importante que era para mí—. Se perdió, debemos *irnos*.

Me desprendí de él y me introduje de nuevo entre el tumulto; con los ojos fijos en el piso, empujaba si me empujaban, esperanzada en encontrar mi pulsera. Pero Kellan tenía razón: se había perdido sin remedio. Él me alcanzó y esta vez me sujetó con vigor, aun cuando yo no tenía intención de forcejear: los silbatos ya estaban sonando. En unos minutos, los clérigos del Tribunal marcharían entre la multitud para cargar con todo aquel que pareciera falto del necesario entusiasmo por la causa. Había dos nuevas vacantes en las celdas del Tribunal, y nunca permanecían desocupadas mucho tiempo.

★

Menos de una hora después, me encontraba bajo el tragaluz de la antecámara de mi madre, donde contemplaba la aún inconclusa creación de gasa color marfil y cristales resplandecientes y diminutos —miles de ellos— que pronto se convertirían en mi vestido de bodas. Éste sería el atuendo más extravagante que me hubiera puesto alguna vez en mis diecisiete años de vida. En Renalt, la influencia del Tribunal llegaba hasta la moda, de manera que la ropa debía reflejar los ideales de recato, sencillez y austeridad. Las únicas excepciones permisibles eran las bodas y los funerales; la celebración se reservaba para los acontecimientos que reducían tus oportunidades de pecar.

Este vestido era el regalo de bodas de mi madre, cuyas manos habían cosido hasta la última puntada.

Acaricié el encaje de una manga terminada y su finura me maravilló antes de recordar lo infeliz que sería el día que me la pusiera. La ocasión estaba más cerca a cada momento. Fijada para beltane, el primer día de quintus, faltaban poco más de seis semanas para mi boda, que ya se vislumbraba amenazadora en el horizonte.

Suspiré, me enderecé y atravesé la puerta a la habitación contigua, lista para la batalla.

Mi madre daba vueltas al otro lado de su mesa y sus faldas crujían con cada uno de sus inquietos pasos. La consejera más íntima y antigua de nuestra familia, Onal, se encontraba sentada, muy erguida, en una de las sillas menos cómodas del salón y sorbía su té con apretados labios morenos y un desdén cuidadosamente cultivado. Al ruido de la puerta, los azules ojos de mi madre volaron hacia mí, y su ansiedad entera se relajó en el acto, como la cuerda de un arco al romperse.

—¡Aurelia! —usaba mi nombre como un apodo; Onal tomó otro lento sorbo de su té. Metí las manos en los bolsillos con la intención de parecer avergonzada y contrita, aunque no me sentía así, pero todo esto terminaría más rápido si mi madre me creía arrepentida—. ¿Fuiste sola a la ciudad esta mañana? ¿Te has vuelto loca? —tomó una pila de papeles y los sacudió en mi dirección—. Éstas son las cartas que he recibido esta semana, ¡esta semana!, pidiendo que el Tribunal te investigue. Allá —señaló otra pila, de cinco centímetros de alto— están las posibles amenazas en tu contra que mis informantes han reunido desde principios de mes. Y aquí —abrió un cajón— se reúnen las predicciones más fanáticas y poéticas de tu caída que hemos recibido desde comienzos de este año. Déjame leerte una, ¿te parece? Veamos… bien: ésta contiene una metodología muy detallada de cómo determinar si eres bruja; implica una daga afilada y un completo examen de la cara interior de tu piel.

No tuve valor para contarle de la cabeza de gato que había descubierto en mi armario la semana anterior, junto a un garabateado rezo rural contra las brujas, ni de las equis rojas que alguien había trazado bajo mi silla de montar preferida, un antiguo maleficio destinado a volver loco a un caballo a fin de que derribara a su jinete. No necesitaba que me recordaran el odio que se me tenía. Lo sabía mejor que ella.

—¿Quieren desollarme viva? —pregunté con ligereza—. ¿Eso es todo?

—Y quemarte —observó Onal detrás de su taza de té.

—Resta una semana para tu partida —soltó mi madre—. ¿Podrás dejar de meterte en problemas hasta entonces? Estoy segura de que cuando seas reina de Achleva, podrás ir y venir como te plazca. Podrás ir a la ciudad y hacer… lo que sea que hayas ido a hacer hoy.

—Fui a una ejecución.

—¡Que el cielo me ampare! ¿A una *ejecución*? ¡Es como si *quisieras* que el Tribunal te persiga! Somos muy afortunadas de tener a Toris infiltrado ahí.

—Muy afortunadas —repetí.

Ella podría pensar que Toris, el viudo de su prima más querida, era el aliado de confianza de la corona que mantenía al Tribunal bajo control, pero a mí nadie me sacaba de la cabeza que él disfrutaba el papel que había desempeñado en la horca.

—¡Aurelia! —mamá me examinó de pies a cabeza.

Supe lo que veía: una maraña de cabello descolorido y ojos que debían haber sido azules, pero no lo eran, no del todo, porque se inclinaban más al plateado. Aparte de estos atributos, mi apariencia no era particularmente desagradable, pero mis rasgos y tendencias peculiares me distinguían, me hacían *extraña*. Y los habitantes de Renalt desconfiaban lo suficiente de mí a causa de mi mera existencia.

Era la primera princesa de Renalt nacida de la corona en cerca de dos siglos, o al menos la primera que no había sido regalada en secreto al nacer. Era mi deber cumplir el pacto que había puesto fin a la centenaria guerra entre nuestro país y Achleva, y casarme con su nuevo heredero. Durante ciento setenta y seis años nuestro pueblo había creído que la ausencia de mujeres en la familia real era un signo de que no debíamos aliarnos jamás con los asquerosos y hedonistas habitantes de Achleva, una prueba de nuestra superioridad moral. Mi nacimiento sacudió su fe en la monarquía; en los reyes que, primero, tuvieron el descaro de tener una hija y, más tarde, de conservarla.

A veces, yo estaba de acuerdo con ellos.

Un golpe en la puerta rompió el tenso silencio. Mi madre dijo:

—Hágalo pasar, sir Greythorne.

Kellan entró, miró a su alrededor e hizo un ademán a sus espaldas.

Un hombre emergió detrás de él. Vestido con un traje de terciopelo arrugado del color del cielo crepuscular, una banda dorada cruzaba su pecho, fijada por un broche en forma de nudo de tres puntas. En su oreja centellaba un audaz arete de rubí, y en su dedo el sello plateado de un cuervo con las alas extendidas. Tenía una mata fulgurante de cabello negro, aunque sin el toque grisáceo que debía acompañar a su edad. De un colorido asombroso, era un vitral en un mundo compuesto por hojas de vidrio emplomado.

Era de Achleva.

2

Mi madre se asomó detrás de Kellan.

—¿No los siguieron?

—No.

—¿Qué hay de los guardias de los jardines?

—Ya fueron despachados. Tenemos una hora antes de que lleguen sus reemplazos.

—¿Y los de las habitaciones?

—También me encargué de ellos.

Mi madre presentó al elegante desconocido.

—Aurelia, éste es lord Simon Silvis, cuñado de Domhnall, rey de Achleva, y tío de Valentin, príncipe de Achleva. Bienvenido, lord Simon, nuestro huésped de honor —lo besó en ambas mejillas.

Confundida, desvié la mirada, repentinamente fascinada por las uvas de cristal y hojas de seda en la base de un candelero próximo.

—Hola, Aurelia —comenzó él—, me alegra verte de nuevo.

—¿De nuevo?

—Eras una bebé la última vez que te vi, muy pequeña aún. Apenas pude dirigirte una mirada, porque tu madre no te soltaba de sus brazos.

—Me temo que las cosas han cambiado. Ahora no puede esperar para verme partir.

—¿Quién podría culparme? —ella frunció el ceño—. Le he pedido a Simon que te acompañe a Achleva. Él conoce la mejor ruta de viaje. Te llevará murallas adentro y, al fin, junto a Valentin.

Ante la mención del nombre de mi futuro esposo, bajé la vista. Sabía muy poco de él más allá del puñado de formales y aburridas cartas que nos habíamos visto obligados a intercambiar cuando éramos niños.

—Estás nerviosa por la boda, ¿cierto? —dijo Simon.

De mi boca salió un torrente de preguntas:

—¿Es verdad que está enfermo? ¿Postrado en cama y medio ciego? ¿Que su madre perdió la razón por cuidarlo? —quise tragarme mis palabras al instante—. No, no, lo siento, eso fue una falta de delicadeza.

Si la brusquedad de mis interrogantes lo irritó, no dio muestras de ello.

—Conozco muy bien al príncipe —dijo con prudencia—. Lo conozco desde que nació. Lo tengo en muy alta estima, como si fuera mi hijo. Valentin no ha tenido una vida fácil, a decir verdad, pero es una persona honorable y decidida. La firmeza de su carácter opaca sus padecimientos. Será un buen esposo para ti y, algún día, un buen rey.

—¿No está enfermo, entonces, ni loco como su madre?

Su semblante se ensombreció.

—Mi hermana tuvo una vida difícil y nos dejó demasiado pronto, pero no estaba loca. Te aseguro que su hijo es un alma valiosa. Y en cuanto a esas inquietudes tuyas… te sorprendería saber que él las comparte. Es probable que tengan en común más de lo que crees.

Mis dudas no cedieron.

—Sí, claro, ¡ya me imagino lo que se dice de mí en Achleva!

—Nadie sabe nada de ti, más allá de tu nombre y que serás su reina.

—¿No creen que soy una bruja?

—¿Bruja? —palideció—. ¡La superstición de Renalt...! Dicen rendir culto a Empírea cuando condenan a cualquiera con dones que sólo podrían ser concedidos por ese espíritu divino.

—"El arcano y corrompido poder de las brujas, quienes se sirven de rituales animalistas y sacrificios cruentos para comunicarse con los muertos, está en directo conflicto con la divina luz de Empírea" —recité.

Me miró un largo rato.

—Eso procede de una página del Libro de Órdenes del fundador, ¿no es así?

—Es la verdad —afirmé, aunque esperaba estar equivocada. Me había manchado tanto las manos de magia y sangre que, si eso era cierto, ya podía estar segura de que me condenarían.

Se sentó a mi lado y se inclinó con un gesto formal.

—No. La verdad es que hay poder en nuestro mundo, y que posee muchas formas y rostros, pero ninguna designación de bien o mal más allá del propósito de quien lo utiliza. Mírame, ¿te parezco malvado? Porque yo practico la magia de sangre...

Mis ojos volaron a su palma, donde era fácil distinguir cicatrices entrecruzadas.

—¡Suficiente con esto! —intervino mi madre—. No tenemos tiempo para lecciones ni discusiones en este momento. Gracias por venir, Simon. Sé que debe estar confundido por

24

esta reunión furtiva, cuando se merece una bienvenida fastuosa, pero vi una rara oportunidad y confié en que podríamos usarla para hacer efectivo el ofrecimiento que nos hizo hace tantos años. ¿Sabe a qué me refiero?

—Recuerdo ese ofrecimiento —respondió con gravedad—, y sigue en pie, pero las cosas han cambiado mucho en diecisiete años, su majestad. Yo era joven y fuerte, lo mismo que usted. Y su esposo vivía aún. Necesitamos tres participantes voluntarios, dos más, aparte de mí.

—Yo sería una, y Onal aceptó ser la otra.

—¿Aceptó qué? —pregunté—. ¿De qué hablan?

—Tu madre desea que haga un conjuro en tu beneficio —contestó Simon—. Aunque quizá no garantice tu seguridad, te dará más posibilidades de una supervivencia prolongada.

—Tenemos una hora —dijo mi madre—. ¿Es tiempo suficiente?

—Debería serlo.

—No pueden estar hablando en serio. ¿Hacer un conjuro? Tan sólo *mencionar* eso es peligroso —dije—. Si llegara a saberse, podría causar la *muerte* de todos ustedes. El Tribunal…

—No lo sabe —Onal levantó la barbilla para verme por debajo de sus gafas—. Nadie sabe de esto salvo quienes estamos aquí. De todos nosotros, tú deberías ser la última en discrepar por el uso de un poco de brujería.

Me mordí los labios. Todo lo que había hecho, lo había hecho sola; en caso de que me hubieran atrapado, las consecuencias habrían sido sólo mías.

—No vale la pena —repliqué—, por una sola persona —no valía la pena por *mí*.

—Necesito un paño —dijo Simon—, algo asociado con Aurelia. ¿Tiene un pañuelo, milady, una mascada?

—¿Esto podría servir? —mi madre fue hasta su escritorio y sacó un trozo cuadrado de seda, en uno de cuyos ribetes estaba bordada una parra plateada. Era la tela del puño de mi vestido de bodas. Con una punzada de culpa, supuse que lo había arrancado luego de la centésima ocasión en que le dije que lo odiaba.

—Servirá —Simon tendió la tela frente a él y trazó sobre ella un patrón con el dedo.

Vencida por la curiosidad, me senté a su lado en la mesa.

—¿Qué tipo de conjuro es éste?

—Un amarre —continuó con el patrón—. Es un hechizo para unir nuestras vidas, la de la reina Genevieve, la de Onal y la mía, con la tuya —sus ojos dorados adquirieron un brillo solemne—. Una vez consumado, nuestras vidas protegerán la tuya.

—No entiendo.

—Quiere decir —terció mi madre— que no podrás morir hasta que nosotros hayamos muerto también.

Kellan daba zancadas cortas e impacientes por la habitación. Quizás esto le molestaba, dado que no era afecto a la superstición. No creía que yo fuera bruja, ni siquiera creía en brujas. Era práctico y concreto: confiaba en lo que podía ver y tocar, y en nada más. Por eso me sorprendió que preguntara de pronto:

—¿No podría haber un cuarto participante? Si el conjuro antepone varias vidas a la de la princesa, ¿ella no estaría más protegida si se añadiera una más?

—Deben ser sólo tres —respondió Simon—. El tres es un número sagrado. La única forma de reforzar el hechizo sería agregar múltiplos: seis o, mejor aún, nueve. ¿Hay más personas a las que podríamos confiarles este secreto? ¿Que atarían su vida a la de Aurelia?

—No —Kellan me miró—, nadie más —me dolió que lo dijera, pese a que era cierto; me contempló un segundo antes de proseguir—: Pero soy fuerte y conozco a Aurelia. Mi trabajo es protegerla. ¿No podría tomar el lugar de usted en el conjuro?

—Sigo una serie de reglas muy estrictas cuando practico la magia. Yo debo formar parte del hechizo; sacar sangre a otros sólo se permite si participan por voluntad propia y cuando el ejecutor del conjuro comparte la sangría. De no ser así, permitiría que tomaras mi sitio —se puso pensativo—, aunque, como dijiste, eres joven y fuerte.

—Onal tiene muchos años en su haber...

—¿Me está diciendo vieja, teniente? —preguntó sagazmente la aludida, a la par que batía sus largos y morenos dedos en su curtida mejilla—. Aun si no me queda mucho tiempo, jovencito, no llevo una vida de peligro. Podría vivir cien años y usted, morir en combate mañana.

—Tú ni siquiera crees en conjuros y hechicerías, Kellan —añadí con renuencia.

—No es necesario que crea —repuso Simon—. La magia existe aun si no se cree en ella.

—No creo —dijo Kellan—, pero quiero hacerlo. Por usted.

—¡Qué sentimental! —soltó Onal—. Bueno, está bien, tome mi sitio. De cualquier forma, no es que yo arda en deseos de morir por Aurelia...

—¿Morir por mí? —la idea era tan ridícula que estuve a punto de reír—. No, no... Simon no dijo eso. Él sólo dijo que ustedes morirían antes que yo, así que mientras vivan, yo viviré también... —la solemne expresión de todos me hizo callar.

Simon dijo con gentileza:

—Si hacemos este conjuro y en cualquier momento sufres una lesión que te exponga a la muerte, uno de nosotros morirá en tu lugar, y su gota de sangre se desvanecerá en el paño hasta que todos hayamos muerto.

Empecé a acongojarme.

—No quiero que tú, que ninguno de ustedes, muera por mí. Mi vida no vale la de los tres. Además, ¿por qué debemos cumplir a toda costa ese pacto? Han pasado doscientos años. A nadie le importa ya.

Mi madre fue la primera en hablar:

—Cumplir el pacto es la única forma de que te marches a Achleva.

—Renalt es mi hogar. Mi pueblo...

—Te quiere ver *muerta* —remató mi madre.

—No sería así —dije con mal sabor de boca—, si no fuera por el Tribunal.

Ya habíamos tenido muchas veces esta conversación, pero nunca habíamos llegado a nada. Para mi madre, el Tribunal era una realidad inmutable. Insinuar que podía ser desmantelado era como pedir que el cielo se viniera abajo o el agua desapareciera de los mares. Imposible.

—También Achleva te necesita, princesa —dijo Simon—. Muchas fuerzas trabajan contra la monarquía. Puede que Domhnall sea petulante y orgulloso, pero debemos mantenerlo en el trono hasta que el príncipe esté en condiciones de heredarlo. Por ahora, tenemos al menos un equilibrio tentativo. Me temo que si Renalt desconociera el pacto en este momento, casi nada impediría a los representantes de los lores apoderarse de la corona a expensas de vidas humanas.

—Estarás a salvo en Achleva —añadió mi madre—. Sólo tenemos que llevarte allá.

Simon hizo una seña.

—Dame tu mano.

Me quité los guantes con renuencia y puse mi mano sobre la suya, con la palma hacia arriba. Él hizo una pausa para mirar las tenues cicatrices blancas que la entrecruzaban antes de trazar con su navaja una nueva línea. Cuando la sangre empezó a manar de la herida, puso una vasija bajo mi mano para que cayera en ella.

—Ahora repite lo que voy a decir, palabra por palabra: "Mi sangre, libremente entregada". Dilo.

—Creí que la magia de sangre no requería sortilegios —tragué saliva—. Bueno... eso es lo que dicen —*Tonta*.

Me miró de reojo, con una ceja levantada.

—¿Ah, sí?

Alcé los hombros.

—Supongo que es un rumor —y agregué para disimular—: Mi sangre, libremente entregada.

—Está bien —puso una venda sobre mi palma para detener la hemorragia—. La curaremos mejor cuando hayamos terminado. Eso tendrá que bastar por ahora —depositó la daga en mis manos y dobló mis dedos en torno a ella. Después, de la bolsa en su pecho sacó una pequeña alforja de terciopelo. En cuanto tiró de las correas, tres piedras traslúcidas de cortes extraños cayeron en su palma—. Estas piedras son de luneocita.

Me las tendió para que las viera, aunque ya las conocía. El Tribunal las llamaba "piedras de los espíritus". Ser sorprendido en posesión de ellas equivalía a una confesión directa de brujería, tal vez la manera más rápida de asegurarse un collar de soga para el siguiente espectáculo en la plaza.

Dispuso las piedras en un gran triángulo en el centro de la habitación y el aire se sintió cargado de pronto, como la atmósfera de una tormenta eléctrica. Colocó una vasija en mi otra mano y me guio al centro de las piedras. Mientras las atravesaba, emitieron un momentáneo destello blanquiazul y enseguida se atenuaron. Vi pasar a toda prisa unas luces ante mis ojos y los oídos me zumbaron; en tanto, la daga de plata y la vasija se calentaban en mis manos.

—La luneocita es rara y preciosa y sólo se encuentra en filones bajo las líneas espirituales, los caminos que Empírea siguió cuando descendió del cielo para recorrer la tierra. Las piedras de luneocita son, en muchos sentidos, los residuos cristalizados de su poder. Nosotros las usamos como prisma, para reforzar nuestros conjuros, y como límite, para contener la magia dentro de los parámetros que elegimos.

Se paró en uno de los vértices del triángulo de luneocitas y mi madre y Kellan ocuparon su lugar en los otros. El zumbido en mis oídos se convirtió en un tarareo velado, casi un murmullo distante.

—Acércate a cada uno de nosotros. Extrae un poco de sangre de nuestras palmas y vacíala en la vasija, como lo hice contigo —y añadió en dirección a mi madre y Kellan—: Mientras ella hace eso, ustedes deben decir, palabra por palabra: "Mi sangre, libremente entregada".

Todos asentimos y di dos pasos hacia mi madre. Abrió con sosiego la palma y ni siquiera hizo una mueca cuando pasé la daga sobre ella. Cuando su sangre cayó en la vasija y se mezcló con la mía, dijo:

—Mi sangre, libremente entregada.

El murmullo en mis oídos aumentó de volumen mientras me dirigía a Simon. Tendió sus largos dedos y lo corté.

—Mi sangre, libremente entregada —dijo con determinación.

Titubeé en el trayecto hacia Kellan. Luces zigzagueantes pasaban frente a mis ojos, donde chocaban y convergían en vagas figuras.

—Algo está mal —dije.

—Nos hallamos en la frontera entre los planos material y espectral —explicó Simon—. Podría haber molestias. Prosigue.

Di los últimos pasos hacia Kellan. Sostuvo mi mirada y concentrarme en su rostro me permitió ignorar las leves y siseantes voces que al parecer sólo yo percibía. El ruido trajo consigo un frío presentimiento que hizo que mis manos temblaran. *Aurelia.* Escuché mi nombre en medio del murmullo. *Aurelia…*

—¡Aurelia! —Kellan tendió la palma y mi daga revoloteó por encima de ella—. Todo está bien —dijo—. Hazlo.

—No —bajé la navaja y el ruido se desvaneció—. Lo siento, no puedo.

—¡Debemos terminar esto! —exclamó mi madre—. Tenemos que…

—Es demasiado tarde —Kellan se alejó de mí para mirar por la ventana—. Ya llegaron los guardias. Se nos terminó el tiempo.

—¡Sáquela de aquí —ordenó Onal—, para que recojamos esto antes de que alguien entre y lo vea! Mi cuello es demasiado delicado para una soga.

—Actúa como si nada de esto hubiera sucedido —me instruyó mi madre—. Esta noche habrá un banquete de bienvenida para Simon. Tú asistirás, pero sólo después de que hayas pasado un largo rato en el santuario para que examines tus faltas. La gente debe verte en humilde adoración. Debe atestiguar tu devoción a Empírea, ver que eres normal.

—Así que finge —Onal sonrió.

Ni siquiera pude lanzarle una fulminante mirada decente porque Kellan me sacó de la habitación.

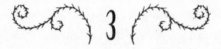

3

Mientras el resto del castillo preparaba un festín en honor de nuestro ilustre visitante, yo me encaminé a la pequeña capilla donde la familia real rendía culto en elegante aislamiento. De hecho, daba la impresión de que aunque Empírea exigía humildad y sencillez a sus adeptos, sus gustos tendían al despilfarro y la opulencia. El santuario estaba cubierto de seda y satén, decorado con oro y revestido de sillas de terciopelo con borlas. Pulidas columnas de mármol se elevaban hasta un techo cóncavo pintado con una representación del cielo nocturno, en la que risueños querubines se suspendían con gracia sobre las constelaciones, y oscuras y diabólicas figuras los acechaban desde abajo. Se suponía que este fresco simbolizaba nuestros impulsos humanos: los justos arriba y los inmorales abajo, pero yo siempre había pensado que falseaba la verdad de las cosas: los pecados eran gratos y encantadores, como los querubines. Y con sus dientes de fuera y ojos ansiosos, los demonios eran escandalosamente parecidos a las turbas fervientes que frecuentaban las concentraciones del Tribunal.

Yo temía a quienes odiaban a los pecadores mucho más que al pecado mismo.

Después de dejar que la puerta se cerrara tras de mí, puse el seguro y levanté la cortina de brocado que conducía al santuario, donde un centenar de velas blancas titilaban sobre candeleros dorados. Encendí una para mí y la puse junto al altar. Me arrodillé, susurré una apresurada disculpa por la profanación que estaba a punto de cometer e hice a un lado la piedra de mármol del altar. Una vez expuesto el interior de éste, recogí la primera capa de mis faldas para tener acceso al bolsillo prendido de mis enaguas, de donde saqué el pequeño libro de conjuros que había ocultado ahí. Mi intención original era usarlo en un intercambio con Mabel Doyle, así que supuse que me quedaría con él.

Aquejada por la culpa, hice una pausa con la mano sobre la cubierta. Debí haberme dado cuenta de que algo marchaba mal esta mañana cuando Mabel no se presentó a nuestro acostumbrado intercambio mensual de conocimiento de brujería. Esperé siglos afuera de su librería antes de marcharme, frustrada, sin sospechar que menos de una hora después vería que la colgaban bajo la torre del reloj. No nos conocíamos bien: dada la ilícita naturaleza de nuestros asuntos, manteníamos al mínimo nuestras interacciones. Jamás supe que tenía familia, ni que había perdido a algunos de sus miembros. Al mirar ahora los libros que había intercambiado conmigo en los últimos meses —de posesión por espíritus, nigromancia, comunicación con los muertos—, me pregunté cómo había podido pasar eso por alto.

—Eres astuta —dijo una voz desde las sombras a mi lado—. Blasfema y un poco impertinente, pero astuta.

—¡Sangre del fundador! —maldije y me aparté del altar de un salto, con el que casi tiro un candelero—. ¿Cómo entraste aquí? Puse el seguro. ¡Por mi madre que lo puse!

Simon rio y levantó la mano para mostrar una pequeña gota de sangre en la punta de su dedo.

—Uno de los primeros conjuros que aprendí sirve para pasar inadvertido aun frente a las narices de alguien. Me saco sangre y recito unas palabras que concentran la magia. *Ego invisibilia*. Soy invisible. Te seguí con facilidad. ¿Desde cuándo usas tu tiempo en el confesionario para estudiar —tomó del altar el volumen más próximo— un método infalible de la magia de sangre que garantiza una buena cosecha de soya? —chasqueó la lengua—. Espero que no hayas desperdiciado sangre en esto. Es probable que sea falso. La magia de sangre no cura ni multiplica cosas.

—¡Por la santa Empírea! ¿Qué te hizo creer que era buena idea que te aparecieras de esta manera y casi me mataras del susto?

—"La magia de sangre no requiere sortilegios." Fueron tus palabras o, mejor dicho, del gran mago de sangre del siglo III, Wilstine —tomó otro libro del altar, un volumen encuadernado en piel que yo había atado con un listón para impedir que sus amarillentas páginas se desprendieran—. Cuando era estudiante, mis maestros me hicieron memorizarlo. También creían que el empleo de sortilegios era una distracción más que un medio de control. Sin embargo, esta teoría era poco popular entre muchos magos antiguos, a quienes sus arcanas salmodias les encantaban. Pienso que volvían más impresionantes sus demostraciones públicas. Túnicas al viento, largas barbas blancas, ojos saltones, invocaciones en una lengua indescifrable… todo esto era memorable e imponente.

—Usaste sortilegios hoy —dije con cautela.

—Lo hice. Lo hago, en parte para mantener viva la memoria de mis maestros —llevó su mano a una cadena que colgaba de su cuello, pero no pude ver el pendiente, oculto detrás de su banda dorada—. Y en parte también porque he descubierto que las palabras me ayudan a concentrarme. La magia de sangre echa raíces en la emoción: cuanto más rápido palpite tu corazón, más rápido bombeará sangre. Dolor, placer, temor, pasión: todo lo que intensifica tus emociones puede servir para dotar de más fuerza a tu conjuro. Pero ahí está también el problema. Es fácil perder el control, permitir que la magia te venza. Concentrarme en la pronunciación correcta de frases arcaicas me ayuda a orientarme, a permanecer centrado. Con el tiempo y la práctica, es menos necesario depender de esas cosas. La magia se vuelve más instintiva y accesible. Y también más peligrosa, como un dique en un río: si lo quitas lenta y cuidadosamente, puedes decidir la dirección que seguirá; pero si no eres prudente, podrías echarte encima el dique entero —sacudió la cabeza—. Sobra decir que es muy arriesgado usar la magia de sangre sin preparación alguna, por más versada que estés en Wilstine.

Avergonzada, acomodé un mechón detrás de mi oreja.

—Leo mucho pero no… es decir, he *probado* algunas cosas, pero nunca nada…

Frunció los labios y volteó mi inquieta mano. Yo había dejado mis guantes en la habitación de mi madre. Bajo la luz de la ventana, resultaba fácil distinguir las docenas de finas cicatrices en mi piel descubierta.

—Dime —inquirió—, ¿qué resultados obtuviste de tu cultivo de soya?

Hice un gesto de enfado.

—Para ser sincera, jamás tuve ocasión de probar ese hechizo.

Rio.

—A pesar de que no habría surtido efecto, habría sido divertido verte intentarlo. No, la magia de sangre no hace que la soya crezca. Esto compete a un tipo de magia totalmente distinto.

—¿A la fiera? —conjeturé.

—Así es. Veo el *Compendium de Magia* de Vitesio entre tu colección. Es un excelente resumen de las tres disciplinas mágicas. Me da gusto saber que al menos has leído ese libro.

—Desde la primera hasta la última página… el problema es que no quedan muchas.

Lo tomó y hojeó sus escasas páginas.

—¡Lamentable! —exclamó—. ¡Alguien *amputó* ochenta por ciento de este libro! Lo que resta es prácticamente incoherente.

—La mayoría de mis libros está así. Las purgas del material de lectura relativo a la brujería que el Tribunal lleva a cabo de manera regular son implacables. Tengo suerte de que estos libros hayan sobrevivido. Casi todo lo que sé, lo he espigado de fragmentos al paso de los años.

Cerró el libro de golpe, exasperado.

—Primera lección: la magia es eso que hace a los árboles, los animales, las plantas y a nosotros diferentes de las rocas, la tierra y el agua… Es la chispa. Espíritu. Vida. Comoquiera que la llames, es poder. Dicho esto, hay tres métodos principales para tener acceso a ese poder. El primero se llama *sancti magicae*, alta magia. Sus practicantes acceden a ella por medio de la meditación, la oración y la comunión espiritual con Empírea. Les da visiones del futuro, la aptitud de mover objetos con su mente y, en ocasiones, el poder de curar. La famosa reina de Renalt, Aren, fue una anacoreta del más alto orden antes de dejarlo para casarse dentro de la monarquía del país.

El segundo método se llama *fera magicae*, o magia fiera. Consiste sobre todo en herbolaria, adivinación, transfiguración... es la magia de la naturaleza. Del crecimiento. Del orden cíclico y el equilibrio. El rey al que nosotros debemos nuestro nombre, Achlev, hermano de Aren, fue un mago de este orden. Y el último método es el *sanguinem magicae*, la magia de sangre, magia de la pasión y el sacrificio. Ésta es quizá la más poderosa y destructiva de todas. Antes de que condenara los hechizos y pasara a ser el fundador del Tribunal, el tercero de los hermanos, Cael, fue un mago de sangre de gran autoridad. Los tres juntos fueron muy poderosos en su tiempo. *Triumviri*, los llamó entonces la Asamblea. Eran los mejores en su campo.

Mientras yo escuchaba en silencio, usaba las simplistas explicaciones de Simon para unir las piezas dispersas de mi conocimiento irregular.

—No sabía eso sobre ellos.

—¿Cómo es posible? —lanzó una mirada severa a mi escueta biblioteca.

—¡Un momento! —lo atajé—. ¿Dijiste que ésa era la *primera* lección? —pregunté esperanzada—. ¿Eso significa que podría haber una *segunda* lección?

Silbó por lo bajo.

—Cuando me escribió para pedirme que viniera, tu madre me dijo que eras "peligrosamente indiferente a la precariedad" de tu posición. Ahora veo que no exageró.

—Se equivoca —afirmé—. Sé muy bien lo precaria que es mi posición.

—¿Y aun así coleccionas libros mágicos y practicas conjuros de sangre?

Me encogí de hombros, en señal de desesperación.

—El Tribunal aterroriza a este país, *mi* país. Si ellos ven la brujería como un arma, debo aprender a manejarla contra ellos —tragué saliva—, antes de que puedan usarla contra mí —o contra otras personas, como Mabel e Hilda. Empujé el recuerdo de su muerte hasta lo más profundo de mi mente y retorcí mi culpa y mi dolor en el tenso resorte de mi centro.

Hizo una mueca.

—Segunda lección: *brujería* es un término tosco. La Asamblea, hoy caída en desgracia, nunca permitió su uso. El vocablo *bruja* se refiere a practicantes sin preparación ni disciplina, en especial a quienes ignoran deliberadamente los estatutos de la Asamblea, que fueron establecidos para la seguridad de todos, magos y no magos por igual.

La Asamblea de magos había visto menguar su autoridad durante muchos años antes de su caída final. Yo era demasiado joven para recordarla, pero desde niña había oído relatos sobre la magna y gloriosa festividad en Renalt que acompañó a la noticia de su desaparición. Era un suceso que se recordaba con frecuencia y se comentaba con nostalgia, fuente de gratas anécdotas por intercambiar en buena compañía. ¿Dónde estabas cuando recibiste la noticia? ¿Recuerdas los fuegos artificiales? ¿El baile de toda la noche en las calles?

Sólo hasta que crecí supe que lo que todos celebraban era la muerte. La muerte para las personas con el don de la magia, como yo.

—¿Qué fue de la Asamblea? —pregunté—. ¿Qué fue de ella en *realidad*?

Una sombra atravesó su semblante.

—Ésa es una lección para otro día.

—¿En verdad me instruirás?

—Cuando entraste al triángulo durante nuestro conjuro, las piedras de luneocita relampaguearon. Eso indica que ya estás en sintonía con tu poder. Pero la magia, en especial la de sangre, puede ser difícil de aprender y penosa de practicar. Tras la desaparición de la Asamblea, durante mucho tiempo deseé transmitir mi conocimiento a otra generación, pero me temo que la última vez que traté de hacerme cargo de un principiante, las cosas no terminaron bien. Lo que experimentaste hoy en el triángulo fue sólo un *hálito* de lo que te aguarda. Debo preguntarte con franqueza: ¿estás segura de que serás capaz de cumplir con la tarea?

—Sí —respondí—, estoy totalmente segura.

—De acuerdo, te instruiré, aunque a modo de ensayo y una vez que estemos en Achleva, después de la boda. Hasta entonces, creo que sería sensato que te abstuvieras de la magia por completo. De esa manera, podremos empezar desde el principio *y* tú continuarás viva.

—Cosas ambas igualmente deseables, supongo —hice una pausa—. ¿No me darás un sermón sobre la venganza? ¿No me dirás que, una vez que me convierta en reina de Achleva, debería abandonar mi rencor contra el Tribunal?

—¡No, por favor! —exclamó—. El Tribunal es una abominación. No creo que pueda haber mejor legado para una reina de ambas naciones que librar para siempre al mundo de esa organización.

Me relajé en mi asiento, estupefacta. Por primera vez en mi vida, esperaba mi boda con ansia.

—Jamás lo había pensado así.

—Debes saber que no será fácil. Y aunque Achleva no tenga un Tribunal del que preocuparse, tenemos nuestros propios problemas —las comisuras de sus labios se doblaron y pude ver que esos problemas se manifestaban en las arrugas alrededor de sus ojos y su boca, fáciles de confundir con líneas de expresión—. Confío en que durante mi estancia de una semana aquí pueda indagar algunas cosas que me han desconcertado en Achleva.

—¿Qué piensas que podrías descubrir en Renalt? Nosotros no podemos atravesar siquiera la muralla de Achleva sin… —procuré ser delicada y subí y bajé los dedos; cuando arqueó las cejas, añadí—: Ya sabes, morir quemados —nuestros libros de historia están repletos de horribles láminas de ejércitos completos de Renalt muertos en su afán de penetrar la muralla de Achleva. Inspirado por los textos del fundador del Tribunal, Cael, Renalt lo había intentado sin éxito durante trescientos años, hasta que el tratado matrimonial mitigó la agresividad entre nuestros países, si no es que su enemistad de fondo.

—Los habitantes de tu país no necesitan cruzar nuestra muralla para influir en lo que sucede detrás de ella —dijo—. Quisiera entender la razón por la que, de pronto, tu moneda ha estado circulando en abundancia al lado de la nuestra; de que mercaderes forjen nuevos tratos comerciales con puertos en Renalt que nunca antes los habrían recibido… Hallet Graves, De Lena…

Me puse nerviosa.

—¿De Lena?

—¿Conoces a Toris de Lena?

—Es un magistrado del Tribunal. Apenas puedo imaginar que acoja a barcos de Achleva en su puerto, a menos que esto favorezca sus ambiciones.

—Quizá sus ambiciones incluyen adquirir influencia en Achleva.

¡Qué idea más pavorosa! Clasifiqué la información: el magistrado Toris de Lena, portador de la sangre del fundador... ¿implicado en convenios comerciales secretos con Achleva?

—Bueno, si descubres algo, *cualquier cosa*, avísame —dije.

La voz de Toris repiqueteaba en mis oídos. *Mabel Lawrence Doyle, ha sido juzgada y condenada por el justo Tribunal por el delito de distribuir textos ilícitos, y sentenciada a morir...*

Empañar un poco la impecable reputación de Toris tal vez sería mi regalo de despedida de Renalt. Si la verdad era muy desagradable, podría costarle un lugar en la mesa de los magistrados o, mejor todavía, ganarle uno en una celda. O en el cadalso.

Quizás esta vez Toris había puesto la soga alrededor de su propio cuello.

4

Cuando regresé a mis aposentos tras haber dedicado un rato a "orar", mi doncella, Emilie, ya estaba ahí y recogía los pedazos de un vidrio roto. De cara rosada y redonda, era quizás uno o dos años menor que yo, aunque de igual estatura que la mía. Ya llevaba varias semanas a mi servicio, lo cual era demasiado si se consideraba que yo cambiaba de doncellas como de zapatos las princesas de los cuentos de mi niñez: era raro que duraran más de un día. Ocasionalmente, tropezaba con mis antiguas ayudantes en otro sitio del palacio, ya fuera sacando estiércol de las caballerizas, vaciando las bacinicas de las habitaciones o limpiando pollos en la cocina. Pasaba junto a ellas con la cabeza siempre en alto hasta que me perdía de vista. A veces lloraba, porque sabía que preferían las bacinicas y las vísceras a mí, pero sólo lo hacía cuando nadie me veía.

—Disculpe, milady —Emilie se apresuró a terminar de barrer los trozos de vidrio—. Esperaba haber acabado esto antes de que volviera.

—Déjame ver —dije.

Tendió con renuencia el recogedor. Entre las piezas de vidrio sobresalía una piedra grande, pintada con símbolos de protección. Exhibía una sola palabra: *Maléfica*. Éste era un término antiguo, hoy interpretado a menudo como *bruja*. Yo lo había visto en un par de ocasiones en los deteriorados restos de páginas de conjuros, o garabateado en los márgenes de arcaicas notas. En esas escasas menciones, sin embargo, jamás aparecía como una descripción, sino como un mero nombre.

Era obvio que alguien creía que tal apelativo me ajustaba.

—Ya pedí que repongan el cristal, milady —explicó Emilie—. Esperaba haber limpiado esto antes de que usted regresara, para que no tuviera que...

—¿Verlo? —arrugué la frente—. ¿Has reparado ya otras cosas antes de que yo las vea? —me miró con temor por debajo de sus pestañas—. ¿Lo has hecho?

—No quería alarmarla, milady. Han sido sólo cosas de bromistas y supersticiosos. No hay de qué preocuparse, estoy segura.

Se marchó para alejar los vidrios y la piedra de mi presencia al tiempo que yo me acomodaba junto a la ventana rota. Mi habitación daba al cuartel y al establo, así que identifiqué con facilidad a Kellan: a un costado de Falada, una preciosa yegua blanca, cruzaba el patio hacia el corral. Los observé con añoranza. La familia Greythorne y sus caballos gozaban de un merecido renombre, y Falada era uno de los raros ejemplares de la raza empírea, perfectamente domesticada y entrenada. Kellan mismo se había hecho cargo de criarla desde que era una potrilla. Al mirarlos juntos, me resultó fácil creer que la divina Empírea había adoptado una forma como ésa al venir a la tierra, tal como se nos había enseñado. No podía haber en el mundo una criatura más noble y más bella.

Aunque debía de haberme alegrado que Kellan dispusiera de un momento para salir y montar a Falada antes de reasumir sus deberes en el banquete de esa noche, sentí envidia.

Como si hubiese percibido la caricia de mis pensamientos, él volteó hacia mi ventana abierta y me saludó al verme. Luego montó en Falada y se alejó.

—¿Qué le gustaría ponerse para el banquete, milady? —Emilie abrió mi guardarropa de par en par para que inspeccionara mis opciones.

—Elige tú —dije, como les decía siempre a mis doncellas. Examinó con entusiasmo los vestidos y menos de un minuto después descolgó uno de satén verde. Cuando me lo mostró para que lo aprobara, me sorprendió que no fuera negro; las demás doncellas elegían todo el tiempo uno de ese color.

—¿No le agrada?

—No, no es eso... ¿Qué hizo que lo escogieras?

—La esmeralda era la piedra favorita de mi madre —ya estaba sacando por mi cabeza la prenda que llevaba puesta y ayudándome con el vestido de gala—. Tenía un anillo con una esmeralda justo de este mismo tono. Me repetía una y otra vez que era una piedra de previsión y sabiduría.

—¿Tu madre sabe mucho de piedras?

Amarraba ahora los cordones de mi corpiño.

—Sabía, milady. Antes de que muriera. También le gustaban las trenzas, así que me enseñó a hacer unas muy bonitas —levantó una parte de mi cabello—. Se le verían bien a usted. ¿Quiere que lo intente?

Me encogí de hombros.

—¿Por qué no? Tu madre... debe de haber sido joven. ¿Murió a consecuencia de la epidemia de fiebre del invierno pasado?

—No, no fue eso. La quemaron por bruja hace cuatro años.

Sentí que el resorte en mi centro se tensaba. Emilie no tenía más de quince o dieciséis años, lo cual quería decir que había tenido tan sólo once o doce al momento de la ejecución. Huérfana de madre y sola en ese complicado borde entre la adolescencia y la juventud... yo no podía imaginar siquiera lo que eso debía de haber sido para ella. Y su madre era sólo una más del incontable cúmulo de mujeres y hombres sacrificados por practicar la brujería. No importaba si había sido inocente o culpable; lo indignante era la injusticia, el absurdo *sinsentido* de esa pérdida.

—Lo siento mucho —susurré con un hilo de voz. No sabía qué más decir.

—Yo también —dio un paso atrás para contemplarme—, era una buena persona —agregó más tranquila—. La mayoría de las personas a las que llaman brujas son gente amable y normal. Los malos son los que persiguen y perjudican a los demás, sean brujos o no.

La tomé de la mano.

—Gracias —dije.

Era una audacia decirlo en voz alta, aun para alguien como yo.

Casi siempre comía sola en mi habitación. Y no porque tuviera una aversión particular a comer con mi hermano, mi madre y el resto de la corte, sino debido al difunto que permanecía a toda hora al pie de la escalera que desembocaba en el salón de banquetes.

Esa escalera era muy empinada, así que la caída de aquel hombre debía de haber sido terrible sin duda, porque su cuello se doblaba en un ángulo insólito. Sombras como él solían permanecer en su sitio a causa del recuerdo de su dramática muerte y de su compulsiva necesidad de compartirla, e incluso de reexperimentarla... Y si él me tocaba, yo estaría obligada a verla ocurrir de nuevo. A menudo los recuerdos de los espíritus eran tan vívidos que no podía distinguirlos de la realidad. Los revivía como si sucedieran en tiempo real. Y justo ahora no podía desplomarme, ciega y vociferante, en un lugar tan público como ése; sería arrastrada hasta la horca antes siquiera de que tocara el suelo.

En días como éste, debía pasar junto al fantasma en la escalera o usar la única ruta opcional al salón de banquetes. Cuando di el primer paso dentro de la cocina y la bulliciosa energía del personal se acalló gradualmente, me pregunté si no habría sido preferible correr el riesgo de las escaleras.

Elevé la frente y pasé junto a los platos de humeantes pasteles de carne y fuentes de pato asado que esperaban a hacer su espectacular entrada. No me inmuté ante la vista de los sirvientes. Aun si creían que yo era rara, jamás les hacía sentir que me disculpaba por eso.

Cuando entré al salón, los invitados estaban tan absortos en sus conversaciones que no se percataron de mi arribo por la puerta de servicio. Sin embargo, Kellan se encontraba cerca y me esperaba, sin comentar nada. Había dejado de preguntar acerca de mis peculiares hábitos. Desde hacía un tiempo había decidido que yo era producto de mis circunstancias: si no fuera por mi compromiso con el príncipe de Achleva, nadie habría reparado en mis hábitos extraños y mis ojos raros, y yo nunca habría desarrollado estas rutinas evasivas. Si le hubiera contado del hombre con el cuello roto en la escalera —o de la niña de rostro púrpura bajo la superficie del estanque de los lirios, o de la mujer de mirada inexpresiva que daba vueltas en el pretil del ala oeste—, tal vez habría creído que estaba loca.

Me guio a mi sitio en la mesa principal. Lucía imponente y distinguido con su uniforme dorado y marfil, y su capa azul cobalto, el atuendo ceremonial de los guardias de alto rango. Mordí por dentro mi mejilla, como si de esta manera lograra pasar por alto que uno de los rizos de su cabellera había escapado del resto y colgaba encantadoramente sobre su frente.

—Hoy no se vistió de negro —observó—. No sabía que tuviera vestidos de otros colores.

—No siempre visto de negro.

—Tiene razón. Creo que una vez la vi de gris.

No supe si sonreír o fulminarlo con la mirada, pero no tuve que decidirlo. Él tomó su lugar a mi espalda para volver a adoptar su papel de guardia a la vista de los invitados. La formalidad era algo que podía ponerse y quitarse como una máscara: en cierto momento era el chico de buen corazón que me había enseñado a montar entre risas cuando yo tenía catorce años y ni un solo amigo, y al siguiente era el caballero estricto y práctico a quien podía confiarle mi seguridad, no mis secretos. Amaba al primero —de una manera discreta y delicada, que sólo yo conocía—, pero estaba agradecida con el segundo. Verlo tan distante, tan severo, me hacía sentir que tal vez no era tanto lo que perdía.

—¡Todos en pie para recibir a la reina Genevieve y al príncipe Conrad!

La agitación se extendió por la sala mientras los presentes se levantaban de sus asientos en honor a la reina y el príncipe heredero. Conrad iba del brazo de mi madre, a la que conducía con el mentón en alto pese a que ella le doblaba la estatura. Reacio a los reflectores, prefería los libros a los banquetes y los problemas de aritmética a las personas, pero guardaba una postura firme y apropiada… era claro que había ensayado. Incluso sonreía un poco. A unos meses de que cumpliera siete años, semejaba una copia en miniatura de nuestro padre, con su cabello dorado y sus ojos muy azules. Cuando me vio, su sonrisa se tornó indecisa antes de esfumarse por entero. Me dedicó una cortés inclinación.

Antes teníamos un juego en el que yo ataba un listón de colores en algún lugar donde él pudiera verlo —la perilla de una puerta, la rama de un árbol o el eje de una escalera—, lo que indicaba que había escondido una golosina o un premio en algún lugar próximo. El color del listón señalaba dónde debía buscar: amarillo, arriba; azul, abajo; rojo, al norte; verde, al sur; lila, al este; anaranjado, al oeste. El negro significaba que la sorpresa se hallaba a lo sumo a diez pasos y estaba oculta, en tanto que el blanco revelaba que estaba a veinte pasos y a la vista. Cuando él encontraba su premio, escondía uno para mí, sujeto a las mismas reglas. Esto era en realidad un pretexto para mimarlo. Lo colmaba de caramelos, libros de adivinanzas y pequeños juguetes que compraba a hurtadillas en el mercado. Con las manos ocupadas, a él le resultaba más fácil concentrarse durante sus lecciones y en las prolongadas ceremonias oficiales, así que yo le había dado cubos armables, pequeños trompos, un anillo que ocultaba una brújula y el que era mi regalo preferido: una estatuilla de metal e imanes del tamaño de una nuez, con partes giratorias que se reacomodaban para adoptar la forma de una docena de animales distintos.

Ése era nuestro pasatiempo secreto y yo me deleitaba en su práctica. Mientras duró.

Fue inevitable que Conrad tropezara un día con los rumores sobre mí. Resultaba obvio que en los últimos meses esos rumores habían llegado a sus oídos, los había comprendido y empezaba a creerlos. Ya no confiaba en mí, y supe que era sólo cuestión de tiempo que esa desconfianza se volviera algo peor. Como yo no podría soportarlo, le hice frente de la única forma que conocía: evitándolo.

Una vez que mi madre y mi hermano se sentaron, los demás los seguimos, y pronto nos vimos rodeados de sirvientes que llenaban copas y encendían velas. El asiento a mi izquierda estaba desocupado; era la silla de mi padre, y permanecería vacía hasta que Conrad ascendiera al trono. El de mi derecha era donde solía sentarse la desdentada y tambaleante marquesa de Hallet, demasiado senil para dirigirme la palabra (o para quejarse de mí). Pero esta noche estaba ausente y ocupaba su asiento un hombre cubierto con la austera capa negra del Tribunal.

—Luce encantadora, princesa —dijo Toris—. Ese color le sienta muy bien.

—Gracias —correspondí con una sonrisa tensa.

Él ordenaba absorto sus cubiertos en medio de los fulgores de sus anillos, cinco en cada mano, uno para cada dedo. Mi madre contaba que había sido académico, un hombre con una insaciable curiosidad por la historia que había viajado mucho y recolectado mitos y artefactos, y que con su humor e ingenio había conquistado el amor de su prima Camilla. La pérdida de su esposa lo había cambiado, decía mamá. Sin embargo, yo recordaba bien a Camilla; era tan dulce, amable y encantadora como un día de verano. Y el Toris de mis recuerdos era tan detestable como el que en este momento acomodaba el servicio de mesa en líneas paralelas, iguales y precisas. Si alguna vez había existido una versión distinta de este hombre, se había evaporado antes de que yo tuviera edad para recordarlo, mucho antes de que Camilla muriese.

Cuando el tenedor para pescados y mariscos estuvo exactamente a dos y medio centímetros de la chuchara sopera, dijo con brusquedad:

—La vi esta mañana, querida princesa, en un lugar donde no debería haber estado —se apoyó en sus codos y volteó hacia mí—. Es usted cada vez más imprudente, ¿no le parece? Haría bien en ser más cautelosa.

—Mi madre ya me asestó ese sermón.

—Debería escucharla. Es una mujer maravillosa.

Sentí que la boca se me torcía. En los ocho meses transcurridos entre las muertes de Camilla y mi padre, y el nacimiento de mi hermano, Toris se había insinuado en el círculo de mi madre. ¿Acaso no eran ambos cónyuges dolientes? Pero todos sabían que había algo más; dado que la corona de Renalt sólo podía ser transferida a un heredero varón, nuestra posición habría sido muy precaria si el bebé hubiera sido niña. Para mantenerse en el poder, mi madre habría tenido que casarse, y pronto. Toris era la elección lógica. Todos lo decían.

Yo daba gracias a diario de que Conrad hubiera sido niño. Con un varón al cual heredar, no había sido necesario que mi madre se casara; de hecho, esto podría haber debilitado el derecho monárquico de Conrad. Su nacimiento me había salvado de una vida con Toris como padrastro, o como rey. No sé qué habría sido peor.

Me miró con su expresión más preocupada y paternal:

—Gracias a mi posición en el Tribunal, y a instancias de su madre, he podido alejarlo de usted en más de una ocasión. Ahora que se han resuelto ya los dos últimos casos, de Mabel Doyle y la otra (¿se llamaba Harriet?), seguro tendré que concertar una vez más mis esfuerzos en beneficio de usted.

—Hilda —susurré—. Se llamaba Hilda.

—¿Por qué recuerda su nombre? —me miró por encima del hombro—. Este tipo de cosas son justo las que hacen que la gente le pierda confianza. Sus simpatías son sospechosas. ¡Tenga cuidado! No pasará mucho tiempo antes de que se me agoten las Hildas con que distraer al Tribunal —una sonrisa se arrastró en su rostro. Había condenado a una mujer casi sin duda inocente y quería que yo le diera las gracias de que lo hubiera hecho, de que lo volviera a hacer. Apreté tanto el tallo de mi copa que las uñas se hundieron en mi palma. Hilda atormentaría a su nuera, pero yo compartía ahora la culpa de su muerte—. Lisette llegó hoy y no tardará en presentarse —cambió alegremente de tema y añadió en voz baja, de manera que Kellan no pudiera escucharlo—: Está ansiosa de ver otra vez al teniente Greythorne. Según me dicen, le profesa un afecto muy particular.

Toris tenía un talento único para clavar un puñal en mi corazón a través del menor desperfecto en mi armadura. Lisette no estaba interesada en Kellan —yo dudaba sinceramente que así fuera—, pero Toris sabía que ése *era* mi caso. Tomé aire. Bueno, yo también conocía ya algunos de los resquicios de su armadura.

—Creí que ahora que permites que barcos de Achleva lleguen a tu puerto, ella pondría los ojos en un simpático y jovial marinero de ese país. Serías un excelente abuelo de una camada entera de robustos cachorros de Achleva.

—¡Usted es increíble! —cerró los ojos en medias lunas al tiempo que una sonrisa se congelaba en su rostro—. A nada le teme, ¿cierto?

Temo casarme con el enfermizo príncipe de Achleva. Temo nunca volver a ver a mi madre y mi hermano. Temo al Tribunal. Temo que Kellan me proteja sólo porque es su deber. Temo a los fantasmas a la vuelta de cada esquina. Temo reunirme pronto con ellos en el más allá. Le di otro sorbo a mi copa.

—A nada.

Sacudió su capa y se recostó en su silla.

—Pues debería hacerlo. Los lobos aúllan, Aurelia, y es probable que llegue el momento en que yo no pueda contenerlos más.

La empalagosa sonrisa que esbozó en sus labios confirmó que nada deseaba más en el mundo.

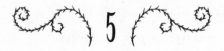

Lo miré fijamente, pero su maliciosa sonrisa ya se había desvanecido. Toris se puso en pie y alisó su capa.

—Mi hija acaba de llegar. Buenas noches, princesa.

Lisette de Lena se encontraba en lo alto de la escalera, engalanada con un vestido carmesí que realzaba el rosado resplandor de sus mejillas. Su cabello arrojaba chispas de oro bajo la luz de las lámparas. De niñas, la gente decía que nos parecíamos mucho, aunque yo siempre supe que esos comentarios buscaban que no me sintiera en desventaja. Si un retrato de ella se dejara varias semanas en el exterior, bajo la inclemencia del tiempo, entonces *tal vez* se parecería un poco a mí.

Alguna vez fuimos las mejores amigas.

Se detuvo en el asiento de mi hermano para deslizarle una barra de chocolate y premió su impaciente sonrisa con un guiño furtivo antes de continuar en mi dirección.

—Su alteza —dijo con frialdad a mi lado—. Teniente Greythorne —tendió una mano enguantada—. Es un placer, como siempre.

Kellan hizo una rápida reverencia.

—Milady.

Incliné la cabeza, fue toda la cortesía que pude mostrar. Un tic de su labio era la única imperfección en su serenidad.

—¡Qué gusto verlos! —dijo por mera formalidad—. Ahora, si me lo permiten, debo saludar al duque Northam. Su pobre esposa amada, Agnes, acaba de perder a su padre, y necesito saber si recibió las flores que le envié.

Yo había dejado de escuchar. Simon había entrado y ya lo conducían a un sitio de honor, al otro lado de mi madre, junto a mi hermano.

¿Había cometido un error al informarle a Toris que sabía de sus tratos con Achleva? *Los lobos aúllan, Aurelia*, me dijo. *Y es probable que llegue el momento en que yo no pueda contenerlos más.*

¿Quiénes eran los lobos? ¿El Tribunal, la gente que pensaba que yo era una bruja, aquella otra que me odiaba porque no quería que nuestro país se uniera con Achleva? Por doquier estaba rodeada de enemigos, vivos y muertos. No deseaba morir, tenía mucho que hacer todavía. Una idea comenzó a formarse en el fondo de mi mente, un plan de contingencia en caso de que las cosas empeoraran.

—Disculpe, princesa, su copa...

Un mozo de librea se había acercado a mí con una jarra de vino. Al momento en que oí su voz, di un salto y golpeé mi copa contra sus manos. El rojo líquido salpicó el corpiño de mi vestido y mi regazo.

—Perdón, milady —intentó limpiar la mancha con un paño.

—No te preocupes —aparté el paño y me levanté—. Yo sólo... yo sólo...

La gente me miraba: Kellan, mi madre, Conrad. Y desde el otro extremo del salón, Toris.

—¿Necesita ayuda, princesa? —Kellan dio un paso al frente.

Mi madre se puso en pie, se apresuró hacia mí y me tomó del brazo.

—Si esto es actuar normalmente, debes mejorar —murmuró con aspereza.

—Fue culpa de un mesero torpe —repuse tranquila—, no un truco que haya urdido para abandonar la cena.

—Ve a cambiarte y regresa de inmediato —ordenó—. Deja de ponerte en ridículo.

Kellan me siguió.

—¿Desea que la acompañe...?

—No —atravesé el salón con la frente en alto, para salir por el lado opuesto con mi vestido de satén verde manchado de rojo. Ni siquiera el fantasma de las escaleras se atrevió a molestarme; cuando me vio, se refugió en las sombras.

Sola en el pasillo, tomé una decisión intempestiva. Si quería tomar mi bienestar en mis manos, ésta podía ser mi única oportunidad, así que en vez de enfilar a mis habitaciones seguí la dirección contraria y avancé por el oscuro corredor hasta la gran puerta de roble de la destilería de Onal. Extraje un pasador de mi cabello y lo metí en la cerradura, donde produjo un chasquido, y la puerta cedió con facilidad.

Habían pasado varios años desde la última ocasión que estuve en esta habitación, donde preparaba curaciones y brebajes bajo la vigilante mirada de Onal para que mi padre y yo los lleváramos a los confines más pobres de la comarca. "No gobernamos", decía él, "servimos. Los habitantes de Renalt no nos juran fidelidad, sino nosotros a ellos." No eran palabras huecas: él trataba así a sus súbditos y ellos lo amaban por eso. De algún modo lograba que los enfermos, hambrientos y necesitados rieran con sus bromas, nos relataran sus historias y nos permitieran sentarnos a su mesa. Me enseñaba a amarlos, pero también intentaba mostrarles que podían amarme. Si bien el poder debía pasar de padre a hijo, yo sería quizá su única descendiente, y en mi esposo, de Achleva, y en mí recaería el gobierno de los dos reinos.

Pedir a Renalt que aceptara a un rey de Achleva y viviera bajo la bandera conjunta de los dos países... Mi padre sabía que esa hazaña sólo se cumpliría si me ganaba el respeto y la lealtad de la gente.

Durante mucho tiempo, creí que lo había conseguido.

En la destilería de Onal, nada había cambiado desde entonces. El recinto estaba cubierto de lado a lado por anaqueles de frascos y botellas de muchos colores: tónicos y remedios herbales que Onal destilaba con sus propias manos. Las breves rimas que yo había inventado para ayudarme a recordar los nombres y usos de cada hierba cruzaron por mi mente. *El cardo cura resfriados y escalofríos; la campánula, fiebres, accesos y desvaríos...*

Encendí una de las lámparas de la mesa de trabajo e intenté olvidar esas rimas irritantes. Eran un castigo entonces, y también ahora. Ése era el requisito: para entrar a las salas especiales de Onal, con sus misteriosas curiosidades, debía aprender el nombre y utilidad de cada hierba en su taller, y había *cientos* de ellas. Jamás aprendí por completo mis lecciones; la muerte de mi padre lo cambió todo. Aunque traté de continuar como él lo había hecho, yo era joven y estaba muy afligida, así que no duré mucho en su ausencia. Tras la centésima puerta que se me cerró con la acusación de bruja detrás, me di por vencida.

A pesar del tiempo transcurrido, reconocí la mayoría de los productos en los estantes. La matricaria servía como tintura para contusiones o como infusión para el tratamiento de las articulaciones inflamadas de los ancianos; la hamamelis, para el malestar estomacal; la prímula, para el reumatismo; la corteza de sauce blanco, como tónico para que los convalecientes recuperaran su fuerza; el soldado de agua, para sanar heridas. Cada uno de ellos me resultaba conocido y estaba ubicado en el mismo lugar que había ocupado siempre en los estantes, donde botellas y frascos se ordenaban en una sola hilera.

La mesa de trabajo estaba repleta de alambiques de cristal y crisoles de cobre, botellas, vasos de precipitados y matraces de todos los tamaños, que se elevaban en la penumbra como una catedral maldita. Quise ignorar el acelerado latido de mi corazón mientras deslizaba las manos bajo la mesa. ¡Ah! Ahí estaba la llave.

Onal me había acusado siempre de distraída, de que vivía en las nubes. Durante los días que pasé bajo su tutela, nunca reparó en que la observaba con cuidado. Cuando creía que no prestaba atención, ella llevaba esta llavecita hasta el muro del fondo, hacía a un lado los frascos y botellas del tercer anaquel desde arriba y la hundía en la minúscula ranura en la pared. Repetí cada paso, y en cuanto hice girar la llave, el panel cedió. Detrás de él, estaba una pequeña caja de metal.

La saqué, la llevé a la mesa y levanté el broche. Adentro había un bloque de madera tallado con delicadeza que exhibía tres cortes del tamaño de un dedal. Los dos primeros estaban vacíos y el tercero lo ocupaba una diminuta cápsula de vidrio, que contenía un tesoro. No era difícil distinguirlo, pese a la distorsión causada por su cubierta de cristal y agua. Era un pétalo del blanco más puro, en forma de flecha o corazón alargado, no mayor que la uña de un pulgar. Un pétalo de una flor de hoja de sangre.

La mayoría en nuestro país conocía la hoja de sangre —la terrible planta venenosa que crece sólo en antiguos campos de batalla u otros suelos en los que se haya derramado sangre—, pero nadie hablaba nunca de su capullo. Yo lo había visto mencionado en algunos de los libros que guardaba en el altar: una flor mágica, una cura milagrosa. Se decía que podía curar casi cualquier herida y conjurar cualquier fiebre, pero que sólo florecía si sangre derramada por segunda vez se esparcía sobre esas hojas sedientas y repulsivas. Esto quería decir que por cada vida que la hoja de sangre salvaba, se habían perdido dos.

El número de homicidios en nuestra nación, afirmaba uno de esos libros, se redujo a la mitad cuando la posesión de la flor de hoja de sangre se volvió ilegal, con una pena severa y rápida al acto de ser sorprendido con ella: perder literalmente la cabeza.

Ese libro se había impreso mucho tiempo atrás y nadie hablaba ya de la flor de hoja de sangre. Sin embargo, yo sabía por qué Onal mantenía este pétalo bajo llave detrás de un panel oculto en la esquina más remota de su destilería.

Antes había dos cápsulas, recordé mientras tocaba el segundo espacio vacío. Luego retiré con esmero la última de ellas y la sostuve contra la tenue luz. La segunda había desaparecido la noche en que se llevaron el cuerpo de mi padre en un ataúd. Seguramente, Onal la había usado para salvarlo, pese a que sabía que era inútil. Todas las versiones coincidían: la flor de hoja de sangre no puede devolver la vida a nadie.

Es malo robar, pensé al tiempo que dibujaba la forma del pétalo sobre el vidrio. Pero también lo era que Onal tuviera esto en su poder, cuando ella no tenía quien deseara examinar su piel por dentro. A falta del ritual de sangre de Simon, esto me salvaría. Y al menos de esta manera nadie tendría que morir por mí.

Guardé la cápsula en mi bolsa y devolví la caja vacía a su sitio, detrás del tercer anaquel. En cuanto puse las botellas en su lugar, sentí una ráfaga de aire frío. Me di la vuelta y vi que la ventana sobre la mesa chocaba contra su marco. ¿Estaba abierta cuando entré?

Levanté temblorosa la lámpara, fui a cerrar la ventana y la aseguré con el pasador. Aunque la brisa se desvaneció, el frío persistía, y junto con él algo más: un suave olor a rosas silvestres.

Punzadas de temor se acumularon en la base de mi cuello y bajaron por mi espalda. Intenté tragar saliva, pero tenía la boca seca. El miedo en mi garganta se sentía como arena. Miré la mesa, donde una sarta de gemas de colores destellaron débilmente en su fantástica moldura: esmeraldas que ardían en el vientre de un dragón retorcido, topacios que parpadeaban desde los feroces ojos de un grifo, zafiros que tachonaban la cola de una sirena, granates y rubíes que centellaban junto a las plumas de un pájaro de fuego con ojos de cornalina, y diamantes incrustados en los flancos de un caballo con alas de ópalo, Empírea.

Era la pulsera que mi padre me había regalado. La tomé vacilante. Examiné los eslabones dorados hasta que encontré el broche roto que la había hecho caer de mi muñeca. Era la mía, la misma que había extraviado esa mañana —creí que para siempre— en medio de la multitud.

—¿Estás ahí? —susurré.

La lámpara se apagó en ese momento.

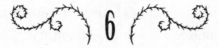

Giré sobre mis talones.

Era *ella*. La mujer que se me aparecía desde que tenía uso de razón, la misma que acechaba en el margen de todas las tragedias que había presenciado. La llamaba el Heraldo, porque se materializaba sólo cuando la muerte rondaba cerca.

Era muy distinta a los demás espíritus que veía en ocasiones, simples variantes atenuadas de quienes habían sido. Ella estaba hecha de humo y sombra, era visible e intangible al mismo tiempo, y forzaba la luz y el color para que adoptaran su forma como una gota de agua en una ventana.

Otros fantasmas clamaban por ponerme las manos encima en cuanto sabían que podía verlos, pero el Heraldo no. Sólo me había tocado una vez.

Tenía diez años entonces. Mi padre había partido a una expedición de varias semanas para recorrer nuestros litorales en compañía de Toris y Camilla, mientras Lisette permanecía en el castillo conmigo y con mi madre, quien se sentía mal. Pasamos varios días sin salir de mi habitación, enfrascadas en la lectura de novelas románticas y de aventuras, aunque el amor era asunto de Lisette más que mío. Incluso le permití que leyera varias de las formales y acartonadas cartas que recibía de mi prometido, Valentin, dos veces al año. A mí me parecían detestablemente aburridas, quizá dictadas por un tutor, si los rumores sobre la falta de ingenio de Valentin eran ciertos. En cambio, a ella la cautivaban y leyó una tras otra con ojos radiantes.

—¿No las has contestado aún? —preguntó al terminar, con las hojas apretadas contra el pecho.

—No si puedo evitarlo —arrugué la nariz. Estaba siempre demasiado ocupada, ya fuera ayudando a Onal en su taller o a mi padre en la ciudad, para molestarme en una tarea tan poco placentera.

Me dirigió una mirada cargada de reproche.

—¡No debes dejarlo en suspenso, Aurelia! Tienes que responder de inmediato.

—Hazlo por mí si quieres —le dije, y lo hizo con deleite; incluso estampó mi nombre y envió la carta con un mensajero antes de que nos fuéramos a acostar.

Esa noche soñé que mi madre agonizaba en un cuarto lleno de flamas y humo. Cuando desperté, vi al Heraldo junto a mi cama. Posó sus heladas manos en mis mejillas y clavó las puntas afiladas de sus dedos en la suave carne debajo de mis ojos.

Abandoné la cama al instante, con un grito ahogado. Lisette se asustó.

—¿Qué sucede, Aurelia? ¡Aurelia!

Yo ya atravesaba el pasillo y rogaba que lo que había visto no fuera más que un sueño vívido y espantoso.

No lo era. Llegué a la antecámara de mi madre y vi que salía humo bajo la puerta de su habitación, cerrada con llave. Tiraba en vano de la candente perilla cuando Lisette entró en la sala detrás de mí.

—¿Qué ocurre, Aurelia?

—¡Trae el abrecartas! —grité—. ¡Está junto a sus papeles, pronto! —veía titilar las llamas bajo la puerta. Mientras ella buscaba a tientas en el escritorio y tosía en la manga de su camisón, yo me lanzaba contra la barrera.

—¡Aquí está! —exclamó. Se lo arrebaté del lado del filo, sin notar que se hundía en mi piel e imprimía una mancha roja en el encaje de mi camisón.

Inserté el instrumento en el cerrojo, como lo hacían todos los héroes de mis libros de aventuras, pero era una batalla perdida. La sangre había vuelto demasiado resbalosas mis manos, así que no podía ejercer la palanca necesaria para que este recurso diese resultado.

Apoyé frente y palmas en la madera impenetrable y sollocé. Mi madre iba a morir y, pese al aviso del Heraldo, yo no podría alterar su destino. Las emociones que se desataron en mí —cólera, frustración, temor, culpa, congoja— ascendieron hasta mi pecho, hicieron que algo estallara en mi interior y toda mi rabia y pesadumbre se desbordaron como el agua en una presa rota. Entonces lo supe: debía hacer algo, podía usar la sangre, la magia.

Murmuré un conjuro incoherente, una mezcolanza de frases incompletas y reiteradas exhortaciones al fuego.

—*"Ignem ire, abeo, discedo, recedo…"* ¡No te lleves a mi madre, por favor! ¡No te la lleves!… *"Ignem ire, concede, absisto, secedo…"*

—*¿Qué haces?* —Lisette retrocedió horrorizada—. ¡Detente, Aurelia! ¡Detente! —suplicó.

Algo que dije surtió efecto, porque sentí que el fuego respondía. Lo sentí en mis manos, en mis venas, en mi corazón. Y cuando comprendí que lo tenía bajo mi control, lo empujé con fuerza. Pensé en agua: quería que el fuego se ahogara.

Entonces llegaron los guardias y me encontraron mirando sombríamente mis manos en una habitación llena de humo. Derribaron la puerta y encontraron a mi madre rodeada de cortinas ennegrecidas; pese a que tosía debido al humo, las llamas no la habían tocado.

Lisette me vio con ojos de terror, muy abiertos.

—¿Qué hiciste? —susurró—. ¿Adónde se fue eso?

—No lo sé —respondí aturdida—. Lejos.

Al día siguiente despertamos bajo el estruendo de una ciudad en duelo. ¡El rey ha muerto! ¡El rey ha muerto! La historia era atroz: el rey Regus y Lady Camilla estaban en el muelle del puerto de De Lena cuando fueron consumidos por una súbita tormenta de fuego que devoró todo a su paso: barcos, tiendas, personas... todo. Toris fue el único superviviente, y salió de la vorágine con la firme creencia de que la desaparición de su esposa y el rey era atribuible a actos de brujas.

Intenté hablar con Lisette en el sepelio de su madre, pero no respondió. Ni siquiera me miró. Ambas sabíamos que yo era la causa de lo que les había ocurrido a su madre y mi padre, aun cuando no entendiéramos cómo. Toris se sumó al Tribunal poco después. Durante meses, a cada minuto yo estaba segura de que oía el ruido de botas a mi puerta, convencida de que sólo era cuestión de tiempo que Lisette confesara y los guardias llegaran por mí. Nunca lo hicieron.

Lisette preservó mi secreto. Esto me incomodaba en ocasiones, porque sabía que, con una sola palabra, ella podría hacer que el hacha cayera sobre mi cuello. Quizá quería olvidarlo, o utilizar el conocimiento de mi maldad para obtener beneficios políticos en el futuro. Yo no podía saberlo, y la incertidumbre me atormentaba.

Con todo, había algo de luz en la oscuridad: mi hermano había nacido, yo crecía, conocí a Mabel Doyle y pronto ya intercambiaba libros de magia con ella. Empecé a experimentar cautelosamente con el poder que había vislumbrado en mí aquella noche, a la puerta de la recámara de mi madre.

Vi al Heraldo docenas de veces después de la muerte de mi padre, y su aparición siempre anunciaba una desgracia. A menudo sentía su presencia antes de verla. Me observaba sin cesar, y aunque en todo momento tenía la sensación de que quería algo más de mí, nunca me tocó de nuevo.

Esta vez, permaneció inmóvil en el aire quieto de la habitación de Onal. Un aro de plata reposaba en su frente. Bajo él, sus ojos negros, insondables, miraban algo detrás de mí.

Mis dedos se curvaron sobre la linterna apagada y la pulsera rota.

—Estuviste esta mañana en la plaza, ¿cierto? Te sentí cerca —había visto que, por temor, enojo o desesperación, algunos fantasmas afectaban objetos en el mundo material, pero que ella me devolviese mi pulsera era sorprendente.

Fijó sus ojos en mí y sentí el impacto en los huesos, de pies a cabeza. Me armé de valor y avancé.

—Te he buscado desde hace tiempo.

Esperó.

—Puedes ver las cosas antes de que ocurran, ¿no es así? —tragué saliva—. Dime, por favor… ¿ves sólo la muerte?

No se movió.

—Me marcharé de aquí dentro de poco —añadí en tono informal, aunque mi voz temblaba—. Iré a un país que no conozco, me casaré con un hombre que nunca amaré, y eso si alguien no me mata primero —cobré valor—. Me gustaría saber... ¿controlas lo que ves en el futuro? Y si es así, ¿me dirás lo que ves en el mío?

Arrastró un pie adelante, después otro. Contuve la respiración, a riesgo de que mis pulmones se incendiaran. Cristales de hielo se formaron en el aire a mi alrededor. Me obligué a exhalar y mi aliento produjo una nube blanca. Cuando se disipó, ella estaba a unos centímetros de mí. Sus dedos huesudos envolvieron mi cara y hundió los pulgares en mis ojos como dagas frías.

Mi visión cambió. En lugar del rostro del Heraldo, vi las luces del banquete. Mi madre estaba en la tarima, acompañada por Simon Silvis. Era su presentación en la corte, pero él no aparecía erguido sino doblado, con las manos en torno al asta de una flecha clavada en su pecho. Había sangre en sus manos, en el piso.

Abandoné la visión con un grito.

Alguien golpeó con fuerza la puerta de Onal.

—¡Aurelia! —era Kellan—. ¿Se encuentra ahí, Aurelia? ¡Contésteme!

La puerta se abrió en cuanto el Heraldo cesó de tocarme, para disolverse en la ráfaga como una flama y dejar tras de sí una voluta de humo.

Kellan estaba frenético.

—¡Toqué innumerables veces en sus aposentos hasta que la oí gritar! ¿Sucede algo, Aurelia? —miró la pulsera que llevaba en las manos.

—Simon... —respondí con aire distante— Simon, morirá.

Lo aparté y corrí por el pasillo.

Irrumpí en el salón del banquete con el ímpetu de un huracán.

—¡Simon —grité—, estás en peligro! ¡Ten cuidado!

Mientras los nerviosos invitados se levantaban de sus sillas, me abrí paso entre la bulla hasta la tarima, donde mi madre miraba con pálida incredulidad. Simon estaba a su lado, justo igual que en mi visión, y corrí hacia él.

—Hey, ¡hey! Sé que suena raro, pero tienes que creerme. Algo te sucederá en cualquier momento. Tienes que...

—pero sus ojos se apartaron de mi rostro y se fijaron en un punto a mis espaldas. Cuando me apartó con una sacudida y caí en los peldaños, vi que una flecha volaba desde el fondo de la sala y se clavaba en su pecho. Empuñaba el arco el mismo chico que me había hecho derramar el vino en mi vestido; sus crispadas facciones eran ahora una máscara de furia y aversión.

Bajó el arco y exclamó:

—¡Muerte a la bruja! ¡Muerte a todas las que practican la magia...! —su consigna fue interrumpida por una fina hoja de metal que apareció frente a él, atravesando su vientre.

Kellan sacó su espada del cadáver y avanzó hacia mí mientras me volvía horrorizada al hombre que sangraba en la tarima. Mi madre ya alejaba a Conrad de la espeluznante escena, mientras cubría sus ojos con ambas manos.

Me arrastré hacia Simon, pero Onal ya se había adelantado y estaba inclinada sobre él para inspeccionar la herida.

—Creo que no tocó su corazón.

—Eso no importa —Kellan extrajo la flecha de un tirón y apretó la herida con un trapo—. Miren el asta: está cubierta con veneno de hoja de sangre —la arrojó a un lado—. Tendremos que darlo por muerto.

—Darlo por muerto no significa que lo esté —prendí a Kellan de un hombro. Simon no merecía morir de esta manera...—. ¿Puedes hacer algo? —le supliqué a Onal.

—Lo haría si pudiera —contestó.

—Fue mi culpa —comprendí entonces: si no hubiera tenido la visión del Heraldo, no habría regresado al banquete, y esa visión no se habría cumplido—. Lo que sucedió es mi responsabilidad.

Si Simon moría, nadie me enseñaría a utilizar mi extraño poder. El Tribunal continuaría con sus ejecuciones, los habitantes de Renalt con su temor disfrazado de odio y yo con mi lista de vidas perdidas o hurtadas a causa de mis grandes errores.

Sólo había un resultado aceptable: impedir que Simon muriera.

Tensé la quijada, tomé el puñal que Kellan cargaba al cinto y crucé mi palma con él, para hacer un corte paralelo al del ritual inconcluso. En cuanto la sangre manó, vertí tres gotas sobre el pecho de Simon.

—¿Qué hace? —Kellan sonó enfadado—. ¡Deténgase, Aurelia!

—*Ego præcipio tibi ut...* eh... sana. *Curaret!* —tardé en encontrar la palabra correcta—. Te ordeno que sanes. ¡Sana!

—Sé lo que haces —dijo Onal— y de nada servirá. ¡Para ya, niña! ¡Todos nos están viendo!

Cuando volteé, dos centenares de ojos pendían de mí y mi sangrante mano en alto, pero no había tiempo que perder; Simon ya tenía vidriosos y hundidos los ojos, y su agitada respiración cedía.

Onal estaba en lo cierto: eso no daría resultado. Sentí que la magia se resistía. La magia de sangre no servía para curar, el propio Simon lo había dicho.

Saqué la cápsula de cristal que había ocultado en los pliegues de mi vestido —donde manchas de vino se mezclaban ahora con las de sangre— y rompí el sello.

—¿De dónde sacaste eso? —jadeó Onal—. ¡Aurelia, no...! —quiso evitar que vaciara el contenido de agua, pétalos y más en la garganta de Simon, pero fue en vano—. ¿Qué has hecho? —susurró.

7

—¿Vivirá?

—Sí —Onal daba vueltas frente al sofá del estudio de mi madre al que habíamos llevado a Simon—, vivirá.

—¡Ya no estés enojada, por favor! —le pedí, aunque sabía que merecía toda su cólera.

—¿Enojada? ¡"Enojada" dista mucho de describir lo que siento, niña tonta!

—Le salvé la vida, ¿no?

—¡Allanaste mis aposentos! Robaste algo muy preciado...

Mi madre había acostado a Conrad en la habitación contigua y ahora estaba ansiosamente sentada junto a la chimenea.

—Ese pétalo estaba reservado para ti, Aurelia —explicó ella—. Íbamos a dártelo el día de tu partida. Y ahora... nada queda de él.

—*Lo siento* —dije con dificultad—. ¿No podemos comprar otro? Sé que son raros, pero Onal consiguió varios de algún modo... —mi voz se desvaneció. La idea de que acudiéramos tranquilamente al mercado a comprar un pétalo de hoja de sangre era tan absurda que resultaba risible.

Había cometido un error, un error espantoso.

—"¿Lo siento?" —chilló Onal—. Conseguí esos pétalos cuando raptaron una noche a mi hermana y al día siguiente la encontramos muerta en el bosque. Coseché una flor a cambio de la vida de mi hermana. ¿A quién estarías dispuesta a sacrificar para obtener otra?

Dirigí hacia ella toda la rabia que sentía contra mí, para no tener que aceptar que había sido una idiota.

—Tú misma desperdiciaste uno, ¿cierto? A pesar de que sabías que los pétalos de la hoja de sangre no dan resultado en alguien que ya murió, cuando mi padre...

—¡Tonta! ¿Cómo te *atreves* a compararte conmigo? Cuidé de tu padre desde que era un niño. Lo amé como si hubiera sido mi propio hijo, mi propio corazón. Era inútil que intentara recuperarlo, ya tenía varios días muerto cuando lo trajeron. Aun así lo *intenté*, tenía que hacerlo, porque lo *amaba*. Jamás recuperaré ese pétalo y no me importa. En cambio tú... ¡robaste mi último pétalo y lo desperdiciaste de inmediato! ¿Desde hace cuánto conoces a este hombre? ¡Menos de un día!

—¡Esa flecha estaba destinada a mí! No podía permitir que él muriera. Y si Simon, como emisario de Achleva, hubiera perdido la vida en nuestra corte, nos habrían culpado, y eso habría significado la guerra...

—Sí, es posible, pero lo que hiciste reafirma el peligro en el que te encuentras —dijo mi madre con gravedad—. Ahora todos corremos peligro.

Kellan entró en ese momento, con un pañuelo en la mano con el que limpiaba el sudor de su frente.

—Pese a que los pasillos están en paz por ahora, los magistrados del Tribunal ya han comenzado a reunirse. Sugiero que saquemos a Aurelia de aquí antes de que se propague la noticia de lo que sucedió en el banquete —posó la mano en la empuñadura de su espada—. Quizá mi familia podría hospedarla por un tiempo.

—¿Y qué hará tu familia cuando el Tribunal llegue a su puerta seguido de una turba sedienta de sangre? —Onal siempre había sido imponente, pero ahora era un felino furioso y dispuesto a atacar—. Porque lo hará sin duda alguna, ahora que hay un salón lleno de testigos de que Aurelia es bruja. Óyeme bien —añadió en mi dirección—: vendrán por ti, te matarán, y matarán a todo aquel que quiera interponerse en su camino.

—Esto no debió ocurrir —dijo mi madre—, no debió ser así —sus ojos brillaron—. No terminamos el ritual, y el pétalo de la hoja de sangre se ha esfumado. No puedo enviarte lejos sin protección, sin ninguna garantía de que estarás a salvo.

La voz de Simon se dejó oír desde el sofá.

—Podemos terminar eso.

—¡Despertaste! —exclamé sorprendida—. ¡Surtió efecto!

Gruñó mientras se sentaba. Cuando miró su ropa manchada de rojo, dijo:

—¿Qué sucedió? Lo último que recuerdo...

—Recibiste una flecha en el pecho. Y como el conjuro de Aurelia no sirvió, usó un pétalo de la hoja de sangre —dijo Onal con tono frío y cortante.

—¡Santo cielo! —el aturdimiento de Simon se tornó determinación—. Concluyamos el ritual. ¿La vasija contiene todavía nuestra sangre? Sáquenla, y también la daga y el paño. Vuelvan a poner todo como estaba.

—Tú dijiste que yo no debía... —protesté.

—Olvida lo que dije. Supongo que todos estaremos de acuerdo en que las cosas han cambiado desde esta tarde.

Las piedras se reacomodaron en triángulo y mi madre, Simon y Kellan ocuparon su sitio en cada punta, aunque esta vez Simon apoyaba el brazo en el huesudo hombro de Onal.

—Reinicia donde te quedaste —me instó Simon.

—No —repliqué con firmeza—. Ya te lo había dicho: no quiero esto. Me niego a hacerlo. Nadie sufrirá en mi lugar.

—¡Aurelia! —Kellan abrió mi mano y la cerró sobre el mango de la daga—. Hágalo, debe hacerlo —sostuvo mi mirada y sentí que me faltaba el aliento.

—No, Kellan. No quiero…

Mientras hablaba, él forzó la daga sobre mi mano contra su palma y dijo entre dientes:

—Mi sangre, libremente entregada.

—¡Rápido! —ordenó mi madre—. Lleva la vasija hasta el paño.

Obedecí y entré en el centro del triángulo.

—Vierte tres gotas —dijo Simon—. Repite después de mí: *Sanguine nata, vita et morte.*

De la vasija de hierro cayó una gota que se extendió por la blanca tela.

—*Sanguine nata, vita et morte.*

—Otra vez.

Vacié una gota más.

—*Sanguine nata, vita et morte.*

—¡Otra vez!

Dejé caer la última gota.

—*Sanguine nata, vita et morte.*

—*Tertio modo ut ab uno vitae. Ligat sanguinem, sanguinem facere* —dijo Simon—. Tres vidas están ligadas ahora en una sola. Unidas por la sangre, por la sangre separadas.

Las piedras destellaron de nuevo y todo calló.

Retiramos los vestigios del conjuro sin decir nada; nadie se atrevió a interrumpir el silencio hasta que la puerta del cuarto de al lado se abrió con un chirrido y Conrad asomó su pequeño rostro detrás de ella.

—No puedo dormir, mamá. Hay demasiadas luces.

Mi madre se acercó y acarició sus mejillas.

—¿De qué luces hablas, cariño?

—De las de afuera, brillan cada vez más.

Lo hizo a un lado y se aproximó a la ventana. Más allá del cristal, cientos de esferas radiantes flotaban en la oscuridad, cruzaban la puerta del castillo y se esparcían por los jardines. Mi madre se llevó la mano a la boca.

—Es el Tribunal —dijo Onal con voz gélida—. Marchan ya sobre el castillo.

—¡No se atreverían a hacer tal cosa! —repuso mi madre.

—Pues ya lo hicieron.

Alguien tocó con violencia en la puerta del otro cuarto. La voz de Toris llegó apagada por la gruesa madera.

—¡Reina Genevieve! ¡Ya están aquí!

Kellan abrió de par en par. Toris entró agitado y repitió sin aliento:

—Ya están aquí. No vienen sólo por Aurelia. Tomarán el castillo, todo.

—¿Es un golpe de Estado? —la mano de Kellan descendió sobre su espada.

—Me quieren a mí —intenté mantener mi voz firme—. Si permito que me lleven, dejarán en paz a todos.

—Usted sabe que no podemos hacer eso, princesa —replicó Simon.

Tenía razón: si me entregaba, el Tribunal me mataría. Y cuando eso resultara en nada y otro muriera en mi lugar, me mataría una y otra vez hasta que los cuatro estuviéramos muertos.

—Me marcharé entonces. Hoy mismo iré a buscar asilo en Achleva.

—Eso no impedirá que traten de arrebatarme el trono —objetó mi madre.

—Ven conmigo. Estaremos a salvo dentro de la muralla de Achleva. Renalt ha intentado traspasarla sin éxito durante tres siglos.

—No dejaré Renalt en manos del Tribunal, Aurelia.

En mi urgencia de aprender magia para destruir al Tribunal, lo había arrojado directamente sobre *nosotros*. Hice el esfuerzo de aceptar esta realidad.

—¿Qué será de Conrad si te quedas?

—Puede ir con nosotros a Achleva —respondió Toris—. Aseguraré su bienestar.

—¿Con *nosotros*? —le lancé una mirada incrédula—. No estarás pensando en acompañarme, ¿cierto?

Me ignoró y se dirigió a mi madre:

—Lisette espera ya en su carroza, nos encontraremos con ella en la estación dentro de una hora. El Tribunal ha bloqueado todas las salidas de la ciudad; sólo yo puedo conseguir que las pasemos a salvo. Los clérigos de guardia me conocen, confían en mí, y no cuestionarán mi deseo de alejar a mi única hija de la violencia que está a punto de desatarse —posó una mano en su pecho, sobre el pequeño frasco de sangre que colgaba de su cuello—. Su pueblo la odia, princesa. Debería agradecer el favor que se le brinda, es su única oportunidad.

—Mi pueblo me odia porque tú le dijiste que podía, que debía hacerlo. Tú y tu maldito Tribunal.

—Que sea miembro del Tribunal —bramó— no significa que no sea leal a la corona. Cuando mi traición se descubra, podría perderlo todo: mi fortuna, mis amigos, mi buen nombre...

—¡Qué gran desgracia! —exclamé tajante.

—Nos reuniremos dentro de una hora —Toris frunció los labios—, en la estación. Procure que nadie la vea.

—Yo los llevaré —dijo Kellan—, tanto al príncipe como a la princesa.

Toris dio un portazo al marcharse.

Mi madre tomó entonces mi vestido de bodas, lo dobló con cuidado y lo envolvió en una tela sobre la que formó un atado. Tras observarla un momento, me volví hacia Simon.

—¿Es posible que crucemos sin ti la muralla de Achleva?

—Sí —contestó—. Deben ser invitados a la urbe por un miembro de la familia real, del linaje directo de Achlev. Traje conmigo tres de esos documentos: uno para ti, otro para una doncella y uno más para un guardia. Cualquier otra persona tendrá que dar marcha atrás o esperar en los campamentos extramuros a que el rey emita una nueva invitación.

—Eso es todo lo que necesitamos —dije—: una invitación para mí, otra para Conrad y una más para Kellan. ¿Te quedarás aquí con mi madre, Simon? Como mago de sangre, eres el único capaz de defenderla. ¡Hazme ese favor! Acabas de atar tu vida a la mía, debe de haber algo que puedas hacer para proteger la suya.

Frunció el ceño.

—Puedo resguardarla en estas habitaciones, aunque no sé cuánto perdurará eso. Si el sello fallara, el Tribunal podría entrar, y entonces... —no terminó la frase, sabíamos lo que sucedería en ese momento.

—Haz lo que tengas que hacer.

Sacó tres sobres del bolso de su abrigo, sellados con el nudo de tres puntas de la bandera de Achleva.

—Con esto atravesarán la muralla —me los dio—. ¡Que Empírea te guarde!

—También a ti.

—¡Démonos prisa! —apremió Kellan—. No hay tiempo que perder.

—¿Mamá? —inquirió Conrad con ojos centellantes.

—Sé valiente, príncipe —le dijo—. Tu ausencia será breve. Aurelia cuidará de ti, no te preocupes.

Él me arrojó una mirada de incredulidad y yo me erguí para evitar encogerme por el miedo.

Mi madre me entregó el paquete con mi vestido de bodas antes de darme un abrazo formal y decir con su voz de reina:

—¡Ponte a salvo, hija! Te amo y te extrañaré en demasía —tocó mi mejilla con sus labios y mientras apretaba otra cosa en mi mano susurró—: Lleva siempre esto contigo, es un regalo. Te hemos protegido con nuestras vidas, confío en que protegerás la de Conrad con la tuya.

Era el paño de seda, ahora manchado con tres círculos de sangre. Me recordaría lo que mis seres más queridos estaban dispuestos a sacrificar para mantenerme a salvo.

—¡Aurelia! —urgió Kellan. Lo miré, y después a Simon y a mi madre. Si el Tribunal iba a deponerla, yo era la única esperanza de que mi familia recuperaría el trono. Debía cuidar a Conrad y convertirme en reina de Achleva. Una vez que tuviera el poder requerido, volvería a Renalt y reclamaría lo que en justicia era nuestro.

Con la garganta cerrada, respondí:

—Así lo haré.

Sólo hasta que corrí por el oscuro pasadizo me di cuenta de que no le había dicho a mi madre que yo también la amaba.

★

El pasadizo conducía a la Sala de los Reyes, cubierta a ambos lados por inmensos retratos de veinte generaciones de los monarcas de Renalt. Bajo sus impasibles miradas, Kellan, Conrad y yo nos escabullimos mientras los furiosos gritos distantes se filtraban a través de las paredes. Dimos vuelta en la esquina hacia mis habitaciones, cuya puerta encontramos entornada. Kellan se llevó un dedo a los labios, sacó su espada y abrió la puerta de golpe.

Mi dormitorio había sido saqueado. Todas mis pertenencias, lo que un día había considerado mío, estaban regadas en el piso. Los tapices habían sido rasgados, y el armario tirado al suelo. Mi cama se hallaba de cabeza en el centro de la habitación, con sus dentados tablones al aire como el costillar de un barco naufragado tiempo atrás. Y en cada pared habían garabateado la palabra *Maléfica, maléfica, maléfica*. Bruja, bruja, bruja.

—Tome pronto lo que necesite —indicó Kellan—. Debemos salir de aquí.

—Nada hay que tomar —repuse—, todo ha desaparecido.

Un ruido ronco emergió de mi destrozado escritorio al tiempo que una pieza era movida. Kellan blandió su espada y Conrad se agachó a sus espaldas, pero lo que vimos era un rostro conocido.

—¿Milady? —preguntó Emilie atemorizada—. ¿Es usted, princesa? ¿Se encuentra bien?

78

La ayudé a salir de su escondite.

—¿Tú estás bien?

—Me oculté cuando oí que los demás sirvientes venían. ¡Es un milagro que no hayan dado conmigo! —tembló—. Decían cosas horribles de usted, milady...

—Volverán —dijo Kellan—. Debemos irnos ya.

—¡Esperen! —exclamó ella—. Sin duda la encontrarán si continúa ataviada de ese color. Por aquí debe haber otro vestido suyo... —la puerta del armario colgaba de sus goznes y las prendas que contenía estaban desgarradas; el resto había desaparecido, probablemente como botín. Nada utilizable había en ese sitio. Ella tomó un andrajo y lo soltó al instante—. Intercambiemos nuestras ropas —dijo con resolución—. Somos casi de la misma talla. Buscan a una princesa con un vestido de gala de color verde, no repararán en una doncella.

—¡Magnífica idea! —aprobó Kellan—. Háganlo, deprisa.

—No —me rehusé con firmeza—, es muy peligroso. Piensa en lo que le pasó a tu madre...

—Es por ella que le ofrezco esto —replicó Emilie, con el rostro encendido por el fervor—. No pude salvarla entonces y no puedo vengarla ahora, pero puedo hacer esto por usted —posé mi mano en su hombro sin decir palabra, y añadió—: Si alguien puede hacer que el Tribunal pague por sus fechorías es usted, princesa. Si la ayudo hoy, quizá pueda regresar algún día y poner remedio a este horror para bien de todos nosotros.

—¡Deprisa! —dijo Kellan—. La multitud ya está cerca.

Me quité con dedos torpes el vestido verde y se lo entregué a Emilie.

—Busca un lugar seguro y enciérrate ahí. Diles que yo lo hice —la aleccioné mientras deslizaba su sencilla prenda por mi cabeza—. Diles que te obligué a que me entregaras tu vestido. Di lo que sea necesario para que te crean.

—Sí, milady —respondió mientras yo la ayudaba a atar los cordones del vestido manchado. Alisó la tela—. Nunca me había puesto un vestido tan hermoso.

—Algún día te recompensaré con uno mejor.

—¡Trato hecho! —se quitó su mascada amarilla y me cubrió con ella, para empujar debajo mi cabello rebelde.

—Nunca olvidaré esto, Emilie —dije en voz baja—. No te defraudaré.

En la puerta junto a Conrad, Kellan me hizo señas para que lo siguiera. El tiempo se agotaba.

—¡Un momento! —dije antes de partir—. Dame lo que está en la bolsa —ella sacó la pulsera rota y me la tendió; busqué sin pensarlo el dije con la figura del dragón (de color esmeralda, como la gema favorita de su madre), lo desprendí, lo hundí en su mano y murmuré—: Gracias.

Asintió y apretó el objeto: un símbolo de su madre y de mi promesa de vengarla.

Regresamos a la Sala de los Reyes. Kellan fue a explorar el camino, no sin antes escondernos a Conrad y a mí tras el tapiz frente a los retratos del famoso rey Reynaldo y su segundo al mando, Lord Cael, el fundador del Tribunal.

Me asomé desde mi guarida y el rígido hombre del cuadro me devolvió una mirada fría: sus ojos eran de un azul violáceo, su barbilla recta y cincelada, y su cabellera rubia remataba en una cola de caballo que llegaba a su nuca. *Había una vez dos hermanos y una hermana, los magos más prometedores de sus respectivas órdenes, que un día se reunieron para formular un conjuro…* Todos los relatos comenzaban igual. La parte intermedia también coincidía: la hermana, Aren, había muerto durante el fatídico conjuro. Pero el final variaba mucho: algunos decían que Aren se había quitado la vida; otros, que Cael había visto el mal en ella y había entendido que debía resguardar el mundo, de manera que hizo víctima a su hermana de la primera ejecución de brujas. La versión consagrada en el Libro de Órdenes del fundador, y que el Tribunal sostenía como verdad inmutable, decía, en cambio, que Aren había sido asesinada por su hermano mayor, Achlev, y que Cael había muerto noblemente en su defensa, usando hasta la última gota de su sangre en su intento por salvarla. Esta variante afirmaba que Empírea se había conmovido tanto con su abnegación y valentía que lo había elegido para que volviera a la tierra como su emisario, a fin de que difundiese su regocijo y su luz entre todos. Él había regresado entonces de la muerte, sano, puro y con un mandato sagrado: fundar una organización que librara al mundo de la magia.

Esto es culpa tuya, acusé a Cael en mi mente, *tuya, de tu Tribunal y de tu maldito Libro de Órdenes*. Se especulaba que su cuerpo era demasiado puro para descomponerse y que se encontraba oculto en algún lugar en las montañas, dentro de un ataúd de cristal, tan joven y fresco como el día en que Empírea lo había llamado para que consumara su obra.

Dondequiera que el fundador se encontrase, confiaba en que se hallara en un estado de completa putrefacción.

Conrad gimoteó a mi lado e, insensata, puse mi brazo sobre sus hombros, como si no notara que se retraía a mi tacto.

—Todo va a estar bien —susurré.

—¿Cómo puedes estar tan segura? —replicó con voz chirriante.

Kellan apareció y nos hizo señas. Lo seguimos por una escalera de servicio, pero interrumpimos la marcha cuando un grupo de personas pasó abajo; reían y contaban lo que me harían si daban conmigo. Retrocedimos, protegidos por Kellan, y reanudamos nuestro avance una vez que se alejaron.

—Debemos continuar por aquí —dijo—, ¡deprisa!

No habíamos llegado al siguiente tramo cuando un hombre gritó:

—¡Alto! ¡Espere!

Nos detuvimos. Mi corazón latía con una fuerza desacompasada. Volteé y vi que un ondeante vestido verde desaparecía por una esquina en el corredor adjunto. Los perseguidores rugieron al pasar a nuestro lado.

—¡Es Emilie! —murmuré.

—Los está distrayendo para que ganemos tiempo.

Bajamos los peldaños restantes de dos en dos y salimos al huerto por la entrada de servicio. Cargué a Conrad y crucé corriendo el patio descubierto hacia la estación, donde los caballos de Lisette ya estaban enganchados a una carroza y Toris ocupaba el asiento del conductor.

—Llegas tarde —me dijo—. Vámonos.

Kellan ayudó a Conrad a subir al asiento junto a Lisette, quien se deshizo en atenciones.

—¡Mira qué valiente eres, pequeñín! No llores, yo me encargaré de que nada te suceda.

Me desplomé en la esquina opuesta y me envolví en mis brazos.

Kellan montó en Falada y se acercó al carruaje.

—Estamos listos.

El largo sendero hasta la puerta del castillo serpenteaba a través del patio, donde se había erigido una pira. Una turba a punto de estallar se congregaba al pie del montón de leña, con antorchas que se mecían erráticamente al grito de *¡Quemen a la bruja! ¡Quemen a la bruja!*

En la puerta, nos detuvieron unos hombres ataviados con las túnicas del Tribunal.

—Nadie puede entrar o salir hasta que encontremos a la bruja.

Me agazapé en mi asiento, con la vista fija en el deslavado motivo floral del vestido de Emilie. *Por favor, que no miren dentro*, rogué.

Toris respondió con voz cortante y enérgica:

—Soy Lord Toris de Lena, magistrado y portador de la sangre del fundador. Mi hija viaja en este carruaje, y la escoltaré lejos de esta violencia. Les suplico que no me demoren —su tono se volvió grave y rotundo— o lo lamentarán.

Un momento después, escuchamos que la puerta de hierro se abría. Tragué saliva, contuve el aliento y me aparté de la ventana mientras pasábamos. Antes de que respirara aliviada, el Heraldo apareció en el carruaje junto a mí y se desvaneció en el acto, como una nube de humo.

En tanto la puerta se cerraba ruidosamente a nuestras espaldas, escuché que los clérigos decían con entusiasmo:

—¡Mira eso, la atraparon!

—¡La bruja arderá esta noche gracias a Empírea!

Pese a que el carruaje cobraba vuelo, abrí la puerta de golpe y emití un ahogado sollozo animal cuando me percaté de lo que veía.

Una chica era llevada por la fuerza a la pira. Una chica cubierta con un vestido color esmeralda.

—¡No, alto! —aullé—. ¡Debemos regresar!

Pero si acaso Toris me oyó sobre los resonantes cascos de los caballos, no hizo caso ni aminoró la marcha.

Salí al estribo como enloquecida, dispuesta a saltar y correr hacia la hoguera, pero justo en ese instante Kellan galopó hasta mí, me arrancó de la carroza y me subió con él a Falada.

—¡Ya es demasiado tarde para volver! Ella hizo este sacrificio por usted. Fue un regalo, ¡un regalo, Aurelia! ¡No puede desperdiciarlo!

Lloré sobre su capa cuando dábamos vuelta en una esquina. Lo único que pude ver más allá de los tejados de la ciudad fue una impresionante flama anaranjada que subía al cielo.

8

Casi dos semanas después, llegamos al borde del Ebonwilde. Estábamos tristes, empapados y adoloridos luego de una sucesión de días difíciles, durante los cuales nos habíamos arrastrado por serpenteantes y apartados caminos de Renalt, dormido en barrancos pantanosos y comido lo que Kellan fuera capaz de atrapar: urogallos y correosas liebres de campo si teníamos suerte, roedores si no. Sin duda, el Tribunal ya se había dado cuenta de que habían quemado a la joven equivocada; después de algunos percances con sus exploradores, renunciamos a las fogatas y nos vimos forzados a buscar nuestra comida entre la maleza. Encontrábamos tréboles y berros, sobre todo; la temporada estaba recién iniciada y no ofrecía más. Ya tampoco teníamos carruaje: se había atascado en el fango de la primavera y no habíamos logrado sacarlo de ahí. Kellan había querido continuar con el intento, pero me opuse; sabía que el nuestro no era el primer grupo que sufría calamidades en ese sitio y no me agradaba la idea de unirme a los hinchados y amarillentos espíritus que arañaban el lodo con desesperación. Teníamos suerte de sólo haber perdido nuestro carruaje; muchos otros no habían sido tan afortunados.

Seguía el paso del tiempo con más resignación que temor; ahora estábamos en el primer día del mes de Quartus, a cuatro semanas de la fecha prevista para mi boda.

La baja moral perdonaba sólo a uno de nosotros. Toris lucía cada más alegre entre más nos alejábamos, y a menudo silbaba para sí una antigua canción popular de Renalt. En cuanto avistamos el bosque en el horizonte, empezó a entonarla incluso, casi sin querer.

No vayas nunca al Ebonwilde
donde una bruja encontrarás.
Hace de niños ricos pays
y de las niñas mazapán.
Hay en sus dientes blanco haz,
un ojo rojo, amor falaz;
si alguna vez la ves en Ebonwilde,
nunca regresarás.

Estaba a punto de acometer la segunda estrofa, acerca de la maldición que había caído sobre un jinete sin cabeza, cuando no pude más y estallé:

—¡Basta, *por favor*!

Mostró su dentadura detrás de una sonrisa irreverente y dejó de cantar. Siguió silbando, sin embargo, y continuó con la melodía hasta la última nota.

Esa noche acampamos a la orilla del bosque, cerca del río Sentis, e hicimos nuestra primera fogata en varios días. Kellan atrapó algunas percas con un hilo del maltratado vestido de Lisette y el anzuelo que improvisó con uno de sus aretes. Ella protestó con fervor de que se le hubiera privado de sus pertenencias hasta que los pescados salieron del fuego... después de eso, no hizo ruido alguno. Era nuestro primer plato decente desde Syric.

Conrad comió rápido y se durmió sobre el regazo de Lisette. Me había dirigido apenas dos palabras a lo largo del viaje y soltaba con frecuencia lágrimas grandes y redondas que resbalaban despacio por sus mejillas antes de enjugarlas para que nadie las viera. Pero nunca se quejaba, pese al viaje extenuante y al escozor de que se le hubiese desprovisto de su madre y su hogar por primera vez en su corta vida. Aun cuando yo ardía en deseos de acercarme a consolarlo, no lo hice; él tenía a Lisette para eso. Ahora vi cómo lo trasladaba de su regazo a un saco de dormir y lo cubría con una manta hasta la barbilla antes de acostarse a su lado. Se durmieron pronto.

Toris aceptó la guardia inicial esa noche y poco después salió en busca de un punto de observación más adecuado.

Kellan y yo nos quedamos solos. Rodeó mis hombros con una manta de piel.

—Toris vigilará durante la mitad de la noche y yo lo sustituiré —asentí desganada, con la cabeza en otra parte—. Deje de pensar en eso, Aurelia —se sentó a mi lado.

—Emilie murió por mi culpa. *No puedo* dejar de pensar en eso.

Tomó mis manos.

—No fue su culpa. Nada de esto ha sido su culpa.

Miré intensamente sus manos en las mías, después su rostro.

—No es posible que creas eso después de todo lo que ha ocurrido.

—¡Por supuesto que lo creo! La *conozco*.

Conocía la versión de mí que yo deseaba que viera, porque temía que cambiara de opinión si revelaba mi verdadera personalidad. Sentí que mi estómago se retorcía. Por mucho que hubiera querido evitar esta conversación, mi mente me atormentaba con incesantes imágenes de una joven con un vestido verde que moría en la hoguera. Estaba harta de mantener la ilusión de inocencia, incluso para Kellan.

—Las cosas no son como piensas.

—La conozco mejor que nadie, Aurelia. Es obstinada... y exasperante y asombrosa. Es valiente, pero temeraria. No tiene el menor sentido de la autopreservación —sonrió hacia el suelo—. Le preocupa la gente. Sufre cuando otros sufren, aun si intenta disimularlo —me lanzó una mirada de serena determinación—. ¡Ojalá usted supiera...! —vaciló y empezó de nuevo—. ¡Ojalá comprendiera lo que usted significa para mí! —colocó una mano insegura sobre mi mejilla.

No permití que ese gesto me distrajera.

—Viste lo que hice en el castillo, en Syric.

—Aurelia, yo no...

—Dime lo que *viste* —ordené.

Sacudió la cabeza.

—Simon agonizaba y usted dijo algunas cosas y... ¿qué más quiere que diga?

—Que me mires a los ojos y me expliques cómo es posible que creas que soy inocente. Estuviste ahí, lo viste con tus propios ojos.

—Usted había pasado por momentos terribles y estaba muy presionada... Además, toda su vida la han condicionado a creer las mentiras que le han dicho sobre los demás y sobre sí misma...

—¡No son mentiras! —me puse en pie—. Nada de eso es mentira. ¿Quieres oír la verdad? Soy exactamente lo que ellos dicen —respiré hondo varias veces—: una bruja —adoptó una expresión indescifrable. Esperé alguna señal de que comprendía, de que me creía, pero ninguna llegó—. Veo fantasmas, Kellan, los veo en todas partes. ¿Cómo te imaginas que supe lo que le sucedería a Simon? Un espíritu me lo mostró. Mis visiones no son una superstición. Son reales y aterradoras, y las he tenido cada día de mi lamentable existencia —tragué saliva mientras la culpa y la vergüenza se enroscaban en mi cuello y lo oprimían.

"Sí —continué—, recité un hechizo para salvar a Simon, y no por vez primera. Fue un error hacerlo frente a todas esas personas que ya me odiaban, pero ¿sabes qué? Me alegra haberlo hecho. Por más que no soporte lo que le pasó a Emilie, me da gusto lo que me pasó a mí. Porque ya no tengo que fingir, ya no tengo que preguntarme qué pensarás de mí si te das cuenta de la verdad…

Me tomó de los hombros, se detuvo un instante para contemplarme con descaro, y se inclinó para darme un beso. A pesar de todo, cerré los ojos y me abandoné a la experiencia. Rodeada por sus brazos y con sus labios apretados contra los míos, por un momento nada más importó en el universo.

Cuando el beso llegó a su fin, murmuró en mi oído:

—Tú no eres ninguna bruja, Aurelia. Eres tan sólo una chica que ha llevado a cuestas el peso del mundo durante demasiado tiempo. Ya no estamos en Renalt. Puedes olvidar esos temores y supersticiones, dejar atrás aquello: Renalt, Achleva… todo. Tú y yo podemos ir adonde queramos, ser lo que deseemos. Basta con que lo digas para que yo lo haga posible.

Mi corazón latió con fuerza.

—¿Quieres que huya?

—Sí —contestó sin titubear—. Quiero que huyas conmigo. Dejemos atrás todo esto para siempre.

Intenté comprender... ¿Nos marcharíamos simplemente?

—¿Qué será de mi madre, de mi hermano? ¿Cuál será la suerte de Renalt?

—En tu ausencia, todo volverá a la normalidad: Conrad regresará a casa, tu madre recuperará el trono...

—Y el Tribunal matará impunemente a miles de inocentes más. ¿Es eso lo que deseas?

—Las cosas han sido siempre así, Aurelia. Lo único que me importa es lo que te ocurra a *ti*.

Mi agitado pecho se aquietó enseguida. De pronto, tomé plena conciencia de cada punto de contacto entre nosotros: mis manos en su pecho, la caricia de mi mejilla en la suya, sus brazos cubriendo mi espalda. Empecé a separarme, a desenredarme de él, y cuando lo conseguí se quedó boquiabierto, con las manos vacías y desarmado.

—Mírame, Aurelia.

No lo hice, no quería que viera la expresión en mi rostro. No era sólo su completo desdén por mi confesión más íntima, sino también su creencia de que las cosas eran así y punto. De que el Tribunal era parte de la vida, como la marea o el cambio de las estaciones. De que el ininterrumpido sacrificio de cientos de personas resultaba aceptable a cambio de la seguridad de una sola: yo.

Jamás podría aceptar esa idea, nunca. Y si esto me costaba una vida al lado de Kellan, estaba dispuesta a pagar ese precio. Cuando lo comprendí, mis esperanzas secretas volaron como las hojas de otoño bajo el viento invernal. Retrocedí otro tanto para aumentar la separación física entre nosotros, en reflejo de la que ya sentía en mi corazón.

—¡Aurelia!

No volteé. Miré el fuego y el bosque más allá, un chal de terciopelo negro que se tendía sobre las cumbres blancas y angulosas de las distantes montañas de Achleva. Dije:

—Has visto mucho, hemos pasado juntos tantas cosas, ¿y todavía no entiendes?

—¿Me escuchaste siquiera? —entrecerró un par de ojos cargados de sentimiento y se interpuso en mi visión del bosque y el cielo—. Estoy tratando de decirte que te amo, Aurelia.

—No puedes —repliqué con tono sombrío—. No sabes cómo hacerlo.

—¿Qué significa eso?

—Significa que una vez que lleguemos a Achleva y te hayas encargado de mi seguridad y bienestar, te relevaré de tus obligaciones y podrás retornar a Renalt, permanecer en la guardia y casarte, si así lo deseas —perdí la compostura—. Espero que lo hagas.

No dijo más. Se volvió, pasó junto al lugar donde Conrad y Lisette dormían y llegó a la alta hierba de los campos que las estrellas iluminaban. Poco después se perdió de vista y yo me derrumbé en mi saco de dormir, sola y angustiada.

Bueno, pensé, *ya sólo puedo herirme a mí*.

9

El sueño fue vívido. Me encontraba en los linderos del bosque y veía una pálida luz entre los árboles. Miraba de soslayo para precisar la forma de aquello, en cuya dirección avanzaba sin que tuviese conciencia de que estaba moviendo los pies. Era una polilla atraída por la flama; aunque sabía que más allá nada bueno podía haber, tiraba de mí.

La luz era la lámpara de Toris. Él se había introducido un centenar de metros en el bosque, estaba encorvado y las sombras ocultaban algo que se parecía remotamente a su rostro. Me encogí detrás de un árbol enorme y vi que tomaba la sangre del fundador que pendía de su cuello, abría el frasco y vaciaba el contenido en su rostro —una, dos, tres gotas— antes de volver a guardar la reliquia bajo su camisa.

Se irguió despacio y por un minuto su cara lució descompuesta, como si sus huesos se hubieran reacomodado de una manera poco natural. Murmuró palabras extrañas y aterradoras, cuyo poder sentí: magia de sangre. Había usado la sangre del fundador para consumar un conjuro. Y a juzgar por lo pesado del aire, se trataba de uno muy desagradable.

El sueño cambió de súbito y me arrojó a una caótica confusión de imágenes perturbadoras: el destello de una tela azul, una mano en una daga, el semblante de Kellan contorsionado por el dolor a causa de los golpes que Toris le propinaba.

Salí del sueño con un jadeo y llevé las manos a mi boca para no gritar. Pese a que había visto al Heraldo un segundo apenas, su mano había dejado en la piel de mi brazo una fría marca azul.

Abandoné con dificultad mi saco de dormir, tomé una alforja de cuero y metí en ella todo lo que encontré.

Kellan cavilaba junto al fuego de espaldas a mí, lo atizaba lánguidamente con una vara larga. Corrí y me arrodillé a su lado.

—Kellan —me costó trabajo pronunciar su nombre, que tuve que repetir entre sacudidas porque él no reaccionaba—. ¡Kellan!

Mi angustia logró que depusiera su hosquedad y se volviera hacia mí.

—¿Qué sucede? —la sensación de apremio que después de cinco años a mi servicio conocía tan bien suplantó su dolor y su ira.

—Debemos irnos, Conrad, tú y yo. Se trata de Toris: hace magia, magia de sangre. En el bosque… —callé, consciente de pronto de que era ridículo acusar de brujería a tan distinguido magistrado del Tribunal. Pero sabía que el Heraldo no me había engañado, que lo que había visto era cierto. ¿Cómo conseguiría que él creyera en mí, en especial ahora? Lo tomé de los hombros—. Sé que esto te parecerá una locura, pero escúchame… aun si nada has creído de lo que te he dicho hasta ahora, esta vez *debes* creerme: tenemos que irnos ya. ¡*Créeme*, Kellan, por favor! Te lo suplico. *Confía en mí*.

Examinó mi rostro y dijo:

—Le creo, Aurelia.

Tomamos lo que pudimos y él ató mi alforja en la silla de Falada. Monté en mi caballo mientras él cargaba a Conrad, quien dormía aún, lo sujetaba con fuerza y se deslizaba sobre el lomo de la yegua.

Lisette despertó en cuanto oyó el grito de alarma de Conrad.

—¿Qué pasa, Aurelia? ¿Qué *haces*? ¡Aurelia! ¡Suéltalo!

Salimos a todo galope en dirección al bosque, seguidos por los gritos de Lisette.

—¡Padre, padre! ¡Tienen al príncipe! ¡Huyen!

Pasamos al trote junto a Toris cuando él ya corría de regreso al campamento. La linterna que se mecía en la cadena en su mano tiñó su rostro con una colérica máscara de luz y sombra, similar a la que había atisbado en mi sueño. Vi por encima del hombro que salía disparado hacia los otros caballos y montaba el primero de ellos. Lisette se vio forzada a saltar a un lado para no ser arrollada.

Apremiábamos a nuestros caballos conforme el sendero se volvía más empinado y ascendía entre los árboles. Toris nos seguía tan cerca que se escuchaba su silbido burlón al compás de los cascos. *No vayas nunca al Ebonwilde, donde una bruja encontrarás...* Pero nuestros animales eran fuertes y seguros, y ganábamos terreno. Tuve la esperanza de que saldríamos de este trance.

Fue una esperanza efímera.

El camino dio una brusca vuelta a la derecha para continuar por la escarpada orilla de un desfiladero, al fondo del cual corría el potente río Sentis. Era un camino peligroso, angosto, lleno de hundimientos; en algunas secciones, había cedido al clima tiempo atrás y caído al río, dejando largas y melladas cicatrices en el borde restante. Al otro lado se alzaba el bosque, en cuya inabarcable oscuridad aulló un lobo. Mi caballo se sobresaltó y estampó varias veces las patas en el suelo. A un segundo aullido, retrocedió con un alarido de terror y rasgó salvajemente el aire con las pezuñas.

No pude sostenerme y caí, al tiempo que él salía en estampida y se adentraba en la espesura.

Me puse de rodillas, con tierra y lágrimas en los ojos y dolor en todos los huesos. Frente a mí, Kellan ya hacía que Falada volviera sobre sus pasos.

—¡Escapa! —grité—. ¡No me esperes, *escapa*! —si la visión del Heraldo era cierta, él debía alejarse de Toris lo más posible; para mi consternación, persistió en su retorno.

Toris ya estaba a mi lado. Bajó de su caballo con danzarina gracilidad y se acercó mientras hacía girar su puñal y esbozaba una sonrisa. Levanté las manos y Kellan llegó hasta nosotros.

—¡Suéltame! —Conrad intentaba desprenderse de su puño.

—¡Basta! —exclamó Toris—. Deje bajar al niño, teniente.

Éste tensó la quijada, hizo descender a Conrad sin liberarlo y desmontó.

—Sea prudente, magistrado —lo amonestó—, no haga nada que podría lamentar después.

Otra montura emergió de entre los árboles. El cabello suelto de Lisette enmarcaba su rostro como una nube furiosa. Bajó de su caballo.

—Deja a Conrad —dijo con comedimiento y zalamería—. No le hagas daño, Aurelia.

—¿Que no le haga daño? Yo no...

Con un sollozo de temor, mi hermano se zafó de Kellan y se arrojó en brazos de Lisette.

—¡Él tenía razón! —clamó—. Querían raptarme, como dijo Toris.

—Yo tampoco quería creerlo —murmuró ella—. Pero ya estás conmigo.

—¡No, Conrad! —grité—. ¡Jamás te haría daño y lo sabes! Nunca...

—¡Mentiras! —Toris daba vueltas alrededor de mí—. Todos sabemos de su traición, de su alianza con Simon Silvis y de la conspiración para matar a los herederos de dos reinos: su hermano y su prometido. Por suerte vinimos con usted, o habría podido salirse con la suya.

Kellan salió en mi defensa:

—¡Él miente, Conrad! No...

—El príncipe ya vio suficiente —dijo Toris—. Regresa con él al campamento, hija; yo me ocuparé de estos dos.

—¡Espera! No te lo lleves, no... —sentí en lo alto de la espalda la punta de la navaja de Toris.

Lisette subió a mi hermano a su caballo y me dirigió una mirada de decepción y lástima antes de volver sobre sus pasos, a todo galope.

—Bueno —Toris afianzó su puñal—, quiero esos documentos.

—No sé de qué hablas —era cierto.

—¡Vamos! Simon Silvis no la habría enviado a Achleva sin un medio que le permitiera cruzar la muralla. Deme los documentos —hundió un poco más la navaja y me guio hasta mi caballo; la hoja había roto la tela de mi vestido: un paso en falso y cortaría la piel.

Saqué los pergaminos de la alforja.

—¿Esto es lo que quieres? Te los daré si me devuelves a Conrad y dejas que todos nos marchemos en paz —vi de reojo que Kellan se aproximaba con cautela.

—Conrad no quiere ir con usted —repuso—. La odia. No tiene muchos amigos, ¿verdad, querida? —ladeó la cabeza—. Le duele perder uno más, ¿no es así?

Esquivó ágilmente el golpe de la espada de Kellan, a quien prendió por el dorso y jaló de la cabeza para apuntar el puñal contra su cuello. Con las manos en alto, Kellan soltó la espada.

—¡Ojalá no necesitara las invitaciones! La magia puede ser muy irritante, y por eso el trabajo del Tribunal es tan valioso: mantiene el orden. Deme los documentos, no lo pediré de nuevo —una gota de sangre resbaló por el cuello de Kellan.

Tragué saliva, consideré las circunstancias y puse los pergaminos sobre el borde del abismo.

—Baja el puñal o desaparecerán para siempre.

—Yo no hago tratos con usted.

—¡Bájalo! —repetí más fuerte.

Apartó de mala gana el puñal. Caminé despacio y puse los documentos en el suelo, a la orilla del risco. El nudo del sello brilló con un rojo apagado bajo la luz de la luna. Toris arrastró consigo a Kellan, pero lo dejó en libertad para levantar las invitaciones.

Me lancé a los brazos de Kellan. Vi por encima de su hombro que Toris recuperaba su maliciosa sonrisa mientras metía en la bolsa de su abrigo sus más recientes adquisiciones.

—¡Ya tienes lo que querías! —exclamé—. ¡Ahora déjanos ir, como prometiste!

—Nunca prometí tal cosa.

Con un movimiento veloz, Toris hundió su puñal en el costado de Kellan.

Él se recargó en mí y me tambaleé bajo su peso repentino.

—¡Kellan!

Con las rodillas a punto de ceder por entero, me aferré a su capa para no soltarlo. Jalé de ella con desesperación mientras sus ojos se ponían vidriosos y él trastabillaba en el borde.

Con un último gemido gutural, me clavé en el suelo y tiré de la capa con todas mis fuerzas, pero la tela cedió y el cuerpo de Kellan resbaló por la orilla y cayó al abismo.

Ahogué un grito en mis manos, envuelta en el retazo azul cobalto que ahora ondeaba vacío al viento. Lo único que se oía era el remoto rugido del río en las profundidades y mi respiración entrecortada. Las tinieblas habían devorado a Kellan. Ya no estaba conmigo.

Toris sujetó mi muñeca y me jaló para que lo enfrentara. Su puñal, aún bañado en la sangre de Kellan, apuntaba bajo mi mentón. Explicó tranquilo:

—Era inevitable que todo acabara mal para usted. Tenía que haberlo sabido.

Mi sangre se había puesto tan fría como el río glacial e hizo que mi pena se cristalizara en odio.

—¿Tanto deseas la perdurable separación de Renalt y Achleva que me matarías por eso?

—Es la *unión* de Achleva y Renalt lo que persigo. Habrá una boda de cualquier modo, y una princesa se casará con el príncipe. Sólo que *usted* no estará ahí para atestiguarlo. Lisette fue desde siempre más apta para ese papel.

¡Así que eso era! Lisette iría a Achleva en mi lugar y yo moriría aquí.

—¿Y Conrad?

—Servirá de garantía. Lo necesitamos para mantener a raya a su madre. Y a diferencia de usted, ha demostrado ser dócil. Será fácil convencerlo —y prosiguió con voz de congoja y urgencia—: "¿No lo ves, pequeño príncipe? Debemos permanecer encubiertos para representar a los cómplices de tu hermana. ¡La *vida* de la reina está en juego!" —rio y acercó el puñal.

Aunque quería cerrar los ojos, no lo hice. Que él viera mi rostro, mi mirada, justo al momento en que la vida saliese de mí. Quizás el conjuro de sangre de Simon surtiría efecto y otro moriría en lugar mío, una opción en la que ni siquiera podía pensar; pero en caso de que no fuera así, quería morir enojada, vengadora: convertirme en un fantasma que lo persiguiera el resto de su vida.

—Nada tengo contra usted, princesa —agregó—, es sólo que no forma parte del plan.

Dueño de una destreza manual envidiable, el corte que ejecutó de un lado a otro de mi garganta fue tenso y limpio. Sin embargo, no sentí el cuchillo. Nada sentí.

Su lance había sido absorbido por otra persona.

El Heraldo se materializó en el aire entre nosotros; él había cortado su cuello en vez del mío. En aquél ya había una herida, así que Toris no logró hacerle daño. Dejó caer su navaja y se encogió, como tocado por un aguijón.

—¿Eres tú, Aren?

La veía. Sabía quién era. Desplazó entre nosotras una mirada confundida y salvaje.

Ella se desvaneció en un parpadeo tan breve como su aparición.

Envolví con mi mano el frasco de sangre en el cuello de Toris y tiré de él; el cordón cedió con un ruido sordo mientras me precipitaba contra su pecho y lo derribaba bocarriba. Tres pasos largos me llevaron junto a Falada, sobre cuyo lomo monté al vuelo de la manera en que Kellan me había hecho practicar tantas veces. Sin soltar la sangre del fundador, sumergí mis manos en las largas crines de Falada, y mis talones en sus ijares.

Salió disparada sin vacilar. Golpeó con sus patas ligeras la tierra húmeda y negra del Ebonwilde para zambullirme en la acogedora oscuridad.

10

No estamos aquí. Somos invisibles. No estamos aquí. Somos invisibles. Salmodié el hechizo encubridor de Simon hasta bien entrada la noche, mucho después de que la sangre que había derramado para recitarlo se había secado. Al momento en que me detuve a descansar, a riesgo de caer inconsciente del lomo de Falada, seguí murmurándolo en la penumbra mientras buscaba el calor de la capa de Kellan y escuchaba a lo lejos los fúnebres aullidos de los lobos. *No estamos aquí. Somos invisibles.* Un rato más tarde, ya no sabía si lo decía en voz alta o era sólo un coro que daba vueltas en mi cabeza. *No estamos aquí. Somos invisibles. No estamos aquí. Somos invisibles.*

Cuando desperté, no supe cuánto tiempo había pasado; en el Ebonwilde no había mucha diferencia entre el día y la noche. La luz disponible era tenue y gris, apenas suficiente para distinguir el corte manchado de sangre en la capa de Kellan, indicando la trayectoria que el puñal de Toris había seguido justo antes de que él cayera.

Porque *cayó.*

Kellan, mi mejor amigo, mi guardia, mi protector, quien me amaba y —¡ay, Empírea!— cuyo amor *rechacé…* se había marchado de este mundo.

El sonido que salió en ese instante de mí fue una pavorosa mezcla de gruñido y queja que hizo que me estremeciera en el suelo del bosque, tapizado de hojas, y apretara la capa de Kellan entre los puños. Al ritmo fluctuante de mis rodillas, mi tos, mis balbuceos y mis sollozos, supe qué se sentía ahogarse.

Falada me tocó levemente con la nariz y a través de pár-pados densos vi lo que había llamado su atención: un zorro me miraba entre los árboles. Presa de una inmovilidad inve-rosímil, su pelaje era del color del fuego y sus ojos dos discos dorados.

Me puse en pie sin dejar de respirar en rápidos y contra-punteados jadeos.

—Él era bueno —le dije al zorro—. ¡No merecía morir!

Me miró otro largo rato como si se estuviera formando una opinión de mí y después salió disparado hacia la arboleda. Se fue tan pronto como había llegado.

La aparición del zorro hizo que entrara en razón. Estaba perdida en un bosque; si permanecía ahí, moriría de hambre y de frío, o víctima de una criatura con intenciones más ma-lévolas que las suyas. Debía salvar a Falada, salvarme a mí, en memoria de Kellan. Tenía que seguir adelante.

Pero ¿en qué dirección? Flotaba entre dos destinos im-posibles. Uno de ellos era Achleva. Ahora sabía que Toris se dirigía allá, decidido a que Lisette se hiciera pasar por mí, se casara con el príncipe y trastornase el linaje monárquico. El otro destino era Renalt, donde Simon y mi madre, presumi-blemente escondidos aún, continuaban a salvo del asedio del Tribunal.

No podía presentarme en Achleva. Lisette y Toris tenían en su poder a mi hermano, a quien habían convencido de que yo conspiraba contra Renalt y Achleva al mismo tiempo.

Si, por complicidad o coerción, Conrad confirmaba la supuesta identidad de ellos, yo no podría demostrar lo contrario. Siquiera afirmarlo me valdría el cargo de traición.

Tampoco podía ir a Renalt. Por ahora, Simon mantenía a salvo a mi madre, pero si yo me presentaba ahí, el Tribunal no perdería tiempo en reparar el error que había cometido al matar a Emilie. Y si me ponía en peligro, pondría en riesgo también a Simon, mi madre y...

Saqué el paño de sangre y deslicé mis dedos por su superficie. Aunque los tres círculos permanecían en su sitio, uno de ellos —el de Kellan— se había desvanecido al punto de resultar casi invisible.

Existía una tercera opción: proseguir mi marcha. Buscar otra manera de cruzar la muralla de Achleva. Ocultarme de Toris y elaborar mi plan en las sombras.

Ya se trataba de algo que iba más allá de mí. Me gustara o no, el destino de mi nación estaba implicado en cada decisión que tomara en el futuro. Mi vida había sido tajada en dos para siempre: dejé atrás el *antes* y ahora debía enfrentar el *después*.

Di un paso. Luego otro.

Siempre consideraré esta decisión —avanzar en lugar de morir paralizada en el Ebonwilde— como mi primera victoria.

Conforme continuaba, lo único que rompía la monotonía del bosque eran los fugaces avistamientos del Heraldo. Aparecía y se esfumaba en un suspiro, al frente en toda ocasión, fuera de mi alcance. Me era imposible saber si Falada y yo la seguíamos o ella a nosotras. Pero a medida que pasaba el tiempo —¿un día, dos?, ¿cómo saberlo?— y mi hambre y fatiga rayaban en el delirio, verla era un punto de claridad en el que podía fijar mi atención.

Pese a todo, Falada nunca titubeó. Me condujo por la densa oscuridad del Ebonwilde y sólo se detenía cuando los árboles raleaban y revelaban la ciudad en el distante valle a nuestros pies, como si también a ella le sorprendiera ese recordatorio de que había otras personas en el mundo.

Glaciares de las más antiguas épocas habían tallado el valle y dejado el agua azul cobalto del fiordo, flanqueado por picos rocosos. En el centro de todo eso, donde convergían las montañas, el bosque y el agua del fiordo, se elevaba la ciudad-fortaleza de Achleva. A pesar de que nubes tempestuosas y densas colgaban a baja altura sobre el valle, por encima de la ciudad había un círculo perfecto de cielo claro, como si la tormenta diese la vuelta en una barrera invisible, molesta de que se le impidiera el paso.

Ésa era la famosa muralla de Achleva, a la que un hechizo permitía negar el acceso a los indeseables, y la razón misma de que la capital del reino nunca hubiera caído durante los largos años de la guerra con Renalt. Era como si el rey Achleva la hubiera sacado de una montaña y reacomodado las piedras tan ceñidamente como las habían cortado. De quince metros de alto y al menos cinco de espesor, la muralla componía un anillo continuo sobre las hondonadas y peñascos, y en la anchura más angosta del fiordo. Detrás de esas paredes inexpugnables se levantaba una compleja serie de torres grises y pronunciadas torretas. La más descollante de ellas se elevaba justo en el centro y agujeraba como un estoque el círculo del cielo abierto. Aquél era un sitio destinado a soportar el peor de los ataques.

Era un lugar construido para resistir a los ejércitos y a los siglos.

Anochecía cuando Falada y yo nos aproximamos por fin. Fogatas salpicaban las afueras de la muralla, en su mayoría de campamentos de viajeros; individuos, supuse, que habían sido expulsados de la urbe y otros más que esperaban todavía que se les invitara a entrar. Todos se aglomeraban alrededor de las hogueras, cubiertos con cobijas deshilachadas; me encogí bajo el peso de su vista mientras descendía de Falada y la guiaba entre ellos.

—Está muy lejos de su hogar, ¿verdad, señorita? —dijo un hombre de edad avanzada, alto y fornido, de barba escasa y teñida de gris que crecía a tramos disparejos en sus rubicundas mejillas. Se hallaba parado y sostenía en la mano una copa de estaño forjada a martillazos.

—De dónde venga yo no le incumbe —repliqué. Su sonrisa puso al descubierto una hilera de dientes amarillos, esparcidos a intervalos irregulares en sus encías.

—Se ve hambrienta y agotada. Siéntese aquí conmigo, descanse, beba algo —apoyó una zarpa carnosa en mi muñeca.

Miré su mano ofensiva y mientras me preguntaba cuál sería el modo más eficaz de declinar su ofrecimiento —darle una patada en la ingle o sacarle los ojos—, una risa estridente explotó cerca.

—¡Insiste, Darwyn! Sienta a la muchacha en tus rodillas, sé amable. Yo pagaría un soberano de oro por ver lo que ocurre cuando Erda regrese y lo vea; quizás esta vez te quite la otra bola —el hombre de la carcajada desprendía papeles pegados cada tantos metros en la pared y los apilaba en su brazo.

Darwyn soltó mi mano y dijo a la defensiva:

—¡Nada pasó, Ray! Erdie ni siquiera me rasguñó, conservo mis dos bolas.

—Por ahora —Ray despegó entre risas un papel más.

El otro lo miró con furia y retornó a su sitio junto a la fogata, donde cruzó las piernas, cohibido.

—Gracias —le dije a mi presunto salvador—, ¿señor...?

—Thackery, Raymond Thackery —se pasó al otro brazo la pila de papeles y frotó su corto cabello blanco con la mano desocupada—. Y Darwyn no es el peor, señorita. Esta pocilga está repleta de patanes que le harían daño a una dama si se les diera la oportunidad.

—¿Usted es uno de ellos, señor Thackery? —pregunté con despreocupación y él lanzó otra carcajada.

—Le gusta ir al grano, ¿cierto? Yo diría que no, pero ¿quién sabe?

—Necesito un lugar para descansar un rato, señor, y un poco de agua y comida para mi yegua.

—Nada es gratis, señorita. Aunque no pretenderé asomarme bajo su vestido como el viejo Darwyn, tampoco tengo por costumbre dar de comer a cada perro callejero que llega aquí. ¿Tiene dinero?

—No.

—¡Qué lástima! —se encogió de hombros con indiferencia—. Entonces más vale que se vaya. A menos que... —se rascó la barbilla—. ¿Su yegua es una empírea?

Entrecerré los ojos.

—No está en venta.

—Le pagaría bien —arrancó del muro otro papel y lo juntó al montón—, si toma en cuenta su mal estado. La pobre ya está medio muerta.

—No la venderé a ningún precio.

—Todo tiene un precio. Yo vendería a mi madre si me pagaran lo justo —subió de nuevo los hombros—, aunque como es una arpía, quizás el precio sería demasiado bajo. Lo siento por usted... tengo paja fresca en mi establo e iba a comer una buena sopa de verduras —me dio la espalda.

—¡Espere! —saqué de la bolsa mi pulsera de dijes, de la que desprendí uno más—. ¿Esto serviría de algo? —abrí los dedos y mostré el grifo de topacio, que aparecía apoyado en sus patas traseras, con las garras y la lengua extendidas.

Alzó una ceja.

—Supongo que sí —lo tomó en un parpadeo y lo escondió entre los raídos pliegues de su ropa—. Sígame, señorita.

Me llevó a través de algunos campamentos más, en los que continuó su labor de juntar papeles.

—Son decretos reales —percibió mi curiosidad—. El rey Domhnall emite uno cada varios días y los difunde por doquier, dentro y fuera de la ciudad, a menudo para exigir gratitud por cosas que no hizo y elogios por rasgos que no posee. En cada oportunidad, todos piensan que sus proclamas no podrían ser más absurdas... hasta que llega la siguiente —nos detuvimos ante una ruinosa estructura de cáñamo y carrizos, recargada en la muralla y cubierta con pieles ligeras en el techo—. Los uso como leña. El viejo Domhnall sólo es bueno para una cosa: para comenzar el fuego —se agachó junto a una hoguera humeante e hizo pelotas con algunos de los decretos que acababa de sustraer. Reía para sí cada vez que uno de ellos ardía.

—¿Éste es su establo? —pregunté decepcionada—. ¿Y qué es ese olor?

—¡Ah, eso! —se arrodilló a un lado de la fogata y señaló por encima de su cabeza—. Es el viejo Gilroy.

Elevé la mirada y vi que en lo alto chirriaba una jaula de hierro sujeta con una cadena a un gancho en las almenas del muro. Era una horca y contenía un amasijo de huesos y carne descompuesta que en alguna ocasión había sido un hombre. Un tirón tensó mi estómago, demasiado vacío para procurarme el alivio de sentir náuseas.

—Gilroy era un amigo mío —inclinó respetuosamente la cabeza ante los restos y la cara fantasmal que asomó entre los barrotes le devolvió el saludo, aunque pasó inadvertido—. Se atrevió a contrariar a su majestad y a darle una paliza en un juego de naipes que ya no le fue posible contar... —pasó el pulgar por su cuello—. ¡Merecido se lo tenía! No debió haber ido al Tarro y la Jarra, que, como todos saben, es el burdel favorito de Domhnall, y menos todavía ponerse a jugar cartas con ese bruto, por borracho que estuviera. Aunque nunca se distinguió por ser un genio.

El espectro de Gilroy le hizo un rudo gesto con la mano desde los confines de su jaula.

—Al menos con él junto a mí —agregó— nadie intenta invadir mis terrenos. Y es un buen recordatorio.

—¿De qué? —aún tenía la mano sobre mi nariz.

—De la fragilidad de la existencia, desde luego. Y de que el rey Domhnall es un bastardo cuya única reacción cuando pierde un juego de naipes es ejecutar al ganador y emitir de inmediato un decreto que prohíbe las cartas —se irguió y puso un tazón en mis manos—. Coma.

La sopa era poco más que agua tibia con trozos flotantes de lo que quizás alguna vez habían sido verduras.

—Gracias —dije con toda la sinceridad que pude y guie a Falada hacia la precaria caseta.

Por lo menos, la paja estaba limpia, como Raymond había anunciado. Tomé algunos sorbos de sopa y dejé que Falada consumiera el resto mientras pasaba las manos por sus blancos ijares.

—¡Qué hermosa muchacha! —murmuré—. Me has sido muy útil. Kellan estaría orgulloso de ti.

Decir su nombre en voz alta fue como sentir que una daga se clavaba en mi corazón y por fin sucumbí a la deprimente mezcla de fatiga, rabia y dolor amargo. De espaldas a la muralla de Achleva, me sumergí en la paja, hundí la cara entre las rodillas y cerré los ojos.

PARTE DOS
ACHLEVA

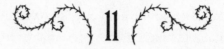

11

Estaba oscuro todavía cuando desperté a causa del ruido de voces fuera del establo. La primera pertenecía a Raymond Thackery y la segunda era más joven y clara.

—Es muy hermosa, se lo juro —decía Ray—. Está un poco sucia y desaliñada, pero es muy bella, con sus largos cabellos y esbeltas extremidades. Aunque para mi gusto está un poco delgada, creo que vale la pena.

—Quiero verla antes de pagar nada, Thackery.

—Conozco sus predilecciones, Zan. Es justo lo que desea, se lo aseguro.

Busqué en la oscuridad algo —cualquier cosa— con lo que pudiera defenderme hasta que vi uno de los nudosos carrizos de la pared y rogué que tomarlo no hiciera que la estructura se nos viniera encima. Cuando la puerta del establo se abrió, me cegó el brillo de una linterna.

—¡No se acerquen! —levanté el carrizo y desvié la mirada para evitar la luz—. ¡No se atrevan a tocarme!

—¿Cree que él está aquí por usted? —Ray estalló en una carcajada. El otro, al que había llamado Zan, bajó la lámpara hasta que la luz amarilla bañó su rostro, lo que me causó una impresión profunda. ¿Simon?, pensé. ¿Cómo es posible que…?

No era Simon, por supuesto. Este chico era más alto, más joven... quizás unos años mayor que yo, de veintiuno o veintidós a lo sumo. Sus ojos no eran cafés sino verdes, y su rostro más fino. Estaba también menos presentable; barrido por el viento, su despeinado cabello oscuro era tan largo que rozaba el cuello de su saco de piel y su holgada camisa de lino. Pese a ello, sus prendas, como las de Simon, revelaban buena hechura, la obra de un sastre experimentado. Tal vez lo más revelador es que llevaba un anillo en forma de cuervo con las alas extendidas, y yo sabía que ésa era la sortija de Silvis.

Se inclinó y levantó una ceja.

—Puedes bajar... tu *arma* —dijo—. No vine aquí por ti —miró intencionadamente a Falada.

—Ya le expliqué al señor que mi yegua no está en venta.

Se volvió hacia Ray.

—¿Nos permite un minuto a solas? —aquél asintió y se marchó, sin dejar de reír para sí—. Evitémonos las sonrisitas y los suspiros. Compraré tu empírea y te pagaré lo que pidas. No estoy en disposición de negociar, sólo dime cuánto quieres y eso recibirás —sacó un morral repleto de monedas y esperó mi respuesta.

—No tiene precio —dije entre dientes—. No está en venta.

—¿Hablas en serio? —guardó sus monedas—. ¿Hace cuánto que no comes? —bajé un poco mi carrizo—. Te tiemblan las manos y estás ojerosa —continuó—; yo diría que llevas al menos dos días, quizá tres, sin probar alimento. Sé que no probaste la sopa de Ray, porque se la diste a ella —golpeó con su bota el tazón que Falada había limpiado a lengüetazos—. Puede que haya sido lo mejor; tengo poca fe en la habilidad culinaria del señor Thackery —examinó de arriba abajo mi austero vestido de doncella—. ¿Qué hace una ciudadana de

Renalt en los campamentos de viajeros, sin compañía, muerta de hambre y tendida sobre un montón de paja en un sucio establo...?

Le respondí lo mismo que le había dicho al conocido de Ray:

—Eso no te incumbe.

—Sabes que no sobrevivirás mucho tiempo sin dinero, techo ni reposo —se aproximó con cautela, como si yo fuera un animal feroz de pronto acorralado, y retiró despacio el carrizo que llevaba entre mis dedos.

Concluí que la principal diferencia estaba en la boca. Simon tenía una sonrisa franca, mientras que los labios de Zan eran como de cristal cortado, hechos con destreza, pero también con severidad.

—Puedo darte lo que necesitas —dijo.

—No es mía, así que no estoy autorizada a venderla —traté de no pensar en qué se sentiría dormir en una cama limpia y abrigadora, sin el estómago vacío ni el terror rasguñando mi puerta.

—¿La robaste?

—¡No...! —tomé aire—. Pertenecía a alguien que... amo. Que amaba —el resorte dentro de mi pecho se tensó un poco—. Murió —Zan dio un paso atrás para estudiarme—. No la venderé, preferiría morir de hambre.

—¿Y permitirás que *ella* corra igual suerte? ¿Es eso lo que tu difunto enamorado habría deseado?

No supe qué contestar y él lanzó un hondo suspiro de desesperación.

—Continuaremos esta conversación mañana en la mañana, después de que hayas dormido y comido, y puedas razonar como se debe. ¡Vamos! —tomó las riendas de Falada, la dirigió a la salida y me precipité detrás de ellos.

—¿Qué haces? ¿Adónde vamos?

—Hay una posada en el Canal, cerca de la Puerta Alta. Es limpia y tranquila, supongo que la encontrarás cómoda.

—No puedo atravesar la muralla —elevó un poco una de las comisuras de su boca, y aunque éste era el primer remedo de sonrisa que veía en él, no fue de mi agrado: no pareció natural en su rostro adusto.

—Eso lo tengo resuelto.

Yo sabía que no debía confiar en alguien cuyos motivos eran tan obviamente contrarios a los míos, pero si quería frustrar los planes de Toris necesitaba cruzar la muralla *como fuera*. Miré de nuevo el anillo en su mano: era de plata y llevaba el símbolo de un ave con las alas extendidas, igual que el de Simon. Decidí confiar en él por el momento.

Raymond Thackery nos dio alcance.

—¿Qué hay de mi pago? —preguntó—. Presté algunos servicios.

—Toma —Zan sacó un pequeño fajo de documentos salpicados de cera y estampados con el sello de Achleva.

Aquél los contó y dijo:

—Sólo hay nueve aquí, y usted prometió diez.

—Conservaré éste como comisión —repuso Zan—. El caballo llegó con algo de equipaje, como puedes ver. Considérate afortunado: el príncipe estaba de tan buen humor que expidió diez invitaciones seguidas… podría no darme tantas la próxima vez.

—Puede que no haya una próxima vez. El rey ya está husmeando por ahí, preguntando quién ha hecho invitaciones que luego da a la gentuza…

—Me doy por enterado —lo interrumpió Zan y añadió para mí—: Vámonos.

—¿Invitaciones? —eché a andar a su lado.

—Ray es contrabandista —explicó—. Uso mis relaciones con la familia real para conseguirle invitaciones que llevan la sangre del príncipe y que él vende al mejor postor, y me avisa cuando tropieza con algo interesante, en este caso tú o, mejor, tu empírea.

—Se llama Falada.

—¿Y tú cómo te llamas?

—¿Yo?... Emilie —fue una decisión impulsiva apropiarme del nombre de quien había sido mi doncella. Lo asumiría como un cilicio: con dolor, pero también como un antídoto contra el olvido.

Aun a medianoche, Zan se abría paso afuera de la muralla con una destreza que delataba un detallado conocimiento de su disposición irregular. Zigzagueamos en el enjambre de campamentos y jacales de cartón que se distribuían entre las numerosas horcas ocupadas.

—¿Adónde nos dirigimos? —pregunté.

—A la Puerta Alta —respondió—. La reconocerás en cuanto la veas.

Tenía razón: era imposible no identificar la Puerta Alta en sus proximidades. Una torre se alzaba seis metros sobre el muro colosal, flanqueada por una pared barbacana y coronada con una escultura de tres majestuosos caballos erguidos sobre sus patas traseras y con los hocicos abiertos en relinchos mudos y desafiantes. Emitían un destello blanco bajo la luz de la luna, como las perfectas copias de Falada que eran. Tuve que mirar a ésta a mis espaldas para recordarme que ella sí era de carne y hueso.

—Los empíreos son raros y muy valorados en Achleva —dijo Zan—. Es imperativo que llevemos la tuya a un establo antes de que alguien más la vea.

—¿Temes que otro se te adelante a comprarlo?

—No precisamente.

Bajo la triple estatua ecuestre, un enjambre de sombras clamaba en la puerta. Variaban en opacidad: algunas exhibían su forma entera y eran casi tan reales que habría sido posible tocarlas; quizás habían conocido su fin en años recientes. Los espíritus antiguos, en cambio, eran meros jirones de lo que habían sido en otro tiempo, atrapados como moscas en la telaraña del sitio donde habían caído. Todos tenían algo en común: una red de venas ennegrecidas que destacaban contra su pálida piel.

Zan me evaluó con la mirada por encima del hombro.

—Debo advertirte que, aun en poder del documento rubricado con sangre, te expones a que el cruce de la muralla sea una experiencia... desagradable.

Era lógico, si se pensaba que carecer de ese documento convertía en carbón las venas de una persona.

Me tendió el papel.

—Pasaré primero. Cuando llegues a la línea de demarcación, rompe el sello de este pergamino y pon tu mano sobre la firma del príncipe. Después, da un paso adelante y sostén la invitación frente a ti, de esta manera —me mostró cómo hacerlo y tomó las riendas de mi yegua—. Los animales pasan sin contratiempo alguno, llevaré conmigo a Falada.

—No —repliqué—. Yo pasaré con ella.

Suspiró irritado.

—Está bien, buena suerte.

Giró sobre sus talones y pasó por la reja sin decir más. Una vez que estuvo del otro lado, metió las manos en los bolsillos y esperó.

Yo me pregunté si, cuando llegara a la línea de demarcación, descubriría que las invitaciones eran falsas. Él podía dejarme en la estacada y llevarse a Falada, como había deseado hacerlo desde el primer momento.

Pero nada tenía que perder.

Sin quitarle los ojos de encima —en parte porque quería convencerlo de mi intrepidez y en parte también porque de esta manera no veía a aquella muchedumbre de espíritus a la expectativa, que me observaban ahora para saber si me uniría pronto a sus filas—, rompí el sello de cera y desdoblé el pergamino. En él, con una esmerada caligrafía en tinta negra, estaban escritas las palabras siguientes: *Esta sangre, libremente entregada por Valentin de Achlev, concede al portador del documento el paso a la ciudad de Achleva, a través de sus puertas y su muralla.* Abajo, una gota de sangre color ocre guardaba semejanza con el nudo de tres puntas. Respiré hondo, puse los dedos sobre el símbolo, levanté el pergamino con ambas manos y avancé hacia la reja.

Aunque al principio no sentí nada, después la marca de sangre se extendió despacio por la página, como si se tratara de los zarcillos de una telaraña, hasta desintegrar el papel y volverlo cenizas. Y las cosas no terminaron ahí: las rayas rojas prosiguieron su curso y se retorcieron y enredaron en mis manos. Contuve la tentación de gritar mientras un calor calcinante atravesaba mi piel, se clavaba por debajo de ella como una aguja y perforaba mi carne, mis huesos y sangre hasta que el mundo entero se entretejió de dolor y un calor al rojo vivo. Cerré los ojos y permití que esa sensación me invadiera, que la magia circulara en mi interior hasta hacer de mí una luz líquida y ardiente.

Esto acabó de súbito. Di dos pasos vacilantes y, con un jadeo, caí de rodillas al otro lado de la línea. Falada me siguió indiferente; si acaso le había sucedido lo mismo que a mí, no dio muestras de ello.

—¡Por la sangre del fundador, eres un bastardo! —susurré con la respiración entrecortada.

Zan torció la boca.

—Te dije que podía ser desagradable. El conjuro de estas puertas las protege de la sangre extranjera. Esa magia es muy poderosa; se mete en ti, te pone a *prueba*. ¡Imagina lo que te habría ocurrido si la marca del príncipe no te hubiese resguardado!

Volteé temblorosa y compasiva hacia el lamentable grupo de espíritus que no habían dispuesto de esa marca.

—Lo bueno —agregó con gentileza— es que sólo tendrás que pasar una vez por este trance, a menos que alguien de la familia real revoque tu invitación —me ayudó a ponerme en pie—. La posada es por aquí —dijo—. Apresurémonos, el sol no tardará en salir.

Luego de un primer paso titubeante, debí hacer alto, por temor a caer de nuevo; mis piernas se habían debilitado y carecían de firmeza. Zan gruñó impaciente y apoyó mi brazo en su hombro.

—No era así como quería pasar esta noche.

—Sigue tu camino y déjame sola con mi yegua; estábamos bien sin ti —respondí con frialdad.

—¿En verdad? —inquirió—. ¿Por eso me recibiste con un garrote?

Deseé tener todavía un arma en la mano.

Recorrimos en silencio varias cuadras más, refugiados en las sombras que las ventanas de los edificios negros de madera proyectaban a cada lado de la calle. De un callejón emergió un individuo, una cabeza más alto que Zan, y dos más que yo. Cuando se quitó la capucha, reveló una tez muy morena y una expresión solemne.

—No debiste ir solo al otro costado de la muralla, Zan —dijo con un murmullo de exasperación—. Sabes que no puedes...

—Lo siento, Nathaniel, pero el tiempo apremiaba —Zan se desprendió de mi brazo con premura—. Tuve que partir en cuanto recibí el mensaje de Thackery. Estaba en lo cierto: es una empírea.

El sujeto que respondía al nombre de Nathaniel me miró.

—¿Y ella es...?

—Una complicación —Zan le tendió las riendas de Falada.

—¡Me *llamo* Emilie! —dije irritada y me volví a Nathaniel—. Su empleado carece por completo de buenos modales.

El jefe resopló para contener la risa mientras Zan manifestaba su hosquedad:

—Me temo que juzgaste mal: él es mi guardaespaldas y espadachín... y mi amigo también, por supuesto —corrigió.

Miré con empatía a Nathaniel.

—¡No sabes cómo te compadezco! Tengo menos de una hora de conocerlo y ya lo quisiera matar.

—Es un trabajo agotador —reconoció.

Zan hizo caso omiso de nosotros.

—Deberemos alojarla esta noche en el establo de una posada. A la yegua, no a la joven, aunque parece tener afición a dormir en establos —lo miré y él continuó imperturbable—: Hablaré con el posadero para que le dé algo de comer y un lugar donde pueda dormir uno o dos días.

—No te venderé mi yegua —repetí una vez más.

Me dirigió una sonrisa condescendiente.

—Hablaremos mañana.

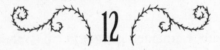

12

Debo reconocer que, al fin sola, dormí apaciblemente en mi diminuta habitación de la posada. Luego de que sacié mi hambre y puse una almohada bajo mi cabeza, durante esas horas me olvidé de todo: de Kellan, Conrad, mi madre… e incluso de la sensación del puñal de Toris contra mi cuello y la inconcebible oscuridad del bosque.

Cuando desperté, a última hora de la tarde, me alegró descubrir que alguien había dispuesto para mí una tinaja de agua, sobre cuyo aroma a lavanda me arrodillé con una gratitud reverente. El agua estaba fresca y espléndida. Me tallé la piel hasta enrojecerla y lavé mi cabello con un trozo de jabón de manufactura casera que olía a hierbabuena, vainilla y romero.

Una vez que me vestí, evalué mis escasas pertenencias, que había guardado en mis bolsos, mi corpiño y la alforja que había atado a la silla de Falada. Hice inventario: una pulsera con el broche roto. Los dijes: un pájaro de fuego de color rubí, una sirena con cola de zafiro y un caballo alado de ópalo y diamante. Un paño de seda manchado de sangre, con dos gotas de un rojo cobrizo y una tercera tan desvanecida que ya era casi imperceptible. El paquete que contenía mi inconcluso vestido de bodas, y un pequeño frasco de sangre pendiente de un lazo, supuestamente perteneciente a Cael, el mismísimo fundador.

Lo último que saqué de la alforja fue un amasijo azul cobalto con ribetes dorados: la capa de Kellan. Froté la tela entre mis dedos. Olía a él: a hierba dulce de verano, colinas barridas por el viento y el sol poniente sobre un vasto cielo crepuscular. Dediqué casi una hora a limpiar con furia sus manchas de sangre, como si el esfuerzo invertido en ello fuera capaz de borrar también de mi memoria la forma en que habían llegado ahí. Pronto el agua se tiñó de café y mis manos se agrietaron hasta dolerme, lo mismo que mi corazón.

Pasé el resto de la tarde entregada a serenarme y reunir mis cosas, que metí una por una, como aturdida, en el confiable escondite de la alforja. Después me forcé a pararme y enfrentar mi imagen en el empañado espejo de la habitación, ante el que ejecuté la práctica de la respiración lenta para relajar mis facciones. En una negociación, decía mi padre, es mejor contener las emociones, o de lo contrario se utilizarán contra ti. Cuando viera otra vez a Zan, mi rostro sería tan indescifrable e inexpresivo como un pergamino en blanco.

Antes de bajar para recuperar a Falada y abandonar el albergue, desprendí de mi pulsera el dije del pájaro de fuego. Aunque no vendería a Falada, Zan me *había* ayudado, y yo no dejaría esa deuda sin pagar. Ya les debía tanto a tantas personas que sentía el peso sobre los hombros; era mejor no aumentar esa suma.

El establo estaba a oscuras salvo por los finos haces de los rayos del sol que traspasaban las tablas del techo y la luz que entraba por la puerta. Olía a paja húmeda y cuero viejo, como el establo de Kellan en Greythorne, así que tuve que tragar saliva para deshacer el nudo que de nuevo se formaba en mi garganta. En mi paso de una caseta a otra, escuchaba el suave piafar de los caballos.

Llegué al fondo del establo, giré sobre mis talones y recorrí una vez más el sitio entero.

Falada no estaba ahí.

Al momento en que oí unas pisadas que crujían en la grava, no me fue preciso voltear para saber quién era.

—Te la llevaste.

No era una pregunta.

Zan dijo:

—Sospeché que no lo comprenderías.

—Comprendo que la viste, la deseaste y *te la llevaste*. ¿Dónde está? Tarde o temprano la encontraré y...

—Nunca la encontrarás —replicó—. Debes saber que, a mi cuidado, estará a salvo y segura. Aquí está tu pago —me tendió un bolso de piel—. Pienso que lo juzgarás generoso, más que suficiente para que te establezcas en Achleva, consigas un alojamiento permanente y pagues tu comida y tus gastos mientras encuentras un empleo adecuado. Debería durarte al menos un par de meses, quizá varios si eres frugal.

—No lo quiero —dije.

—Lo necesitas.

Ignoré el saco de monedas, tomé su otra mano y arrojé en ella el dije del pájaro de fuego.

—¿Qué es esto?

—Lo que te debo por la habitación y los alimentos —lo aparté y salí al patio de la posada.

Me tomó del codo.

—No puedo aceptarlo —repuso.

Miré el dije y después su cara. El parecido con Simon era más obvio a la luz del día.

—Tendrás que hacerlo —me zafé—. Así no cabrá duda de que realizaste una transacción fraudulenta. *Robaste* a Falada. Recuérdalo siempre que te pongas tus galas de seda y pasees sobre su lomo para impresionar a tus amigos —había un filo amargo en mis palabras y añadí en un susurro—: Me equivoqué al confiar en ti, en nada te pareces a tu padre.

Entrecerró los ojos.

—¿*Qué* crees saber de mi padre?

—Eres hijo de Simon Silvis. Llevas la misma sortija. ¿Y de qué otra manera tendrías tan fácil acceso al príncipe para que te dé las pilas de invitaciones marcadas con su sangre que tú vendes en los campamentos? Eres su primo —levanté la barbilla—. Además, eres idéntico a Simon, aunque las semejanzas terminan ahí. Él fue amable y tú eres un bribón.

—¿Cuándo lo *conociste*? ¡Espera! —yo había dejado el patio e intentaba desaparecer en el bullicio de la calle, como lo había hecho en tantas ocasiones en Renalt, pero eso no desanimó a Zan—. ¡Emilie! —insistió—. ¿Quieres *detenerte*, por favor?

Lo hice, pero no porque él me lo hubiera pedido. Nathaniel se había apostado frente a mí, tan infranqueable como la muralla de Achleva. Pese a que cruzó los brazos como una madre a punto de reprender a su hijo, no dirigía a mí su severa expresión: miraba a Zan.

—Conoce a mi padre —afirmó éste sin aliento.

—¿Qué dices?

—Que conoce a Simon.

—A Simon... tu padre —se aclaró la garganta—. ¿Cómo?

—Lo conoció en Renalt antes de que viniera aquí —y agregó en mi dirección—: Emilie, por favor, debes decirnos cómo está. Hemos recibido toda clase de rumores...

Había cometido un error, no debía haber dicho nada. Aquél era un mendrugo de pan, pequeño y de apariencia insignificante; pero si soltaba demasiados, Toris los seguiría hasta dar conmigo y acabaría lo que había comenzado antes de la intervención del Heraldo.

También ella estaba aquí, muy quieta en medio del tumulto del mercado. Cuando se percató de que reparaba en ella, se dio la vuelta y marchó hacia el castillo y la torre que sobresalía a su zaga.

—¿Qué sabes acerca de Simon Silvis? —preguntó Zan.

Me libré de mi distracción con una sacudida.

—Nada. Nada sé.

—Debemos buscar otro sitio para tener esta conversación —le dijo a Nathaniel—. Cárgala si es necesario.

El tentativo avance del espadachín topó con la más atroz de mis miradas.

—No te atrevas a intentarlo —lo amonesté.

Me llevaron a una calle lateral desprovista de ojos inquisidores. Nathaniel fue a montar guardia mientras Zan me interrogaba y daba vueltas ante mí, mientras yo me mantenía con los brazos cruzados, recargada en una pared de ladrillos.

—Han pasado varias semanas desde la última vez que supimos algo de él —dijo—, de Simon, mi padre, como dedujiste sagazmente. Debió informar de su arribo a Renalt, pero no lo hizo, o al menos no lo ha hecho todavía. Y ahora recibimos toda suerte de preocupantes reportes de agitación política...

—Dime dónde está Falada y te revelaré todo lo que quieras saber —respondí con frialdad.

—Está a salvo. Y permanecerá así bajo mi protección.

—¡Qué curioso! Si alguien asegura que desea protegerte, a menudo se refiere a que desea controlarte.

—Debe de ser terrible que haya personas que vigilen tu bienestar.

—Estoy detenida contra mi voluntad en un callejón de una ciudad bárbara. Resulta obvio que ése ya no es un problema.

—Ciudad bárbara —se frotó el punto debajo del labio—. Porque Renalt es muy civilizada, ¿no es así? Si alguien respira como no debe, lo matan. Según me han dicho, todo está muy bien organizado ahí —vio que mi expresión se ensombrecía—. ¡Eso duele!, ¿cierto?

—Déjame ir, no te diré nada… —me interrumpió a media frase el grave y no muy lejano tañido de una campana. Él se sobresaltó y, cuando la campana sonó de nuevo, Nathaniel corrió hasta nosotros desde la esquina.

—¡Es la Puerta del Bosque! —exclamó.

—Lo sé —Zan lanzó una maldición.

—¿Eso significa algo? —pregunté.

—La campana de esa puerta toca sólo por dos razones: que se acerca un ejército o que se aproximan personas de una familia real.

¡Ah! Todo indicaba que Toris, Lisette y Conrad habían llegado por fin.

—¿Qué hay del rey? —inquirió Nathaniel.

—Celebrará esta noche una de sus fiestas en el Tarro y la Jarra. Busca a un capitán, él lo localizará.

Nathaniel corría ya a toda prisa cuando Zan me tomó del brazo.

—¡Vamos!

Estábamos más cerca de la segunda puerta de lo que había imaginado. Bastó con que diéramos dos rápidas vueltas para que nos encontráramos en medio de un grupo que ya se transformaba en multitud. Nos instalamos a la orilla del camino, junto a una línea de setos espinosos, donde esperamos como si asistiéramos a un desfile de primavera.

Este camino era una calzada importante, un tramo ininterrumpido que partía de esa puerta y llegaba hasta los peldaños a la entrada del castillo. En las ventanas situadas sobre mi cabeza comenzaron a encenderse luces, y poco después la gente salía de sus casas en tropel para enterarse del motivo de aquel estruendo.

En la puerta, sobre la que tres gigantescas mujeres eran representadas en mármol, la reja se elevó y tres figuras, de apariencia pequeña debido a la distancia, caminaron hasta la línea de demarcación, a la par que sostenían al frente una de las invitaciones de Simon.

Pasaron ese trance mucho más rápido que yo. Luego de que un destello rojo se volvió azul y desapareció, todos ellos estaban dentro, espantados y jadeantes, pero sin nada que lamentar. Me estiré para ver mejor la última figura de la izquierda, cuyo cabello refulgía como oro bruñido.

El temor me sobrecogió. ¿Conrad se hallaba bien? ¿Había sido herido? ¿Cruzar la muralla lo había indispuesto? ¿Estaba asustado?

Dos caballos conducidos por guardias de uniforme llegaron sonoramente por la calzada del castillo y la muchedumbre se abrió para recibirlos.

—¡Vaya! —exclamó Zan entre dientes—, Nathaniel encontró a tiempo al capitán —lo miré un segundo. Preocupada por Conrad, casi me había olvidado de él.

Cuando los jinetes arribaron a la puerta, la resonante campana suspendió su lúgubre llamado y un silencio expectante se propagó por la ciudad.

Los guardias conferenciaron con el portero, dieron media vuelta y colocaron sus monturas en posición de escolta mientras los tres viajeros subían de nuevo a sus caballos, el hombre en uno de ellos y la mujer y el niño en el otro. Estaban desaliñados y exhibían los signos de un arduo viaje.

—¡Abran paso! —proclamaron los jinetes del castillo—. ¡Abran paso a la princesa de Renalt!

Con un temblor, de pronto me sentí vulnerable y expuesta. Lisette, Toris, Conrad y su escolta avanzaron deprisa, y los cascos de sus caballos retumbaron sobre los antiguos adoquines de Achleva. No debían saber que yo me encontraba ahí. Estaba segura de que Toris me mataría si me veía.

Segundos antes de que pasaran ruidosamente frente a nosotros, tiré de Zan y me arrojé en sus brazos para que me sirviera de escudo. Si el seto no me ocultaba, su cuerpo lo haría.

Me miró alarmado y sorprendido en tanto me acurrucaba en él y usaba las gotitas de sangre que los rasguños de las zarzas ya hacían manar en mí para recitar un enfebrecido conjuro:

—*No estamos aquí, somos invisibles…*

Pese a las espinas y la extrañeza de envolver tan íntimamente en sus brazos a una desconocida, Zan no intentó desprenderse hasta que los jinetes se perdieron de vista. Tras recuperar el sentido, levanté hasta la suya una mirada precavida. Mi hechizo se desvaneció en un murmullo y se extinguió entre mis labios al tiempo que él examinaba mi rostro con un nuevo entendimiento, cauteloso y confundido, como si ante sus ojos yo hubiera pasado de damisela a dragón.

—¿Hay algo que quieras decirme? —preguntó en voz baja.

—Sí —contesté, para sorpresa de ambos.

Entonces, presa de un pánico repentino, lo pateé en la espinilla, le di un empujón y salí disparada en la dirección opuesta, tan rápido que no pudo seguirme.

13

No dormí mucho esa noche ni la siguiente. Dormité unas horas en la banca trasera de una taberna, pero me despertó una cubetada de agua fría en cuanto el dueño me descubrió.

—¡Este lugar no es para las de tu clase! —escupió a mis pies un bocado de tabaco—. Es un establecimiento respetable.

Me arrastré por las calles de Achleva mientras mi ropa se secaba y yo lamentaba no haber aceptado el dinero de Zan, porque eso reducía mis esperanzas. Había jurado destruir a Toris y rescatar a mi hermano; ahora que estaba perdida en esta laberíntica ciudad me pregunté si acaso tal cosa era posible. Me hallaba indefensa, sin siquiera las herramientas básicas para sobrevivir: techo y comida. Y como no podría conseguirlas sin dinero, la única forma de obtener éste era ganarlo o robarlo. Mi primera tentativa de sustraer un monedero me había valido un buen golpe en la espalda, propinado por el bastón de una vieja. Abandoné al instante toda idea de dedicarme al robo y decidí buscar trabajo.

El problema era que no poseía ninguna habilidad que me permitiera obtener un empleo. No sabía coser, cocinar, limpiar ni servir. Y aun cuando ante uno o dos burdeles consideré mis posibilidades en esta materia, no tenía experiencia y era muy poco lo que hablaba bien de mí: estaba sobredotada de ángulos y sin rastro de curvas. Al final me incliné contra esta opción, aunque me pregunté cuánto tiempo más tendría que dormir en las calles antes de que me hallara de nuevo a la puerta de un burdel y cuál era la probabilidad de que encontrase clientes que de verdad prefirieran codos y rodillas. Pensaba en esto todavía cuando tropecé con algo que emitió una queja.

—¡Fíjese por dónde camina, señora! —chilló una niña, y de pronto me descubrí observada por tres pequeños que, tomados de la mano, formaban un anillo en torno a tres piedras. Un niño más se sentaba alegremente en una de ellas, pues había traspasado el círculo para reclamarla. Los demás tendrían que disputarse las dos restantes, pero una niña hacía mohínes.

—¡No es justo! —protestó otra en dirección al chico—. No atravesaste la muralla, lo hizo ella.

—Lo siento —dije—, no quise interrumpirlos.

—¡No importa cómo se atraviese la muralla! —replicó el niño—. ¡Sigamos con el juego!

Formaron otro círculo mientras yo continuaba mi camino. Su melodioso canto me acompañó hasta la orilla de la plaza.

Todo comienza con tres caballos blancos
y luego una doncella, madre, anciana;
persisten al final tres tronos vacuos
en los que tres reyes caídos sangran.

Chillaban y reían mientras impedían que el chico invasor tocara su muralla y protegían sus asientos rocosos.

Al momento en que dejé de oírlos me vi en la puerta de una tienda con ventanas oscuras en una esquina poco frecuentada. De bisagras chirriantes colgaba el rótulo de una botica. Y si bien el cristal estaba demasiado empañado para asomarse al interior, en el escaparate habían pintado esta leyenda: SAHLMA SALAZAR: CURANDERA, CREADORA DE POCIONES. LA HERBALISTA PREFERIDA DE LA FAMILIA ACHLEV.

El solo hecho de ver ese sitio erizó mi piel, pero ¿qué otra opción tenía? Aquél era el único campo en el que podía ser útil, y la curandera estaba asociada con la familia real. Esto me dio algo de esperanza, por más que la aprensión se aferraba a mi vientre como las garras de un gato asustado.

Aunque el tintineo de una campana sobre la puerta anunció mi entrada al lóbrego recinto, la señora de cofia blanca que se encontraba detrás del mostrador no reparó en mí. Estaba inmersa en una acalorada conversación con una mujer que le ofrecía un puñado de monedas, marcos de oro de Renalt a juzgar por su aspecto.

—¡Por favor! —suplicaba la mujer—. Esto es todo lo que tengo, ¡ayúdenos!

—¿Y qué voy a hacer yo con estos inservibles trozos de metal? Ya le dije, son tres coronas de *Achleva*. Ahora váyase, tengo otros clientes.

La mujer se marchó entre sollozos.

Pese a su baja estatura, Sahlma predominaba sobre su almacén como una nube de tormenta. La tienda estaba desordenada y sombría, tenía telarañas en los rincones y el aroma a hierbas era desplazado por un penetrante olor a descomposición.

—¿Qué necesitas? —ladró desde debajo de su cofia.

Tartamudeé:

—Só... sólo entré para ver... para preguntar... si de casualidad requiere ayuda...

—¿Ayuda? —dijo con una carcajada, que le causó un brusco espasmo de tos—. No, no requiero ayuda. Si no vas a comprar nada, será mejor que sigas tu camino —un hombre ya estaba detrás de mí y ella le hacía señas para que se acercara.

—¡Espere! —retorcí las manos sobre el mostrador—. ¡Soy muy buena para las hierbas! Conozco todas las variedades, y puedo hacer brebajes y auxiliarla en cuanto necesite. Además, ¿no le vendría bien un par de manos extra con su mala salud?

Me miró.

—Mi salud es excelente —un nuevo ataque de tos indicaba otra cosa, pero continuó—: ¿Por qué habría de pagarle a alguien para que haga mal lo que yo puedo hacer muy bien?

Comenzó a reunir entonces el pedido de aquel señor. Reconocí esas hierbas: belladona, estramonio, beleño negro, poderosos sedantes de dudosa reputación. Traté de no pensar en eso.

—No tendría que pagarme —insistí distraídamente—. Sólo necesito un lugar donde alojarme y algo de comida. Trabajaría a cambio de ello.

—Si eso es todo lo que buscas, hay un prostíbulo a dos puertas de aquí. Su clientela no es elegante ni exigente —me miró de pies a cabeza—; seguro servirás de algo.

El señor me prestó atención en ese momento, como si con su lasciva sonrisa ponderara cuál podría ser ese servicio. Retrocedí para dar la impresión de que buscaba algo en mi alforja; aguardaría a que él se marchara para volver a abordar a la curandera.

Una ráfaga fresca acarició mis brazos y volteé presa de temor, con la sospecha de que me toparía con el Heraldo. En cambio, un niño me miraba tímidamente desde el marco de una puerta. Llevaba cruzada en la cabeza una pequeña gorra roja, de la que sobresalían delicados rizos.

—¡Hola! —me arrodillé a su lado.

A pesar de que se apartó, alcancé a ver sus manitas. Un segundo después se asomó para observarme de nuevo.

—No tengas miedo —le dije—. No te haré daño.

Sahlma bramó en tanto envolvía el pedido del cliente:

—¿Con quién hablas, muchacha?

—Con el niño —me paré—, pero se esconde. ¿Es tímido?

Me miró y puso el paquete en manos del señor.

—No se permiten niños en esta tienda.

—¿No es un familiar suyo, nieto o algo así? ¡Es muy lindo!, con esos rizos oscuros y la pequeña gorra roja...

Su rostro perdió todo su color.

—¡Fuera de aquí! —estalló.

—Si yo sólo...

—¡*Fuera* de aquí! —dijo otra vez.

—¡No, escuche! Puedo ser de utilidad...

—¡Fuera! —rugió.

Bajé los escalones de la botica seguida por la nube de su cólera y por el cliente con la bolsa llena de sedantes. Me agaché detrás de un puesto cercano y vi que él examinaba la calle. No me encontró, se dio por vencido y se fue.

Aun cuando salí de mi escondite y era un hecho que aquel hombre se había marchado, no podía librarme de la sensación de que alguien me vigilaba. Entonces vi al niño de nuevo.

Estaba en la ventana superior de la botica, con la gorra aún atravesada sobre sus rizos oscuros. Cubría el lado derecho de su rostro una serie de moretones y grandes manchas de color púrpura rodeaban la piel grisácea de su cuello. Apoyaba sus manitas contra el vidrio y nos miramos durante largos minutos antes de que se diese la vuelta y desapareciera.

★

Esa noche le vendí mi dije de sirena a una mujer en un puesto del mercado a cambio de una taleguilla de seis monedas de oro, una pata de pollo casi quemada y un vaso de cerveza, sólo para que una hora más tarde ella recuperara entre risas su talega mientras en la cuneta yo vomitaba la carne descompuesta. Cuando mis dolorosos espasmos estomacales cedieron, estaba oscuro otra vez. Adormilada, me puse trabajosamente en pie y me forcé a continuar, así fuera sólo para evitar la tentación de acostarme en algún lado y terminar con todo esto. Simon y mi madre estaban unidos a mí todavía. Aunque sería noble decir que eran sus vidas lo que me motivaba a seguir adelante, en ese momento pudo más la idea de que mi agonía sería inútil, así que ¿para qué molestarse?

Me hallaba en el distrito de las tabernas, en el lado sur del castillo entre la Puerta Alta y la del Bosque, cuando retornó la hormigueante sensación de que era observada. Varias veces tuve que detenerme y mirar a mi alrededor, convencida de que alguien me seguía.

—¿Quién anda ahí?

Nadie contestó mi pregunta.

Minutos después oí otro ruido, inconfundible en esta ocasión: una pisada que no era mía, sobre los adoquines a mis espaldas. No era tampoco el Heraldo, que nunca hacía ruido.

Un hombre salió de un callejón en penumbras. Antes de que tuviera tiempo de gritar, me atrapó en sus brazos.

—¡Vamos, cariño! —tomó mi cuello entre sus dedos—. No hagas esto más difícil.

Era el señor de la botica. Un segundo hombre nos rodeó; me encontraba en desventaja numérica.

—Suél... te-teme —tartamudeé, pero el puño en mi garganta se tensó más y me dejó sin aire.

Apoyó su mejilla en mi cabello y sentí su respiración caliente en mi cuello.

—Así está bien —dijo—. Relájate.

—¡Hazlo pronto! —gimió el otro.

Mientras mi agresor mantenía su mano derecha en mi cuello, con la otra intentaba desabrochar la hebilla de su cinturón. En un solo movimiento fluido, estrellé mi cabeza en su nariz y lo pisé con fuerza, método que había visto emplear a Kellan en sus encuentros de boxeo en el cuartel. Me soltó con un grito, lo que me permitió estampar la rodilla en la entrepierna del segundo de ellos. Éste se desplomó como un títere al que le cortaran los hilos, y se quejó en el húmedo suelo del callejón.

Aunque corrí, no llegué lejos. El primer hombre me jaló del cabello, me dio un puñetazo en la mandíbula y mi cabeza rebotó en la pared con un crujido horrible. Todo me daba vueltas ahora; la única lámpara de gas en la entrada del callejón se convirtió en un borroso manchón cuando él me levantó para golpearme de nuevo.

—¿Así es como te gusta? —sacó del cinto una navaja teñida de rojo y agregó—: Yo *iba* a ser amable —como si éste fuera un favor que ya no merecía.

—¿Qué se siente ser tan repugnante que debes golpear a una mujer para que se fije en ti? —le pregunté.

Frunció los labios y me acometió con su cuchillo, como supuse que lo haría. Pero estaba demasiado débil y mareada, y calculé mal su agilidad y mi lentitud, así que en lugar de esquivarlo por completo, sentí que su navaja atravesaba mis costillas justo cuando intentaba salir disparada.

Me arrojó violentamente sobre las piedras y grité e intenté huir a rastras, apoyada en una sola mano, mientras cubría con la otra la herida en mi costado, arqueada de dolor. Me tomó del tobillo y me arrastró.

—¡Perra!

Todo me dolía, cada órgano y extremidad contribuía con creciente fuerza al coro incesante de mi sufrimiento. La sangre ya escurría entre mis dedos y los manchaba de rojo. Lo único que veía era la luz de la lámpara y la palpitante telaraña de venas en mis ojos. Lo único que oía era mi pulso y el distante repetir de mi nombre.

¡Emilie! ¡Emilie!

Pero yo no me llamaba así. No era Emilie. Ella había sido quemada, por mi culpa. La vi en el oscilante resplandor de la lámpara de gas, gritando al tiempo que era consumida por la hoguera del Tribunal.

No. No supe si lo decía en mi cabeza o en voz alta mientras tendía hacia la luz de la linterna mi mano empapada de sangre. *A ella no.*

El hombre me sacudió y se trepó en mí, todavía forcejeando con su hebilla. Su rostro cambió bajo la luz de la lámpara y adoptó pronto facciones más conocidas.

—¡Mataste a Kellan —le dije a Toris— y yo te mataré a ti! —la rabia y la cólera se acumularon en mi interior hasta eclosionar de súbito. Saqué a fuerza de gritos el fuego que ardía dentro de mí. Fijé mis manos ensangrentadas en cada lado de su rostro y me solté.

Su piel empezó a ampollarse y crujir donde mis dedos habían dejado sus sanguinolentas huellas. Retrocedió como pudo, se tocaba los ojos y las mejillas conforme el calor se convertía en llamas y éstas en una conflagración.

Sentí que un par de brazos me retiraban del fuego y opuse resistencia.

—¡Soy yo, Emilie! —dijo Zan—. ¡No te lastimaré, detente! Todo está bien, todo está bien.

—¿Todo está bien? —repetí.

Ya no sabía qué significaba eso.

Nathaniel había acorralado al segundo agresor, al que golpeaba con rudeza en la barbilla y el pecho hasta que le arrebató la navaja. Después lo empujó contra la pared y rodeó su cuello con un brazo, antes de que la piel de este hombre comenzara a arder también.

—¡Maldición! —Nathaniel se alejó de un salto.

—Estás a salvo —Zan posó una mano en mi mejilla—, tranquilízate. Ya no pueden hacerte daño.

Sus palabras fueron como agua fresca en el fuego. Cuando miré una vez más, no era Toris quien se retorcía en el piso con las prendas carbonizadas y la piel erizada de burbujas, sino el desconocido que me había atacado. Detrás de él, el otro sollozaba como un niño y contemplaba las ampollas que desfiguraban sus manos y brazos.

—¡Llévalos a la puerta y échalos! —ordenó Zan a Nathaniel, y añadió con frialdad—: Su permiso para entrar a esta ciudad será revocado. Si vuelven a poner un pie dentro de estas murallas, serán quemados, primero por dentro, después por fuera. Y en medio de su dolor *desearán* que ella hubiese terminado aquí con ustedes.

Si acaso dijo algo más, no lo oí. Desprovista por completo de energía, sentí que me derrumbaba y que mi visión se hundía en la negrura.

14

—¡Santo cielo! ¿Ésta es la chica? ¿Qué sucedió?

—La encontramos en el distrito de las tabernas.

—¡Pónganla aquí, rápido! Ayúdenme a desvestirla. ¿Y sus agresores?

—*Fueron expulsados de Achleva.*

—¿Cuántos eran?

—*Dos. Uno de ellos llevaba esto.*

—¡Maldición, Zan! Está recubierto con hoja de sangre. Si la hirieron con eso, no sé si yo pueda hacer algo...

—*Debes intentarlo. Haz lo que haga falta. La necesitamos.*

Desperté bajo un sol radiante y gratos aromas en una habitación pintada con flores amarillas.

Una mujer estaba en el fogón.

—¡Despertaste! Creí que nunca lo harías —depositó en mis manos una humeante taza de caldo—. Bebe. Te sentirás mejor una vez que tengas algo en el estómago.

Poseía una belleza exultante, como un ciervo: mejillas rosadas y unos ojos café claro enmarcados por una profusa cabellera castaña. Supuse que tenía tres o cuatro años más que yo, aunque era varios centímetros más baja. Cuando se volvió, su redondeado perfil dejó ver que desde hacía mucho llevaba una criatura en el vientre, pese a lo cual se desplazaba por el cuarto con una autoridad grácil, sin que su embarazo le estorbara.

—Me llamo Kate —dijo—. Soy la esposa de Nathaniel.

—Romero —agité la taza en un leve movimiento circular y vi que el líquido se arremolinaba en su interior.

—¿Ése es tu apellido? Zan me dijo que te llamas Emilie —repuso sorprendida.

—No. Digo, sí, Emilie. Me refería a que este caldo tiene romero.

—Ah, claro —sonrió—. Me gusta porque calma los nervios —dijo—. Se lo pongo a todo; no mucho, sólo un poco —revolvió de nuevo el contenido de la olla sobre la estufa y dejó la cuchara a un lado.

—¿Zan me trajo aquí?

—¿No lo recuerdas?

—Yo... —tragué saliva y escuché en mis oídos un vago eco: *La necesitamos. La necesitamos*—. No —respondí. En mi taza, la superficie del líquido ondulaba en minúsculos picos y valles, inducida por el temblor de mis manos.

Kate se compadeció de mí.

—Sí, Zan te trajo —me quitó amablemente la taza—. Eres muy afortunada, ¿sabes? Estuviste a punto de morir.

—Sano rápido.

—Bueno, una cosa fueron las heridas. Te cosí lo mejor que pude, pero no soy cirujana sino costurera; me fue mucho mejor con la rotura de tu capa. Pero otra muy distinta es que te hayan contaminado con hoja de sangre... De seguro es voluntad de Empírea que todavía estés aquí. Ésa es la única explicación razonable.

—¿La navaja estaba contaminada? —la cabeza me daba vueltas. ¿Hoja de sangre? ¿El paño ensangrentado había sido mi salvación? ¿Otra persona había muerto en mi lugar?—. ¡Mi alforja! —grité de pronto, desesperada—. ¿Dónde está mi alforja? La necesito —intenté pararme.

—No, no te levantes. Aquí está, ¿la ves?

Se la arrebaté y, como no pude abrir la lengüeta con mis temblorosas manos, la volteé y vacié el contenido en el suelo mientras ella me miraba boquiabierta. Me puse de rodillas y registré mis escasas pertenencias hasta que di con el paño de seda. Estuve a punto de gritar de alivio cuando vi que sólo la gota de Kellan se había desvanecido, aunque menos de lo que recordaba; las otras dos eran todavía de un rojo muy oscuro.

Recoger todo fue más fácil que tirarlo; mis manos ya estaban más estables. Lo último que guardé fue la pulsera de dijes, de los que ya sólo quedaba uno, el caballo alado. Se lo tendí a Kate.

—¿Para qué es esto?

—Para que te ayude. Acéptalo, por favor, y me iré.

Elevó las cejas.

—No puedo permitir que hagas esto.

—Debo pagarte de alguna forma. Aunque sé que no es mucho...

—No, quiero decir que... no puedo permitir que te vayas —soltó una queja exasperada—. Zan estará aquí dentro de poco; no ha dejado de venir cada dos horas para ver cómo sigues. Desea hablar contigo. Le dije que si de milagro despertabas, te mantendría aquí hasta que él regresara, para que lo intentara al menos. Pero *no le dije* que no lo abofetearías; pienso que se lo tiene ganado, por haberte arrebatado a tu yegua de esa manera.

Sonreí a pesar de todo.

—Ya le pegué una vez —dije—, aunque fue un empujón, en realidad.

—¡No me digas! Él tiene ese efecto en las personas. Yo misma le he asestado algunos golpes, sobre todo cuando éramos niños, pero cuenta de cualquier forma.

—Eso se debe a que siempre has sido muy abusiva.

No oí llegar a Zan pero ahí estaba, en la entrada, recargado en el marco.

—¿Dónde está mi esposo? —preguntó Kate—. Lo pusiste otra vez a hacer tu trabajo sucio, sin duda. Si tengo que limpiar de sangre una más de sus camisas...

—Sabes que la sangre de sus camisas nunca es *suya*.

—¿Y eso lo vuelve aceptable?

Se encogió de hombros.

—Sí, un poco.

Ella se llevó las manos a la cintura.

—De todas maneras, no me gusta.

—No te preocupes, lo de esta noche no significa nada de peligro. Fue a presentar mis excusas al rey, porque no podré asistir a los banquetes del Día del Peticionario.

—¿Nada de peligro? —resopló Kate—. No lo es porque le hace saber a Domhnall lo que quiere oír —se acercó a mí para decirme con un susurro de complicidad—: Zan no es bien recibido en ningún acto en la corte. Por más que hicieron para involucrarlo, él se encargó de frustrar ese intento y estropeaba todo lo que tocaba, hasta que nadie soportó más y dejaron de invitarlo. Lo cual es mucho decir, si se considera que Domhnall es el rey.

—Fue un esfuerzo calculado —explicó él—. Lo hice para adquirir la libertad que necesitaba para hacer cosas de verdad, sin el estorbo de la política de la corte y los irracionales caprichos de ese genio de la ecuanimidad.

—¡Claro! —dijo Kate con tono complaciente, pero Zan no contestó; ya dirigía su atención a mí.

No levanté la mirada mientras se acercaba; opté por ver sus botas entre los rizos sueltos de mi cabello. En nuestro encuentro más reciente casi había quemado hasta la muerte a dos salvajes degenerados. En la ocasión previa, arrastré a Zan a un seto y me enredé en él como una loca. Aun si en este momento salía a bailar desnuda a la plaza, no me humillaría tanto como lo había hecho ya.

Pese a todo, ahora estaba más que consciente de su cercanía. Los segundos que pasamos juntos en el seto alteraron algo fundamental entre nosotros y expusieron una rara e inquietante conexión a la que habíamos sido ajenos hasta entonces. Zan llegó a un límite demasiado próximo para nuestro exiguo conocimiento mutuo, como si sintiera también esa conexión y pusiera a prueba su elasticidad.

Resuelta a no dejarme acobardar por él ni por mi novedosa curiosidad por su persona, me forcé a verlo de frente. Alargó una mano hacia mi mejilla, pero hizo una breve pausa antes de tocar mi piel.

—No me patearás de nuevo, ¿cierto? —preguntó.

—Todavía no lo sé.

Aceptó las consecuencias y alisó mi cabello antes de torcer un dedo bajo mi mentón para hacer mi cara a un lado e inspeccionar los moretones en mi pómulo y mi labio inflamado. Frunció los labios.

—Sé que te duele mucho aún, pero ¿estás de ánimo para dar un paseo? Me gustaría mostrarte algo.

Aunque moverme resultó mucho más difícil de lo que había pensado, Zan trató de ser paciente y conservó su aire de despreocupación, aun cuando rodeaba mis hombros con su brazo si yo hacía una mueca o jadeaba durante nuestro recorrido por un terreno agreste. ¡Y vaya que lo era! Salimos de casa de Kate por la puerta trasera y bordeamos una vieja choza y un pequeño estanque, donde una docena de gansos nos contemplaron con perezoso desinterés. Ese entorno era muy distinto al del centro de la ciudad. El antiguo rey Achlev había querido que su muralla formara un círculo perfecto, lo cual había significado encerrar algunas secciones de riscos, bosque y montaña.

—¿Adónde vamos? —miré los inmensos pinos.

—Ya estamos cerca —me ayudó a bajar a una depresión sin duda generada por un arroyo de paso al fiordo antes de que un dique creara el estanque.

—Ésa no es una respuesta.

—Mira —apartó unos espigados carrizos y señaló abajo del puente.

—No veo...

Me hizo avanzar medio metro y ante mi vista apareció una abertura. Tenía poco más de un metro de alto y la enmarcaban viejos maderos. Quizás era un conducto subterráneo en desuso.

—Descubrirlo requiere un ligero cambio de perspectiva —se arrastró dentro y me hizo señas para que lo siguiera.

El interior del pasaje era muy oscuro y despedía un fuerte olor a moho y tierra fangosa.

—Una vez erigida la muralla, se construyó un sistema de canales bajo la ciudad para regar la vegetación intramuros.

Cuando la ciudad creció, ese antiguo sistema dejó de ser suficiente, así que hace trescientos años se bloquearon algunos de los conductos previos y se tendieron otros más fuertes. ¡Cuidado con la cabeza! De niño dediqué mucho tiempo a leer los viejos libros de los archivos y tropecé con los planos del antiguo sistema.

—¿Esto era un canal?

—Sí, uno de los mejores. La mayoría se vino abajo o se inundó, y ahora es infranqueable. Por aquí.

El pasadizo doblaba bruscamente a la derecha en tanto que su otra ramificación seguía de frente. Tomamos la desviación, que descendió un largo rato antes de que volviera a subir y desembocara en un pequeño círculo. Entonces, salimos de improviso a la luz.

Nos encontrábamos en una ensenada rocosa. El agua lamía a intervalos la orilla, a la que protegía un afloramiento de piedra. En el remoto tramo al otro lado del fiordo se apreciaba la tercera puerta de Achleva, que concluía en tres figuras coronadas: la Puerta de los Reyes.

Zan ya había subido las rocas, aunque despacio; el agua las volvía resbalosas, y eran además muy empinadas. Lo seguí, pese al dolor en las puntadas de mi costado. Después me ayudó a ascender el último gran escalón y a subir a la saliente.

Estábamos ahora en la base de una torre autónoma, separada del castillo y más alta que sus torretas. Aislada junto al agua, la envolvía una mata de enredaderas que ondulaba hasta el pináculo; hacía falta una segunda mirada para discernir que era de piedra, y no una gigantesca estructura vegetal que había crecido en forma de torre.

Pisé la parra a mis pies.

—¿Esto es...?

—Hoja de sangre —completó Zan—, más vale que no te acerques. La mayoría no viene aquí por esa razón.

—¿Qué es este lugar?

—Un monumento, a Aren. ¿Sabes quién es ella?

Recordé la gran sorpresa que la presencia del Heraldo le había producido a Toris en el Ebonwilde. La había llamado Aren. Yo había estado demasiado consternada para considerarlo entonces, pero ¿era posible que el Heraldo y la legendaria reina fueran la misma persona?

—Sí, lo sé. Fue una gran maga y reina de Renalt. Recitaba un conjuro con sus hermanos cuando Achlev la mató...

—Éste es el sitio del conjuro —dijo—, pero en nuestras leyendas el que mató a Aren fue Cael. En el momento que cerraban un paso entre los planos material y espectral, escuchó una voz al otro lado, una voz hipnótica que lo convenció de que matara a su hermana para interrumpir el hechizo —alzó la barbilla y el viento sacudió su cabello contra su perfil patricio, que se recortaba sobre un cielo gris—. Achlev era un mago nato, y su verdadero don era la transfiguración, no la curación. Aunque empleó toda su magia para obstruir a Cael y salvar a Aren, no lo logró. Agobiado por su fracaso, levantó esta torre en memoria de ella, y más tarde la ciudad y la muralla para protegerla.

—En todos nuestros relatos, Cael muere por salvar a Aren de Achlev, y Empírea le devuelve la vida para que sea su mensajero.

Lanzó una risa burlona.

—¿En verdad crees que si Empírea debía conceder la inmortalidad a una sola persona en la historia humana, habría elegido a quien un día fundaría el Tribunal? No. Si yo tengo que culpar a uno de los hermanos de lo que sucedió entonces, señalaré al que se distinguió después como asesino.

En Renalt, Empírea era tanto la benévola creadora de nuestros espíritus como la vengativa decisora de nuestro destino. Yo jamás había pensado que estas versiones se contradecían. Hice un esfuerzo por conciliar esta nueva idea, aunque lo cierto era que me reconfortaba.

—Nunca lo había visto así —susurré—. Toda mi vida he creído...

—¿Que la diosa supuestamente responsable de haber hecho de ti lo que eres te despreciaba por ese mismo motivo? —me evaluó con la mirada y tuve la clara impresión de que veía dentro de mí, a través de mí, como si yo fuese un aparador de cristal que exhibiera a plena luz cada uno de los pensamientos e infantiles emociones dispuestos en mis abarrotados anaqueles—. No es difícil adivinar por qué estás aquí, Emilie, en especial ahora que los príncipes de Renalt han referido el intento del Tribunal de destronar a tu reina. La ciudad de Achleva ha sido siempre un refugio para las personas amenazadas por esa organización. La mayoría no tiene ningún don especial, magia o lo que sea; vienen porque en Renalt basta con la mera *sospecha* de brujería para justificar la investigación y ejecución. Todo indica que la princesa es una de esas desafortunadas; salta a la vista que no posee genuino talento para la magia, por más que el Tribunal insinúe lo contrario —se detuvo—. Pero tú sí.

Cerré los ojos.

—Trabajabas en el castillo, ¿cierto? Fue así como conociste a Simon. Y por eso no querías que la princesa Aurelia y el príncipe Conrad te vieran a su paso. Sabías que te reconocerían y eso te alarmó.

Era mi oportunidad de decirle todo. Me sudaban las manos y mi corazón latía con fuerza. Zan le explicaría mi situación a Valentin. Después de todo, eran primos. Podía dejar salir todo en este momento. Mi historia entera bailaba en la punta de mi lengua; lo único que tenía que hacer era abrir la boca y hablar. Podía revelarle a Zan mi verdadero nombre, contarle de la traición de Toris, acerca de Conrad, de Lisette... Lisette. Si la delataba ahora, ¿qué sería de ella? A pesar de que había cometido alta traición, creía que hacía lo correcto: proteger a Conrad y a Valentin... de mí. Recordé sus ojos brillantes cuando tenía diez años y apretaba contra su pecho mis cartas del príncipe de Achleva, cuando las contestaba en mi lugar. Con su cabello dorado y sus ojos azules, se parecía a Conrad más que yo. Era posible que, si confesaba mi identidad, no me creyeran. Me castigarían, enjaularían y arrastrarían a una horca por insinuar siquiera que ella era una impostora.

Y si me creían, Lisette enfrentaría eso mismo o algo peor. Pese a todo lo que había ocurrido entre nosotras, no podía olvidar que en los últimos siete años ella habría sido capaz de dar testimonio de mis actos de brujería y no lo había hecho.

Me di cuenta de que Zan me miraba, a la espera de una respuesta. Tragué saliva y le ordené a mi agitado corazón que se calmara.

—¿Cómo son ellos? —pregunté—. ¿El príncipe y... la princesa?

—Han sufrido una ordalía, sin duda alguna, pero se quieren mucho. La princesa es muy atenta y él la adora. Esto me hace desear haber tenido un hermano.

—Alégrate de que no sea así —sentí un dolor estomacal sin relación alguna con mi herida en el costado.

—¿Tú lo tienes?

—Sí, pero me temo que no nos separamos en buenos términos. Estoy segura de que ahora me odia.

—¿Porque eres una bruja? —mis ojos volaron a los suyos y continuó—: No huiste de Renalt porque temieras la *acusación* de bruja, como la princesa, sino porque lo eres. Te he visto usar magia en dos ocasiones. Estuviste a punto de matar a dos hombres con nada más que tus manos y tu sangre.

—¿Harás que me arresten, que me envíen de vuelta a Renalt? —se me quebró la voz—. ¡Por favor, no lo hagas! —*No puedo dejar solo a mi hermano, aun si está a salvo con Lisette. Aun si me odia.*

—No fue por eso que te traje aquí.

—¿Entonces por qué?

—Mira.

Dirigió mi atención al otro extremo del silvestre jardín y las amplias terrazas de piedra que embellecían la base del castillo, hacia un trecho de elevados pastizales en el cuadrante noroeste del recinto, donde varios caballos pastaban. Mientras miraba, una yegua de un blanco esplendente rompió en brioso galope por el espacio abierto, con la cabeza en alto y las crines al vuelo.

—No puedo permitir que te la lleves —dijo—, y me disculpo por eso, pero quería que la vieras. Ven a visitarla cuando gustes, a través del pasaje. Por más que este sitio esté fortificado para impedir el acceso de intrusos, podrás ir y venir por el túnel sin ningún problema. Te advierto que la princesa Aurelia y el príncipe Conrad se alojan en el ala oeste del castillo, así que evita esa área si prefieres no tropezar con ellos —hizo una pausa—. Me acusaste de que presumiría a Falada, pero no era para eso que la necesitaba.

—¿Para qué, entonces? ¿Qué bien te procura si no es ése?

Respiró hondo.

—Ninguno. Y si no fuera por ti, ya la habría matado.

Retrocedí atónita.

—¿A qué te refieres?

—Protejámonos del viento y te lo diré.

15

La tormenta sobrevino rápidamente. En los minutos que tardamos en abandonar la torre y cruzar las terrazas, el cielo a las afueras de Achleva pasó del marrón al gris pizarra y al negro de los nubarrones. Éstos no podían traspasar la barrera, pero el viento sí; mientras Zan me conducía a lo alto del muro del castillo, perdí la mascada que cubría mi cabello, de modo que mis rizos latigueaban mi rostro y mis brazos.

Nos guarecimos en un mirador cercado justo cuando un relámpago atravesó el cielo y cayó en la mano tendida de uno de los soberanos de mármol en la Puerta de los Reyes. En un instante, el rayo recorrió la estatua y se estampó en la pared, donde se dividió en un millón de haces luminosos blancos y azules que rebotaron en la invisible barrera sobre la piedra y se entrecruzaron sin cesar mientras rodeaban la urbe en un cilindro de luz que se elevaba hasta el cielo.

—¿Cómo es posible esto? ¿Cómo se logró? —pregunté sin aliento.

—Con sangre y sacrificio —contestó Zan—, igual que todo lo relacionado con el poder —y añadió de súbito—: De ahí la importancia de Falada.

—¿Quieres *deshacerte* de ella… a causa del viento?

—Sí. No. Digo… no exactamente. Hace seis semanas habríamos contemplado esta tormenta a lo lejos, cubiertos por el sol y un cielo azul.

—¿Qué cambió?

—Hasta donde sabemos —respondió—, Simon Silvis, mi *padre*, es el único mago de sangre con poder verdadero que queda en Achleva. Antes de que se fuera a asistir a la princesa en su viaje, temió que estuviese en marcha una conspiración contra el reino y quiso aclarar sus sospechas en su camino a Renalt, para lo cual siguió una ruta más larga que sube por la costa, lo que le daría tiempo de hacer algunas indagaciones. Como el rey se había opuesto categóricamente a ese viaje, Simon partió en cuanto obtuvo su venia. Debía avisar de su llegada a salvo, pero no lo hizo. Yo ni siquiera sabía que había llegado bien hasta que tú me lo dijiste.

—¿Estás al tanto de algo más —pregunté interesada—, acerca de él, la reina o el estado de Renalt?

—No gran cosa más allá de lo que la propia princesa contó. Se encuentra detenido en Syric junto con la reina, en calidad de presos políticos del Tribunal. Y aun cuando me alivia saber que está ileso, fuera de peligro, nos preocupa que no se encuentre *aquí*. Hace unos días, Achleva despertó cubierta de escarcha. Había hielo en nuestras ventanas, cubría las hojas y los árboles. Todo chispeaba.

—¿Escarcha? ¿Qué tiene de peligroso…?

—Desde que se construyó la muralla, en Achleva nunca había habido temperaturas bajo cero. Fue lo más bello y preocupante que yo haya visto jamás. Dos días después, despertamos bajo grandes vendavales —se inclinó sobre las almenas para enfrentar al viento—. Estas alteraciones no tuvieron ninguna relación entre sí, salvo una: en cada noche previa a esos cambios de clima, un caballo muerto fue hallado en las calles. Aunque su edad y dueño eran distintos, en ambas ocasiones se trató de empíreos.

—No entiendo.

—¿Sabes lo que son las líneas espirituales?

Sacudí la cabeza. Las había visto mencionadas una o dos veces en los recortes que coleccioné al paso de los años, pero nunca encontré una descripción o definición sustancial de ellas.

—Los textos antiguos afirman que cuando Empírea abandonó su hogar entre las estrellas y dejó sus alas para recorrer una noche la tierra, los caminos que siguió se iluminaron con su fuego blanco, el cual permaneció tras su retorno al cielo y se convirtió en las líneas espirituales. Éstas son, en esencia, ríos de energía.

"Cuando Achlev construyó su muralla, aprovechó esos ríos de energía, los reencauzó en un círculo perfecto y los fijó ahí con tres puertas. Cada una de ellas fue hechizada con tres gotas de sangre de tres donadores simbólicos, y cada conjuro sellado y vuelto indestructible, salvo por la eventual muerte de los donadores. En el caso de la Puerta Alta...

—La muerte de los tres caballos blancos.

Asintió.

—En el de la Puerta del Bosque, la de una doncella, una madre y una anciana. Y en el de la Puerta de los Reyes, la de tres personas de linaje real de Achleva.

Recordé la ronda infantil que había oído en la plaza. *Todo comienza con tres caballos blancos...*

—Has visto lo que la muralla hace: no repele la energía dirigida en su contra, la absorbe. Imagina el poder de cada tormenta, cada espina y cada merodeador succionado por el muro durante quinientos años. ¿Qué sucede cuando una muralla así se derrumba?

—Se desencadena un cataclismo —exhalé en el acto.

—Una aniquilación. Quizá toda la ciudad sería arrasada. Habría bajas, muertes en una escala inconcebible —sus ojos se ensombrecieron—. Y alguien que sabe cómo fue erigida la muralla está empeñado ahora en derribarla, para lo que se sirve de símbolos sacrificiales de las figuras que contribuyeron a levantarla.

No pudo ser Toris, pensé. Él silbaba en ese momento irritantes canciones populares y tramaba mi caída.

Zan soltó un lento suspiro.

—Cada conjuro original se hizo en periodos de diez días a lo largo de un mes, en consonancia con las fases de la luna: una luna nueva al principio y una negra al final. Las puertas sólo pueden ser destruidas si los conjuros se invalidan en la misma forma, con una luna nueva al principio y una negra al final —se aclaró la garganta—. *Este* mes comenzó con una luna nueva y terminará con una negra. Bastará el sacrificio de un empíreo más para que el sello de la Puerta Alta sea disuelto. Si mis cálculos son atinados, eso debería ocurrir antes del décimo día de la luna creciente.

Di un paso atrás.

—Eso te deja dos días. Por eso querías a Falada, para que no caiga en manos de quien desea invalidar los hechizos.

—Todo esto habría sido mucho más fácil si me la hubieras vendido, como te lo pedí.

—Pero entonces no habrías sabido de mi... mi... *habilidad* —ésta no era la palabra correcta, pero *magia* aún parecía ridícula y poco natural—. Por eso me estás contando todo esto. Por eso me mostraste a Falada y el pasadizo, y por eso no la has sacrificado: para impedir que otro lo haga por ti. Precisas de la magia de sangre para reparar el daño que ya se ha hecho, e incluso para descubrir quién lo hizo, y en ausencia de Simon...

—Sólo quedas tú. Cuando pronunciaste ese conjuro en el seto, por primera vez sentí gran esperanza desde la gélida mañana de hace ocho días. Te busqué por toda la ciudad, porque es cierto: te *necesitamos*. Las lunas negras son raras, suceden cada varios años. Si tú y yo podemos impedir que el sacrificio siguiente en la serie culmine a tiempo, pasará mucho tiempo antes de que otra luna negra permita intentarlo de nuevo. Y ese lapso será suficiente para encontrar y castigar al perpetrador y reparar el daño que haya hecho.

—Pero... —farfullé— seguro hay más personas aparte de mí que puedan hacer eso.

—Aunque las hubiera, la desaparición de la Asamblea ha provocado que quienes tienen talento para la magia de sangre ignoren que lo poseen o decidan no ejercerlo —tomó mi mano y la volteó para dejar al descubierto en ella una infinidad de menudas cortadas en diversas etapas de curación—. Sé que es doloroso. Ni a ti ni a nadie le pediría que lo hiciera si no temiese tanto lo que le pasará a mi gente si la muralla se viene abajo —puso su otra mano sobre la mía para ocultar las heridas—. Aun si tu don no es fácil (ni siquiera aquí, en Achleva), es un don. Piensa en lo que serías capaz de hacer, en la gran cantidad de vidas que podrías salvar.

La última vez que alguien me había dicho que tenía un don, Emilie murió en la hoguera. Miré las manos de Zan en la mía.

—Nunca he sido instruida ni entrenada. Viste lo que les hice a esos hombres. No sé cómo controlarlo. Lo que me pides... podría ser peligroso. Quizá yo empeore las cosas.

Fijó en mí sus ojos.

—Pese a que nadie te habría culpado de su muerte, dejaste que vivieran.

—Me detuve porque tú lograste que reaccionara. Otras veces he creído que hago algo bueno y más tarde descubro que herí a alguien, a personas inocentes.

—Yo estaré contigo en cada paso.

—¿Y si es a ti a quien hiero? ¿Si *mueres*?

Reprimió un resoplido, como si la idea de que yo pudiera ser de peligro resultara graciosa.

—Moriré si así debe ser. Estoy dispuesto a correr ese riesgo para mantener en pie la muralla y a salvo a quienes están detrás de ella —curvó la boca—. Claro que si no *es* forzoso que muera, preferiría no hacerlo.

—No prometo nada —miré al cielo y agité la cabeza—. ¿Por qué esta gran responsabilidad tiene que recaer en ti? ¿No deberían asumirla el rey y el príncipe?

—El rey no quiere saber de problemas, sólo de elogios. Y el príncipe... —miró a la distancia—. El príncipe es un cobarde, no hace más que esconderse del mundo. Es tan frágil e inepto que no serviría de gran cosa.

Simon me había hablado tan bien de Valentin que estimé demasiado enfático este comentario.

—¿Tanto lo odias?

Dulcificó un poco su expresión.

—No lo odio, tiene buenas intenciones... sólo es débil.

Suspiré y me di por vencida.

—Debería ver registros de los conjuros originales para disponer de un punto de partida.

—Te llevaré a la biblioteca del castillo en cuanto pueda. Te juro que si me ayudas, te devolveré el favor multiplicado por diez. Haré lo que quieras: buscaré a tu familia en Renalt y la traeré en un galeón para que disfrute aquí de los relatos de tu heroísmo. Si deseas tu peso en oro, te lo daré... fundido en una estatua a tu imagen, con ópalos por ojos engastados en las cuencas —y agregó en voz más baja—: Lo que me pidas.

Aún sostenía mi mano.

—Y si quisiera decirte un secreto importante y que me creyeras, ¿lo harías? ¿Podrías prometérmelo? —imaginé esta conversación: ¡Sorpresa, Zan! Yo soy la genuina princesa de Renalt. ¡No mates a Lisette! Sólo cometió una pequeña traición.

Respondió despacio:

—Sí, pienso que podría hacerlo.

Si mi propósito era combatir a Toris y salvar el predominio de mi familia, tendría que contar con suficiente influencia entre los habitantes de Achleva para convencerlos de unirse a mi lucha contra el Tribunal. Y éste podría ser el mejor medio para adquirirla, quizás el único.

—De acuerdo —le dije—. Te ayudaré.

Esa noche, después de que Kate y Nathaniel se fueron a acostar, me puse la capa azul de Kellan y me escabullí en dirección al pasaje que Zan me había enseñado. La tormenta había sido disipada por la invisible barrera de Achleva y, cuando llegué por el túnel a la orilla de la ensenada, el fiordo y el cielo eran un refulgente caldero de estrellas, uno arriba del otro, lo que complicaba saber cuál de los dos era el reflejo. Las ventanas del castillo estaban a oscuras. A medida que me aproximaba al lado oeste, me pregunté si alguna de ellas sería la de mi hermano. Aunque sabía que para ese momento él ya llevaba dormido varias horas, miré ilusionada, con la esperanza de avistarlo.

Crucé los tranquilos jardines en terrazas y me sumergí en los campos oscuros del otro lado. Falada relinchó cuando me acerqué y palmeé cariñosamente su crin.

—¡Hola, preciosa! —copié la forma en que Kellan le hablaba—. Creíste que te había olvidado, ¿cierto? ¿Cómo podría olvidarme de una yegua tan linda como tú?

Piafó en respuesta y pasé una mano por su cabeza lustrosa mientras hundía mis uñas sobre una cortada a medio curar en la otra, que al reabrirse me arrancó una mueca y dejó escapar una gotita de sangre.

—No sé lo que hago —le confesé a la yegua y vertí tres gotas en su frente—, pero debo practicar y éste es un buen comienzo.

Coloqué mi mano sobre la sangre, cerré los ojos y exploré mi interior. Conocía tan bien la sensación de la magia que ya era capaz de percibirla: un calor tenue y constante que irradiaba en alguna parte dentro de mí. Sin embargo, para tener acceso a ella y dirigirla, debía descubrir su fuente, buscar la hoguera.

Luego de varios minutos infructuosos me desesperé.

—¿En qué estoy pensando? —pregunté en voz alta—. ¿Cómo voy a ayudar a Zan si ni siquiera puedo hacer esto?

Falada emitió un plácido relincho, como si me ofreciera una respuesta obvia y razonable.

—Lo siento, no soy Kellan. Yo no hablo tu idioma.

Saqué de mi bolsa el paño de sangre. La gota desvanecida se había oscurecido de alguna manera... tal vez por efecto de la luz. Cuando la toqué, la tristeza invadió hasta los más recónditos rincones de mi ser. La sentí en cada célula, de la cabeza a los pies y las puntas de mis dedos.

Cerré los ojos y puse de nuevo la mano sobre Falada, aunque esta vez concentré el poder con palabras:

—*"Tu es autem nox atra."* Donde hay blanco, verán sólo noche. Abrí los ojos.

En el lugar de Falada, estaba ahora una yegua tan negra como el abismo. Era una ilusión rudimentaria; si yo parpadeaba lo indispensable, veía abajo su auténtico color, pero quien pasara a su lado no se daría cuenta. Sentí un alivio inmenso e inmediato: ya no estaba expuesta a los daños ahora que nadie sabía que había sido siempre una empírea.

Acaricié un rato su reluciente pelaje negro, le murmuré cosas dulces y de cuando en cuando deslicé hacia ella trozos de la zanahoria que había tomado en la cena de la mesa de Kate y Nathaniel. Falada no cesaba de mirar por encima de mi hombro, como si esperara a alguien.

—Lo sé —le dije—. Yo también lo extraño.

Pero no aguardaba a Kellan. Veía al Heraldo que, parada en el círculo de la hoja de sangre, me daba la espalda y miraba la base de la torre.

Cuando me aventuré dentro del perímetro de la reptante parra de hoja de sangre, mi zapato se atoró en un zarcillo y lo cortó, así que una savia viscosa y de un rojo intenso manchó mi pie y el bies de mi vestido. La sacudí con energía, ignoraba si la piel podía absorber el veneno o si éste debía ingerirse o entrar al cuerpo a través de una herida para obrar su mal. Continué la marcha con más cuidado, aunque a cada paso aplastaba nuevas hojas jaspeadas de rojo y dejaba atrás una mancha sanguinolenta con la forma de mi huella.

161

Aun cuando la hoja de sangre es una planta rastrera, aquí se había enredado en las piedras y trepaba hasta el punto más elevado de la torre. No había puerta alguna o, si la había, era imposible distinguirla bajo el profuso matorral. Sin duda, éste había crecido ahí durante muchos años, porque la mata nueva se extendía sobre un quebradizo esqueleto de retoños marchitados tiempo atrás.

Me abrí camino hasta la saliente que daba al fiordo, donde experimenté un cosquilleo conocido, que descendió de mi nuca hasta los hombros. El Heraldo miraba ahora la punta de la torre.

Avancé hacia ella.

—¿Qué quieres de mí? ¿Por qué me trajiste a este sitio? ¿Cuál es la razón de que Toris te conozca? —tragué saliva—. Antes aparecías únicamente si una persona iba a morir. ¿Es lo mismo ahora? ¿Alguien morirá?

Permaneció inmóvil, salvo por la ondulación de su cabello bajo un viento imperceptible, que soplaba en dirección opuesta a la ráfaga fría en mi espalda.

—¿Aren? —dije en voz alta su nombre por primera vez.

Volteó y ahogué un grito.

No era el Heraldo. Era el espíritu de otra mujer, cuyo semblante ensangrentado y descompuesto resultaba irreconocible. Después de mirarme un largo rato, echó a andar con una extraña inclinación del cuerpo y desapareció en la espesura de la hoja de sangre, como si se disolviera en la torre.

16

—¡Lo hubieras visto! —dijo Kate entre risas mientras recorríamos el bullicioso distrito comercial a la mañana siguiente—. Nathaniel parecía un oso asustado que se miraba las manos vacías porque el pez que acababa de pescar había volado hacia los árboles.

Me había invitado a entregar trabajos terminados a algunos de sus clientes de costura en el centro, y entre tanto me contaba animadamente cómo había conocido a Nathaniel. Pese a que no éramos muy amigas aún, su historia me tenía atrapada.

—¿Te enamoraste de él porque un chico le arrebató un pez en un árbol?

—¡Bueno, no fue por *eso*! —contestó con afabilidad—. Lo persiguió entre protestas hasta su casa y estaba a punto de darle un puñetazo cuando vio a su familia, que lo esperaba: la madre, enferma en cama, y dos hermanos menores que llevaban varios días sin comer. Sobra decir que no recuperamos el pez robado. Esa noche cenamos frijoles fríos.

—¡Eso fue, entonces! Que él haya regalado la cena de ambos.

Sacudió la cabeza.

—No, tampoco. A partir de ese día nos deteníamos en aquella casa cada vez que pasábamos, y dejábamos en la puerta canastas llenas de pescado, leche, queso y pan... Nathaniel lo pagaba todo con su salario. Lo hizo así varias semanas, hasta que la madre recobró la salud y regresó a la aldea a trabajar. Y en algún momento, en los traslados entre las propiedades de mi prometido y la casa de mi familia, me enamoré de él. Era mi escolta, el mejor empleado de mi prometido, su "bien más valioso". Yo descendía de un caballero de Achleva, él de un fabricante de espadas itinerante; nuestros caminos nunca debían haberse cruzado. Pero me prendé de él en cuanto lo conocí, y decidí que haría cualquier cosa por conservarlo. Si eso significaba abandonar mi antigua vida, que así fuera. Un día, de camino a la casa de mi prometido, le pedí que me llevara al primer santuario de Empírea que pudiese y se casara conmigo —sonrió con este recuerdo—. Dejamos atrás nuestra vida anterior y jamás volvimos la vista. Nos mudamos a la capital, él consiguió empleo con Zan y yo busqué trabajos de costura para ayudarnos a salir adelante. Entonces, ocurrió esto —lanzó una sonrisa de felicidad a su voluminoso vientre—. Ésta no es la vida que imaginé de niña... es mucho mejor.

—¿Cómo reaccionó tu prometido?

—Fue un gran alivio para él. Me gustaba mucho, es difícil *no* simpatizar con él, pero entre nosotros sólo había amistad. Por más que nuestro matrimonio habría sido afortunado en términos de bienes y posición, me temo que Dedrick se habría aburrido. Él es más dado a la conquista que al compromiso —rio con afecto—. Fue lo mejor para los dos, así me lo dijo en el par de cartas que intercambiamos después de mi partida.

—¿No has visto a tu familia desde entonces?

—No, y no podría afirmar que eso signifique una pérdida para mí —jugó con el extremo de su trenza al tiempo que avanzábamos—. A la que más extraño es a mi madre, éramos íntimas.

Tras la entrega de su último encargo, paseamos entre los vendedores de especias. Cadenas de dientes de ajo, guirnaldas de tomillo y racimos de romero colgaban de los puestos como collares de una dama fina.

—Hoy es el Día del Peticionario —me explicó—. El rey concede audiencia a su pueblo una vez al mes, para oír sus quejas, dictar sentencia y transmitir proclamas. Tendremos que apresurarnos porque Zan me rogó que estuviéramos de regreso a media tarde, y eso será imposible una vez que den comienzo los juicios.

La plaza principal estaba llena. Varios señores ocupaban ya sus asientos en el estrado, erigido al pie de los inmensos escalones del castillo.

—¿Ésos son los caballeros?

—Sí. ¿Ves a ese gordo bajito con el brocado guinda? Es el barón Ingram. ¿Y al de cabello cano? Ése es Castillion. A su izquierda están Ramos y Achebe. El de arriba es Lim y… —se detuvo antes de que pronunciara el nombre del joven lord situado en el extremo más remoto. Era guapo, con una sonrisa encantadora.

—¿Y ése quién es? —pregunté.

—Mi exprometido del que te acabo de contar, Dedrick Corvalis.

En la tarima sobre el estrado, el rey ocupaba un pesado asiento de terciopelo, sacado a rastras para que le sirviera como trono. Distinguí detrás de él la fulgente cascada del cabello dorado de Lisette. A su lado estaba Conrad, quien lucía como todo un príncipe, con un ajustado saco blanco de botones de oro que semejaban medallas. Estaba muy erguido y entrelazaba las manos en el regazo. Supe que hacía todo lo posible por no retorcerse y sentí una punzada; le urgía un juguete que lo relajara, como los que yo le daba para que se mantuviera tranquilo y aliviara su tensión.

Toris descollaba entre ambos, vestido a la usanza de los tenientes de Renalt. Experimenté un regusto amargo cuando vi que llevaba puesto el uniforme extra de Kellan, a excepción de la capa. Me pregunté si le habría robado el nombre también; no soportaría oír que lo llamaran *teniente Greythorne*.

—¿Y cuál es el príncipe Valentin? —inquirí.

Me miró de soslayo.

—Ninguno. No asiste a estos actos. Nunca le ha gustado presentarse en público.

Al parecer, ése era un rasgo común de los príncipes, aunque al menos Conrad se encontraba aquí e *intentaba* cumplir con su deber.

El rey se levantó.

—¡Buena gente de Achleva! —su dentadura blanca destacó contra su piel rubicunda—. Está escrito en nuestras leyes y tradiciones que el monarca ha de conceder audiencia pública con regularidad, a fin de que ustedes expongan sus quejas y él medie, oiga los cargos y emita un juicio justo. ¡Hoy es ese día! ¡Acudan a mí, peticionarios! Hablen, que su amado rey los escuchará.

Kate resopló.

—Cree que si les repite que lo aman, los convencerá. Me sorprende que no haya emitido todavía un decreto al respecto. ¡Es un idiota del peor tipo!

—¿Qué tipo de idiota es el peor? —pregunté.

—El que está seguro de que es un genio —ladeó la cabeza hacia una pared en la que se acumulaban varias capas de edictos de Domhnall. Afiné la vista para leer el más reciente:

Por este conducto, decreto que el tercer día de la tercera semana de cada mes, el castillo de Achleva abrirá sus puertas a los caballeros y ciudadanos que deseen expresar su amor y gratitud al rey Domhnall de Achleva, cuyos incansables esfuerzos por el bien de Achleva han producido más prosperidad, riqueza y felicidad a todos los habitantes...

—Lo peor —continuó Kate— es que es demasiado tonto para darse cuenta de que lo manipulan. Los caballeros lo adulan y explotan su delirio de grandeza, y él aprueba lo que le pongan ante los ojos. Como esto, mira —señaló al templete, donde se oía ahora el caso de un joven—. Es el sobrino de un caballero y lo atraparon por hacer una atrocidad, pero su familia es rica.

Mientras se leían los escalofriantes detalles de sus cargos, el joven permaneció impasible. Al final se presentó una mujer.

—Soy Sahlma Salazar, curandera autorizada por la corona. A instancias de la familia, hice una revisión completa de la salud de este muchacho y descubrí que se encuentra en grave peligro —la tos que la atacó en ese momento hacía pensar lo mismo de ella—. Lamento informar al rey que este súbdito suyo está demasiado enfermo para ser sometido a juicio por ahora, y recomiendo que sea puesto al cuidado de su familia hasta que se recupere.

—Lo cual nunca sucederá —dijo Kate entre dientes—. Hace uno o dos años, se solicitó al rey que los reos enfermos fueran atendidos por curanderos, a fin de evitar que los pobres murieran antes de que llegaran a juicio por delitos menores, como robar un pan o no pagar la renta de su vivienda. Domhnall cumplió ese deseo en uno más de sus edictos, aunque con el añadido de que correspondería al preso pagar al sanador. Así, hoy los pobres continúan sin atención hasta que mueren y los ricos compran su impunidad. Basta con que paguen a un curandero para que los declare incapaces, y a Domhnall para que dé por bueno ese diagnóstico.

En tanto proseguíamos entre la multitud, el rey aceptó la recomendación de Sahlma, y ya había oído y despachado dos casos más antes de que llegáramos a la mitad de la plaza. Un tercer acusado subió al estrado con los pies a rastras, debido a los grilletes que llevaba en tobillos y muñecas.

—¡Conozco a ese señor! —exclamé sorprendida—. Fue el que me presentó con Zan en los campamentos de los viajeros.

—¡Raymond Thackery! —proclamó el rey—. Se te acusa de falsificar documentos reales y emplearlos para que personas no requeridas crucen la muralla, por lo cual has contaminado nuestra gran ciudad con los peores entre los indeseables: vagos, mendigos y prostitutas...

Thackery preguntó en son de burla:

—¿Desde cuándo ve con malos ojos a las prostitutas, su majestad?

El rostro del rey fue del rojo al morado.

—¿Niegas esos cargos, Thackery?

—¡Desde luego que sí! —respondió—. Nadie que no haya nacido en este reino podrá entrar en él si no es invitado por algún miembro de la familia real. *Por lo cual* —tomó prestada del rey esta expresión y sonrió—, eso no es contrabando.

—Dime entonces, Thackery, ¿qué persona del linaje real te proporciona ilegalmente tales invitaciones?

—¡Hay muchas posibilidades! Apuesto que bastardos de usted se arrastran por todas partes. No le daré ningún nombre. Lo que hago no es ilegal —se elevó con orgullo en el aire—. Además, la identidad de mis socios es secreta. A usted nunca lo he exhibido por el tráfico de opio, ¿cierto? —ensanchó su sonrisa.

—¡No escucharé más! —rugió el rey—. ¿Cómo te atreves a levantar falsos testimonios contra mí?

—¿Falsos testimonios? —Raymond no entendía el aprieto en el que se hallaba o se arrojaba a su destino resuelto a causar el mayor caos posible—. Los hechos son indiscutibles. Desear que no lo sean y declararlos así no remedia nada —levantó la mano—. ¡Juro que si me deja en libertad, no hablaré de las fiestas sin ropa que celebra cada mes en el Tarro y la Jarra!

El rey espetó:

—¡Raymond Thackery, te condeno a cuarenta días en la picota, por tus falsedades! —tras olvidar el cargo de contrabando, agregó hacia los guardias—: Llévenselo.

—¿Cuarenta días? ¡A mi amigo Gilroy le dio cincuenta! ¡Deme al menos tantos como a él!

—La mayoría no dura ni diez —me dijo Kate.

Horrorizada, dejé de mirar mientras amordazaban a Thackery y lo jalaban hasta una jaula de hierro junto al muro, en la que lo metieron al tiempo que un guardia la sujetaba con una cadena y, en el parapeto, otro activaba una polea para subirla.

Rogué que Ray no acabara igual que Gilroy. ¡Sería terrible que muriera en la picota! La permanencia de su espíritu entre sus restos en descomposición sería una desgracia casi insoportable.

Jamás creí que algún día las ejecuciones del Tribunal —ahorcar, decapitar, quemar— me parecerían compasivas.

17

Cuando regresamos, Zan esperaba con impaciencia a la puerta de Kate, donde se apoyaba ora en un pie, ora en otro.

—Llegan tarde —dijo con enfado.

—No es cierto y lo sabes —replicó ella, y añadió con las manos en las caderas—: ¿Hiciste lo que te pedí?

Él se encogió de hombros con impertinencia y asintió a regañadientes. Kate tomó encantada mi mano y me jaló al pasillo.

—Es por aquí —dijo.

No llegamos lejos. Me llevó a la choza detrás de su casa, junto al estanque de los gansos. Aguardamos a que Zan accionara el cerrojo con una llave oxidada y la puerta se abrió por fin, con un rechinido.

—¿No ibas a *limpiar* aquí, Zan? —Kate pasó un dedo por una mesa sucia.

—Lo hice.

Ella frunció los labios.

—Eso me gano por creer que sabrías hacer el aseo —se volvió hacia mí—. ¿Te gusta? Es pequeña, sólo la he utilizado para guardar mis hierbas secas y frascos extra de tónicos y conservadores. ¡Qué horror que esté tan desordenada! Y todo por haber permitido que Zan estuviera aquí sin supervisión, aunque no es tan *terrible*, ¿cierto?

El lugar se hallaba en penumbras, y la única luz procedía de una sucia ventana trasera. Había una chimenea de piedra con un gancho para una tetera, una mesita y una silla desvencijada. Las paredes estaban cubiertas de anaqueles, la mayoría con filas de frascos de colores y recipientes de hierbas, si bien dos o tres estaban llenos de papeles, lápices y carboncillos de longitudes diversas. Tomé una hoja de una pila y tuve que voltearla un par de veces para encontrarle forma. A primera vista, parecía un revoltijo de furiosas marcas de carboncillo que zigzagueaban sin seguir ningún patrón significativo, pero cuando puse más atención, una imagen emergió del caos. Se trataba de un detallado estudio del ala de un ave, tan diferente a las recargadas y meticulosas versiones de tantos libros y cuadros que me pregunté si acaso había *visto* antes un ave. Más que un catálogo de rasgos —plumas, pico, huesos, pecho—, ese trazo era una condensación de la alegría y el terror del vuelo. Quitaba el aliento.

Zan me arrancó el papel y lo añadió a un montón de hojas que intentaba enderezar antes de que se diera por vencido y lo hiciese a un lado.

—Haz una pila en la esquina, vendré a recogerla más tarde —dijo con vergüenza.

Volteé hacia la habitación escasamente equipada.

—¡Me encanta! —dije feliz y me acomodé en el catre de la esquina, que crujió en protesta—. Pero no tengo dinero para pagar la renta.

Pese a que Zan iba a decir algo, Kate le dirigió una mirada punzante antes de sonreírme con dulzura.

—No es necesario que lo hagas. Zan cubrirá la renta con el dinero que te debe por haber tomado tu yegua, ¿verdad, Zan?

Él asintió enfurruñado.

—¡Por supuesto!

—Y te pagará un salario —añadió ella.

—Sí, aunque antes...

—Un sueldo diario y una bonificación al final.

Ladeé la cabeza.

—Me dijeron que sería una estatua de oro a mi imagen.

—Se levantará en la plaza de la ciudad al día siguiente —dijo Zan, asediado—. Palabra de honor.

—No permitas que él la haga —me advirtió Kate—. Sus dibujos son muy buenos si sabes lo que ves, pero sus esculturas... —se contrajo y sacudió la cabeza.

—¿Podemos irnos ya? —inquirió él con hosquedad.

Kate había tomado una escoba.

—¿Me harían ese favor? Tengo mucho que asear.

—¿En verdad hiciste tú todos esos dibujos? —pregunté a Zan mientras me ayudaba a bajar al subterráneo—. No tienes pinta de artista.

Me miró de reojo.

—Tú no tienes pinta de maga de sangre y mira todo lo que sabes hacer... —ya en el pasadizo, me guio por el meandro—. De niño me enfermaba tanto que pasaba mucho tiempo encerrado, así que mi madre me ponía a dibujar para que no me aburriera. Pero me enfermé más, e incluso dejé de ver por un tiempo. Poco después perdí a mi madre.

—¡Lo siento! —dije—. ¿También ella estaba enferma?

—De cuidarme, tal vez —hizo una pausa por delicadeza, aun cuando supe a qué se refería—. Estaba enfermo en todo momento y eso tuvo un costo. ¡No me mires así! Sucedió hace muchos años —me hizo señas para lo que siguiera en la bifurcación—. Es por aquí ahora.

En lugar de dar vuelta hacia la torre, continuamos de frente, por una ligera inclinación en ascenso. Él conservó un paso moderado.

—Hoy no es preciso que vayas tan despacio por mi causa —le dije—, me curo muy rápido —llevé una mano a mi costado—. Ya casi no me duele.

—¿Quién dijo que voy lento por ti? —preguntó.

El nuevo pasaje llegó a un final abrupto bajo un cuadro poco iluminado. Era una trampilla. Zan dio un tirón para abrir la compuerta, junto con la cual cayó una deshilachada escalera de cuerda. Subió primero y me sujetó para que trepara después de él.

A pesar de que quería hacerle más preguntas sobre sus dibujos, se llevó un dedo a los labios para pedirme que callara en tanto volvía a poner la puerta y la escalera en su sitio. Estábamos en una cava, rodeados por los cuatro costados por barriles de cerveza y estantes llenos de botellas de vino. En las cámaras de piedra afuera de la cava resonaron unos lamentos.

—Los calabozos están cerca —Zan pegó los labios a mi oreja—. Siempre se les oye así el Día del Peticionario —se asomó a la esquina—. Está despejado, ¡vamos!

La majestuosidad del castillo no se restringía a su fachada, también el interior estaba intrincadamente decorado. Pilares de madera pulida se elevaban hasta los techos abovedados, inscritos con complejos relieves florales. Todo estaba minuciosamente tallado y pintado con colores vívidos y abundantes: dorado, carmesís, lapislázuli, púrpura... era difícil apartar la mirada.

Aunque en alguna sección del castillo retumbaba un rumor de música y voces —Zan me indicó que eran los preparativos del banquete del Día del Peticionario—, los corredores estaban vacíos. Si un sirviente pasaba como bólido a nuestro lado, Zan se refugiaba en las sombras y me jalaba para que no nos viera.

—¿Por qué te escondes? —siseé—. ¿No es ésta tu casa?

Una vez sin moros en la costa, contestó:

—Es recomendable que mantenga en reserva mis diligencias. Demasiadas personas creen saber mejor que yo cómo debería usar mi tiempo.

Yo misma comprendía muy bien esa noción. Había dedicado toda la vida a hacer lo mismo.

Llegamos al fin a la biblioteca, una inmensa sala circular de dos pisos de alto con una amplia galería en el nivel superior. Las losetas del suelo eran de mármol negro y blanco, y del pináculo del techo pendía un candelabro de tintineantes luceros de cristal que giraban en una órbita lenta alrededor de una trémula luna de vidrio soplado.

Había libros por doquier.

—¡Sangre del fundador! —exhalé—. Esto es increíble.

—¿No hay bibliotecas en Renalt?

—No como ésta —respondí—. El único volumen que nos hacen leer es el Libro de Órdenes del fundador.

—Eso explica que al príncipe Conrad le agrade tanto esta sala. Pasa aquí gran parte de su tiempo libre y se hace acompañar por su hermana. Ignoraba si esta tarde se marcharían a tiempo para que te trajera.

—¿Y qué libros le gustan a él? —intenté no parecer demasiado interesada.

—Prefiere los de piratas, búsqueda de tesoros y cosas así.

Tuve sentimientos encontrados: no sabía si alegrarme de que Conrad leyera sobre piratas y Lisette cuidara de él, o sentir celos de que ella lo estuviera haciendo a mis expensas.

—¿Estuviste con ellos?

—Durante parte de la tarde, antes de que se les llamara a ver el espectáculo del Día del Peticionario. Sé que desconfías de Aurelia, Emilie, y respeto tu decisión de mantener en secreto tu presencia aquí, pero nada hay que temer, ella tiene un aspecto adorable.

Imaginé de inmediato que la dibujaba con aquellos decididos trazos de carboncillo, para imprimir esa belleza en su memoria. Me avergonzaba reconocer que la renovada aversión por Lisette que experimenté en ese momento tenía poco que ver con Conrad.

—No lo dudo —dije con brusquedad—, aunque las apariencias engañan, ¿cierto?

—Tú lo sabes mejor que nadie —y antes de que pudiera preguntarle a qué se refería, giró perezosamente sobre sus talones y no me quedó otra opción que seguirlo. Me condujo a un acogedor rincón de la biblioteca, con un asiento acojinado junto a una ventana y una pila de libros—. Hice buen uso de mi tiempo esta mañana.

Ahí estaban el *Compendium de magia* de Vitesio y los *Ensayos sobre la teoría de la magia de sangre* de Wilstine. Había incluso una antología acerca de los usos de la magia fiera para aumentar el rendimiento de cultivos como la soya y docenas de textos e historias más, todos ellos en impecables condiciones.

—¡Podría llorar de emoción! —palpé los tomos con reverencia.

—No lo hagas, por favor —dijo—. Muchos de estos libros arribaron aquí tras el desmantelamiento de la Asamblea de magos. Son muy valiosos. No me gustaría que tus lágrimas arrugaran sus páginas y corrieran la tinta. Hallarás referencias a los conjuros de Achlev aquí —tomó un libro y lo puso en una nueva pila—, aquí y aquí. Estoy en busca todavía de sus textos originales, pero usa éstos para empezar.

Se marchó para que me sumergiera en esos materiales en tanto él hacía sus diligencias. Me acomodé sobre los cojines con los volúmenes en el regazo, ansiosa de leer libros sin censura. Había llegado apenas a la primera página cuando oí voces cerca.

—¡Date prisa! —dijo una mujer—. El banquete dará inicio pronto y no debemos llegar tarde. Es sólo un juguete, ¿en verdad importa tanto? ¿Estás seguro de que lo dejaste aquí y no en la Sala Magna?

—Sé que lo traje aquí, lo tenía junto a la ventana.

Mis ojos se arrastraron al otro lado del asiento, donde, en efecto, reposaba un objeto minúsculo: una figurilla de metal con piezas móviles, tan pequeña que cabía en la palma de la mano. La reconocí al instante: la había usado como premio en uno de los juegos de buscar cosas que practicaba con Conrad, algo que le ayudaba a conservar la calma durante sus tareas principescas más tediosas. No sabía que la tuviera aún, y menos todavía que la hubiese traído consigo desde Renalt. No había visto que la sacara durante el viaje una sola vez. Ahí estaba, sin embargo, en el asiento de la biblioteca, abandonada en plena transformación, a medio camino entre el sabueso y la liebre.

La tomé y me puse en pie como pude, aunque ya era demasiado tarde: Conrad había dado vuelta en la esquina y parpadeaba frente a mí con grandes y redondos ojos. Nos miramos un largo minuto antes de que yo acomodara despacio las piezas restantes —*chasquido, giro, chasquido*— y se la devolviera, convertida en la liebre. La tomó sin hacer ruido.

—¿Qué ocurre? —preguntó Lisette en el otro extremo de la biblioteca—. ¿Lo encontraste?

Esperé su respuesta entre latidos violentos. Con una palabra, podría condenarme.

Al final, dijo por encima del hombro:

—¡Sí, aquí lo tengo! Ya voy.

Me asomé por un librero mientras volvía con Lisette. Ella le alisó el cabello.

—¡Perderías la razón si no estuviera encerrada en esta pequeña cabeza tuya! —sonrió y se retiraron juntos.

No miró atrás.

Esa noche, bajo la última luna creciente antes del primer cuarto, regresé a escondidas a los jardines del castillo y enfilé al lado oeste. Si la habitación de Conrad estaba ahí, él tendría desde su ventana una vista aceptable de estos jardines. Tomé el cordón que llevaba anudado en el cabello —era azul, uno de los obsequios de Kate— y lo até con fuerza a la rama de una rosaleda. Me puse de rodillas, cavé un pequeño agujero en la base y pedí que él recordara nuestro viejo juego. *Amarillo es arriba, azul abajo, rojo norte, verde sur...*

Cuando el agujero fue lo bastante grande, dejé caer el dije del caballo alado y lo cubrí. Confié en que bastaría para transmitir mi mensaje:

Estoy aquí, hermanito. No te he abandonado. No temas.

18

A la caída de la noche siguiente, Zan se reunió conmigo en mi choza. Llevaba un saco en la espalda y una linterna en la mano; yo sólo tenía algunas notas garabateadas y un corazón intranquilo.

—Conseguí lo que me pediste de Falada y vi lo que hiciste por ella —dijo—. Está irreconocible.

—Debo practicar. Pensé que ella era un buen punto de partida.

—¿Crees estar lista para esto?

—En absoluto —contesté—. Pero no tengo otra opción.

—¡En absoluto! —repitió, con una sonrisa tímida.

Había llegado la noche esperada. Reforzaríamos la Puerta Alta y usaríamos a Falada en simbólico reemplazo de uno de los empíreos ya perdidos. Con base en los documentos sobre cómo se habían hecho los rituales originales, yo había armado un nuevo conjuro que impediría la destrucción del sello. Pese a que habría preferido disponer de más tiempo, esta noche se cumplía el décimo día del mes. El mago de sangre responsable de todo esto tendría que actuar ahora o nunca.

Cruzamos el denso bosque a lo largo del cauce antiguo hasta que llegamos al pie de la muralla.

—Hay unos peldaños por aquí —Zan avanzó junto a las piedras—. Nadie los usa ya. ¡Aquí están!

Tenía razón: una escalera muy angosta, de no más de sesenta centímetros de ancho, se fundía con el muro si la veías desde la base. Él emprendió el ascenso, escalón por escalón. Me puse nerviosa. ¿Qué tal si estaba equivocada? ¿Si, después de todo, no podía hacer lo indicado? Aunque quería apresurarme y terminar con esto, estaba varada en la escalera detrás de Zan y, curiosamente, él no tenía ninguna prisa.

—Estás muy al tanto de los pasadizos secretos —comenté.

—Dedico demasiado tiempo a evitar la interacción humana. Exploro mucho.

—Eso es difícil de creer —dije secamente—. Tienes un enorme don de gentes.

En la cumbre, la muralla medía casi dos metros de ancho entre las almenas. Había trazas de viejas sombras en el almenaje, soldados que arrojaban remedos de flechas a un ejército fantasma abajo. Traté de no pisar ninguno de los espíritus opacos que nos impedían el paso mientras continuábamos hacia el norte por el ascenso más escarpado de la muralla. Nos deteníamos con frecuencia, porque Zan se quejaba de que yo iba demasiado rápido y la herida en mi costado podría reabrirse; esto le preocupaba porque, desde luego, quería que yo sangrara cuando fuera necesario.

La sección oriental de la muralla se había construido justo en la ladera y los árboles escaseaban a medida que el muro subía, ya no sobre tierra, sino sobre el sólido lecho rocoso. La luna se insinuaba entre las altas nubes, partida a la mitad, en un acoplamiento perfecto de luz y sombras. Un grave rumor se convirtió en un estruendo creciente y sentí una leve vibración bajo mis pies.

—¿Qué es ese ruido? —pregunté.

—Velo tú misma —se inclinó sobre el borde de la almena y apuntó abajo.

A lo largo de un trecho de seis metros, la muralla se alineaba con la pronunciada pared del risco y creaba una altura de vértigo. Justo a nuestros pies, un torrente bramaba en un costado de la roca y desaparecía en el oscuro trecho del bosque más abajo. Las débiles luces de la ciudad titilaban a la distancia. Lo único más alto que nosotros era la torre solitaria e inexpresiva. Sentí que mi corazón se aceleraba.

—Achlev sabía que la muralla impediría el paso de la lluvia, así que no quiso privarnos de una corriente fresca. Y como las puertas debían ser las únicas entradas... perforó la roca. Hizo agujeros lo bastante grandes para que permitieran el paso del agua, pero tan pequeños que no comprometieran la solidez de la montaña ni dieran acceso a los invasores. ¿Qué piensas?

Habíamos decidido que era demasiado peligroso hacer un conjuro tan importante bajo la Puerta Alta, con tanta gente alrededor, de forma que sugerí que usáramos la porción de la muralla con menos probabilidad de testigos. Ahora que me asomaba desde esa altura espeluznante, me pregunté si no habría sido preferible lidiar con el público.

Tragué saliva y asentí.

—Deberá bastar.

Zan bajó el saco que cargaba y extrajo los ingredientes del hechizo: tiza, un tazón, una linterna y un mechón de la crin de Falada, plateado de nuevo, pese a su disfraz, ahora que había sido arrancado de ella.

Tomó la tiza y, con mano rápida y segura, dibujó en la piedra el nudo de tres puntas que, por cortesía del *Compendium* completo, yo sabía ya que se llamaba triquetra. Cuando terminó, me quité los zapatos y ocupé descalza el centro, con cuidado de no rozar los trazos.

Respiré hondo y dije:

—Necesitaré una navaja.

—Me hice cargo de eso —sacó del bolsillo superior algo semejante a una daga en miniatura, del largo de mi mano del asa a la punta. Aunque las inscripciones en la funda eran indescifrables, reconocí otra triquetra en el centro. Cuando la desenvainó, me sorprendió descubrir que la hoja no era metálica sino de cristal.

—Es de luneocita —explicó—, molida hasta ser convertida en arena y calentada para forjarse como vidrio. A diferencia del cristal —tomó la hoja y la impactó en la muralla con un *tintineo* resonante—, una vez que se enfría no puede romperse —me la devolvió—. Antes se entregaban al triunvirato de la Asamblea; ésta perteneció a Achlev. Pensé que, si íbamos a reforzar sus hechizos, no era mala idea que la utilizáramos.

—Está afilada —toqué la punta con el dedo y una gota de sangre salió a la superficie—, muy afilada.

—Sí —sacó un pañuelo para limpiar mi yema—, ten cuidado.

—¿Cuidado? —dije con sorna—. Dentro de unos minutos sacaré de mí mucha más sangre que ésa.

—Justo por eso —sonrió—. La necesitamos, no la desperdicies. Déjame mostrarte cómo.

Tomó el cuchillo y lo puso sobre mi palma. La hoja transparente brilló bajo la suave luz de la luna y esparció en mi piel los haces de una constelación.

—Has estado haciendo mal esto —dijo—. Cortas muy profundo, demasiado ancho y en puntos donde es más probable que dejen cicatriz o vuelvan a abrirse. Hazlo así.

Hizo un movimiento ágil como muestra y me devolvió la daga. El cabello cubría sus ojos cuando agregó:

—Vi desde chico cómo lo hacía Simon —hizo una pausa—. Sé que duele. Créeme que no te habría pedido que lo hicieras si no pensara que vale la pena. Salvarás muchas vidas, Emilie. De mi gente.

Nuestras miradas se encontraron.

—Entiendo —dije con sinceridad—. Lo entiendo muy bien.

Corté cuidadosa y levemente, como él acababa de mostrarme, y sentí que el dolor y el poder ascendían conforme la sangre manaba y apagaba la luz del puñal.

Lo retiró con delicadeza de mi mano derecha y lo reemplazó por el tazón, hacia el que guio mi puño sangrante. El ruido de la primera gota al tocar el metal reverberó en mí como el tañido de una campana. La segunda se trocó en lamento. La tercera fue un aullido tan agudo que creí que mis células estallarían. Pese al dolor lacerante, la voz de Zan era clara y serena.

—Es tu última oportunidad de renunciar. ¿Estás segura de proceder? ¿De que comprendiste bien todo esto?

—Examiné esos libros. Achlev lo hizo así. Estoy segura.

Asintió.

—¿Qué se siente salvar al mundo?

Contesté nerviosa:

—Velo tú mismo. Lee palabra por palabra el conjuro que te di y haz una pausa para que yo repita cada línea —aun si Wilstine no había necesitado hechizos, yo no quería correr el riesgo—. Al final, ilumina la sangre y las mechas dentro del tazón.

Encendió un cerillo y leyó la primera línea:

—*"Divinum empyrea deducet me"* —¡*Divina Empírea, guíame!*

—*Divinum empyrea deducet me.*

Pasó el fósforo sobre el recipiente.

—*"Hic unionem terram caelum mare"* —*Aquí, en la unión de la tierra, el cielo y el mar.*

—*Hic unionem terram caelum mare.*

El calor del tazón se propagó a las puntas de mis dedos, donde se transformó en pinchazos que emergían de mi piel. En el recipiente, la sangre compuso un círculo en torno al mechón de la crin de Falada.

—Continuemos —dijo—. *"Nos venimus ad te dedi te in similitudinem"* —*Venimos a ti con una ofrenda a tu imagen.*

—*Nos venimus ad te dedi te in similitudinem.*

Los pinchazos eran ya trozos agudos de vidrio que cortaban mis venas, daban vueltas en mi cabeza, bajaban por mi garganta y entraban y salían por las válvulas de mi corazón antes de descender con estrépito por mis piernas y emerger por las plantas de mis pies hacia la muralla. La sensación siguiente fue de expansión, como si traspasara mi piel y mis huesos, y cobrara existencia como un círculo de luz.

—*"Magnifico nomen tuum, et faciem tuam ad quaerendam"* —*Para loar tu nombre y buscar tu favor.*

Apenas podía formar las palabras, sentí que perdía el conocimiento. No sabía qué partes debía mover: toda sensación había huido de mi boca, mis labios y mi lengua. El viento azotaba contra la muralla como un huracán y lo tomé prestado, lo forcé para que adoptara la forma de los sonidos requeridos.

—*Magnifico nomen tuum, et faciem tuam ad quaerendam* —no fue mi voz, sino el silbido melancólico del viento.

Zan dejó caer el cerillo en el tazón, cuyo contenido se iluminó con un destello. En ese instante, sentí que el poder del fuego al rojo blanco se elevaba para sumarse al viento, remolineaba en una columna ardiente y abría un círculo en el cielo.

Entonces las vi: las líneas espirituales.

Afuera de Achleva, el mundo estaba cubierto por rayos deslumbrantes de luz blanca. Se entretejían a izquierda, derecha, detrás... como una red sobre la tierra, salvo que ahora dentro de la muralla de Achleva, alrededor de la cual giraban y giraban... Mientras las veía, las líneas empezaron a desvanecerse y el viento amainó.

—¡No te detengas! —me ordenó Zan.

La sangre del tazón consumió la crin de Falada y el fuego pasó de oro a plata. Vi en mi mente que ella corría libre por un inmenso páramo brumoso. Sentí su orgullo feroz, su dicha exuberante, su salvaje pasión. Era como si ella misma supiera que, si lo decidía, podría volar y reunirse con la diosa en el cielo. Era una empírea. Era magia. Y me daría todo lo que yo necesitaba. Porque me amaba. Confiaba en mí. Si bien no empleó palabras, supe que me decía que deseaba ayudarme, porque Kellan habría querido que lo hiciera.

El fuego crepitó.

—¡Espera, espera! —rogué—. ¡No he terminado aún! —salí de la triquetra en pos de la visión menguante.

—¿Qué haces? —preguntó Zan a la par que yo volteaba el tazón y sangre y cenizas se derramaban sobre sus trazos de tiza—. Espera, Emilie. ¡No!

—Sano demasiado rápido —dije aturdida e intenté asirme al fuego plateado en su fuga—. No hay suficiente dolor.

Nunca había usado el dolor cuando había experimentado con la magia. ¿Qué había dicho Simon? *La magia de sangre echa raíces en la emoción: cuanto más rápido palpite tu corazón, más rápido bombeará sangre*. En casa siempre temía que el Tribunal descubriera que había recurrido a la magia. Cuando rescaté a mi madre embarazada, lo hice por desesperación. Cuando quemé a mis agresores en las calles de Achleva, fue para poner fin a su salvaje ataque. Exhalé en voz alta:

—Miedo. Debo sentir miedo.

Aparté a Zan y corrí hasta la almena, me sujeté del parapeto y me paré en él. Un poco de argamasa se desmoronó bajo mis pies desnudos y la grava suelta cayó al vacío. Miré abajo, recordé lo que había sentido el día en que Kellan resbaló de mis manos a su muerte y mi corazón asumió un tamborileo colérico. Si caía, moriría, pero mi vida no era la única que temía perder; si quería asustarme lo suficiente para terminar con esto, debía poner en peligro las demás vidas unidas a la mía. Levanté la mano otra vez y permití que mi sangre cayera sobre la piedra.

Dio resultado, aunque supe que sería breve. Atravesé frenética el vacío y llegué adonde Falada me esperaba. Bajó la cabeza y depositó en mi sangrante palma su hermoso hocico blanco.

—¡Gracias! —vertí en mis manos la luz plateada de su espíritu.

Tomé sólo la que necesitaba y la dirigí a mi interior, para que circulara y se expandiera ahí. Luego amplié mi conciencia y busqué la fisura en la muralla, que salvé con el espíritu plateado de Falada. *¡Estoy a punto de lograrlo!*, pensé cuando, en cambio, el fuego mermó de nuevo. Mi cuerpo impedía el libre flujo de mi sangre, y con ello mi acceso a la magia que residía en la muralla. Yo coagulaba, recobraba mi forma, sanaba. Tenía que aterrarme más. Me incliné más aún, parada apenas en las puntas de mis pies...

—¡Emilie! —él atrapó mi mano en pleno tambaleo—. No, Emilie. Es peligroso. ¡No!

Tiró de mí con violencia y caí en sus brazos.

Temblaba. Estaba cubierta de sangre. Pero había fracasado.

—¿Te encuentras bien? —su cuello blanco estaba torcido, su cabello revuelto, sus ojos tan oscuros como el negro bosque. Nos miramos. Llevé mis ensangrentados dedos hasta su rostro y los posé en su quijada. No había ruido alguno.

"A nada le teme, ¿cierto?", me había preguntado Toris en el banquete de Syric. *A todo*, había pensado. *"A nada"*, fue mi respuesta.

A nada le teme, ¿cierto?, oí que preguntaba de nuevo.

Sí, contesté.

A Zan.

Le temo a Zan.

Todo se calmó, se detuvo. Estábamos solos en ese frágil momento, suspendidos en la magia y la luz.

Cerré los ojos y me dejé ir.

El último resto de fuerza salió de mí en una onda que atravesó la muralla y llenó las grietas como lo hace el bálsamo en una herida. Cuando eso terminó, me desplomé en los brazos de Zan. La magia se marchó y me dejó fría, destrozada y vacía. Pero mientras nos abrazábamos en un azoro sin aliento, supe que nunca me había sentido más viva.

19

No sabía cómo había llegado a casa, el conjuro me había debilitado por completo. Lo único que recordaba era que Zan me había animado a poner un pie frente a otro.

—No puedo cargarte —incluso estas palabras eran imprecisas en mi memoria—. Por favor, Emilie, no te detengas. Hagamos esto juntos.

A la mañana siguiente, me despertó en mi catre un tenue y sincopado tamborileo que rayaba en murmullo. Era un ruido conocido y reconfortante, y permanecí un largo rato en la frontera entre la vigilia y el sueño mientras lo escuchaba satisfecha. Kate se había esmerado en mi choza; la atmósfera sombría y el olor a polvo habían sido reemplazados por un aroma a flores frescas y a pino bañado por la lluvia.

Fue sólo hasta que un segundo ruido —un golpe fuerte y decidido— interrumpió al primero, que me libré de mi somnolencia. Me incorporé en mi cama y vi que Zan también despertaba y se frotaba los ojos, al tiempo que se ponía en pie y de su regazo caían varios papeles. Al parecer, se había quedado dormido mientras dibujaba junto a la chimenea, después de que me había ayudado a acostarme.

—¿Qué pasa? —preguntó con una voz chirriante. Se veía ojeroso y sus dedos estaban manchados de hollín.

¡*Pum, pum, pum!* Llegué tambaleante a la puerta y la abrí de un tirón. Era Nathaniel, quien se hallaba en el zaguán, con la ropa empapada y el cabello apelmazado sobre la frente, debido a la lluvia.

Lluvia.

—¡Zan! —exclamó sin aliento—. ¿Él está aquí?

—Sí —contestó Zan a mis espaldas—. ¿Qué ocu...? —abrió bien los ojos y me hizo a un lado para salir al aguacero, cuyas gotas atrapaba entre hechizado y horrorizado con las manos al cielo.

—¡Ven conmigo! —dijo Nathaniel con apremio—. Es la Puerta Alta.

—¡Quédate aquí! —Zan dio un portazo en mi cara.

Durante varios segundos, miré asombrada el panel de madera, antes de marchar por la capa de Kellan. No iba a quedarme ahí sin más, sobre todo si algo había sucedido con aquella puerta.

Todos en la ciudad habían salido de sus hogares para maravillarse con el aguacero y murmurar y apuntar en una dirección específica. Pronto aparecieron los tres caballos sobre los tejados, con su inmaculado mármol manchado por marcas de quemaduras. En un callejón vi el cadáver de un semental plateado, un empíreo que no reconocí, y ahogué un grito. Había usado a Falada para invalidar uno de los dos sacrificios ya consumados; la muerte de un caballo no debía bastar para provocar esto.

Sentí una mano en el codo, era Kate. Su cara en forma de corazón desbordaba inquietud bajo su capucha, que goteaba.

—¡Quédate aquí, Emilie! —me dijo con gravedad—. Te aseguro que preferirías no verlo.

Mis pulmones ya se ensanchaban y contraían con rapidez. Me desprendí de ella y avancé a empujones entre la multitud reunida.

Aun cuando en el fondo de mi ser sabía que había sucedido algo terrible, nada habría podido prepararme para hacerle frente. Antes de que pudiera evitarlo, solté un quejumbroso lamento.

En el dintel sobre la reja, estaba clavada la cabeza de un caballo que alguna vez había sido blanco. El crispado hocico exhibía su dentadura, congelado para siempre en la contorsión de un aullido, mientras su hermosa crin se enredaba en hilos de sangre como serpentinas. Su sangre había salpicado y manchado el mármol, y de las marcas emergían quemaduras negras como de relámpago. De sus labios caían gotas de lluvia y sangre que formaban rojos riachuelos entre los adoquines del piso. Los espíritus de esa puerta vagaban con languidez ante el grotesco espectáculo, indiferentes a la muerte y el aguacero.

Noté apenas que Zan y Nathaniel se acercaban y que el primero de ellos intentaba acallar los ruidos espantosos que emergían de mi boca. No podía apartar la mirada. Falada estaba muerta. Muerta.

—¡Detente, Emilie, por favor! Estás haciendo una escena.

—No me toques.

—Ya, Emilie…

—¡No me *toques*!

Nathaniel me cargó tan fácilmente como a una niña en plena rabieta. Pese a que forcejeé para que me soltara, estaba hecho de granito y no resintió mis esfuerzos. Cuando me bajó, estábamos lejos de ojos curiosos y Kate y Zan nos alcanzaron.

—¡Cómo te atreves! —me estremecía de rabia.

Zan se había puesto una máscara de tranquilidad, lo que me enfureció más aún.

—Esto es lo que queríamos impedir, Emilie... ¡por todas las estrellas! De seguro, después de que mataron al caballo se dieron cuenta de lo que hicimos, y aunque ella tenía un disfraz, tal vez recitaron un hechizo para identificarla —maldijo de nuevo—. Lamento lo de tu yegua, pero debes entender que ahora tenemos problemas mucho mayores...

—¿Lo *lamentas*? —la lluvia y las lágrimas anegaban mis ojos.

—Yo también estoy conmocionado. Debimos haberlo hecho nosotros. De esa manera, ella se habría ido al menos en mejores condiciones, pero fallamos...

Me abalancé contra él sin saber lo que perseguía, pero Nathaniel se interpuso entre nosotros. Impedida por esa barrera humana, me vi forzada a retirarme, aunque no dejaba de acechar desde mi lado de la división.

—¡Tú *fallaste*! —enjugué en vano mis ojos con una manga empapada y la barbilla temblorosa—. Hice todo por aplicar tu hechizo porque dijiste que la protegerías, y no lo hiciste. No sé por qué te creí, cuando ni siquiera eres capaz de cuidarte a ti mismo. Para eso está Nathaniel, ¿cierto? Para que tú ni siquiera te despeines ni tengas que ensuciarte las manos.

—Deberías ir a tranquilizarte a otro sitio —dijo con voz baja y ominosa—, hablaremos cuando hayas recuperado la razón.

—Sí, me voy —confirmé—, pero esto se acabó. ¡No quiero tener más que ver contigo!

—¡Espera, Emilie! —gritó Kate.

—Si desea marcharse —terció Zan—, no la detengas.

★

De vuelta en la cabaña, y en medio aún de la tormenta de mis emociones, azoté la puerta con un golpe ensordecedor y me recargué contra ella mientras mi arrebato de furia era sustituido por el vacío y la fatiga. Mi ropa estaba fría y mojada, y se sentía pesada sobre mi cuerpo. Desaté los cordones de mi vestido, me lo quité, lo dejé ahí mismo y me aproximé al fuego, tan sólo cubierta por mi camisón blanco. Me agaché junto a la hoguera, temblando, y aparté de mis ojos mis empapados mechones.

Me rodeaban los papeles que habían caído del regazo de Zan esa mañana. A pesar de que los junté para ponerlos en otra parte y no verlos, fui incapaz de darles una mirada. Los dos primeros eran bocetos al carboncillo de una ciudad en penumbras, vista desde nuestro mirador en la muralla de la noche previa, que Zan reproducía con soltura gracias a su dramático y enérgico estilo. El tercero era de unas manos: las mías. Una de ellas portaba una daga de luneocita; en la otra, sangre negra se derramaba entre largos y blancos dedos.

Dejé los papeles y contemplé mis manos. La cortada de anoche era ya una fina cicatriz roja. Cerré los puños para ocultar la marca, así como mi añeja y familiar vergüenza. Escuché en mi cabeza el eco distante de las enfebrecidas salmodias de la turba del Tribunal: *¡Bruja! ¡Bruja! ¡Bruja!*

Llamó mi atención la esquina de un dibujo que se había desprendido de los demás. Lo tomé y me puse en pie. Me sentí asqueada y quise sacar de mi mente esa imagen, pero no podía apartar la mirada.

La chica del dibujo tenía el cabello revuelto alrededor de la cara en un halo retorcido, los ojos grandes y vigilantes, y la boca abierta en un grito de dolor o de éxtasis. Los toques de belleza y elegancia del detallado estudio de las manos estaban ausentes aquí. En esta versión, los dedos de la chica se tensaban y enroscaban como garras. Sus mejillas y cuencas oculares estaban marcadas por sombras cavernosas, ahuecadas por las llamas que en el tazón consumían el pelo y la sangre.

No es de sorprender, pensé. *No es de sorprender que nos odien. No es de sorprender que nos quemen. No es de sorprender que Empírea desee librar a la tierra de nosotras.* Esta... esta persona... era poder, peligro y muerte.

Era la *persona* a la que Zan veía cuando me miraba.

Arrojé el papel al fuego. Mientras humeaba, recogí de rodillas los demás dibujos y los quemé también.

El fuego crujió en la rejilla y mi cuerpo se sofocó de calor, como si mi imagen y yo estuviéramos indisolublemente entrelazadas y a mí me consumieran las llamas por igual. Con ansia de aire, corrí afuera y, una vez ahí, no me detuve. Continué más allá de los árboles, el estanque, el subterráneo y el pasadizo.

Trepé por las rocas y llegué al campo de la hoja de sangre, donde el Heraldo me esperaba. Sabía que vendría, como sabía todo menos cuáles caminos me *ayudarían* en verdad.

—He permitido que me guíes durante todos estos años. Me he puesto en peligro para hacer lo que me pides, y mira dónde estoy ahora. *Ve* en qué me he convertido. ¿Esto es lo que querías?

Esperó, muda como siempre.

—Estoy hastiada. De todo esto. De ti, de la magia, de la muerte —saqué la daga de luneocita de Achlev e hice un rápido corte en mi dedo índice—. No quiero que vuelvas a visitarme —dije—. No quiero que me sigas. Todo ha terminado

entre nosotras —desahogué contra ella hasta el último sentimiento que me restaba—. ¡Márchate! —sentí en ese segundo
un *chasquido* extraño y desconcertante.

Retrocedió entre tropiezos, como si no le hubiera arrojado palabras sino pesadas piedras. Cayó en la telaraña de la
hoja de sangre que enmarcaba la torre y la parra reaccionó
a su contacto, se enredó en sus piernas y su torso hasta ro-
dear su garganta y se embrolló en su cabello. La envolvió, se
volvió ella y, al final, ya sólo pude ver las negras esferas de
sus pupilas que brillaban misteriosamente bajo aquel amasijo
jaspeado de rojo.

Cuando soltó un grito mudo, la hoja de sangre y ella se
convirtieron en un reluciente tizón anaranjado y en ceniza
a la deriva, lo que dejó en el seto un espacio cavernoso que
reveló una antigua puerta.

Elevé mis temblorosos dedos hasta aquella incrustación
de retorcido hierro oxidado. Pese a que un cerrojo corroído
estaba engastado en la añeja madera, no necesité una llave;
bastó con un leve empujón para que la puerta cediera y di un
primer y nervioso paso dentro.

La lluvia se filtraba a través de viejas grietas en las paredes
y se derramaba desde las ahusadas ventanas ojivales sobre un
mosaico del nudo triquetra.

Al pie de la escalera, vi de nuevo a la mujer fantasmal
cuyo cuerpo no se podía identificar de tan destrozado. Me
miró por encima del hombro y, cuando subió los escalones,
dejó ver detrás de ella un cuadro en la pared. Aunque el paso
del tiempo le había afectado mucho, distinguí en él tres figuras: una mujer entre dos hombres, uno de ellos de cabello
oscuro contra la luz y el otro de cabello claro contra la oscuridad.

Los cuadros continuaban de un tablero a otro y relataban la historia de Aren conforme se ascendía por los peldaños. Sombras negras emergían de una grieta en la barrera entre los planos material y espectral, cada cual más grotesca y aterradora que la anterior.

Aren y sus hermanos siguieron las líneas espirituales hasta ese sitio, asentado en un antiguo valle junto a un fiordo, en medio de un matorral de rosas rojas. Ahí unieron sus manos y emitieron un conjuro que cerrara ese agujero para siempre.

A medida que me acercaba a lo alto de la torre, los tableros eran cada vez más vagos. No distinguí nada hasta el penúltimo de ellos, en el que Cael llevaba un puñal en las manos y Aren agonizaba en brazos de Achlev. Al principio, daba la impresión de que Achlev la envolvía entre las rosas, pero una segunda mirada me mostró la verdad: las rosas pasaban a formar parte de ella. Mientras se apoderaban de su ser, se volvían del blanco más puro.

En lugar de morir, Aren fue transformada en la hoja de sangre.

Yo estaba ahora en lo alto de la torre y frente a una puerta. Como la de la entrada, también ésta era ancestral e inservible. La abrí de un empujón y emergí a una explanada bajo la grisácea luz de ese día lluvioso.

Cuando volteé, me vi frente a la enorme escultura de una mujer que, rodeada por un halo tenue, me miraba. Una daga de luneocita, similar a la que yo portaba en la bolsa, ocupaba sus pétreas manos. La reconocí: era mi antepasada, el Heraldo, Aren.

La fría y lúgubre llovizna repiqueteó en mis brazos y di media vuelta. La mujer fantasmal se encontraba en la orilla de la explanada de la torre, junto al parapeto en ruinas. Tendió su mano, deseaba mostrarme cómo había muerto. Demasiado cansada para temerle, avancé.

Más terrible que el frío fue la brusca transición del día a la noche, de mi perspectiva a la suya en los últimos momentos de su vida. En este eco del pasado, yo no tenía ojos ni oídos propios. Vi lo que ella vio, oí lo que ella oyó.

Hablaba con otra mujer en el mismo lugar donde estábamos ahora.

—¡Ya no soporto verlo sufrir! —decía—. Cada día se pone peor. Siento que se extingue poco a poco, Sahlma. Y no puedo abandonarlo... *No lo haré...*

¿Sahlma? Reconocí a la curandera de la ciudad. Aunque lucía más joven, tenía el mismo gesto de enfado de siempre.

—Es mejor permitir que la naturaleza siga su curso —replicó Sahlma—. La hoja de sangre es fétida y efímera. Aun si yo lograra recolectar uno de sus pétalos, algo casi imposible, dado que se desintegran en cuanto los tocas, ¿qué tal si eso no da resultado? Usted habrá muerto por nada.

La mujer bajó la vista y vi un anillo en cada una de sus finas manos. Uno era un cuervo con las alas extendidas, la sortija de Silvis; el otro, una piedra blanca cortada en un millar de facetas triangulares.

—Si no lo hago, Zan morirá —miró a Sahlma—. Una madre nunca debe perder a su hijo —retiró cada anillo, los depositó en la mano de Sahlma y agregó temblorosa—: Una vez que le des el pétalo y mejore, ¿te encargarás de que reciba esto? ¿Le dirás que lo amo? *Promételo.*

—No lo haga, milady, ¡no!

Subió al parapeto y miró el paisaje una última ocasión. La ciudad —la ciudad entera— estaba construida en forma del nudo triquetra, lo vi a través de sus ojos. Cada puerta era una punta. Las líneas de las calles, los árboles y el fiordo: todo componía las curvaturas del nudo, contenido por el círculo de la gran muralla. Nosotras estábamos arriba de todo, justo en el centro, protegido por el castillo por un lado y el fiordo por el otro.

Miró a lo lejos la alfombra de hoja de sangre. Respiró hondo, dirigió a Sahlma su postrer mirada por encima del hombro y dijo:

—Más vale que me apresure.

Nos volvimos y saltamos, ella y yo juntas.

Antes de que yo cayera, dos brazos me rodearon, me sacaron de la visión y me alejaron de la saliente. Caí hacia atrás, grité mientras atravesaba la puerta en ruinas y bajé las escaleras enredada en otro cuerpo. Sentí que mis costillas, mi cabeza, mis brazos y mis piernas se quebraban contra la implacable piedra hasta que llegamos a una escalera amplia y paramos en seco contra la pared. Mareada por el dolor, rodé y vi a Zan.

Tenía vidriosos los ojos y el rostro cubierto por una fina capa de sudor. Parecía enloquecido.

—¿Qué sucede, Zan? ¿Qué…?

Se apretaba el pecho, cada jadeo era un cuchillo que raspaba una piedra con un lamento agudo, metálico y desesperado.

—No. Saltes. Por. Favor.

—¿Qué? —volteé desde su agitado cuerpo hasta el cuadro de luz de la torre y lo supe. Me había salvado. Y a un costo muy elevado para él.

—¿Zan? ¡Zan! —Nathaniel había subido las escaleras detrás de su jefe, frenético y afligido—. ¿Él se encuentra bien?

Vio que subías y corrió. Intenté detenerlo pero me repelió de un empujón —Zan había intentado pararse, pero había caído y ahora estaba acostado de lado y respiraba con dificultad. Nathaniel añadió—: Es su corazón. No sé qué lo poseyó para intentar… conoce sus límites. Sabía que si llegaba hasta aquí, se vería en dificultades, pero lo hizo de todas maneras.

Puso su brazo bajo el hombro de Zan y lo levantó. Yo estaba a punto de hacer lo mismo con el otro brazo cuando él tomó mi muñeca y fijó en mí unos ojos llenos de terror.

—Estás… sangrando —dijo en un resuello. Miré mi mano, que, en efecto, estaba cubierta de sangre a causa de una cortada en el brazo. Sin pensarlo dos veces, presioné su mejilla con mi palma ensangrentada e interpelé a su dolor:

No deberías estar ahí.

Le hablé como le había hablado al fuego. Todos los libros decían que la magia de sangre no era apta para curar. Pero en cuanto al dolor… El principio de que la magia de sangre podía ser avivada y canalizada por el dolor gozaba de aceptación universal. De manera que, si yo no podía remediarlo, podía usarlo, ¿cierto? Quizá podía incluso moverlo.

Dirigí el dolor hacia mí.

Aquí, le dije.

De súbito, me invadió un sufrimiento cuya hondura apenas era capaz de concebir, un peso en el pecho, unas tenazas en las costillas, fuego en el cerebro. Sentí que me ahogaba. Me faltaba el aire. Me faltaba el aire. Ni siquiera podía gritar en medio de mi terror. Me faltaba el aire.

No sé cuánto tiempo estuvimos así: Zan retorciéndose en las escaleras de la torre y yo doblada sobre él, con mi ropa empapada, tomándole los brazos y respirando al mismo ritmo. Sentí el esfuerzo de cada uno de sus intentos de inhalar, el tenso y punzante dolor de cada latido... y se lo quité. Lo tomé para mí.

Cuando, exhausto, al fin cerró los ojos y colgó la cabeza, respiré de nuevo, sin soltar su brazo lastimado. Me agaché debajo de él, sentí su peso sobre mis hombros.

—Creo que resolví una parte de sus molestias —resollé—, pero debemos llevarlo a un lugar seco y cálido, darle algo que le ayude a respirar. ¿Hay un curandero en el castillo?

—No podemos llevarlo al castillo —protestó Nathaniel—. Él jamás permitiría que el rey lo viera así en la corte. Se pondría furioso.

—¿Ni siquiera para salvar su propia vida, por todas las estrellas?

—Ni siquiera por eso.

Lancé otra maldición. Aun inconsciente, Zan era una pesadilla.

—Creo que podré hacer lo preciso si lo llevamos a mi choza.

Jalamos entre ambos su flácido cuerpo, pero no pudimos evitar que sus pies golpearan cada escalón. Cuando emergimos a la lluvia, yo oscilaba entre maldecir su idiotez y rogar por su plena recuperación. Pensar que saldría ileso de este lío me enojaba de nuevo y el proceso comenzaba otra vez.

Atravesamos con dificultad los canales abandonados, cuya agua me llegaba a la cintura, e hicimos lo posible por no interrumpir la marcha y poner atención en el tiempo transcurrido entre cada angustiosa respiración de Zan.

Ya en la choza, abrimos la puerta de un tirón y lo acostamos en el catre. Se quejó, casi inconsciente.

Nathaniel se acercó a atenderlo y levanté la mano.

—No te preocupes. Déjalo descansar.

Me puse a reunir las cosas que necesitaba para la poción y él se recargó en el marco de la puerta.

—Me contrató por medio de Kate para que le enseñara a pelear, le ayudara a ser más fuerte, más sano. Le enseñé cuanto pude y ha avanzado mucho, pero hay cosas que no pueden remediarse, sólo adaptarse —y añadió cortés—: Es difícil para él permitir que yo me ocupe de lo que no consigue manejar físicamente.

—No lo sabía —lo había juzgado lento y apático en tales ocasiones… *Para eso está Nathaniel, ¿cierto? Para que tú ni siquiera te despeines*. Recordé con creciente pesar mis palabras de esa mañana.

—Él no quería que lo supieras —suspiró—. Me siento inútil sin hacer nada. ¿Te ayudo en algo?

Me levanté vacilante y pregunté con aire exhausto:

—¿Sabes qué es el alcanfor?

—Sí, Kate destiló una tanda hace unos días.

—¿Lo tiene aquí?

—No, está guardado en un armario en la cocina.

—¿Podrías traerme un poco?

—Ahora vuelvo.

Tenía todo lo demás que necesitaba. Recordaba bien las páginas de los manuales de herbolaria de Onal. *Para normalizar la respiración*. Resollé mientras reunía los productos requeridos: el mal de Zan llegaba hasta mis pulmones.

Puse una tetera al fuego y empecé a vaciar los ingredientes, venidos de las reservas de Kate: hierbabuena, hojas de té, cúrcuma, jengibre. Respiré hondo y revolví. Aunque reducido, el alivio fue inmediato.

Cuando la mezcla comenzó a hervir, Zan despertó.

—¿A qué huele?

—A medicina. No está lista todavía. Nathaniel fue a traer otro ingrediente, pero toma —serví un poco en una taza—. Esto te ayudará por lo pronto. No es para que lo bebas, sólo inhala.

Sostuvo la taza en las manos y dejó que el vapor subiera hasta su rostro.

—¿Hablaremos de que estuviste a punto de saltar de la torre?

—¿Hablaremos de que estuviste a punto de matarte por impedirlo? —frunció el ceño y miró su taza—. No iba a saltar.

—¿No? ¿Entonces qué hacías *ahí*?

Titubeé. Era el mismo dilema que enfrentaba a menudo con Kellan: ¿Se lo digo aunque dude de mí o guardo el secreto, uno más, otro ladrillo en la pared que me separa de quienes más quiero?

—Después de lo que le pasó a Falada, fui a la torre para estar sola. Descubrí una vía de acceso y la curiosidad me dominó —no era un razonamiento satisfactorio y lo sabía, así que busqué una verdad para convertirlo en una mentira creíble—. Mientras estaba ahí, vi por vez primera la auténtica forma de la ciudad. Está construida al modo del nudo típico de Achleva, con una puerta en cada punta. ¡Fue muy hermoso! Subí a la almena para ver mejor.

—Cualquier mapa te habría revelado lo mismo. No necesitabas… —tosió ruidosamente y me agaché a su lado para aplicar el hechizo de nuevo y apropiarme de su sufrimiento, pero me apartó con un ademán. Una vez controlada la tos, dijo—: No quería que vieras esto.

—¿Que viera qué?

—Mi debilidad.

Hice una pausa, fui hasta la olla, la agité con fuerza y separé el cucharón con un estruendo. Luego cerré los puños y los apoyé en la mesa, incapaz de mirarlo.

—Estás enojada —observó.

—Lo que tienes es una enfermedad, no una debilidad.

—Para mí, el resultado es el mismo.

—Si pienso en debilidad, pienso en los de mente débil, voluntad débil, los cobardes. Tú no eres ninguna de esas cosas.

—Soy todas esas cosas.

—¡Basta! —pedí—. Lo que dije esta mañana... Yo sólo...

Dejó el catre, llegó a la mesa y se recargó en ella junto a mí, de esa informal y despreocupada manera que yo sabía ahora que tan sólo era una fachada.

—No te disculpes —dijo—. Preferiría no recordar lo que sucedió esta mañana, salvo una cosa. Cuando dijiste que ya no querías tener nada que ver conmigo, ¿hablaste en serio?

Había muy poco espacio entre nosotros.

—No —solté.

—Ya estaría muerto si no fuera por ti, Emilie. Porque tú hiciste esto, ¿verdad? Me salvaste.

—Tú me salvaste a mí primero —murmuré.

—Tus ojos me confunden —dijo—. Son como una tormenta: primero grises, luego azules, después plateados, siempre distintos. Hay algo inexplicable en ellos, en ti misma.

Pensé de golpe en el modo en que me había dibujado en la muralla, como si pronunciara un conjuro de sangre con una majestuosidad casi diabólica. Yo era una fuerza elemental, extraña y devastadora; hermosa como un rayo, terrible como un trueno. Era *inexplicable*, inhumana.

Me alejé de pronto. Todo el calor entre nosotros se evaporó en un instante a causa de una ráfaga de aire frío.

—Aquí está el alcanfor —Nathaniel cruzó la entrada.

Tomé al momento el frasco que me ofrecía y vertí su contenido en la olla al fuego, con la esperanza de que no percibiera el rubor que subía de mi pecho al cuello y las mejillas.

Miró a Zan.

—Veo que ya te sientes mejor.

—Sí —no apartó de mí sus ojos inquisidores—. Mucho mejor, creo.

20

Esa noche, lo primero que hice cuando estuve sola de nuevo fue abrir el ejemplar del *Compendium* que Zan había permitido que tomara en préstamo de la biblioteca. Los hechos de ese día habían dejado mis sentimientos en completo desorden; ahora, cada vez que divagaba volvía invariablemente a Zan: su insufrible sonrisa, su indiferencia insoportable, su ingenio fácil, su lengua afilada. Sus ojos.

Para distraerme, invertí toda mi energía en una tarea: identificar al mago de sangre que había matado a Falada.

Pese a lo cuestionable de mi motivación, la meta era valiosa. Ahora que el sello de la Puerta Alta se había roto, la del Bosque tenía el tiempo contado. Si no actuábamos rápido, una doncella, una madre y una anciana hallarían igual destino que Falada. Zan creía que esos tres sacrificios se intentarían en el periodo entre las lunas creciente y menguante, en medio de las cuales la luna llena era el vértice del mes. Sumaban diez días en total, aunque la ofensiva podía iniciarse en cualquier momento. No había tiempo que perder.

Examiné el libro entero, pero no encontré nada útil hasta que llegué a un apartado sobre la adivinación. *Clarividencia*, decía en lo alto de la página. *Los magos natos o supremos la prac-*

tican con facilidad. La magia de sangre es menos precisa; podría dar resultados insatisfactorios.

Por más que ésa fue la mejor opción que encontré, mis esperanzas de probarla se extinguieron pronto: este hechizo requería una pequeña prenda personal. Podía usarlo para ver a un conocido que estuviera lejos, pero no me ayudaría a identificar a un extraño. Cerré desilusionada el libro, sólo para volver a abrirlo de inmediato.

Podía usarlo para ver a un conocido que estuviera lejos. Podía usarlo para ver a mi madre.

La necesitaba. Quería contarle todo. El temor, el dolor, los triunfos... la relación compleja e inesperada con un fascinante y exasperante chico de ojos verdes.

Conforme a las instrucciones del conjuro, llené de agua un recipiente de cobre y permití que se asentara hasta que la superficie estuvo tan lisa como el cristal. *Presenta el recuerdo de la persona a la que deseas ver,* decía el libro. *Un mechón, su letra o un retrato.*

Tenía mi vestido de bodas, que mi madre había cosido a mano, pero estaba guardado y yo no quería nada que me recordara que, una vez que todo esto concluyera, y si las cosas salían bien, tendría que casarme con el primo de Zan. No, usaría el paño de sangre. Me arrodillé, tomé el paño doblado en una mano, me corté un dedo de la otra y permití que la sangre goteara en el recipiente.

Concéntrate, instruía el libro, *y repite estas palabras: "Indica mihi quem quaeritis".* Muéstrame a quien busco.

—*Indica mihi quem quaeritis* —dije al tiempo que las gotas de mi sangre se abrían como rosas en el agua.

Apreté el paño y busqué en el líquido alguna señal de que eso había surtido efecto... lo que fuera...

Cuando por fin se formó sobre la superficie una imagen semejante a una capa de aceite, lo que vi no fue el rostro de mi madre, sino el de un hombre. Y si bien el hechizo me había advertido que la magia de sangre podía dar resultados poco satisfactorios, aquello me decepcionó. Parpadeé y me acerqué. Parecía...

Grité asustada, vertí al suelo el contenido del recipiente y frustré la visión.

La vasija me había mostrado la figura de un hombre suspendido en la luz, con los ojos cerrados y grandes hojas verdes cubriendo una herida en su torso desnudo, donde Toris había clavado su puñal.

Desdoblé temblorosa el paño de sangre.

Después de su muerte, el círculo de la gota de sangre de Kellan se había desvanecido hasta casi desaparecer, pero nunca por completo. Ahora era tan oscuro como el día en que lo había impreso para atar su vida a la mía.

En el paño había tres brillantes gotas de sangre. Tres. ¿Era una prueba de que él había estado al borde de la muerte y retornado desde ahí?

¡Las estrellas me guarden!, pensé estupefacta. *Kellan está vivo.*

★

Debía enviar un mensaje a Renalt. No a mi madre, detenida como estaba por el Tribunal, sino a la finca Greythorne, a la familia de Kellan. Ellos habían sido buenos conmigo en mi infancia y eran leales a mi madre y a la corona.

Más todavía, tendrían los recursos y las razones indispensables para buscar a Kellan, si en verdad vivía y esto no había sido un mero producto de mi imaginación, y para garantizar que volviese sano y salvo a casa.

Dar a conocer mi identidad a quienquiera lo pondría en peligro. Tendría que ser un extraño. Alguien que no me conociera, que no cuestionara lo que iba a pedirle ni por qué. Que no dudara en intervenir en un juego peligroso sin otro aval que mi palabra.

En suma, debía encontrar a alguien que no tuviera nada que perder.

Me puse mi capa azul, metí en mi alforja todo lo que estaba sobre la mesa y añadí al final un trozo de pan y una botella de agua. Pese a la densa oscuridad de la noche, encontré con facilidad las escaleras ocultas de Zan, subí hasta lo alto de la muralla y avancé por el camino, no al norte en esta ocasión, sino al sur, hacia las picotas. Pasé primero por la Puerta del Bosque, donde bordeé el angosto pasadizo en la base de la estatua de las tres mujeres. Nunca me había aproximado tanto a ellas, y de cerca eran mucho más impresionantes. La primera era joven y grácil, la segunda ostentaba las suaves curvas y abultado vientre de una madre en ciernes, y la última era nudosa y estaba doblada por la edad, como un árbol vencido por la intemperie.

El aire era fresco y ligero ahora que había dejado de llover. En los charcos de las calles, la luna creciente se reflejaba como los trozos dispersos de un espejo roto. Agradecí el olor a humedad que la lluvia había traído consigo; cubría en parte el hedor a muerte que invadía el aire a medida que me acercaba a las picotas.

Éstas se ubicaban entre la Puerta Alta y la del Bosque, colgaban de cadenas y se espaciaban cada quince metros. Las dos primeras alojaban difuntos recientes, quizá lesionados en la lucha para encerrarlos en las picotas; se habían desangrado en sus jaulas. La tercera contenía sólo huesos y un espíritu de ojos vacíos echado con aire abatido sobre sus restos. En cuanto me vio, se arrojó contra los barrotes, gruñó, chasqueó los dientes e intentó tocarme con sus dedos huesudos. Temblé y pasé de largo.

Me detuve en la cuarta picota y me asomé por la muesca de la almena. Me recibió la mirada de un hombre vivo. Aun cuando estaba amordazado todavía, sus ojos centellaban. Conté los días que habían pasado desde el Día del Peticionario, ¿dos, tres?

—¿Ray? ¿Raymond Thackery? —inquirí en la tiniebla y asintió con lentitud—. Traigo agua y comida. Sin esto, morirás en poco tiempo, si tienes suerte. ¿Comprendes?

Asintió.

—Necesito que lleves un mensaje a Renalt. Es muy importante y requiere absoluta reserva. Recibirás una jugosa recompensa monetaria, así como protección y asilo en Renalt. ¿Entiendes los riesgos?

Asintió.

—¿Estarías dispuesto a hacerlo?

Asintió una vez más.

—Está bien.

Fui a la polea e hice girar la manivela. Chirrió tercamente mientras yo desenrollaba poco a poco la jaula, tensaba cada músculo y arrastraba la rueda con todo mi peso. Aunque las dolencias de pulmones y corazón que había absorbido de Zan ya se habían calmado, para el momento en que la jaula se meció sobre la almena, yo estaba sudorosa y jadeante. Dos vueltas más y estaría donde pudiera alcanzarla.

Había un cerrojo en el que Thackery me vio meter mi pequeño cuchillo y forzar el seguro hasta que cedió y soltó la puerta. Temblaba cuando lo ayudé a bajar y se dejó caer contra la almena.

Le quité la mordaza.

—Toma —destapé la botella y se la ofrecí—, bebe esto. ¡Tranquilo!

—Te matarán... si saben... que me socorriste —secó el agua que caía de su boca—. Y será feo. No por nada las familias abandonan a los que cuelgan en las jaulas.

—No temo al rey.

—¡Es un idiota! —confirmó mientras consumía un par de tragos—, pero muy creativo para hacer sufrir a la gente. Muchos explotan su estupidez y capitalizan esa creatividad singular. Deberías temerles.

—Me doy por advertida —le di el pan—. Come despacio o vomitarás.

Entre grandes bocados preguntó:

—¿Qué mensaje debo llevar y adónde?

—Es sólo esto.

Saqué un papel doblado y sellado dirigido a Lord Fredrick Greythorne, hermano mayor de Kellan. Contaba todo ahí: lo que Toris había hecho en el bosque, cómo Lisette vivía en el castillo bajo mi nombre, que Conrad estaba ileso pero consentía aquella farsa. Al final, expuse mi sospecha de que Kellan había escapado después de haber resultado herido y se recuperaba en una de las aldeas a las afueras del Ebonwilde. Firmé con mi nombre, cuyo uso me hizo sentir rara.

Si Fredrick encontraba a Kellan, la versión de este último corroboraría mi escrito y serviría para probar la traición de Toris. Quizá podríamos enlazar los esfuerzos de Toris por introducirse en Achleva con la usurpación del poder por el Tribunal, y acusar a todos de deslealtad. Mi madre recuperaría su corona y... Conrad y yo seríamos rescatados.

—Deberás llevar esto a Lord Fredrick Greythorne. Entrégaselo a él y a nadie más, ¿me escuchas? Sus tierras se encuentran en la provincia occidental de Renalt. Ahorrarás tiempo si vas en barco y bajas en Gaskin, de donde sólo restan cuatro días.

—Hay un problema —interrumpió su masticación desesperada—. ¿Cómo pagaré el viaje en barco? Me robaron todo cuando me trajeron aquí. ¿Y cómo comeré, además? Un hombre necesita comer.

Torcí la boca y me pregunté si debía refrescarle la memoria para que no olvidara que hacía sólo cinco minutos había estado condenado a morir de hambre en una picota. Lo pensé bien y repuse:

—Toma, paga con esto tu viaje y algo de comida —era el último de mis tesoros: la cadena dorada de mi pulsera de dijes, una pieza más de mi propiedad que me veía obligada a ceder—. No te detengas, no pierdas ni un minuto; la rapidez es esencial. Dejemos ahora este muro —agregué—, antes de que venga alguien.

Intenté ayudarlo a pararse, pero estaba demasiado débil.

—No te seré útil... en estas condiciones. Ya estaría... muerto si no fuera por la lluvia. La sorbí de la mordaza —tragó saliva y continuó—: Soy inservible para ti, niña. Igual podrías devolverme a la jaula. Sería lo mejor; Gilroy me extrañaría demasiado.

—¡Basta! —ordené—. No haré tal cosa.

Me infligí otra cortada con la daga de luneocita y puse mi mano en la suya.

—Dámelo a mí —dije, como lo había hecho con Zan en la torre.

En su caso, había actuado por instinto e impulso, pero esto era diferente. No conocía a este hombre ni me importaba. No había ninguna relación entre nosotros.

Debía conseguirlo, de todas formas. El tiempo se agotaba. Ésta era mi oportunidad —quizá la única— de reparar parte de lo que se me había hecho. La furia y la impaciencia bulleron en mi interior.

—¡*Dámelo a mí*, maldición!

Sentí el impacto del hambre nauseabunda, la sed, la debilidad. Succioné todo eso con una inhalación intensa y solté a Thackery.

—¡Ya está! —farfullé, doblada por el dolor.

Se enderezó.

—¿Qué hiciste?

—Algo para que... puedas marcharte de aquí —contesté con voz ronca.

Sus ojos se ensancharon.

—¡Eres una...!

—Calla... y vete.

—¿Y tú...?

—Estaré... estoy bien. Haz... lo que te digo. ¡Vete ya! —grité.

Saltó como un conejo y dio vuelta en la curva de la muralla que pasaba por los embarcaderos y conducía a la Puerta de los Reyes. Aunque me arrastré hasta las almenas para observarlo, mi visión estaba muy afectada; le perdí la pista en cuanto cruzó la Puerta Alta. No había más que hacer. Su llegada a Renalt y la entrega de mi mensaje dependían por entero de él. No tenía caso preocuparse. Ya estaba hecho.

21

No llegué a casa esa noche. Dediqué las horas entre la puesta en libertad de Thackery y el arribo del alba a tambalearme de una calle a otra, mareada y exhausta, y a invertir un gran esfuerzo en cada paso. La última vez que había estado cerca de morir de hambre, la sensación había sobrevenido al menos poco a poco, en lugar de golpearme en el estómago con un costal de ladrillos. A media mañana, había llegado apenas a la plaza de la ciudad.

Aunque el hambre de Thackery comenzaba a desvanecerse, ahora mi fatiga se hacía sentir. Me apoyé en un pilar a la entrada de una tienda de telas a fin de recuperar el aliento, cuando oí una exclamación a mis espaldas.

—¿Emilie?

Kate salía de la tienda con una canasta bajo el brazo, llena de hilados.

Me volví y forcé una sonrisa.

—¡Buenos días! —dije de la manera más animada posible.

Enredó su brazo en el mío.

—¡Qué gusto me da verte! La boda real está tan cerca que ya me pidieron un sinfín de disfraces para el baile de compromiso. Una señora se vestirá de lechuza, y otra, por increíble que parezca, de árbol. ¡De árbol! Y no creas que uno bonito, un abeto, un sauce llorón... ¡No! Se vestirá de morera. Supongo que es un árbol muy lindo, con sus bayitas y esas cosas, pero de niña tuve en casa una morera y les hacía cosas horribles a los pájaros que comían sus frutos... —se detuvo—. ¿Te encuentras bien, Emilie?

Asentí débilmente.

—Sí, estoy bien.

Pese a que nada indicaba que me hubiera creído, continuó:

—Bueno, con el dinero extra de esos encargos compré esto —señaló las telas que cargaba en su canasta, sedosos tejidos con delicados motivos florales—, así que por fin podré hacer algunas cosas para la bebé. ¿No son encantadoras? —las acarició con ojos soñadores—. ¿Te imaginas un vestidito de gala con esto? ¡Se verá preciosa!

Por más que la vista se me borraba, intenté ignorarlo.

—¿Preciosa?

—¡Ay, sí! —fijó una mirada radiante en su vientre—. Es niña, lo sé. No se lo digas a Nathaniel: me gustaría llamarla Ella, como su madre.

Nos aproximábamos a paso lento al callejón de Kate y mi fuerza decaía. Debía hacer un esfuerzo para comprender sus palabras, tenía que concentrarme en cada una.

Al final del callejón paró en seco. Había un hombre a su puerta, con el puño levantado como en actitud de tocar.

—¿Dedrick?

Giró boquiabierto.

—¿Eres tú, Katherine? —bajó volando por el pasillo y la arrebató del suelo con un abrazo entusiasta.

—¿Qué haces aquí? —preguntó ella con una amplia sonrisa—. Ha pasado mucho tiempo desde nuestras últimas cartas. ¡No puedo creer que supieras dónde encontrarme!

—Vine para el Día del Peticionario, pero como la boda del príncipe está tan cerca, decidí prolongar mi estancia hasta el baile de compromiso. Por eso estoy aquí, en realidad. Pregunté dónde encontraría el mejor disfraz y me dieron esta dirección. Jamás *pensé* que tú serías la costurera de la que hablaban —retrocedió—. ¡Mira qué bella estás! ¿Cuánto te falta para dar a luz?

—Un par de semanas —respondió con gusto inocultable.

—Siempre supe que serías una madre excelente —rio—. Claro que imaginaba circunstancias algo distintas —reparó por primera vez en mí, que jadeaba porque la vista se me oscurecía.

—¡Ay! —exclamó Kate—, olvidé presentarlos. Dedrick, ella es mi amiga Emilie; Emilie, él es Lord Dedrick Corvalis, mi...

—Amigo —se inclinó con cortesía— y antiguo prometido —le guiñó el ojo y se enderezó—: Katherine, tu amiga no se ve bien. Quizá deberíamos...

Justo en ese momento, mis piernas cedieron.

★

—Acuéstala en este diván.

Dedrick siguió las indicaciones y me depositó con delicadeza en aquel mueble mientras Kate se agitaba nerviosa a mi alrededor, tocaba mi frente para indagar mi temperatura y abría mis párpados para verificar la dilatación de mis pupilas. Intenté alejarla de un manotazo.

—¡No te preocupes! Estoy bien. Fue sólo un ligero desvanecimiento.

—¿Cuándo comiste por última vez, querida? —inquirió él con voz paternal. De cerca era más apuesto, con un lustroso cabello castaño, una sonrisa apacible y la barba partida. Palmeó mi mano descubierta con la suya, enguantada.

—Estoy bien —insistí.

—Me encargaré de que se le atienda —dijo Kate—. Y tú tendrás tu disfraz mañana a media tarde, te lo prometo —hizo una pausa—. Dedrick, sé que no hemos hablado personalmente desde... desde...

—¿Desde que huiste con mi brazo derecho? —soltó una risilla.

—Sí.

—Hace mucho me di cuenta de que si te hubiera cuidado mejor y escoltado yo mismo, es probable que las cosas hubiesen sido distintas. Aun así, no puedo culparte de que te hayas enamorado. Yo he hecho lo mismo cientos de veces.

Ella lanzó una carcajada.

—¡No lo dudo! Tienes una reputación terrible. Habrías sido un mal marido.

—Quizá —rio con ella—, y tú una magnífica esposa —desvié la mirada en el momento en que él acariciaba su mejilla con ternura. La sonrisa de Kate se desvaneció; Dedrick retiró la mano y se aclaró la garganta—. Tu madre no cabrá de emoción cuando sepa que te vi. ¿Puedo darle la buena noticia?

—¿Lo harías? —preguntó con ojos radiantes—. Me encantaría verla de nuevo, aunque nadie más quiera reunirse conmigo. Quizá después de que nazca la bebé...

—¡Te echa mucho de menos! —dijo—. Sin duda, podría organizarse un reencuentro.

Cuando se ponía el sombrero y se preparaba para marcharse, la puerta se abrió. Nathaniel se quedó de una pieza, con la mano en la perilla. La atmósfera se enfrió de inmediato.

214

—Dedrick —dijo Nathaniel, en lo que pareció más una acusación que un saludo.

—Nathaniel —correspondió aquél—, ¡qué gusto! —se inclinó hacia Kate y volteó—. Tienen una hermosa casa. Espero volver a verla pronto.

Nathaniel no se apartó para dejarlo pasar y chocaron mientras Dedrick lo empujaba y se despedía por encima del hombro.

—¡Que tengan un buen día!

Cuando partió, Kate giró encolerizada hacia su esposo.

—¿Qué fue *eso*? —cuestionó—. ¡Era un invitado, un cliente! Vino porque necesita un disfraz y ni siquiera sabía que me encontraría aquí. ¿No habrías podido mostrar un poco de respeto?

La voz de Nathaniel era tensa:

—Jamás permitas que ese hombre vuelva a entrar a mi casa.

Me inmovilicé como una roca con la intención de que olvidaran mi presencia. De hecho, ya lo habían hecho.

—¿Tu casa? Es *nuestra* casa, Nathaniel. Y puedo dejar entrar a quien quiera. ¿Qué mosca te picó?

—No me desobedezcas, Kate —repuso él, con ominosa tranquilidad—. No lo voy a repetir.

Ella abrió la boca y la cerró enseguida; era obvio que él nunca le había hablado de esa forma. Kate habría roto a llorar si no hubiese estado tan sorprendida.

Zan ni siquiera tocó. Atravesó la sala, dejó caer un libro sobre la mesa y lo abrió, sin reparar en la tensión imperante.

—He estudiado un poco más el asunto —explicó— y creo que ya di con una manera de progresar; una manera de descubrir, si no al perpetrador, sí el momento y lugar de su siguiente crimen.

Kate respiró hondo, se alisó el vestido y evitó la mirada de Nathaniel.

—¿Y cómo lograrás eso?

Él hizo una seña y me puse trabajosamente en pie para ver lo que quería enseñarnos.

—Este volumen es de alta magia. En otra época, los magos supremos vivían y morían por lo que llamaban el avistamiento: visiones de Empírea. Algunos percibían imágenes del pasado, otros del presente y unos cuantos, muy raros y especiales, del futuro.

—Eso no nos sirve de nada —replicó Kate—. Emilie es una maga de sangre.

—¡Cierto! —admitió Zan—. Pero la magia de sangre no opera igual que la alta magia. Emilie podría describir formaciones de estrellas o mirar hojas de té todo el día sin ser capaz de discernir con exactitud qué comerá en un par de horas —su emoción aumentaba al mismo ritmo que mi pavor—. En cambio, dadas las circunstancias correctas, los magos de sangre pueden hablar con los muertos.

Vi estrellas por segunda vez ese día y me sostuve vacilante de la orilla de la mesa para no desmayarme de nuevo.

La expresión de Zan cambió; desde su llegada no había prestado atención más que a su libro.

—¿Qué te pasa?

Kate acercó una silla y me obligó a sentarme.

—No se siente bien hoy.

—No —refuté con aire fatigado—. Ignoro qué te propongas hacer conmigo, pero la respuesta es no.

—¡Podría ser nuestra única opción, Emilie! No quiero que nadie muera.

—Yo tampoco, así que…

—Piénsalo, Emilie —estaba muy serio ahora—. Se sabe de al menos un mago supremo cuya habilidad era prever la muerte: Aren.

—¿De qué le sirvió? —masculló Nathaniel—. No fue muy hábil para prever la suya, ¿cierto?

Zan sacó algo de su bolsillo y lo depositó en el pliegue central del libro de magia: era una ramita de hoja de sangre. Gotas de savia roja manaban del corte del tallo y manchaban las páginas en las que reposaba.

—Tenemos aquí un fragmento de Aren, ¿no? Podemos usarlo para llamarla desde el plano espectral para que Emilie le pregunte quién será sacrificada en nombre de la doncella. Si sabemos quién es, llegaremos a ella primero. E incluso podríamos utilizarla para atraerlo a él.

—¿Quieres usar como carnada a una pobre chica? —preguntó Kate incrédula.

—Habla si tienes una idea mejor.

Permanecí en silencio. Había roto el lazo que me unía al Heraldo. La había echado de mi lado. Y ahora Zan quería que la invocara de nuevo. Que me sometiera por voluntad propia a una de sus terribles visiones. La sola noción me revolvió el estómago.

—No sabes lo que pides —seguí con la punta del dedo las venas color rubí de la hoja.

—Lo único que pido es que lo intentes —ladeó la cabeza—. Es cierto, no te ves bien; peor que cuando te conocí, si eso es posible.

—Razón de más para que la dejes tranquila. Necesita comer, descansar… —Kate lo tomó de la manga y lo arrastró a la puerta—. Esto puede esperar.

—No, tiene razón —cerré los ojos y pensé en Falada—. No puede esperar. Debo intentarlo al menos.

—¡Apaguen las luces! —Zan se apresuró antes de que cambiara de opinión—, cubran las ventanas —juntó todas las velas que encontró en la habitación, las puso en desorden en el centro de la mesa, encendió un cerillo y se inclinó para tocar con él cada mecha—. Hagámoslo —el cerillo se apagó entre sus dedos—. Es hora de invocar a una reina.

Las instrucciones eran muy sencillas. Debíamos sentarnos alrededor de la mesa y tomarnos de la mano mientras uno de nosotros —Zan— dibujaba la triquetra en el centro.

—Cada una de estas puntas representa uno de los planos de los que los magos extraen su poder —tocó cada cual—, los planos espiritual, material y espectral. Sobre cada uno rige una versión divinizada del ciclo humano de la vida: la doncella, la madre y la anciana.

Lo miré con asombro. Nunca había oído esta leyenda. En Renalt, la única deidad que reconocíamos era Empírea, señora de los cielos y las almas. Ella era sin duda la doncella emblemática del plano espiritual, pero ¿las otras dos? No tuve tiempo para ponderarlo, Zan pasaba ya a la fase siguiente de la sesión de espiritismo.

—Queremos dirigirnos al plano espectral —dijo a nadie en particular e inclinó la cabeza en mi dirección al otro lado de la mesa.

Solté a Kate y Nathaniel y tomé el tazón frente a mí, en el fondo del cual aguardaba la ramita de la hoja de sangre. En un lance veloz, me saqué un poco de sangre. La temperatura en la sala bajó de inmediato.

Intercambiaron miradas.

—¿Sienten esto? —pregunté.

Kate asintió, su respiración flotaba blanca en el aire. Mis oídos empezaron a zumbar, igual que en la ceremonia del paño de sangre.

—¡Las palabras! —murmuró Zan—. Tienes que decirlas.

Tragué saliva y vertí varias gotas de sangre sobre la hoja, que se retorció en torno a ellas y las acunó un segundo antes de que desaparecieran en su superficie nervada, que las absorbió por completo. El zumbido en mis oídos se intensificó.

Leí en un susurro el texto que Zan me había dado.

—¡Oh, Aren! Espíritu del plano espectral, reina en vida y favorecida por Empírea, ¡te invocamos! —y lo repetí en la lengua antigua—: *O Aren! Spiritu Dei spectris planum, regina in vita. Favorite de empyrea, ut vocarent te.*

Por favor, Aren, supliqué en silencio al tiempo que unas sombras se acumulaban en los rincones y un rumor áspero e inquietante se colaba dentro de mis oídos, *ven pronto.* Entonces prendí fuego al contenido del tazón. La hoja de sangre siseó mientras se quemaba.

Las figuras eran cada vez más grandes, amalgamas de oscuridad que no eran humanas ni animales, ni hierba, roca o árbol… no semejaban espíritus que hubieran vivido y fallecido. No se sentían tampoco como la muerte, sino como lo que se esconde en la sombra más oscura de la muerte.

—¿Eres tú quien hace esto, Emilie? —indagó Zan.

La mesa se meció con violencia bajo nuestras manos unidas.

—¡Aren! —apreté los ojos—. ¡Por favor, Aren, piadosa Empírea, quien seas! Detén esto. Detenlo. Detenlo —y como no obtuve respuesta tomé el artefacto con el que me había sacado sangre, lo empuñé como un arma y arremetí con él—. ¡Detenlo! —esta vez fue una orden, no una exhortación.

El rumor en mis oídos calló, la mesa se detuvo. La temperatura, de suyo glacial, bajó más todavía. Cuando abrí los ojos, las sombras habían desaparecido y los demás me mira-

219

ban boquiabiertos. Las velas humeaban; sus flamas se habían apagado.

Detrás de ellas estaba el Heraldo.

No tenía el mismo aspecto de antes. Ahora estaba más pálida, más tenue. Los huecos de sus ojos y bajo sus pómulos eran más pronunciados, su cabello más enmarañado y marchito.

—Está aquí —dije en voz baja. Me miraron, no podían verla.

—Hazle nuestra pregunta —dijo Zan—. ¿Quién será la primera víctima de la Puerta del Bosque?

Aren se arrastró hasta mí, hundió sus dedos helados en mi cabello y los deslizó en mis mejillas.

—Aren —susurré—, ¡muéstrame a la siguiente víctima, por favor! Muéstrame a la doncella.

Se inclinó y tomó entre sus manos mi rostro, que subió hasta que estuvo al mismo nivel que el suyo. Las visiones se iniciaron en un tumulto caótico, eran una incoherente y confusa sucesión de destellos. Yo era un barco a la deriva en un torbellino salvaje sin otro destino que las profundidades.

—¿Qué te enseña? —dijo Zan muy serio—. ¿Qué ves?

—Una… una fiesta, creo. Hay luces. Movimiento… baile. La chica aguarda a alguien afuera. Veo su vestido… es plateado. No, blanco. Un hombre se acerca. Está oscuro. Es alto. Está oscuro… No veo su cara —las imágenes llegaban cada vez más rápido—. Yo… no sé. Hay una mano. Dientes. Un puñal. La campanada de un reloj. En quince minutos será medianoche —jadeé con apuro—. ¡Sangre en unas manos, en una cabellera! Un corte en una pupila. Rojo. Rojo. Rojo.

—¿Cómo es ella? ¿Cómo se llama? ¿Puedes darnos *algo*?

Vadeaba una atroz avalancha de imágenes y sonidos. Música, gritos, rayos deslumbrantes, miles de voces hablando al

220

mismo tiempo. Me concentré en la chica, la separé del bullicio. *Espera. Oye un ruido. Voltea.*

   ¡Ay, no!

   Lancé un grito desgarrador; el Heraldo me soltó y desapareció en ese instante. Todo había terminado.

   Kate dejó su asiento y abrió las cortinas para inundarnos
de luz mientras Nathaniel borraba con furia la triquetra. Zan
se arrodilló a mi lado para calmarme con murmullos suaves.
Hipeé varias veces antes de recuperar el habla.

   —La vi —dije débilmente—. Sé quién es.

   —¿Quién? —Zan escrutó mi rostro.

   —Yo. La doncella soy yo.

22

No querían molestarme ni perturbar mi descanso, pero yo veía su perfil recortado contra la entrada. Oía sus murmullos.

—Nada ha cambiado —dijo Nathaniel—. De hecho, nuestra posición es ahora más fuerte de lo que esperábamos. Emilie sabe qué sucederá, desea ayudarnos y no tenemos que convencer a otra pobre muchacha asustada de que arriesgue la vida. Es capaz, valiente. Sólo piensa en todo lo que ya ha tenido que hacer...

—*Todo* ha cambiado —siseó Zan—. Sin ella, no tenemos nada.

—¿Ya le hablaste al rey de todo esto? —preguntó Kate—. Si comprendiera el peligro, actuaría. Aplazaría la boda y todas esas fiestas y tradiciones absurdas, e incluso iniciaría desalojos.

—Intenté decírselo y se rio de mí —Zan pasó la mano por su cabello—. Bromeó acerca de mi inteligencia y mi "femenina inclinación a la histeria".

—No podemos descartar la idea de que él esté detrás de todo esto... —dijo Nathaniel.

—No tiene motivos para derribar la muralla. De hecho, el sello de la Puerta de los Reyes demanda su muerte. Y pese a su inveterada afición al opio y el vino, no tiene prisa por morir. Aun si se deja eso de lado, los terratenientes fuera de la ciudad son cada día más influyentes y poderosos. Si no fuera por la protección del muro, podrían sentir fastidio de su liderazgo y reclamar el trono. No, es alguien más. Quizás alguien que le guarda rencor.

—Eso no reduce mucho la lista —observó lacónicamente Kate.

—Hay un medio —insistió Nathaniel—. Emilie podría...

—No —la voz de Zan se había vuelto pétrea—. De ninguna manera.

—Estoy de acuerdo con Nathaniel —dije desde la puerta—. No podemos eximirnos de las consecuencias que todos los demás tienen que soportar —lo había aprendido de mi padre. *Eso no es liderazgo*, decía. *Es despotismo*—. Querías usar a una chica como carnada. Bueno, ya tienes una.

—¿Qué pasará si mueres?

—Nada —encogí los hombros con la misma displicencia con que él lo hacía antes de la noche de la muralla.

—Eres indispensable.

—Nadie lo es —el descanso que tomé mientras debatían había borrado casi por completo los últimos residuos de la afección de Thackery y me permitió aceptar lo que había presenciado en la visión de Aren. Me sentía yo misma otra vez: resuelta, decidida y, por alguna razón, siempre molesta con Zan. Le dije a Kate—: Necesitaré un disfraz para el baile.

Me miró fatigada.

—No creo tener tiempo suficiente para hacerlo. Tengo otros pedidos y preparar un vestido de la nada...

—En la visión, contemplé el vestido que llevaba puesto y ya lo tengo. Es uno de los míos. No tendrás que empezar

de la nada —vi de nuevo el baile en mi imaginación—. Sólo
deberás hacerlo lucir.

★

Una hora después, me encontraba sentada en la orilla de la
cama de Kate con un paquete sobre mi regazo, de cuyos cordones tiraba al tiempo que ella miraba con interés escéptico y
una ceja en alto. Me había visto usar apenas sencillos vestidos
hechos en casa, ni siquiera lo bastante elegantes para ir a orar
a un altar empíreo, menos aún para asistir al más grandioso
baile de disfraces de Achleva.

Jalé el último cordón del paquete y la sedosa tela se abrió
en abanico sobre mí.

Soltó un grito ahogado.

—¡Luceros celestes! ¿De dónde sacaste eso?

—Es mi vestido de bodas —contesté.

—¿Te vas a casar?

—No —respondí con cautela—. Ya no. No lo creo.

Elevó una ceja y como no agregué más, dijo:

—Estás llena de misterios, Emilie —se volvió hacia el vestido—. Creo que aunque necesita un poco de trabajo —lo levantó y le dio una vuelta—, podré hacerlo. Bastará con poner
aquí y quitar acá...

Nathaniel se asomó a la habitación.

—Dicen que un prisionero escapó de su jaula —informó—. Zan me pidió ir a ver de qué se trata. Tal vez regrese
tarde.

Ella no dejó de mirar el vestido ni ofreció contestación
alguna, que él tampoco esperó.

—¿Se encuentran bien? —pregunté en su ausencia.

—¡No confía en mí, Emilie! —apartó la mirada; estaba ofendida todavía—. Nunca me había hablado de esa forma. Nunca.

—No debió hacerlo —dije—. Pero estoy segura de que esto se resolverá.

Forzó una sonrisa.

—¡Ojalá así sea!

★

Kate había mentido sobre su habilidad en el manejo de la aguja: no era buena, era increíble. En lugar de añadir la manga faltante —parte de la cual se había convertido en mi paño de sangre—, terminó el corpiño sin ella, para que cruzara sobre mi pecho una diagonal atrevida y se uniera en mi clavícula a la otra manga con una caída suave, como la del ala plegada, todo en menos de un día.

De hecho, el vestido entero había adoptado un aspecto que recordaba un ave: Kate bordó los hilos de hiedra en forma de suaves plumas plateadas que danzaban cada vez que la falda se sacudía. Y confeccionó una máscara que hacía juego con él, de hilos de plata intrincadamente trenzados que se curvaban en mis pómulos como la silueta de un ave en vuelo. Desde un ángulo, el disfraz titilaba de dorado; desde otro, emitía destellos de plata, y sus minúsculos cristales chispeaban de blanco al más ligero movimiento. Eran las luces del sol, la luna y las estrellas entretejidas en una. Una vez que ella terminó de peinarme y polvear mi rostro con un rubor nacarado, yo misma me vi trasmutada en una criatura tan de otro mundo como mi disfraz.

Uno de sus ajustes más prácticos fue añadir bolsillos, lo que me permitió llevar mi daga de luneocita sin que tuviese que meterla en mi corpiño, una modalidad demasiado incómoda de portar un puñal. Tener un arma tan a la mano me reafirmó en mi propósito.

Cuando mi transformación fue completa, Kate se recostó en su asiento y admiró su labor.

—¿Qué te parece? —disfracé mi nerviosismo de frivolidad—. ¿Luzco asesinable?

—¡Muy asesinable! —contestó—. Todos querrán matarte.

El pasaje del canal estaba todavía demasiado inundado para utilizarlo; tendría que hacer mi entrada por la puerta principal, junto con los demás invitados. Kate había dedicado la noche entera a elaborar disfraces, pero aun así insistió en acompañarme hasta los escalones del frente.

—Zan me dejó instrucciones para ti —dijo—. La realeza recibirá a sus invitados en la Sala Magna. Fue muy específico: no entres ahí. Quédate en las terrazas, donde tendrá lugar la mayoría de las atracciones. Si alguien te pregunta quién eres, identifícate como la sobrina nieta del barón Percival. Sus hermanos fueron muy prolíficos, así que ni él mismo sabe cuántos sobrinos nietos tiene. Pasa lo más inadvertida que puedas, pero permanece donde haya personas hasta la medianoche. Zan saldrá entonces a tu encuentro. No lo busques, él se acercará a ti. Nathaniel vigilará las entradas y salidas si lo necesitas —me abrazó—. Y no te mueras, no tienes permiso para hacerlo.

—¿Ésa fue regla de Zan?

—No, es mía, la más importante. Ahora márchate.

Todos los faroles estaban encendidos para el evento y el castillo, normalmente lóbrego, resplandecía de modo espectacular. Me puse la máscara, levanté mis faldas y mi ánimo, y subí la escalera de granito hacia las puertas que, abiertas de par en par en una bienvenida esplendorosa, enmarcaban el despliegue rutilante de la fiesta en el interior.

Adentro, mi miedo a ser notada se aquietó: por hermoso que fuera mi vestido, no sobresalía en aquella profusión. No había avanzado tres metros siquiera cuando ya había rebasado a una señora que refulgía con los colores del pavorreal, un señor con el lustroso saco negro de un gato montés y una dama con una cresta salpicada de joyas que pasaba por ser la cabeza de un oso.

De chica había asistido a algunos bailes, en su mayoría actos acartonados y aburridos, donde las parejas danzaban con brazos rígidos y se rehuían. Un baile en Renalt nunca podría ser demasiado festivo, no fuera a merecer una reprimenda del Tribunal. A ojos de los magistrados, el hedonismo estaba a un paso de la brujería.

Esto era muy distinto. El aire zumbaba de energía jubilosa. Todos bailaban muy juntos; quienes permanecían en los márgenes reían y comían con un entusiasmo desbordado. Una mesa estaba repleta de carnes: jabalí, faisán, pato; otra derrochaba postres suculentos y frutas exóticas. Empleadas de servicio con inmaculados delantales blancos flanqueaban cada mesa. Aunque no debía entrar a la Sala Magna, no pude evitar asomarme a la diversión. ¿Habría sido lo mismo si la fiesta hubiera sido para mí? ¿Si yo fuese la festejada y no Lisette?

Era imposible no verla, con una sonrisa de orgullo ante los invitados como si fuese la pastorcilla de un rebaño ejemplar. Las esquirlas de vidrios de colores de su vaporoso vestido le concedían la apariencia de alas de mariposa. Junto a ella, mi hermano vestía pantalones bombachos de piel y de su cabeza colgaban unas blandas orejas de conejo. Se veía sano y en buena condición, pese a que se mostraba mortalmente incómodo. Estuve a punto de echar a reír cuando vi que se encogía abochornado en su asiento, aunque me reconfortó descubrir que jugueteaba con una figurilla de metal en su regazo. Algún día, decidí, haría pintar esta escena, la cubriría con una envoltura extravagante y se la daría como regalo de cumpleaños. O quizá la guardaría para su coronación o su boda, y se la obsequiaría a la vista de todos los ciudadanos de Renalt.

La idea de una boda hizo que volviera en mí. Junto a Lisette, recargado en la silla de respaldo alto de Conrad, se hallaba un hombre con una máscara de plumas. Su disfraz era rojo y, también, con aspecto de ave; era evidente que había sido hecho para apabullar e imponer, pero la caída de sus hombros y la inclinación de su cabeza lo hacían ver más fársico que feroz. Era Valentin, supuse, el príncipe enfermizo e inepto, mi prometido en otro tiempo. Verlo de una vez por todas debía haber saciado mi curiosidad, pero me intranquilizó; tenía una misión que cumplir y no me resignaba a que no fuera Zan quien me esperaba al final del camino.

Justo entonces sentí unos dedos en el brazo y al volverme me vi frente a un hombre con una máscara de lobo. Tomé con vacilación la mano que me tendió para invitarme a bailar.

—Pensé que no ibas a disfrazarte —dije mientras colocaba la otra mano en la base de mi espalda.

Me hizo girar en respuesta y mi vestido estalló bajo la luz en un millar de chispas refulgentes.

Cuando me atrajo hacia sí, sentí que la intensidad de su cercanía aceleraba mi corazón. Sus brazos eran vigorosos y me apartaron de la gente sin esfuerzo. Nos desplazamos a las terrazas al compás del baile, lejos de la conmoción de la sala.

Las terrazas del jardín habían sido trocadas en un cuadro salido de un sueño: eran un cuento de hadas hecho realidad.

Esferas con candelas diminutas colgaban del pabellón y listones de colores ondeaban bajo la brisa. En el perímetro se habían dispuesto mesas con tartas, galletas y espadas de frutas cortadas en estrellas. Él me llevó hasta una esquina a oscuras, lejos de los demás invitados.

A solas con él, mi respiración se agitó cuando levanté insegura su máscara, nerviosa pero con ansias de ver la sardónica sonrisa de Zan detrás de esos colmillos.

Dientes. Yo había contemplado esos dientes en mi visión.

En cuanto la máscara resbaló entre mis dedos, los ojos del lobo destellaron y su mano se cerró en mi garganta.

—Toris —dije con voz ahogada.

Dejó caer la máscara de ojos vacíos.

—¡Niña idiota! Siempre ha sido muy imprudente. ¿Creyó que no iba a reconocer el vestido que Genevieve cosió con tanto esmero?

—¡Suéltame!

Apretó su mano en mi cuello.

—¿Dónde está el frasco?

—No sé de qué… —apretó con más fuerza y me quedé sin aliento.

—Mi reliquia —dijo—, la sangre del fundador, ¿dónde está?

Me atraganté, farfullé y un sinnúmero de estrellas danzó bajo mis párpados. Él relajó su puño lo suficiente para que yo dijera en un ataque de tos:

—No lo tengo.

—¿Qué hizo con él?

—Lo escondí —mentí— y lo embrujé. Si muero, será destruido —soltó mi garganta.

—¿Se cree tan lista para dominar este juego, niña?

—Lo he hecho desde hace mucho tiempo —mi mano se había cerrado sobre la daga en mi bolso.

—Pierde quien subestima al adversario.

—¡Así es! —rasgué su disfraz con mi navaja.

La tela se abrió y dejó al descubierto una piel intacta. Iba a atacarlo de nuevo pero su mano se interpuso; el puñal atravesó su palma y salió del otro lado. Sentí el roce de sus huesos contra la hoja conforme penetraba, y al momento en que tiré de ella salió limpia.

—No hay sangre —dije confundida—. No está sangrando.

Acometió, me jaló del cabello y desprendió los broches de mi cabeza, con gran dolor para mí. Puso su cuchillo contra mi garganta y me lanzó ojos rabiosos y desorbitados. Gotas de saliva se acumularon en sus comisuras, curvadas sobre sus dientes en una contorsión salvaje, parecida a la de su máscara. Había algo extraño en su rostro, como cuando un rompecabezas se desarma y vuelve a armar con las piezas cambiadas.

El deseo de desgarrarme palmo a palmo acechaba en el fondo de su mirada, potente, primitivo. Pero en la visión de Aren yo había contemplado la silueta del hombre que me mataba y no era Toris. El agresor era demasiado alto, demasiado espigado para ser él.

—Si me matas —dije con voz áspera—, jamás recuperarás tu reliquia.

Me aventó al suelo con un gruñido furioso.

Recobré el aliento con la misma dificultad con que me puse en pie. Se retiró enfadado, apretaba con la otra mano su herida sin sangre.

—¿Emilie?

Zan apareció entre la vegetación alta del jardín, vestido con su habitual camisa de lino, un saco largo de cuero y pantalones bombachos.

—¿Así que no te disfrazaste? —mi voz ronca delató mi nerviosismo.

—No permaneciste adentro —dijo con tono acusador—. Como no te encontré, me afligí. No debiste salir sola.

—¡No eres mi guardián ni mi institutriz, Zan! No necesito que me sigas a todas partes.

—¿No? Tu versión de lo que sucederá esta noche dice otra cosa.

—Y para cumplir esta vez tus metas, necesito que te *apartes*.

No era culpa suya que lo hubiese confundido con Toris y permitido absurdamente verme en peligro, pero estaba enojada por la fuerza con que había *deseado* que fuera él, y por lo frustrante de que no hubiese sido así. El cuello me dolía aún, pero la herida más grave la había sufrido mi orgullo.

—¿Debo quedarme sin hacer nada mientras tú te sacrificas? —sus negras cejas se juntaron hasta formar una V iracunda.

—Es tu plan, no el mío —vi el reloj arriba de las puertas de cristal de la terraza—. Ya es casi la hora.

Giré sobre mis talones y me tomó del brazo.

—Me equivoqué.

—¿Cómo dices? —no estaba entre los que admiten sus errores.

—No eres una carnada, nadie debería serlo. Jamás debí haber sugerido tal cosa. Fue un error —parpadeé y continuó—: No soporto utilizarte. No soporto verte sufrir a sabiendas de que fui yo quien te indujo a hacer esto. Si no fuera por la muralla y tantas otras cosas...

El reloj comenzó a dar la hora.

—¡Es medianoche! —corrí hacia las terrazas, consciente de que no podría seguirme debido a su corazón. Derrapé cuando di una vuelta forzada y emergí en el lugar exacto de mi visión, justo bajo la torre del reloj. *¡Qué apropiado!*, pensé siniestramente. *¿Qué mejor sitio que éste para ejecutar a una bruja?*

En ese momento lo vi, cinco metros adelante: era un hombre con un disfraz de caballero de Renalt del siglo III, teñido de negro en lugar de azul. Estaba encorvado, de espaldas a mí, y solo bajo la luz de la luna.

No, no estaba solo. Se inclinaba sobre una mujer, una de las chicas de servicio a juzgar por su apariencia; una de las muchas que habían atendido las mesas del banquete cubiertas con radiantes delantales blancos.

El suyo ya no estaba tan blanco. La joven tenía arcadas y escupía una sangre espesa sobre él.

Rojo. Rojo. Rojo.

—*Nihil nunc salvet te* —la voz del hombre era grave y líquida como el aceite.

El destello de un puñal.

La decimosegunda campanada del reloj.

Rayos deslumbrantes y un grito.

Mi grito.

Le hundió el cuchillo en el pecho.

Blandí como un sable mi daga diminuta, me arrojé sobre él y le infligí en el antebrazo una herida de buen tamaño antes de que me despojara de mi navaja con un golpe. Su rostro era una impasible máscara negra y supe entonces que se había disfrazado como el Jinete del Ebonwilde, el verdugo sin semblante de la tradición popular de Renalt. Intenté arrebatar su inexpresiva máscara con los dedos como garras y lo más que conseguí fue dejar huellas rojas en su oreja y su cuello, porque el antifaz no se movió. Gruñí como un perro rabioso hasta que me golpeó en la sien con el asa de su cuchillo, una daga de cristal idéntica a la mía. Pese a que por un momento vi estrellas, mi máscara se había llevado la peor parte y se agrietó del lado derecho.

Un corte en una pupila.

Arremetí de nuevo, esta vez desde abajo y hacia su cintura. La fuerza de mi ataque lo hizo perder el equilibrio, y al caer conmigo sobre las piedras de la terraza, se golpeó con gran estruendo la espalda contra el filo de una silla y emitió tras la máscara un áspero grito de dolor. Me pregunté si se habría quebrado la columna y me apartó con un rugido. Tropecé con el cuerpo de la chica y caí escaleras abajo enredada en sus piernas sin vida. Luego de rodar hasta el fondo, me asomé en medio de lágrimas bajo el cadáver de ojos vidriosos.

Sangre en unas manos.

El hombre se disipó en las sombras.

Me había equivocado. Había fallado en la identificación de la doncella y esta chica había muerto por ello.

Zan y Nathaniel llegaron al unísono junto a mí; sin aliento, Zan me puso en pie y me envolvió en sus brazos. Con mi cabeza bajo su barbilla, le gritó a Nathaniel:

—¡Se fue por allá! No puede estar lejos. ¡Búscalo!

23

La joven se llamaba Molly. Era una empleada de la cocina. Había abandonado su puesto durante la fiesta para reunirse con su novio secreto; de hecho, había conseguido ese empleo en el castillo para estar más cerca de él. Las otras dijeron que nunca les había revelado el nombre de su amante. Ya no podría hacerlo jamás.

El rastro del sujeto era exiguo. Se trataba de un mago de sangre, que quizás usaba sus heridas para volverse invisible, como yo había hecho en tantas ocasiones. Si hubiese obtenido una muestra de su sangre, una gota siquiera, podría localizarlo, pero la escena era horripilante. Resultaba imposible saber qué sangre, si alguna, le pertenecía.

La noticia acerca de la brutalidad de la muerte de la chica se vio opacada por otro peculiar acontecimiento: en la urbe, todo lo verde se hacía poco a poco café. Las rosas marchitaban en flor, los bosques estaban alfombrados de las agujas de pinos ahora esqueléticos… y los jardines de la terraza, los cuales habían sido un paisaje de exuberante magnificencia en el baile de máscaras, lucían desfallecidos y arruinados. El olor a descomposición se posaba sobre la ciudad y lo impregnaba todo; no se podía escapar de él. Lo único que prosperaba aún era el tapete de hoja de sangre alrededor de la torre.

Aunque la contusión en mi sien era de un morado repugnante, habría sido peor si la máscara no hubiera absorbido el golpe. Había corrido con suerte, como Zan no cesaba de recordarme.

Sólo que no parecía ser así.

A la mañana siguiente, encontré a Nathaniel, Kate y Zan reunidos en silencio en torno a la mesa, y sumidos en un aire de melancolía.

—*Nihil nunc salvet te* —dije.

—Deberías descansar más —replicó Zan.

—Ya descansé lo suficiente —y repetí—: *Nihil nunc salvet te*. ¿Saben qué significa eso?

—"Nada puede salvarte ahora" —contestó en voz baja—, ¿por qué...?

—Forma parte del texto canónico de las ejecuciones del Tribunal —dije—. Lo pronuncian antes de colgar a la gente —tragué saliva y continué frente a las muecas de todos—: Se lo dijo anoche antes de matarla. Pese a que esa frase es mera ceremonia para el Tribunal, aquí se sintió como un conjuro, incluso una consagración —hice una pausa—. Una vez que él sacó su sangre y dijo eso, supe que yo no podría hacer nada por ella.

Kate palmeó mi mano.

—¡Qué espectáculo más terrible!

—Nunca he visto mencionada esa frase en los escritos de Achlev ni en algún libro de conjuros. Sólo en Renalt, y sólo en el Tribunal.

Zan preguntó escéptico:

—¿Crees que esto tenga que ver algo con el Tribunal? Sus miembros no usan magia, la odian, desean destruirla. Y, en cambio, este sujeto quiere desatarla en monstruosas proporciones.

—Quizá tengas razón —dije—. Fue sólo una ocurrencia. Pero como tenemos tan poco para guiarnos y tan poco tiempo...

—Menos incluso del que creíamos —dijo Nathaniel.

—¿A qué te refieres?

—Tú deberías decírselo —señaló a Zan.

Arrugué la frente.

—¿Decirme qué?

Zan fijó sus labios en una tétrica línea.

—Al rey le enojó mucho que su fiesta de anoche fuese interrumpida de una forma tan grosera. No le importó que una chica hubiera perdido la vida —se revolvió en su asiento—. Si a eso se añade la gran decepción que le causó que un prisionero escapara de sus picotas, se entenderá que esté tan alicaído. Así que optó por reanimarse de la única manera que sabe hacerlo: entregándose a sus placeres. Y esta vez decidió llevar de cacería a los príncipes Conrad y Aurelia.

Me quedé boquiabierta.

—La vegetación se pudre, matan a la gente ¿y él se va de caza?

—Por lo general, cuando se pone así, me alegro —dijo Zan—; si se marcha, no puede hacer daño aquí —evitaba mis ojos—. En cambio, ahora resolvió que todas las damas y caballeros de la corte deberán acompañarlo, yo incluido.

—¿Todos? ¿También el príncipe?

Lanzó una mirada a los otros y contestó de prisa:

—Él también.

—¡No hablas en serio! —quise añadir algo más sustancial pero lo único que se me ocurrió fue—: ¿Cuándo?

—Partiremos mañana antes del anochecer —respondió Nathaniel.

—¿Tú también irás?

Kate terció:

—Le pedí que lo hiciera —aún había algo de frialdad en su trato; él no dijo nada y desvió la mirada—. Zan lo necesita —agregó secamente.

—¡No pueden irse! —dije con tono sombrío—. Díganle a Domhnall que no. Los necesitamos aquí. Yo los necesito aquí.

Zan carraspeó.

—¿Podemos hablar afuera?

Lo seguí con los brazos cruzados.

Solos en el zaguán, dijo:

—Sé que es un mal momento, Emilie, y no es de esperar que comprendas...

—¡Qué bueno que lo digas! Porque, en efecto, no *entiendo*.

—Es una orden de mi rey...

—Tu rey es un idiota irremediable.

—No por eso deja de ser rey.

—¿Ah, no? Creí que tu lealtad era con Achleva.

—Así es, por eso debo obedecer a su monarca.

Oí el eco de mi padre en mi voz:

—Los reyes no gobiernan, sirven. No es la gente la que les jura lealtad, sino ellos a ella.

—¡Caramba, Emilie! No tengo otra *opción*.

—Mira a tu alrededor —señalé el mantillo en descomposición del jardín de Kate, que apenas un día antes había estado poblado de alegres flores amarillas—. Si obedecer a Domhnall significa permitir que su pueblo sufra o corra peligro, tu opción es una sola.

—¿Cuál?

—Desobedecerlo, *incumplir*.

—¡No entiendes!

—Entiendo que estamos metidos en esto hasta el cuello y tú te vas de vacaciones. Huyes cuando deberías quedarte y oponer resistencia.

—¿Como hiciste tú con el Tribunal?

—No *sabes* lo que dices —afirmé con aire ominoso.

Estaba a unos centímetros de mi cara.

—Tú tampoco.

—¡Que te diviertas en tu cacería!

Terminé la conversación con un portazo.

Kate se ocupó en proyectos de costura y yo me sumergí en los libros para distraerme del ir y venir de Nathaniel por la casa mientras empacaba para la excursión. Aunque seguía volviendo las páginas, asimilaba muy poco de lo que leía. Cuando vi que Kate deshacía tres veces la misma costura, sospeché que estaba tan inquieta como yo.

Poco después de mediodía, Nathaniel se paró en la entrada de la sala, valija en mano.

—Me voy —fijó la vista en la pared como si le hablara a ella y no a nosotras.

Kate no dijo nada y él tomó su alforja y se encaminó a la puerta, con sus anchos hombros un poco más caídos que de costumbre.

De pronto, ella cerró su libro y se levantó de la mesa.

—¡Aguarda! —tomó su mano grande en la suya, pequeña—. Cuídate.

Él dulcificó su expresión.

—Volveré pronto.

Kate asintió y se llevó la mano al vientre.

—Aquí te esperaremos.

★

La partida de Nathaniel dejó a Kate exhausta; accedí a que se quedara sola en su casa sólo después de que prometió que intentaría dormir. Pese a que ella me había arrancado una promesa similar, no tenía la intención de cumplirla. Traté de convencerme de que era mejor así. Quizás en ausencia de Zan me ocuparía una vez más de mis problemas, en lugar de estar constantemente distraída por los suyos.

Lo primero que debía resolver era el paradero de la reliquia con la sangre del fundador. Toris había exhibido su juego al retirarse frente a mi amenaza de destruirla. Insinué que la había embrujado y escondido, y ahora estaba decidida a dedicar mi tiempo a hacer eso. Más valía tarde que nunca, después de todo.

Pensé en media docena de opciones donde ocultarla, pero ninguna parecía la correcta: ésta se hallaba demasiado cerca y yo no quería que Toris la rastreara hasta Kate y Nathaniel; aquélla estaba demasiado descubierta y un viandante la avistaría con facilidad. Tampoco serviría de nada enterrarla: ¿qué tal si la encontraba un animal? Conservarla en todo momento en mi persona se antojaba una buena salida... salvo que si en alguna ocasión Toris me registraba y la encontraba, yo moriría en el acto.

Una y otra vez, una idea regresaba a mí: Aren.

Ella había espantado a Toris en el Ebonwilde. Su torre estaba protegida por la hoja de sangre; nadie que estimara en algo su vida la atravesaría por voluntad propia. Y junto con mi dominio de la magia, aumentaba también mi conocimiento de sus corrientes profundas. Ubicada en el centro exacto de la ciudad, la torre fungía como un ancla de las líneas espirituales que habían sido redirigidas a la muralla. No resistí la tentación.

El canal inundado se había secado casi por completo desde la caída de la Puerta Alta, y dejado atrás una espesa capa de fango y escombros. Me arrastré entre ellos, tropecé varias veces y subí empapada los peldaños a la torre mientras me compadecía de mí.

No tardé en encontrar un ladrillo suelto, que repuse una vez que escondí el frasco al fondo; de hecho, daba la impresión de que la estructura se mantenía en pie por mera suerte, magia o las dos causas. El ladrillo que elegí se situaba en el pedestal bajo el talón izquierdo de Aren. Habría podido usar un ladrillo del frente, pero juzgué injusto dejarla a cargo de la sangre del hermano que le había quitado la vida. Tampoco lo embrujé: estaba muy cansada, y lastimada de las manos —en las que siempre aparecía una cortada nueva, por rápido que sanara—. Y tenía la certeza de que si lo hacía, saldría mal, como todo lo demás.

Justo cuando desdoblaba mis rodillas para sacudir la tierra y argamasa que habían caído en mi vestido, escuché a lo lejos el sonar de trompetas. Me asomé a tiempo por la almena de la torre para ver que la partida de caza del rey salía por la Puerta del Bosque, con los azules estandartes de Achleva al viento. Era un grupo de damas y caballeros ataviados con trajes casi tan finos —y absurdos— como los del baile de máscaras. Media docena de gráciles sabuesos corrían a un lado de la procesión, ladraban de gusto y mordisqueaban las patas de los caballos. Alcancé a ver a Conrad y a Lisette en el momento en que sus cabezas, doradas por igual, se esfumaban bajo la puerta. Unos tres puestos detrás de ellos, cabalgaban Zan y Nathaniel.

240

A pesar de que quise enojarme, estaba tan lejos y tan arriba del resto del mundo mientras veía que Zan seguía ciegamente los caprichos de su inútil rey que sólo sentí lástima. Por él, por la ciudad que desamparaba y por mí, porque mi buena opinión le importaba poco cuando yo habría movido montañas para ganarme la suya, hasta ahora por lo menos.

Al retirarme de la orilla de la torre vi un manchón rojo que se agitaba en la brisa y cuyo fulgor destacaba contra el jardín pardo y marchito. Y si bien no era sensato pasear por los jardines del castillo a plena luz del día, una vez que lo vi no pude evitarlo: bajé volando las escaleras y atravesé deprisa la hoja de sangre hasta donde había percibido aquel destello rojo.

Era, en efecto, un listón atado a la mano de una graciosa figurilla de jardín. *Rojo es norte.*

Lo desaté y caminé unos pasos hacia el fiordo, aunque tuve que detenerme en la saliente de la terraza. Me incliné para asomarme y vi una roca, casi oculta por secos arbustos, puesta sobre algo blanco; era una cajita de papel. La abrí al instante y, para mi sorpresa, encontré en ella la estatuilla de Conrad, laboriosamente retorcida hasta componer la figura de un cisne.

Registré mis bolsillos aunque sabía que no tenía nada que dar a cambio, pero la idea de interrumpir nuestro juego resultaba intolerable. No podría conservar esta prenda suya aunque quisiera, y tampoco permanecer a descubierto. Giré entonces las piezas una, dos, tres veces, hasta que el animalito en mis manos pasó de ser un cisne elegante a un noble ciervo. Cambié el listón rojo por el que llevaba puesto —de color lavanda— y lo dejé bajo la roca. Me desplacé al este y oculté la caja en el alero, entre un par de piedras de la terraza.

Durante el trayecto a casa dejé volar libremente mi cabellera mientras acunaba el listón rojo como si fuese la cosa más preciada del mundo. Para mí, lo era.

24

A la mañana siguiente, encontré a Kate sentada en la mecedora junto a la ventana de su habitación; tarareaba una bella y triste canción de cuna al compás de su aguja. Hizo una pausa para sostener y evaluar su trabajo, un vestidito encantador.

—No está mal —y añadió para su vientre—: ¿Tú qué opinas, mi cielo?

Toqué con suavidad en el marco de la puerta para alertarla de mi presencia.

—Con tantos vestidos floreados como has hecho, ¿qué se pondrá tu bebé si es niño?

—¡Vestidos floreados, desde luego! —sonrió ampliamente—. A un bebé no le importa lo que se ponga; he invertido mucho esfuerzo en ellos para que no los use. Además, no quiero que mi hijo piense que tiene prohibido el gusto por las flores —apuntó su aguja hacia mí—. De todos modos... es niña, y hasta que nazca, nadie podrá persuadirme de lo contrario.

—¿Qué piensa Nathaniel de eso?

Su sonrisa se desdibujó.

—No se lo he dicho.

—¿Tan mal están las cosas? —pregunté con cautela.

—Sí. Le hice a Dedrick su disfraz, ¿cómo podía no hacerlo? Fue un diseño sencillo y pagó más de la cuenta. Pero Nathaniel estaba aquí cuando vino a recogerlo antes del baile, y el asunto no marchó bien.

—Y ahora está en el bosque cazando conejitos con Domhnall.

—No quería ir, lo noté —dijo con agobio—. Aun así, no quise detenerlo.

—¿Por qué? Tuvieron un buen momento antes de que se marchara... Quizá si se hubiera quedado, habrían podido...

—Por esto —sacó una nota de su bolsa—. Dedrick me la envió ayer. Mi madre vendrá a la ciudad a petición suya. Él organizó un encuentro entre nosotras para mañana a primera hora. Mamá cree que está invitada a ver un inmueble que mi padre piensa comprar. Yo estaré ahí a la espera, como sorpresa. Si Nathaniel se entera... —juntó los cabos sueltos del vestido de la bebé y alzó los hombros.

Algo en ese subterfugio dejaba un mal sabor de boca, pero ¿quién era yo para juzgar? Todos aquí creían que me llamaba Emilie.

—Aunque apenas han pasado unas semanas desde la última vez que vi a mi madre, de la que tampoco me separé en los mejores términos, daría lo que fuera por hablar con ella. Si supiese que podría verla, desafiaría a quien quisiera detenerme —crucé los brazos—, así que entiendo cómo te sientes. Pese a todo, no debería ser un secreto. Aunque Nathaniel discrepara, tendría que saberlo.

—¡Hablas como mi madre! —dijo con ironía—. Deberías conocerla, pienso que se llevarían bien.

—Si es como tú, sería difícil lo contrario. Pero Zan me contó que Molly trabajaba en el mercado de pescado de los muelles antes de que la contrataran en el castillo. Tal vez alguien ahí podrá decirme más sobre su "novio", o consiga un nombre.

—¿Ahora no habrá magia ni sesión de espiritismo?

Sacudí la cabeza.

—Lo único que he logrado con la magia es empeorar las cosas —miré mis manos, salpicadas de heridas en diversas etapas de curación—. Probaré otra vía.

—Dedrick tiene una casa junto al mar, y es ahí donde me reuniré mañana con mi madre —resplandeció—. Podemos irnos juntas.

★

Partimos al amanecer, con el cielo teñido de un rosa pálido por el sol. Eso bastó para que nos distrajéramos de la basura que las plantas secas habían generado. La agridulce fetidez de la putrefacción flotaba sobre la ciudad.

Conforme nos aproximábamos a la costa, Kate dijo:

—Mantente alerta. Es fácil salir de esta zona con los bolsos vacíos sin haber gastado una sola moneda de cobre.

El aroma a descomposición era vencido aquí por el olor a pescado, cuerpos sucios y otras fragancias menos gratas. Los gritos de los demacrados marineros curtidos por el mar se combinaban con los graznidos de las gaviotas que volaban en círculos en el cielo. Kate apuntó a un edificio en el lado este, una finca de oro y cristal que daba a las dársenas con el aspecto de un emperador engreído.

—Ésa es la casa de Dedrick —se agitó nerviosa—. Debemos separarnos, ¿cómo me veo?

—¡Muy bella! —exclamé cortés—. Pero eso no le importará a tu madre, tan sólo verte la hará feliz.

Me dio un rápido abrazo.

—Deséame suerte.

—¡Que te vaya bien! —había desaparecido ya entre la muchedumbre.

Me acerqué a un puesto de hojalata y maderas grises junto al fantasma de una mujer correosa cuya expresión era una mezcla de desconfianza contenida y franca hostilidad. No era de sorprender: tenía sumida la parte de atrás de la cabeza. Sentada la vieja en un barril como una gárgola, a su lado una chica de carne y hueso se encargaba de una serie de cubetas llenas de flores marchitas. Me acerqué con cautela desde el ángulo más distante de la fantasma; aquélla era una muerte que prefería no ver.

—Es un bonito día, ¿cierto? —dije a la chica.

Me dirigió una sonrisa tensa.

—Un día perfecto para una margarita, madre, si se me permite decirlo.

—Así es. Me llevaré algunas —le di dos monedas de plata, casi la suma entera que Zan me había pagado.

Exclamó:

—¡No, madre! No puedo aceptar esto a cambio de unas flores que están a un paso de ser composta por culpa de la peste.

—Quédatelo —le dije—. ¿Cómo te llamas?

—Elizabeth —respondió titubeante—. Todos me llaman Beth.

—Beth, estoy interesada en saber más acerca de una chica llamada Molly. Era una doncella del castillo que... —aclaré mi garganta— falleció hace poco. ¿La conocías?

Su expresión se nubló.

—Sí. Vendía chocolates y caramelos en ese puesto de allá —señaló hacia el otro lado del pasillo—. Era muy buena. Me da mucha pena lo que le pasó.

—Dicen que consiguió su empleo de doncella para estar cerca de un hombre con el que se trataba.

—No sé mucho de eso —dijo—. No la conocía tan bien. Sólo éramos amigas.

—¿Nunca viste a algún hombre que frecuentara su puesto?

—Toda clase de hombres rondaban su puesto, señorita. Éste es el camino a los muelles. Las jóvenes como yo aprendemos pronto a manejarlo —hizo lucir en el bolso de su delantal un cuchillo de terrible apariencia—. Los hombres no aprenden tan rápido; necesitan un par de piquetes para entender que lo único que vendo aquí son flores —hizo una pausa—. Molly era más buena, no tan dura como yo. Gracias a eso vendía más, creo. Pero ¿a qué costo?

—¿Qué quieres decir?

Jugueteó con las monedas.

—Sólo que todavía estaría aquí si hubiera notado la diferencia entre los corderos y los lobos disfrazados de corderos.

—¿Hay algo más que quieras decirme, Beth? —inquirí con precaución.

Movió de un lado a otro la cabeza, quizá con demasiada rapidez.

—No, madre, tal vez un consejo. El pescado no ha abundado a últimas fechas, así que los pescadores están de muy mal humor el día de hoy. Es mejor que los evite si quiere salvar el pellejo —guardó las monedas en su vestido—. Con excepción de Firth, claro, él está muy contento: atrapó anoche a un fugitivo. Le espera algo de oro en su futuro, óigame bien.

—¿Un fugitivo? —pregunté.

—El que escapó de las picotas del rey —contestó—. Nunca antes había pasado algo así. ¡Pobre mendigo! No llegó lejos.

Firth halló su cuerpo flotando en el agua del puerto vecino. Lo traerán pronto aquí, si desea verlo.

—Gracias —logré decir.

La algarabía de los muelles, los aromas, la radiante luz del mediodía, mi dicha por haber encontrado el juguete de Conrad... todo se opacó de golpe.

Le di otra vez las gracias a Beth y me escabullí en una angosta callejuela entre dos edificios del malecón, donde me envolví entre mis brazos. *No es Thackery*, me dije. *No puede ser Thackery*.

Lo era.

Lo supe antes de que se hiciese desfilar su cadáver como un codiciado novillo, porque su espíritu lo precedía, hecho una sopa, hinchado y con la cintura perforada media docena de veces. Estaba muerto, y con él mis últimas esperanzas de rescate. Nos miramos una fracción de segundo y enseguida me agarró. Mi alarido se perdió en el estruendo de los muelles.

Había acampado en el bosque. Alguien lo seguía. Oyó el quebrar de ramas y una respiración, y en varias ocasiones volteó para tratar de ver algo. Yo escuché un murmullo débil: *Soy invisible, soy invisible*.

Cuando su perseguidor apareció al fin, le encajó desde atrás una daga de luneocita en las costillas. Él sintió en el cuello una respiración caliente y una voz empalagosa le dijo:

—¡Ésta es tu última oportunidad de que salves la vida, viejo! El rey desea saber quién te vende esas invitaciones. ¿Fue el mismo que te sacó de la jaula?

—No puedo revelarlo —resopló Thackery mientras la navaja se hundía más en su piel.

—¿El rey tiene un bastardo, un hijo del que nadie sabe más que tú? ¡Contesta!

A pesar de las circunstancias, rio.

—Todos saben que el rey es tan estéril como una bola de algodón. La única razón de que tenga un hijo es que su esposa pidió a la Asamblea que usara su magia para que pudiese concebir. Según me han dicho, esto hizo necesaria la colaboración de la comunidad entera de magos.

—¡Eres un inútil! —el hombre sumergió la hoja completa. Thackery cayó y rodó, con el cuello anegado en sangre. Su agresor le dio un empujón con la bota y se agachó.

—¡Lleva mis saludos al otro lado! —le encajó una y otra vez la daga de luneocita.

Salí de esa visión espantosa con lágrimas en las mejillas.

Thackery se había marchado. Hizo lo que debía. Me enseñó lo que yo tenía que ver: la cara de su asesino, Dedrick Corvalis.

Solté mis flores marchitas y corrí.

★

La finca se había erigido en los muelles, pero estaba apartada de la bullente vida que invadía al resto del embarcadero. Atravesé un acceso y el vacío me impresionó. Nadie estaba ahí, ni marineros, ni sirvientes, y no se escuchaba más ruido que el hueco *pum pum* de mis zapatos sobre las maderas del malecón.

Me abrí paso al interior gracias a que la puerta no tenía llave. La casa era un laberinto de candelabros de oro y columnas de mármol sin una sola pieza de mobiliario.

—¿Kate? —llamé suavemente y mi voz rebotó en las vigas abovedadas. Cuando se desvaneció, oí otro ruido: las voces de un hombre y una mujer.

Ella está arriba, pensé, y subí de dos en dos los peldaños de una suntuosa escalera circular hasta que llegué sin aliento al piso superior.

Fui a dar a una antecámara inmensa, pintada hasta el techo con las imágenes de una Empírea aterradora que descendía de los cielos con alas ardientes. Fuego, agua, roca, bosque y tormenta chocaban a su alrededor, y del punto de colisión manaban rayos blanquiazules. Era un santuario, como el de Renalt.

Bajo ese despliegue monstruoso, había una puerta.

Aunque estaba oscuro, se percibía que toda la pared izquierda constaba de fruncidas cortinas de terciopelo. Escuché voces del otro lado.

—Ésta es la joya de la corona del recinto entero, donde una mujer bella y piadosa puede venir a descansar y restaurar su espíritu, y a deleitarse en el fulgor de la gran Empírea. ¡Es la parte de la casa que más echaré de menos!

—Ahora veo que reservaste para el final lo mejor del recorrido —oí que comentaba Kate—. ¡Tu residencia es imponente! Apenas puedo creer que la hayas vendido cuando tanto la apreciabas.

—Quería recoger los ingresos de mi inversión antes de que las propiedades de esta ciudad pierdan valor —soltó una risilla—. Tengo razones para creer que esa caída es inminente.

—¡Siempre un paso adelante del futuro! —dijo ella con una risa educada—. ¿De casualidad sabrás también a qué hora va a llegar mi madre?

Me asomé por una rendija entre un par de tableros y vi que Kate y Corvalis estaban solos en el enorme santuario interior, al menos seis veces más grande que el de Renalt. Él posó los labios en su mano y la sonrisa de Kate se congeló.

—Ya que ha llegado el momento de las confidencias, debo confesarte algo, querida Katherine: tu madre no vendrá. Lo siento. Surgió un imprevisto y no acudirá a la cita.

—¡Ah! —exclamó ella con visible desaliento—. Bueno, gracias por haberme mostrado tu espléndida residencia. Creo que será mejor que me marche.

—¿Y que vuelvas al lado de un marido que te maltrata?

—¿Cómo dices?

—Lo he visto con mis propios ojos, Katherine: la forma irreverente como te habla, la manera en que te manipula. Por no mencionar que te ha sumido en la servidumbre de trabajar para otros cuando deberías asistir a los bailes y permitir que el mundo admire tu belleza —acarició su mejilla—. Haber dejado que te alejaras es la peor tontería que he cometido.

—Disculpa, Dedrick, si te di la falsa impresión…

—¡Pero eso es fácil de remediar! —continuó como si no la hubiera escuchado—. Si el matrimonio se consuma bajo coacción, como es obviamente tu caso, puede anularse. Y en cuanto al mocoso, nadie importante sabe de él. Una vez que nazca, podría darse en adopción a una familia decente y temerosa de Empírea, o a un orfanatorio…

La bofetada que le asestó en ese momento fue tan rotunda que le sacudió la cabeza y reveló una serie de rasguños bajo su cabello, a un lado de su oído, justo los que yo le *había* hecho después de que matara a Molly.

Se llevó una mano al labio y la retiró manchada de sangre.

—¡No seas tonta, Katherine! Intento salvarte, darte una oportunidad. Un hombre de menor valía ni siquiera *consideraría* tratarte ahora.

Levantó la mano para abofetearlo de nuevo, pero él la detuvo antes de que pudiera hacerlo. Su apuesto rostro se descompuso en un mohín amenazante.

—¡Ay, Katherine, me rompes el corazón!

La atrajo a su pecho, sacó su daga de luneocita y se hizo una cortada en la mano antes de adherirla al cuello de ella. Tomé el objeto que tenía más cerca —un jarrón—, salí como bólido de mi escondite y lo oí decir:

—Que conste que nunca quise esto para ti. *Nihil nunc salvet te.*

Le estampé el jarrón en la nuca con todas mis fuerzas. Cayó al suelo junto con los fragmentos de cristal. La mano me dolió: la intensidad del golpe había reabierto algunas de mis cortadas. Kate cubría la herida de su cuello con una mano y miraba con espanto.

Dedrick se puso a gatas para alcanzarnos. Sus ojos crepitaban con un fuego malévolo. Me apresó por la falda y pisoteé su brazo izquierdo, el que le había herido en nuestro combate anterior. Gritó, me pasé al otro costado y lo pateé en la espalda, que aquel día se había lastimado en las piedras de la terraza.

—¡Vámonos! —conduje a Kate hasta la puerta, que azoté detrás de nosotras.

Pese a su nerviosismo me tendió un candelero, cuyas astas de metal inserté en la manija para atascarla.

Corvalis rio suave, casi cortésmente tras la puerta.

—¡No saben lo que les espera! —aulló—. ¡No saben lo que pasará cuando salga de aquí!

Kate se encogió de temor y yo impacté las manos en la madera.

—¡Nunca saldrás de ahí, perro! La próxima vez que dejes este sitio será *encadenado.*

Estas palabras emergieron de mí acompañadas de magia. ¿Qué había dicho Simon en Renalt, resguardado en el santuario? *Con el tiempo y la práctica, la magia se vuelve más instintiva y accesible.*

Di un paso atrás. Mi huella de sangre se había impreso en la tabla como una promesa.

25

—¡Creo que ya viene la bebé! —anunció Kate con lágrimas en las mejillas.

—Estamos cerca de casa —dije—. ¿Piensas que podrás llegar?

Respiró hondo.

—No sé. Espero que sí.

—¿Quieres que vaya a buscar a una partera en particular?

—¡No! —una contracción hizo que su rostro se contorsionara de dolor—. La hermana de Nathaniel es partera, pero vive lejos. Vendrá la próxima semana —abrió los ojos—. Sólo estás tú.

No puedo ser sólo yo, pensé, pero no lo dije en voz alta. Aunque de niña había ayudado a Onal en varias ocasiones, estas circunstancias distaban de ser normales. No quise mencionar tampoco la herida en su cuello, que no había dejado de sangrar, por pequeña que fuera.

La guie en el sendero y la ayudé a acostarse.

—No le hice caso —dijo entre una contracción y otra—. Nathaniel me previno contra Dedrick y no le hice caso.

—No te culpes —la tranquilicé—. Iré a la ciudad a buscar a una partera o curandera —guardaba su dinero de la costura en una lata en la repisa de la cocina, que vacié en mis bolsillos.

—¡No te vayas, por favor! —suplicó con frente sudorosa—. No quiero estar sola.

—No tardaré —prometí—. Todo va a estar bien, te lo aseguro.

★

Bajo la luz del anochecer, las ventanas de la botica de Sahlma lucían siniestras y vacías, y aun así toqué a la puerta tres, cuatro, cinco veces. Hice una pausa y toqué tres veces más.

—¡Abran, por favor! —grité.

Pese a que habría preferido no regresar ahí, salí tan aprisa de la casa de Kate que no le pedí el nombre o dirección de alguien que fuese capaz de ayudarla. Sahlma era la única que conocía.

Cuando la puerta se entornó al fin, me recibió una cara huraña, más hostil todavía en cuanto me quité la capucha y vio que era yo.

—¡Muchacha tonta! —dijo enojada—. ¿Cómo te atreves a volver a importunarme?

—¡Necesito su ayuda!

—¡Lárgate! —intentó cerrarme la puerta en las narices, pero logré impedirlo antes de que llegara al marco.

—¡No! —la aparté de un empujón—. ¡Escúcheme, por favor! Puedo pagarle —saqué las monedas de Kate y las azoté sobre el mostrador—. Una amiga está a punto de dar a luz a un bebé prematuro y… —tragué saliva para deshacer el nudo que ardía como un carbón en mi garganta— fue lastimada por un hombre malvado, así que se desangra sin parar. Tendrá ese bebé de un momento a otro, y cualquiera de los dos podría morir si no me asiste —supe que esto era verdad a la par que lo decía; aun con ayuda, las posibilidades de Kate eran remotas.

Nihil nunc salvet te.

—¡Márchate! —exclamó entre tosidos—. Y llévate contigo tus monedas y tus problemas.

—¿Y el bebé? —dije entre dientes—. *Una madre nunca debe perder a su hijo* —la madre de Zan le había dicho esto justo antes de saltar.

Retrocedió un segundo apenas como si reconociera las palabras.

—Sal de aquí.

Un pequeño rostro gris se asomó detrás de sus faldas.

—¿Quién es este niño de la gorra? —percibí las semejanzas entre la cara joven y espectral y la avejentada y curtida de ella—. Es su hijo, ¿cierto?

El niño de la gorra me miró expectante.

Sahlma sacudió mi rostro. Aunque sentí en los labios el aguijón de cada uno de sus dedos, continué:

—Usted es así por su causa, ¿no es así? Porque lo perdió.

Bajó la mano poco a poco.

—¿Cómo te...?

—Lo veo, está aquí con nosotras mientras conversamos.

—Quieres manipularme —dijo con voz temblorosa y labios curvados de rabia—. ¿Cómo te atreves a usar así la memoria de mi hijo?

Me armé de valor.

—No miento.

Toda mi vida había tenido pavor al tacto de los espíritus, a que su horrible historia se desenvolviera ante mis ojos. Ahora me arrodillé y le tendí a este niño la mano. Abandonó las faldas de Sahlma y pasó la mirada de mi mano a mi rostro como solicitando permiso. Asentí y puso en los míos sus pequeños y pálidos dedos.

Fue como si yo metiera el brazo en un río de hielo. A pesar de que tragué saliva por el susto de su frío contacto, no me zafé.

Destellos de palabras, imágenes y recuerdos giraron en mi cabeza como un torbellino de nieve. Dije:

—Su nombre es en alusión a su ave favorita, el... el azor. Él encontraba siempre un palo que cargar los días en que usted iba de una ciudad a otra en busca de empleo como sirvienta. A veces tenía que tomar otro trabajo para poder comprarle comida. Hacía que la esperara en la calle para que no se enterara de lo que ocurría, pero se enteraba de todas formas. Usted apenas comía, le daba a él cuanto podía y apartaba un poco de dinero para llevarlo a pasear un día en una barcaza, le decía. Le encantaban las barcazas. Caminaban a diario hasta los muelles, comparaban los navíos en el puerto, sus colores y tamaños, y hablaban acerca de cuál de ellos tomarían cuando usted hubiera ahorrado suficiente dinero.

Sus ojos se iluminaron de lágrimas. Metió las manos en el delantal, las anudó dentro de él y lo apretó contra su boca para contener un gemido de dolor.

Mi brazo se volvió un bloque de hielo. No lo retiré.

—Su esposo se ausentaba meses enteros y la buscaba sólo si ya no tenía fondos. La última vez robó el dinero de su viaje en la barcaza y lo perdió en apuestas. Cuando Azor lo supo, lloró. Incómodo por su llanto, el padre trató de hacerlo callar —me sofocó el horror, no quería ver eso— y... y...

—¡Alto! —rogó Sahlma—. ¡Detente, por favor!

Las lágrimas rodaban por mis mejillas a medida que la historia de Azor pasaba volando ante mis ojos.

—¡Ay, piadosa Empírea! ¡Lo siento, cuánto lo siento! —cerré los ojos—. Usted lo sepultó en el bosque —dije con un estremecimiento— y plantó un arbolito en el lugar. Regresó junto al hombre que le había quitado a su hijo y lo golpeó en la nuca con una roca mientras dormía. Estaba a punto de pegarle de nuevo y entonces vio el trecho de hoja de sangre bajo el puente... Lo arrastró hasta él, lo arrojó ahí, le rebanó la garganta y empujó su cuerpo al río. Después retornó con los pétalos... desenterró el árbol... e intentó... —la miré a través de ojos empañados, incapaz de terminar.

Se cubrió la cara con ambas manos y sollozó.

Azor aguardó con paciencia a que me calmara.

—Su hijo... desea que sepa que no la culpa, por más que usted se culpe. La ama. No quiere que vuelva a estar triste.

El chico asintió y retiró sus dedos. Mi brazo cayó sobre mi costado. No podía moverlo. Lo sobé con la otra mano y me puse en pie, vacilante.

—Lo siento —murmuré—. Me marcho.

—¡Espera! —dijo Sahlma—. Aquel día recogí un par de pétalos de hoja de sangre. Uno lo usé... ya viste cómo. El segundo lo vendí para pagar mis estudios como curandera. Quería ayudar a personas como yo... pero el tiempo y las circunstancias se las arreglan para ahogar nuestro idealismo —limpió su hinchado rostro con el dorso de su mano, manchada por la edad—. Te ayudaré si puedo. Llévame contigo.

★

Había oscurecido cuando Sahlma y yo cruzamos a toda prisa el umbral de la cabaña. Oímos los gritos desgarradores de Kate antes de que llegáramos al sendero. La encontramos de rodillas junto a su cama, doblegada por un dolor terrible.

Sahlma se arremangó y se puso a trabajar de inmediato.

—¡Necesito agua!

Llené un recipiente y volví corriendo con él; derramé un poco de agua al momento de colocarlo junto al lecho.

—Está mal, ¿cierto? —preguntó Kate.

—¡No te preocupes! —la calmé y lancé una mirada inquieta a Sahlma, quien no dijo nada.

Atacada por otra fuerte contracción, los tendones de Kate resaltaron sobre su piel mientras resistía. La mancha de sangre en la gasa que cubría la cortada de su cuello se había extendido por el paño blanco; la herida no cerraba aún.

—Ya falta poco —las arrugas de Sahlma se ahondaron sobre sus cejas.

El trabajo de parto de Kate se prolongó hasta la madrugada, hora para la cual ya estaba muy débil.

Cerca del alba, pujó por última vez con una sacudida intensa y la criatura nació. Era una niña.

—¡Tenías razón, Kate! —exclamé jubilosa—. ¡Es niña!

—Vive —Sahlma lucía triste y agotada—, pero está muy pequeña y no respira bien.

Las lágrimas brillaron en los ojos de Kate.

—¿Puedo cargarla?

Sahlma la envolvió en una cobija y me la pasó. Retiré la tela de su rostro: era redonda y perfecta, con mejillas dulces y rojizas, y un poco de cabello negro y rizado coronaba su cabeza. Abrió los párpados y gimoteó débilmente. Alcancé a ver que sus ojos eran de un café oscuro, como los de su padre.

Kate la recibió con brazos temblorosos.

—¡Lo logramos, mi cielo! ¡Lo logramos!

Entré aturdida a la cocina mientras Sahlma hacía todo lo posible por cortar la hemorragia de Kate. Me entretuve en ordenar lo que ya estaba en orden, en limpiar lo que ya estaba limpio. Por todas partes había labores inconclusas de Kate: un pay listo para ser horneado; un montón de leña fresca en la chimenea lista para que se le prendiera fuego; una canasta de ropa de bebé a medio terminar junto al sillón. Tomé el primer vestido y lo contemplé deslumbrada. ¡Cuánto me habría gustado terminarlo en su lugar! Pero nunca le haría justicia. Cuando iba a devolverlo a la canasta, sentí un piquete en la punta del dedo índice.

¡Maldición!, pensé. Me había pinchado.

No era gran cosa, apenas una gota de sangre no mayor que la cabeza de alfiler que la había causado. Pero fue la gota que derramó el vaso. El aturdimiento que me había mantenido en pie se evaporó. Me arrodillé junto a la canasta de costura de Kate y me vine abajo.

¡Zan, Nathaniel, grité en mi mente al tiempo que la gota de sangre caía, *regresen! Kate los necesita. Yo los necesito. Regresen.*

Era evidente que los esfuerzos de Sahlma habían sido en vano. Kate no cesaba de sangrar. Si Empírea fuera misericordiosa, ella habría recibido el favor de la inconciencia; en cambio, sus ojos estaban abiertos y llenos de angustia mientras sostenía bajo su mentón el diminuto y endeble cuerpo de su hija. Acariciaba el dorso de su delicada mano y entonaba una atropellada canción de cuna.

—¡Kate! —mis lágrimas ya eran incontenibles.

Volvió hacia mí su afligido rostro y preguntó:

—¿Cómo podré soportar esto? ¿Cómo?

—No sé —la dejé con su hija por el tiempo que les quedara para pasar juntas.

Sahlma limpiaba la sangre de sus manos en la habitación contigua, con el rostro desencajado y amarillento.

—¡Es una lástima! —dijo—. Una lástima permitida por las estrellas —y agregó en un murmullo—: Una madre nunca debe perder a su hijo.

—Hizo todo lo que pudo —afirmé sin convicción—. Pero dígame... ¿hay alguna esperanza para Kate?

—No —se irguió—. No hay nada dentro de las leyes de la naturaleza que pueda salvar a ninguna de las dos —sentí un profundo pesar y continuó—: Hay, sí, una solución fuera de las leyes de la naturaleza —sacó de su bolsa un frasco con un gotero.

—¿Y eso qué es?

—Una poción de pétalos de hoja de sangre.

Mi corazón se aceleró. Casi incoherente por la esperanza, pregunté:

—¿Qué? ¿Dónde consiguió... *cómo*?

—En otra ocasión, otra madre como ella quiso salvar a su hijo y se quitó la vida para lograrlo. Esa vez sólo conseguí un pétalo. Aunque debí haberle dado todo al niño, yo ya sabía que padecía un mal, un cáncer. Y no quería morir. Así, convertí ese pétalo en un suero. Le di al niño lo suficiente para que sobrellevara lo peor de la enfermedad y conservé el resto para mí. He extendido mi vida con eso, gota por gota, durante casi doce años, y alivio mi culpa con el argumento de que, si no hubiera sido por mí, él habría muerto —puso el frasco en mis manos—. Aun así, toda la noche esperé no tener que usarlo. Me oponía en mi interior a regalarlo a una desconocida, pero ahora… ahora creo que ha llegado el momento de ceder. Quedan dos, quizá tres gotas; bastarán para al menos una de ellas.

—¿Ha decidido morir?

—Es mejor que lo decida yo a que otro lo decida por mí —sus ojos centellaron—. He hecho muchas cosas de las que no me siento orgullosa. Sabía que si mi hijo me esperaba en la otra vida, tendría que rendirle cuentas algún día, y no soportaba esa idea. Ahora ya no tengo miedo y creo que he aplazado demasiado nuestro reencuentro —recogió sus pertenencias—. Una madre nunca debe perder a su hijo.

26

Cuando Sahlma se fue, volví a la habitación. Kate me miró con el rostro manchado de lágrimas.

—No ceso de pedirle a Empírea que esto no sea verdad. Haré lo que quiera. ¡Lo único que deseo es que mi bebé viva, Emilie!

Saqué el frasco de Sahlma.

—Quizá tenga una solución para eso —dije con reserva—. Éste es un brebaje de hoja de sangre. Quedan sólo una o dos gotas, una para cada una de ustedes. Es nuestra mejor opción.

Besó a su bebé y la estrechó en sus brazos.

—No la quiero. Dale todo a ella.

—Piensa en Nathaniel, te necesita. ¡Tómala, Kate, por favor!

—Él es más fuerte que yo, lo ha sido siempre. Se recuperará y tendrá una buena vida. En cambio, si yo tomo un poco y ella muere, jamás me lo perdonaré.

—Si no lo tomas… —me interrumpí, no sabía cómo continuar.

—No soy tonta, Emilie. Sé lo que Dedrick me dijo: *Nihil nunc salvet te*. Sé qué significa eso. ¿Y si lo tomo y nos pierdes a las dos de todas formas? De esta otra manera, moriré con la seguridad de que hice por ella cuanto pude.

Respiré hondo y asentí lentamente. Estaba demasiado acongojada para discutir. *Una madre nunca debe perder a su hijo.*

—Dámela entonces.

Puse a la bebé en mis rodillas y tras abrir el frasco sostuve el gotero sobre sus labios abiertos.

Vertí en ellos una, dos gotas.

Nada sucedió.

¿Qué acababa de hacer? ¿Una locura?

Vive, insté a la niña. *Vive.*

Se la devolví a Kate, incapaz de hablar.

—Mira —dijo.

Vi maravillada cómo la viveza se extendía de nuevo por los brazos, piernas y torso de la pequeña, hasta llegar a los dedos de sus pies. Dos círculos rosados se formaron en sus grises mejillas y lanzó un suspiro.

Sus párpados se agitaron. Abrió los ojos.

—¡Hola, mi amor! —dijo Kate rebosante de dicha.

No me di cuenta de que me había quedado dormida hasta que pestañeé atontada y vi a Kate junto a la cuna de la bebé. No había amanecido todavía; la luna llena entraba a raudales por la ventana.

—No deberías estar despierta —me forcé a levantarme y temblé; el aire de la primera hora de la mañana estaba demasiado fresco—. Déjame ayudarte, descansa. ¿Kate?

Se dio la vuelta y la sonrisa triste y suave que me dedicó me paró en seco.

Su cuerpo estaba tendido en la cama junto a la cuna. La bebé dormía profundamente, su pecho bajaba y subía.

—No. ¡No... Kate! —sollocé.

Posó en mi brazo una mano tranquilizadora. Su piel estaba helada. Los últimos momentos de su vida volaron ante mis ojos como una brisa de principios de primavera. Mientras veía dormir a su hija, catalogó regocijada cada precioso detalle: su cabello, sus manos, sus mejillas, los dedos de sus pies. La muerte llegó con la dulzura y suavidad del sueño. Murió en paz, segura de que su hija viviría.

—Cuidaré de ella —murmuré—. La protegeré por ti. Haré todo lo que esté en mi poder.

Asintió y se volvió humo. El sacrificio de la "madre" de la Puerta del Bosque se había consumado. Una niebla sobrenatural emergió en la ventana y se tragó a la luna llena. El paisaje se volvió en un instante un mar de blancura.

★

No la había llorado mucho tiempo antes de que los lamentos de la bebé ya rivalizaran con los míos. Le había prometido a su madre que me ocuparía de ella, así que sequé mis lágrimas y me puse a trabajar. La bañé y la vestí bajo su mirada amplia e insondable. Sus ojos eran del leve color de las plumas —de un gris pálido y un marrón de plata— y claros hasta el delirio.

Me miraba como si me hiciera una pregunta para la cual yo no tenía respuesta.

Sin una madre que la alimentara, hice lo que pude con un trapo sumergido en un tazón de leche de cabra y masculló un hechizo absurdo con la intención de que ese pálido remedio fuera aceptable para su estómago, dulce para su gusto y nutritivo. Pese a que no podía saber si eso había surtido efecto, ella succionó el húmedo ángulo hasta que vació el tazón y se durmió en mis brazos.

Dormía aún cuando oí afuera las primeras pisadas presurosas. Caía de nuevo la noche; había pasado en silencio casi todo el día, acompañada sólo por la bebé. En la espesa neblina, daba la impresión de que fuéramos las dos únicas personas que quedaban en el mundo.

Oí que la puerta se abría.

—¿Hola? —la voz de Nathaniel llegó desde la cocina—. ¿Kate?

—Emilie no está en su casita —dijo Zan—. Tal vez tu esposa sepa...

La quietud y el silencio de Kate paralizaron a Nathaniel en la entrada de la recámara.

—Lo siento mucho —abandoné la mecedora.

Había limpiado el cuarto muy bien; no restaba evidencia alguna de la difícil noche, la penuria y el tormento que Kate había pasado. Estaba acostada sobre impecables sábanas blancas, con su hermoso cabello todavía trenzado y rizado en torno a su cara. Tenía los ojos cerrados y la expresión serena.

Nathaniel se derrumbó a su lado y se llevó su mano a los labios. Sacudió los hombros sin hacer ruido.

Zan llegó detrás de mí, bajó la cabeza y se apoyó en el respaldo del sillón.

Al principio fue sólo un brillo, como cuando nubes dispersas pasan veloces junto al sol. Después, el fulgor cobró forma. Kate se arrodilló y tocó el rostro de Nathaniel con manos de aire y luz. Él no reaccionó: no sentía su tacto. Kate me miró en busca de ayuda.

—Nathaniel —mi voz onduló en la densa oscuridad de su dolor como un guijarro en un estanque. No me hizo caso y reiteré—: Nathaniel.

Kate cruzó hacia mí y alargué la mano. La tomó por segunda ocasión y el frío recorrió mi piel en tenues espirales, como el hielo en una ventana invernal.

Dile que lo lamento.

—Kate quiso que supieras que lo lamentaba —tragué saliva.

Dile que lo amo.

Tomé aire, temblorosa.

—Dijo que te amaba.

Él elevó la cabeza y me miró con ojos enrojecidos e inflamados.

Dile que seré feliz.

—Dijo que sería feliz.

Y que quiero que él lo sea.

—Anhela que tú seas feliz también —exhibí a la arropada bebé y añadí—: Tuvo que tomar una decisión para salvar a la niña. Y aceptó de buena gana las consecuencias.

La deposité en sus brazos. Kate me siguió y vio con ojos empañados e inescrutables cómo él la cargaba con delicadeza.

Recordé lo que me había dicho afuera de la tienda de telas.

—Se llama Ella —dije.

—Así se llamaba mi madre —enjugó sus lágrimas—. Siempre pensé que a Kate no le gustaba ese nombre. Se parece a ella, ¿verdad? —sonrió.

—Sí —dije—. La niña es parte de ambos.

—Arielle Katherine, quizá seré terrible para esto. No esperaba tener que hacerlo solo. Pero prometo que te amaré todos los días de tu vida. Te daré el amor que ella quiso darte y no pudo.

Kate soltó mi mano y se acercó a ellos, imprimió un ligero beso en los labios de Nathaniel y otro en el cabello sedoso de Arielle y desapareció. Su luz permaneció pese a su ausencia.

Zan llegó a mi lado y entrelazó sus dedos con los míos. El hielo del tacto de Kate se derritió. Miré nuestras manos unidas y su rostro. Dijo en voz muy baja:

—Oí que me llamabas. Volvimos lo más rápido que pudimos —cerró los ojos—. No debí haberme marchado. Lo siento mucho.

Asentí y volteamos hacia Nathaniel. Tenía fija la mirada en su hija recién nacida, a la que se aferraba como un marinero a su cuerda de salvación.

Nos reunimos al anochecer en la brumosa margen del fiordo para darle a Kate el último adiós. Ocupaba la balsa de sauce y serbal que Nathaniel había hecho, con flores de lavanda en los tobillos y una corona de laurel en la frente. Intercambiamos unas cuantas palabras, pero no se pronunció discurso alguno: ninguno era bueno para eso. ¿Qué podíamos decir que volviese tolerable la experiencia?

Nathaniel llevó la antorcha a la pira funeraria; con la otra mano, apretaba a la bebé contra su pecho. Zan le ayudó a empujar la balsa, que vimos alejarse sobre el agua y soltar chispas como estrellas rojas hasta que se disolvió en la niebla.

A la noche siguiente, Zan llegó a mi puerta y vaciló entre tocar y marcharse. Se decidió por esto último, dio media vuelta y me encontró a sus espaldas. Después de que yo había explicado todo lo que le había sucedido a Kate, él había ido a ver lo que podía hacerse para llevar a Dedrick Corvalis ante la justicia, y me había dejado para que ayudara a Nathaniel a cambiar y vestir a Ella, darle de comer con mi leche hechizada y arrullarla hasta que ambos cayeron dormidos. Me tomé un respiro.

—No debería estar aquí ni molestarte —dijo—, pero ha sido un día muy pesado y no sabía adónde más dirigirme —me miró a través de su cabello oscuro—. Siempre venía aquí cuando necesitaba un lugar tranquilo, a pensar y dibujar.

—No te estorbaré —repuse.

Abrí la puerta y me hice a un lado para que pasara.

Al principio, estuvimos cohibidos y callados, mientras él se acomodaba en una silla con sus hojas y carboncillos, y yo atizaba el fuego y llenaba la tetera. Sin embargo, la incomodidad pasó rápido y pronto estábamos absortos en nuestras tareas: él dibujando, yo contemplándolo extasiada mientras dibujaba.

Ambos nos sobresaltamos cuando la tetera empezó a silbar. Serví dos tazas, una para mí y la otra para él, que puse en la mesa que estaba a su lado.

—¿Puedo ver? —pregunté.

Asintió y se arrellanó en su asiento. Me incliné con timidez sobre su hombro para mirar su trabajo y sentí al momento que se me iba el aire.

Era un retrato de Kate en plena carcajada, que él había extraído de un lugar luminoso de su memoria. Un retrato vívido y claro, lleno de vida y colorido, lo cual era una proeza si se considera que había sido hecho en blanco y negro.

Cuando recuperé el habla dije:

—Sé que aquí acostumbran incinerar a los muertos y que despedimos a Kate de la forma apropiada... pero una parte de mí piensa que ella... —me sonrojé, con un nudo en la garganta— merece algo más; algo que conmemore su partida y nos permita recordarla —forcé una risilla—. Supongo que ese deseo se debe a mi origen. En Renalt, una lápida es casi un trofeo de virtud; entre más grande, mejor —batí mis dedos en la taza—. Ella merece un monumento, ¿me explico?

—Sí —me miró un largo minuto antes de levantarse—. ¿Estás lista para dar un paseo?

★

Lo seguí por el túnel subterráneo hasta los árboles. El rocoso terreno ascendía bruscamente y la vereda era casi indiscernible bajo la niebla, cada vez más densa. Aun así, Zan avanzaba con seguridad y se abría paso serpenteando a través de un bosque de pinos ahora pardos. Miró los árboles y rompió el silencio:

—Si no fuera por todo esto —apuntó a las esqueléticas copas—, preferiría que la muralla se viniera abajo.

—¿Quieres dejar indefensa Achleva y que cualquiera pueda ir y venir como le plazca?

—Sí —contestó—. Imagina lo diferente que sería Achleva sin ella; piensa en todo el arte, el pensamiento y la innovación de los que nos hemos perdido por su causa.

—¡Y el peligro! —agregué—. Una muralla también es protección.

—Aun así, la mayor amenaza que esta ciudad ha enfrentado hasta ahora procedió de dentro, no de fuera.

—¿Se acabó? —aventuré—. ¿Dedrick fue arrestado?

—Aunque la mayoría de los soldados había salido de caza con el rey, recluté o soborné a algunos de los que se habían quedado. Cuando fueron a buscarlo, estaba en el santuario todavía, como dijiste. Tu conjuro se cumplió: lo sacaron en cadenas. Pasará esta noche preso en los calabozos. Pienso interrogarlo mañana. Si consigo lo que me propongo, no llegará al próximo Día del Peticionario. ¡Hey, cuidado!

La punta de mi zapato se había atorado en una retorcida raíz y él me tomó de la mano antes de que cayera. Vio en mi palma una nueva venda manchada de rojo.

—¿Practicas hechizos en mi ausencia? —preguntó.

—¿Vas a decirme que no debo hacerlo?

—Jamás pretenderé indicarte lo que debes o no hacer.

—Lo hice por Ella y Nathaniel —expliqué—. Más que un conjuro, fue una plegaria, para que encuentren paz ahora que Kate reposa en los brazos de Empírea.

—Para que tengan paz aun si nosotros no podemos alcanzarla —dijo en tono aprobatorio—. Nunca me perdonaré haber seguido al rey a sabiendas de que era un error hacerlo.

—Si hay alguna culpa que asumir, deberé compartirla. Me di cuenta demasiado tarde... —suspiré—, yo la llevé prácticamente hasta la puerta de Dedrick.

Nos detuvimos ante un hueco en la escarpada pendiente, una entrada a una especie de cueva. La cruzó y me dijo:

—Ya llegamos. Sígueme.

No era una cueva sino un pasaje corto y superficial que se convirtió pronto en un prado protegido por rocas de montaña y cielo abierto. La neblina se enredó en mis pies a medida que me sumergía en ese círculo iluminado por la luna. Dondequiera que volvía la mirada, había signos dispuestos como torres entre los errantes remolinos de la bruma. Su ubicación no seguía modelo alguno, y tampoco los materiales utilizados: algunos eran de piedra, otros de madera podrida y había incluso algunas estatuas. Otros más eran meros montículos cuyos adornos habían desaparecido tiempo atrás. A diferencia de los cementerios en Renalt, donde los espíritus aguardan y vagan entre las ostentosas tumbas, este lugar estaba sumido en el silencio: no se oían almas ni ruidos.

—No hay nadie sepultado aquí —yo miraba para todos lados y la ausencia de espíritus significaba la de cadáveres. Era un recinto hecho para el consuelo de los vivos, no como hogar para los muertos.

—Así es —dijo—. En los mapas antiguos, este sitio se llamaba *Ad sepulcrum domini quod perierat*, la Tumba de los Perdidos —paseó la vista por el sepulcro envuelto en la neblina—. La ciudad de Achleva ha cremado siempre a sus muertos, para arrojar el espíritu de una persona en brazos de Empírea, y se considera un gran honor ser despedido de ese modo. Pero en las guerras no siempre había un cuerpo que quemar. Por los soldados más nobles se incendiaba una balsa vacía; por los pobres, los prisioneros de guerra o quienes morían por propia mano en vez de la del enemigo... no se hacía ni decía nada que honrara su vida imperfecta ni indicara su partida. Sólo se marchaban.

—Ésos son los perdidos —dije.

Asintió.

—Para los allegados era insoportable no saber adónde había ido a parar su ser querido. Así, venían aquí, hacían sus rituales de despedida y colocaban sus marcas para honrar a sus difuntos, a menudo de noche, con frecuencia solos... siempre en secreto.

—No hay nombre en ninguna de ellas.

—La colocación aquí o en cualquier otro sitio muralla adentro de una señal no autorizada en honor de los desfavorecidos acarreaba una multa cuantiosa, o algo peor. Por ello, omitían los nombres para que en caso de que este rincón fuera descubierto, no los rastrearan ni fuesen castigados por lo que se juzgaba un acto de rebelión.

—¿Los reyes permitían la permanencia de las piedras?

—Si lo sabían, se hacían los desentendidos. Cuando las guerras terminaron, lo mismo ocurrió con este método para honrar a los muertos, y la costumbre se perdió igual que las personas por las que fue creada. Con todo, este lugar subsiste —desdobló la imagen de Kate y me la ofreció.

Busqué una esquina agradable en el contorno de esa hondonada, me arrodillé y deposité el retrato de Kate en el suelo para fijarlo con una piedra. Volutas de niebla se enroscaron en él y lo mecieron largo rato antes de que volvieran a vagar encima. El semblante de Kate desapareció como el sol detrás de nubes de tormenta.

Me paré y vi otra marca próxima. Era una escueta losa de pizarra que, muy recta en el piso, daba la apariencia de una lápida. Tenía toscamente tallada la figura de un ave similar al cuervo de los Silvis, aunque blanca y delicada. Era una paloma.

Esa piedra impecable se distinguía del resto. Las demás llevaban ahí doscientos años por lo menos, y aun sin lluvia, viento o nieve, el tiempo las había afectado. Ésta no: era nueva en comparación.

—Este símbolo también es tuyo, ¿verdad?

Contestó en un murmullo:

—Cuando mi madre murió, yo estaba enfermo, inconsciente, casi moribundo. Se quitó la vida, así que no recibió un funeral apropiado. Fue enterrada en una tumba somera y sin marca en el bosque, del otro lado del muro, antes de que yo supiera que había fallecido. Hasta el día de hoy, no sé dónde descansan sus restos —respiró hondo—. Ella fue lo único bueno que hubo en mi triste infancia. Me acompañaba a dibujar, leía conmigo, estudiaba mapas a mi lado. Éste fue uno de los últimos lugares que descubrimos juntos, antes de que yo estuviera demasiado enfermo y cayese en cama.

Me puse de rodillas a la vera de la losa de pizarra. El ave grabada en ella era burda, rudimentaria. Tragué saliva y seguí las muescas con los dedos.

—¿Quién te ayudó a poner esta piedra? ¿Fue Simon?

—Simon no siempre estaba presente. Se ausentaba a menudo para cumplir sus deberes como mago de sangre —sacudió la cabeza—. Lo hice yo solo. Tenía siete años.

—Siete años… —imaginé a un niño de la misma edad que Conrad, devastado por una larga enfermedad, merodeando por este bosque, colocando una piedra en esta oculta hondonada, grabándola lo mejor que podía con manos frágiles y menudas. Él lo había hecho todo. La sola idea era intolerable.

—Murió por mi culpa, porque no soportó la pesada carga de cuidarme. Esto era lo menos que podía hacer por ella.

—Estás equivocado respecto a tu madre, Zan —me levanté.

—Sé lo que vas a decir: que era apenas un niño, que no fue mi culpa...

—No —me acerqué con cautela—. Tengo algo importante que decirte. Parecerá una locura pero es verdad. Debes creerme.

—Según recuerdo, ése fue el precio que pusiste por ayudarme a proteger la muralla. Ahora que Corvalis está detenido, creo que es momento de que lo cobres.

Las palabras salieron en tropel de mi boca:

—Aunque la mayoría de los espíritus se marchan después de la muerte, algunos permanecen en la línea intermedia. Por eso pudimos invocar a Aren en nuestra sesión. Los espíritus que demoran su último tránsito... quieren ser vistos. Y cuando eso sucede, desean relatar su historia.

—¿Qué? —juntó las cejas y asumió una sonrisa de perplejidad.

—Sé todo esto porque los veo. Porque desean comunicarse conmigo. Por motivos que ignoro, y hasta donde la memoria me alcanza, los muertos han sido una parte tan importante de mi vida como los vivos.

Su sonrisa se desvaneció poco a poco.

—La vi, Zan. Vi a tu madre, en la torre. A su espíritu. El día que subiste detrás de mí... Yo estaba ahí porque ella quiso que la siguiera. Quería mostrarme cómo murió.

Apartó intempestivamente la mirada. Continué con la mayor delicadeza posible:

—Revivió conmigo sus últimos momentos. Se hallaba en compañía de una curandera de la ciudad, Sahlma. Hablaba de su hijo enfermo. Sabía que a él le quedaba poco tiempo de vida y no soportaba la idea de perderlo, así que tomó el asunto en sus manos. Saltó de la torre, pero no porque quisiera morir, sino para que su sangre se derramara en la hoja. De esa manera, Sahlma podría recoger los pétalos y usarlos para salvar a su hijo. A ti.

Dio un paso atrás y se llevó las manos al corazón. Intentaba estabilizar y regular el ritmo de su respiración, a un compás que yo pude seguir. *Uno, inhala. Dos, exhala. Tres, inhala. Cuatro, exhala...* Posé una mano en su brazo y, cuando sus ojos volaron a los míos, habían perdido su fulgor cínico.

—No te abandonó —le dije de corazón—. Te amaba. Murió con la *esperanza* de que crearía de ese modo los pétalos con los que salvaría tu vida. Tuvo que decidir entre ella y tú. Optó por ti.

Se llevó ambas manos al cabello y me dio la espalda. Sentí el cambio en él a medida que reordenaba la historia de su vida. Su madre lo había salvado. Por más que esto no aliviaba su pérdida —nada lo haría nunca—, la luz con que veía su muerte se había alterado de manera irrevocable.

—¿Zan? —quise tocarlo, pero estaba demasiado nerviosa para hacer el intento—. ¿Te encuentras bien?

Respiró hondo.

—No... —contestó— y sí.

Se recargó en un pilar inclinado que sobresalía en la niebla, como si de súbito estuviese exhausto. Vivos de emoción, en cambio, sus ojos oscilaban en algún punto entre el alivio y el pesar.

Me acerqué a él con timidez.

—¿Me crees? ¿No piensas que estoy loca?

—He visto tantas cosas inusitadas desde que te conocí que en este momento podrías decirme que eres Empírea y te creería.

No me moví, apenas me atrevía a respirar. Recordé la forma terrible en que me había representado en la muralla y dije:

—Sólo soy una chica que resuelve las cosas conforme se presentan. Estoy tan perdida, confundida y sola como los demás.

—¿Perdida? No —tomó mis manos entre las suyas—. Confundida… jamás lo habría imaginado. ¿Sola? —apoyó su frente en la mía y dijo en voz baja—: No si yo puedo evitarlo.

Estábamos muy cerca. Sentí su lenta y suave respiración en mi mejilla. Lo miré con el corazón palpitante mientras inclinaba su rostro para encontrar el mío.

Justo en ese segundo el suelo se sacudió bajo nuestros pies.

Me apretó contra él al tiempo que la columna en la que se había recargado caía desmoronada, rota en mil pedazos dentados. La tierra trepidaba, y arriba de nosotros las piedras crujían y llovía polvo y grava hiriente. Me colgué de sus manos y atravesamos a toda prisa esa vorágine hasta el encorvado acceso de la depresión, mientras a nuestras espaldas caían rocas que cerraron el angosto camino por el que habíamos llegado.

Al otro lado, las agujas de los pinos se transformaban en proyectiles y rebanaban el aire como flechas en un campo ondulante. Frente a nosotros, el tronco de un abeto gigantesco se partió en dos, gimió como si se astillara desde su base y nos bloqueó el paso al caer. Sin que pudiéramos retroceder ni avanzar, sentí en mi lengua, como bilis y sangre, el ácido y amargo sabor del pánico.

Zan me derribó junto al árbol caído y ovilló su cuerpo a mi lado para protegerme de los escombros durante la última gran sacudida de la tierra, tras de la cual se quedó quieta al fin.

Se puso en pie y me ayudó a hacerlo. La niebla se había disipado, tragada al parecer por el suelo tremolante. Sólo permanecía el polvo, pero en cuanto se asentó puso al descubierto un paisaje casi irreconocible: rocas volcadas, árboles rotos y columnas de humo que ascendían desde el centro de la ciudad, cuya silueta ya se recortaba contra los débiles rayos de un opaco sol naciente.

—¡No! —susurró Zan conmocionado—. Lo detuvimos. Se había terminado. ¡Esto no puede ser!

Ambos sabíamos la verdad: ésta era la señal de la muerte de la anciana. El sello de la Puerta del Bosque había caído.

Dedicamos la mayor parte de la noche a abrirnos paso entre el caos del bosque. Pese a que utilizamos el túnel para llegar al castillo, a través de los muros subterráneos oíamos los distantes gritos de la ciudad. Rompía el alba cuando emergimos.

Zan me pidió que esperara en el almacén, en medio del desorden de botellas rotas y barriles volcados, mientras interrogaba al guardia en la entrada de los calabozos.

—No preguntaré de nuevo —decía con tono amenazador—. Lo dejé aquí anoche, le pagué bien. Dígame la verdad: ¿permitió en este lapso que alguien penetrara en su celda? ¿Alguien salió?

—Ya le dije que no —farfulló el guardia—. Nadie entró ni salió en toda la noche, ni siquiera durante el temblor que estuvo a punto de derribar el castillo —hizo una pausa—. Bueno, a excepción de su médico, permitido por los tribunales. Pidió una evaluación y no podía negársela; usted conoce las reglas, es un decreto real. Él tiene en sus arcas dinero más que suficiente para pagar ese servicio.

—Zan... —emergí del almacén.

—Emilie —dijo con firmeza—, permanece...

—Es Sahlma —apunté con un dedo tembloroso a la mujer que nos aguardaba en lo alto de la escalera a las celdas. Su bata blanca tenía una mancha de sangre que se extendía hasta los cordones de su cofia, pero Zan no podía verla.

Acompañé a su espíritu hasta lo más hondo de los calabozos, seguida muy de cerca por Zan. Las celdas de Renalt habían sido hechas para contener brujas: barrotes de hierro, techos bajos, ventanas ínfimas que dejaban pasar desvaídos hilos de luz. Por oscuras y tristes que fuesen, éstas eran peores. No había luz o ventanas, ni más sonido que un lento goteo en la profundidad de aquella caverna. ¡Y el olor...! Los hedores combinados del deterioro, el vómito y la orina formaban una bruma que se colaba en mis fosas nasales y se adhería a mi piel.

Hizo alto en la última puerta. Yo sabía lo que nos esperaba al otro lado: veía suficientes marcas en su espíritu. Me incliné hacia ella y murmuré:

—Nos ocuparemos de que se haga justicia. Vete ya. Azor te espera.

Una sonrisa de esperanza y aprecio cruzó sus labios y se marchó.

Zan corrió el pasador. Detrás de la puerta, Dedrick Corvalis estaba lánguidamente sentado contra la pared, con las manos cubiertas de sangre más allá de la muñeca y una sonrisa perezosa en las comisuras.

—¡Por fin! —exclamó—. ¡He estado llamando desde hace horas! La doctora me atacó, tuve que defenderme... Me temo que hice un desorden terrible.

Envuelto en una pila caótica, el cuerpo de Sahlma estaba tendido en una esquina.

Nihil nunc salvet te.

Un leve temblor —una réplica— esparció ondas minúsculas en el charco de sangre. Una vez que pasó, Dedrick recuperó su sonrisa.

—¡Qué clima tan raro!, ¿cierto? —ironizó y añadió—: Necesito un poco de agua. Y una muda de ropa. No puedo presentarme así ante el juez —levantó las manos y rio.

—¿El juez? —preguntó Zan—. Su juicio ocurrirá cuando *yo* lo decida.

—Te equivocas, muchacho —repuso con desdén—. El rey supervisará mi proceso. Por suerte, adelantó el retorno de su viaje de caza. Me aseguran que el juicio tendrá lugar de un momento a otro.

Palidecí... yo había confiado en que la ausencia de Conrad, gracias a la partida de caza, le hubiese ahorrado la experiencia del temblor. ¡Ojalá estuviera bien si había pasado por eso!

Continuó:

—El rey y yo somos grandes amigos. Estoy seguro de que velará para que se me haga justicia por esta aprehensión ilegal. Apuesto a que sus guardias vendrán por mí en cualquier momento —ladeó la cabeza para escuchar el ruido de botas en la escalera, que ya retumbaba en la cámara—. ¡Aquí están ya!

Me escabullí con Zan en otra celda para que los guardias no nos encontraran ahí.

—¿Qué hacemos ahora? —murmuré.

—Veré qué puede hacerse para detener esto. Ve por Nathaniel, nos reuniremos en los escalones del castillo. Dile que se prepare para declarar.

Asentí y busqué en la otra pared una apertura por donde pudiera huir, con la navaja lista para volverme invisible si no lo había.

—¡Ten cuidado! —le lancé una última y reconfortante mirada antes de sumergirme en el pasillo.

Detrás de mí, los guardias se reunían frente a la celda de Corvalis. Oí que celebraba su arribo.

—¡Caballeros! —dijo con brío—. Ya era hora.

Sólo hasta que Nathaniel abrió la puerta me di cuenta de que aun ahora esperaba que Kate me recibiera con su radiante sonrisa y me diera a probar lo que estuviera cocinando en el fogón. Él no comunicaba esa misma alegría; tenía los hombros caídos y unas líneas de cansancio flanqueaban su boca. Se apartó para mostrarme el interior de la cabaña: libros regados por doquier, vajilla rota en el suelo, muebles dispuestos en ángulos extraños. Una réplica sísmica más atravesó el piso y sacudió las ventanas.

—Otro sello roto —dijo—. Otra puerta derribada. ¿Cómo fue posible, si Dedrick Corvalis estaba preso?

—Fue Sahlma —contesté—. Corvalis pidió un médico que lo evaluara en su celda —recordé el cadáver de ella tirado en la esquina y a Dedrick orgulloso de su hazaña—. El rey forzó un juicio anticipado para hoy mismo. Zan desea que te prepares para declarar…

Nathaniel había tenido siempre una presencia intimidatoria: era serio, callado e imponente. Hoy su calor ardía lento bajo su piel y me pregunté si yo había confundido un volcán con una montaña.

—No —dijo sin más.

Se oyó un gimoteo en el otro cuarto y él corrió a cargar a su hija. Lo seguí vacilante. Al pie de la cama había una mochila.

—¿Te marchas?

—Sí —respondió—. Mi esposa ha muerto. La ciudad se hace añicos a nuestro alrededor. Tengo una hija a la que no sé alimentar, vestir ni dormir… Mi hermana tiene dos bebés, sabrá cómo actuar.

—¿Qué hay de Zan?

—¿Qué *hay* de Zan? —respiró hondo—. Intentó ayudarnos, es cierto. Pero si no fuera por él, mi esposa todavía estaría aquí.

—¡Kate no está aquí justo a causa del hombre al que van a juzgar! —protesté.

—Aléjate de Zan, Emilie. Confía en mí. No puede estar contigo. Si fuera remotamente digno de ti, él mismo te lo habría dicho.

Arropó a Ella con una de las cobijas que Kate había cosido y la acostó en la cama mientras cerraba la mochila y se la echaba al hombro.

—No sé de qué hablas.

—Lo sabrás pronto —levantó a la nena, que parecía una muñequita en sus brazos morenos y musculosos.

—Si quieres culpar a alguien, ¡cúlpame a mí! —grité—. No pude impedir que los sellos fueran destruidos. No impedí que Kate fuese a ver a Dedrick y no pude salvarla después.

Se dirigía ya a la puerta. Sin mirar atrás, dijo:

—Tengo que tomar un bote.

★

Las calles estaban atestadas de maderas rotas, piedras fragmentadas y personas consternadas y confundidas que deambulaban entre los escombros bajo la luz de la mañana, tratando de evaluar los daños. A lo lejos, las mujeres de la estatua de la Puerta del Bosque lucían destrozadas y ennegrecidas, meros trozos de mármol que bloqueaban la salida.

Entre tanto, los guardias del rey erigían el estrado del Día del Peticionario en los escalones del castillo. Aunque no era la fecha, todo indicaba que Dedrick Corvalis era demasiado importante para pudrirse un mes más en el calabozo. Justo como él nos había dicho, el rey lo juzgaría de inmediato. Me pregunté si habría enfrentado juicio alguno en caso de que la noticia de su arresto no se hubiera difundido tan rápido.

Encontré a Zan entre la muchedumbre que ya se reunía.

—¿Dónde está Nathaniel? —inquirió.

—No vino —sacudí la cabeza—. Llevará a Ella a la casa de su hermana —me aclaré la garganta—. Te culpa de lo que le sucedió a Kate, pese a que sea falso.

—No lo es —repuso con tono sombrío.

—Me dijo que me alejara de ti. ¿También tiene razón en eso?

Desvió la mirada.

—Deberías hacerlo.

—¿Me dirás por qué?

—No si puedo evitarlo —contestó con frialdad.

Recordé sobresaltada nuestro connato de beso antes de que la tierra empezara a temblar. ¿Era posible que eso hubiera pasado apenas unas horas antes? En tanto formulaba una respuesta, él dijo:

—Mira, ya abrieron las puertas.

Avanzamos a empujones entre la multitud para acercarnos lo más posible al frente. Recibí a cambio un codazo y varios pisotones severos, y me llovieron torrentes de escupitajos de la boca de hombres furiosos que lanzaban insultos a Dedrick. Aun cuando estaba amordazado, él sonreía a la gente desde la tarima. A sus espaldas, unos guardias disponían apresuradamente el sillón que alojaría el pesado trasero del rey.

—He leído los cargos contra este hombre, descritos en sus documentos de arresto —dijo el monarca—. ¿Quién hablará contra él? ¿Quién?

Estábamos casi hasta el frente. Podía ver el blanco de los ojos de Dedrick.

—¡Yo! —exclamó una vocecilla resuelta.

—Habla —ordenó el rey.

Era Beth, la chica del puesto de flores. Subió con la agilidad de un ratón y dirigió rápidas miradas al colérico rey y el sonriente acusado, pese a lo cual hizo lo que pudo por mantenerse erguida y hablar bien.

—Me llamo Beth Taylor, señor. Molly Cartwright, la joven a la que mataron en su baile, era mi amiga. Ella era dulce y un poco ingenua. Muchos hombres la frecuentaban en su carreta de caramelos, pero quería a uno solo —jugueteó con su falda—. Estaba enamorada, lo decía todo el tiempo. Alguien importante le había hecho creer que la amaba y deseaba casarse con ella. Aunque nunca dijo su hombre, yo sabía quién era y no me atrevía a revelarlo. Corvalis es dueño del puesto que alquilo para vender mis flores. Temía que, si hablaba contra él, perdería la única forma que tengo de ganarme la vida como no sea de puta o ladrona. ¡Le ruego que disculpe mi lenguaje vulgar, señor! —hizo una tímida reverencia.

—¿Posees alguna prueba de tu afirmación? —preguntó ecuánime el rey.

—No poseo ninguna, sólo mis propias suposiciones.

—Las suposiciones no bastan para condenar a un hombre. Retírate —la apartó con un gesto y el gentío lo abucheó.

Zan emitió un ruido grave que pudo ser un gruñido. Cerca del mío, su cuerpo se sentía demasiado tirante.

—¿Hay alguien más que pueda dar testimonio de los supuestos delitos del barón Corvalis? —preguntó el rey.

—¡Cualquiera que haya vivido en una de sus covachas! —gritó una voz.

—¡Cualquiera al que haya engañado con la promesa de un salario justo! —aulló otra.

—Yo.

Una voz clara y firme traspasó la bulla con la sonoridad de una campana. Nathaniel subió al templete con la cabeza en alto. Apreté el brazo de Zan.

—¿Qué es esa cosa? —el rey miró con burla a la bebé que cargaba—. Deshazte de eso.

Lo puso en manos de Beth en los peldaños y tomó su lugar para declarar.

—Declara tu nombre —dijo el soberano.

—Usted me conoce, su majestad.

—Dije que declares tu nombre.

Volteó hacia la multitud y habló más fuerte.

—Me llamo Nathaniel Gardner. Nací en circunstancias humildes, a diferencia de mi esposa. Su nombre antes de que nos casáramos era Katherine Morais, hija del barón Morais, y estaba comprometida con Dedrick Corvalis. Murió por su traición hace dos días, aunque ése no es el motivo por el que yo esté aquí —miró sus manos como si se avergonzara—.

Trabajé para Corvalis varios años antes de que conociera a Katherine. Ascendí por las filas de su cuerpo de seguridad hasta convertirme en uno de sus empleados de mayor confianza. Esto no me enorgullece, señor, porque tuve que hacer cosas horribles para alcanzar tal categoría. Corvalis era experto en convencer a la gente de que era todo un caballero: cortés, empeñoso y con especial habilidad para el comercio. Pero era una farsa, porque él es cruel e intrigante. Si codiciaba un terreno, me forzaba a romperle las piernas al dueño para que ya no pudiese trabajar, y compraba la propiedad cuando éste no podía conservarla.

—Eso no es homicidio, Gardner —dijo el rey—. Más parece que tú cometías una agresión, lo cual es un delito castigable, y que ahora lo usas para incriminar al exprometido de tu difunta esposa.

—Hay más. Corvalis quería extender sus operaciones comerciales a Renalt. Deseaba contar con rutas establecidas antes de que Renalt y Achleva consumaran su alianza oficial. Fue allá en diversas ocasiones para reunirse con quienes consideraba los más poderosos: los magistrados del Tribunal. Jamás se me permitió entrar a esas reuniones ni ver a los hombres con quienes hablaba, pero no pasó mucho tiempo antes de que sus arcas rebosaran de oro procedente de Renalt, mucho más copioso del que cualquiera podría obtener en una transacción comercial.

El monarca irradiaba hostilidad ahora, misma que hacía sudar a Nathaniel. Tragó saliva.

—Su padre, Francis Corvalis, se enteró de sus actividades. No las aprobó y le ordenó abandonarlas. Murió días después en misteriosas circunstancias.

—¿Afirmas que Corvalis asesinó a su padre?

—Afirmo —dijo Nathaniel— que mi patrón me pidió que recogiera en el bosque varias ramitas de hoja de sangre (fue muy específico en esto, no quería que las comprara en una botica, porque dejaría entonces constancia del intercambio) y su padre murió menos de un día después. Nunca se lo confesé a mi esposa —se retorció las manos—. No quería que supiera lo que había hecho al servicio de Corvalis. Fui un cobarde, y ahora la he perdido por eso.

—¿No fuiste testigo presencial? —indagó el rey Domhnall—. Son más rumores —se puso en pie—. ¿Alguien puede darme un reporte directo de los supuestos delitos de este hombre?

La turba coreó: ¡*Culpable! ¡Culpable! ¡Culpable!*

—¿Por qué no habla ninguno de los guardias? ¡Ellos vieron lo que sucedió esta mañana! ¿Dónde se encuentran? ¿Zan? —miré a mi alrededor y descubrí que estaba sola en medio del gentío—. ¡Zan!

—Sin prueba alguna que presentar —decía el soberano— ni testigos oculares de calidad que declaren contra usted, barón Dedrick Corvalis, la corona no tiene otra opción que...

—¡Yo hablaré contra él! —Zan apareció en los peldaños, que subió uno por uno con calculada lentitud para controlar su ritmo cardiaco y su respiración. Mantuvo en alto la cabeza mientras interpelaba al rey—. ¿Quieres que declare mi nombre a la multitud, padre?

Esta revelación me cimbró como un relámpago. Todos mis nervios se rebelaron; me quedé atónita.

El rey Domhnall apretó la quijada.

—Los tribunales reales exigen que todos los testigos declaren su nombre.

Zan posó una mano en el hombro de Nathaniel, le dirigió una leve inclinación y se volvió.

—Soy —declaró a la masa ahora muda— el príncipe Valentin Alexander de Achlev. Soy quien hizo arrestar y encarcelar a este hombre —se mantenía erguido pero sus manos temblaban.

Escuché murmullos alrededor. ¿El príncipe? El príncipe. El príncipe. El príncipe.

—No traigo hipótesis, conjeturas ni presunciones que ofrecer hoy a este juzgado, sino un testimonio ocular. Esta mañana, esta misma mañana, fui a interrogar a Dedrick Corvalis a su celda y lo encontré cubierto de pies a cabeza de sangre que no era suya. Tenía consigo el cadáver de una curandera que respondía al nombre de Sahlma Salazar, una mujer que había prestado sus servicios a los habitantes de esta ciudad desde hacía mucho tiempo. La llamó para que lo examinara, conforme a sus derechos establecidos en tu decreto, y cuando ella llegó a su celda para cumplir con su deber, él la atacó. Le cortó el cuello. Derramó su sangre —levantó las manos de Dedrick—, ¡sangre que pueden *ver todavía* bajo sus uñas! Y la tierra tembló porque, con esa muerte, los tres sellos de la Puerta del Bosque quedaron destruidos. Él ha trabajado en tu contra todo este tiempo, padre. Contra la propia Achleva. La prueba de ello está en todas partes: techos caídos, casas derrumbadas, daños a estructuras tan antiguas como la muralla.

Zan es el príncipe, pensé y me pregunté: *¿Cómo pude no saberlo?*

Y luego me pregunté: *¿Lo sabía?*

Cerré los ojos y los abrí cuando lo oí hablar de nuevo. Era su voz, la voz de Zan, la voz del príncipe.

—Corvalis mató a sangre fría a Sahlma Salazar como parte de un proyecto para destruir la muralla, la estructura que durante siglos ha garantizado la supervivencia y prosperidad de nuestra ciudad. Muchos otros corroborarían esta afirmación, pero no debería ser necesario, querido monarca, porque soy el príncipe de este reino y mi palabra, bajo juramento este día, es irrefutable.

La sonrisa había desaparecido de los ojos de Dedrick y era reemplazada ahora por un odio ardiente y puro.

El rey batió desacompasadamente los dedos en el brazo tallado de su silla y se levantó.

—¡Muy bien! Dado este nuevo testimonio, la corona debe condenarlo, barón Dedrick Corvalis, por la muerte de Sahlma Salazar. Su sentencia, que se ejecutará de inmediato, es despojarlo de su título y bienes y exiliarlo de Achleva.

La muchedumbre se encendió y comenzó a embestir y vociferar en protesta.

—¡No! —dijo Zan mientras Domhnall daba la espalda a todo eso—. Nuestras leyes dictan que el homicidio y la traición han de pagarse con la misma moneda, y este hombre ha cometido al menos tres de ellos, quizá más. ¡El pueblo de Achleva demanda justicia! ¡Respuestas! ¿Lo dejarás sin ellas?

El rey giró hacia su hijo con ojos desorbitados y desenvainó su espada con un *silbido* metálico. La levantó en el aire y fijó la punta en el corazón de Zan.

—¿Te atreves a contradecir a tu rey, muchacho?

No flaquees, pensé. Le infundí valor. *Sé fuerte.*

No se acobardó. La multitud aclamó su nombre y él levantó lentamente una mano en respuesta. No era ya el príncipe enfermizo. En un instante se había transformado en otro, había accedido a un cúmulo de fuerza dentro de él que nunca antes había tocado. Era una lámpara de cristales opacos que de pronto se había encendido por dentro y todo lo que yo podía ver era el fuego que ardía en su interior.

—*Te* traicionó —dijo Zan con serenidad—. ¿No quieres saber por qué?

El rey bajó la espada.

—¡La sentencia ha cambiado! —anunció—. El castigo es la muerte.

Dedrick sabía que el final se acercaba. Ahora balbuceaba y reía; gemidos agudos y desquiciados emergían de su mordaza.

—Creo que quiere decir algo —observó Zan—. Quítale el esparadrapo; permite que hable en su favor.

Domhnall no aguardó. Cortó el cuello del hombre con un solo lance de su espada. La gente ahogó un grito; el rey se había convertido en verdugo.

El cuerpo de Dedrick cayó de lado y permaneció desangrado a los pies de Zan.

Los guardias que ocupaban el estrado fingieron escoltar a Zan con deferencia, pero vi la rudeza con la que lo trataban. Me disponía a seguirlo cuando Nathaniel presionó mi hombro.

—No es por ahí.

La bebé dormía en su pecho, envuelta en una tela que cruzaba su cintura y sus hombros. Abrigada junto a sus latidos, ignoraba felizmente el tumulto que la rodeaba.

—¿Qué harán con Zan? —inquirí presa del temor mientras me sacaba de ese caos. Alguien había retirado del templete el cadáver de Dedrick, que ahora flotaba sobre la muchedumbre y pasaba de mano en mano como una marioneta grotesca. En lo tocante a ejecuciones, Renalt y Alcheva no eran muy distintas en realidad. Deleitarse ante el espectáculo de la muerte era un desagradable rasgo humano, no de una nacionalidad en particular.

—No sé —respondió—. Domhnall lo ha odiado siempre. Fue enfermizo desde niño y al rey le enfadaba que su único hijo fuera tan endeble. Lo golpeaba sin piedad para templarlo.

Recordé las palabras con que Zan había descrito al príncipe: *débil, frágil, inepto…* Se refería a sí en dichos términos.

De tanto repetir los insultos y mentiras que había escuchado tan a menudo, había terminado por creerlos. Yo no entendía ese horror. De niña me había compadecido de mí, pero mis padres me amaban y su principal propósito era protegerme. Sentí lástima por él, por el chico que había sido y la infancia que no había llegado a tener.

Nathaniel cruzó una puerta secundaria y después otra. Lo seguí. Fuimos a dar a una sala en largo desuso repleta de sillas apiladas y sucios estantes. El único claro entre el polvo era un visible sendero zigzagueante que atravesaba ese laberinto.

—¿Qué es esto? —pregunté.

—Zan conoce todos los pasajes y caminos secretos del castillo. Los ha frecuentado desde niño sin ser visto. Éste conduce a lo alto de una escalera que termina en un pasillo corto. Si lo sigues hasta el fondo, darás con sus aposentos privados. Quizá lo tengan ahí mientras el rey decide qué hacer con él, y siempre ponen un solo guardia al pie de la escalera, así que es poco probable que te vean.

—¿No vendrás conmigo?

—No puedo —dijo en conflicto aparente—. El día en que Kate supo que estaba embarazada, le prometí que nuestra hija siempre estaría primero. Debo sacarla de aquí. No puedo esperar, ni siquiera por Zan.

Asentí.

—Comprendo. Él también lo hará.

Me abrazó con rudeza, como si fuera un oso.

—Acamparé esta noche frente al camino suroeste más allá de la Puerta Alta y saldré mañana a Ingram. Mi hermana es partera ahí. Se llama Thalia. Si debes buscarme, ahí estaré.

—Que Empírea te guarde —dije entre lágrimas.

—También a ti —contestó con ojos también húmedos, inclinó la cabeza y volvió sobre sus pasos.

Seguí al pie de la letra sus indicaciones, con pausas ocasionales cuando guardias o cortesanos pasaban cerca. Conforme proseguía, ensayaba lo que iba a decir. *Soy la princesa genuina, Zan. Soy Aurelia. Debemos estar juntos. Siempre estuvimos destinados a eso.*

El retrato de una mujer colgaba del muro frente a la puerta de Zan. Vestía un atuendo simple y elegante sin más adorno que un anillo con una joya blanca en la mano izquierda y otro con un cuervo en la derecha. Su cabello era muy negro, y sus ojos verdes y grandes; sólo empañaban su belleza una arruga en la frente y notorias líneas de aflicción junto a la boca. Era la hermana de Simon, la difunta reina de Achleva, lo sabía ahora. Zan no se parecía a su padre, sino a ella. *Reina Irena Silvis de Achlev*, se leía en la placa. Me detuve un segundo bajo su efigie para agradecerle en silencio que hubiera salvado a su hijo.

La puerta de su habitación no tenía llave. Se abrió con sólo girar la perilla.

Estaba sentado en una esquina a oscuras, con la cabeza entre las manos. Pese a que intenté no *mirarlo fijamente*, fue inútil; nunca antes me había permitido *contemplarlo*, admitir lo mucho que lo quería, y ahora que podía hacerlo, era como un bebedor que toma su primer trago después de un largo y tortuoso periodo de sobriedad. Quería beber cada parte de él: el modo en que su cabello, siempre de lado, caía para enmarcar a la perfección su ojo derecho y ocultar el izquierdo; la forma de sus hombros bajo su camisa blanca de lino, el ángulo de sus pómulos, la esbeltez de su talle...

—¿Zan? —recuperé el habla.

Volteó sobresaltado y por un instante me pregunté si había cometido un error al presentarme sin ser solicitada. ¿Y si no había acertado en mi pronóstico de cómo se sentía? ¿Si en realidad no le interesaba quién era yo? ¿Si nada de mí le importaba?

—Lamento que… —hice alto porque cruzó la habitación, acortó de un paso la distancia que nos separaba y apretó su boca contra la mía. Duda y asombro chocaron en mí como dos estrellas errantes que, debido al impacto, estallaran en una nube de fuego.

El beso se moderó y me aparté con renuencia.

—¿Te encuentras bien? —susurré en su hombro. Olía a niebla y a cedro, a fuego de chimenea en el otoño y lluvia en el alféizar.

Su boca de cristal cortado compuso una sonrisa triste.

—Estoy bien —respondió con aire de fatiga—. Emilie, debes pensar…

—No estoy enojada porque no me hayas dicho quién eres —descansé una mano en su brazo—. Debí suponerlo antes, sinceramente. Sólo que te pareces tanto a Simon…

—Fue fácil pretender que era mi padre. Siempre deseé que así fuera. Pero no debí engañarte. No sabía que resultarías ser… *tú*.

Mis ojos pasaron de sus labios al hueco en su clavícula, donde me absorbí en el repiqueteo de sus latidos bajo su piel.

—Emilie —dijo con un ligero apremio que atrajo mis ojos a los suyos—, hoy hice cosas que no podré enmendar. Mi franco desafío del juicio tendrá consecuencias. Los guardias vendrán pronto por mí, para que el rey, mi verdadero padre, decida lo que hará conmigo. Debes irte antes de que eso suceda. Si él se entera de tu existencia, sin duda te utilizará en mi perjuicio.

—¡Espera! Tu padre... Corvalis era su confidente, ¿correcto? Y Nathaniel afirmó que cuando trabajaba para él, forjó una especie de alianza con el Tribunal de Renalt, ¿cierto?

—Sí... —dijo despacio.

—Corvalis perseguía también el nombre de quien le daba las invitaciones a Thackery. *Ansiaba* oír que era otro posible hijo de Domhnall. ¿Y si *tu* padre está detrás de todo esto?

—El sello de la Puerta de los Reyes supone la muerte de tres personas de linaje real. Él no...

—¡Está buscando más personas así, Zan! ¿No será que desea que alguien lo reemplace en la sucesión de los sacrificios?

Dio un paso atrás, estupefacto.

—El poder de la monarquía de Achleva ha menguado desde hace varias generaciones. Los terratenientes lo derrocarían con facilidad si se unieran. Con todo, la alianza de Renalt y Achleva...

—...es inútil si la monarquía de Renalt también está en sus últimos días.

—Mi padre ha sido siempre un apostador. De seguro calculó sus posibilidades y decidió respaldar al caballo más fuerte: el Tribunal.

—Y lo primero que el Tribunal querría hacer, luego de alinearse con el rey de Achleva, sería derribar la muralla mágica que permite que brujas rebeldes como yo escapen de sus manos.

Ruido de varios pares de botas llegó desde la puerta.

—¡Escóndete aquí! —me empujó dentro de su armario.

—¡No, espera! ¡Debo decirte algo más, Zan...!

Me besó de nuevo, ferviente y feroz.

—Sé lo que tengo que hacer —dijo—. Y es probable que enfrente el exilio por esa causa —tocaron con fuerza a la puerta—. No sé adónde iré, pero… ¿vendrás? ¿Vendrás conmigo, Emilie?

—¡Lo haré! —respondí sin aliento—. Estoy contigo.

Cerró los ojos e imprimió en mi frente un beso rotundo al tiempo que un golpe más enérgico retumbaba en la puerta.

—Empaca lo que necesites. Veámonos a medianoche en la muralla —tomó mis manos—, junto a la cascada, el lugar de nuestro primer hechizo.

Cuando se apartó, dejó algo en mi palma, un anillo. Lo reconocí en el acto: la sortija de su madre.

—¡Príncipe Valentin! —dijo una voz áspera al otro lado de la puerta—. Se le requiere en la Sala Magna.

Por la rendija de los goznes del armario vi que los guardias irrumpían en su habitación, lo echaban al suelo y fijaban sus brazos en su espalda mientras su rostro se volvía una vez más una máscara de calma sardónica.

—¡Chicos, chicos! —dijo locuaz, con la cara apretada contra el suelo—. Si me destrozan palmo a palmo, mi padre se enojará de que lo hayan privado de ese placer.

Mis dedos se enroscaron en la puerta. Sentí que la magia pugnaba por salir de cada punta, ansiosa de soltarse, lista para destruir a todos los que se habían atrevido a ponerle una mano encima. Pero Zan me había advertido contra darme a conocer, así que me contuve hasta que lo perdí de vista. Hice entonces un rápido corte en mi mano y emergí de mi escondite.

—*Ego invisibilia* —murmuré—. Soy invisible.

Me deslicé detrás de ellos sin que lo notaran.

En la Sala Magna, el rey —¡el padre de Zan!, no me recuperaba todavía del efecto de esta revelación— llegó molesto al trono, morado de rabia mientras pateaba todo a su paso.

—¿Cómo te atreves, bastardo? —farfulló—. ¡Dedrick Corvalis era como un *hijo* para mí!

Los guardias liberaron a Zan a los pies de Domhnall. Aunque el príncipe se encogió por instinto, luego de unos momentos de pausado conteo —*uno, inhala, dos, exhala, tres, inhala, cuatro, exhala*— fue capaz de controlar su respiración y su temor, y se irguió cuan alto era. Al monarca le sorprendió que su hijo de pronto lo mirara con desprecio.

—¿Sabes, padre? —dijo—. Pese a todo... jamás pensé que fueras tú.

—No sé de qué hablas.

Continuó como si no lo hubiese oído:

—Me decía que eso no era posible, porque terminar el trabajo también acabaría contigo, y si para algo eres bueno es para salvar el pellejo. Ahora comprendo por qué insististe en que te acompañara a tu necia expedición de caza *después* de que te dije lo que sabía sobre lo que pasaba con la muralla: querías impedir más intromisiones en tus asuntos, ¿cierto? Esto explica por qué te obstinaste en que mantuviera mi fecha de matrimonio dentro del mes de la luna negra: el día que nos casemos, también la princesa reunirá los requisitos para el sacrificio. Supongo que además es muy útil que los terratenientes asistan a la boda, para que muramos todos.

La rubicunda frente de Domhnall se empapó de sudor. Zan añadió:

—Te ocultas detrás de tu brutalidad y extravagancia, es un buen espectáculo. Pero tienes miedo. Tu poder se disuelve, y temiste que sólo fuera cuestión de tiempo que alguien llegara y te lo quitara.

—¿Como tú? —preguntó Domhnall con voz desdeñosa, aunque teñida de pavor.

Zan prosiguió:

—La solución era simple: buscar un aliado fuerte, alguien que te permitiera mantener tu corona y tu título si cumplías sus órdenes. Dedrick Corvalis fraguó el acuerdo con el Tribunal, ¿no es así? ¿Le prometiste que, una vez muerto yo, él sería tu heredero? ¿Conocía la magia de sangre antes de que obtuvieras ese acuerdo con nuestros enemigos o la aprendió después, con objeto de derribar la muralla?

—Estás diciendo tonterías.

—¿En serio? —rugió Zan—. Lo sé, lo sé, ¡soy una deshonra, un fastidio! Te avergüenza llamarme tu hijo. Lo he escuchado antes, padre. Pero ¿sabes qué? *Coincido* contigo: *no* merezco ser llamado hijo tuyo.

Se encaminó enfadado a las puertas de la Sala Magna, las abrió de golpe y yo seguí con mi salmodia: *"Ego invisibilia"*, *Soy invisible*…

—¡Traigan a la princesa Aurelia y a su tutor! —dijo a los guardias que esperaban en el pasillo—. Y llamen a un amanuense.

Llegaron en unos minutos. Lisette revoloteaba como una mariposa intranquila, Toris merodeaba detrás de ella como un sabueso que huele la presa.

—¿De qué se trata esto? —preguntó ella.

Zan se dirigió a la audiencia.

—Que conste por escrito que el día de hoy, yo, el príncipe Valentin, rehúso formalmente casarme con la princesa Aurelia de Renalt —hubo una exclamación colectiva y Lisette se quedó boquiabierta—. En reconocimiento de que éste es un acto de desafío a las órdenes del rey y una escandalosa infracción del tratado entre nuestros reinos, el príncipe Valentin acepta voluntariamente el castigo del exilio hasta que el asunto se resuelva por la vía pacífica mediante negociaciones con la corona de Renalt. Si no fuera posible llegar a un acuerdo, el príncipe Valentin renuncia por la presente a todos los derechos del trono de Achleva.

—¿"Mediante negociaciones"? —bramó Toris—. ¡No habrá ninguna negociación! Esto es una declaración de guerra.

—Que así sea —dijo Zan—. Por asediada que se encuentre, la muralla de Achleva continúa en pie, y nuestra ciudad a salvo. Es mejor este camino que el que la haría caer, y a todo mi pueblo junto con ella.

Los ojos de Toris se encendieron. Supe entonces que formaba parte de todo esto, quizá desde el principio. Si su hija se casaba con Zan y moría con su esposo y su suegro, y sin herederos, sólo quedaría una persona con derecho a asumir el trono de Achleva: él.

—¡Vete a tu exilio, cobarde! —siseó Domhnall—. Para que pueda librarme de ti, de la misma manera en que tu madre quería librarse de ti…

—¡Mi madre me *amaba*! —tronó Zan—. Murió por mí. ¿Y sabes qué? Por primera vez en la vida me *alegro* de ello. Me alegra que, gracias a su sacrificio, ahora pueda mirarte a la cara y decirte que, mientras yo viva, no te saldrás con la tuya.

Me escabullí antes de que se dijera más. Tenía una cita que cumplir.

Los besos de Zan perduraban en mis labios. Nos reuniríamos en la cascada a la medianoche.

30

No había regresado a mi pequeña choza desde la caída de la Puerta del Bosque, y el terremoto la había dejado en ruinas. Era como si alguien la hubiese levantado y sacudido con vigor. La ventana estaba hecha pedazos, la chimenea de ladrillos era una pila de escombros, y frascos rotos de tónicos y hierbas cubrían la escena como un confeti colorido de cristal.

Evalué el desastre a la luz de una vela y encontré primero la capa azul de Kellan y después mi alforja vacía. Bajo ella estaba el atado con mi vestido de bodas. Tiré del listón y lo vi aletear por última vez, maravillada de que las manchas de sangre se hubieran desvanecido tanto y de que, al modo de Kate, se me hubiera ocurrido limpiarlo. Ella siempre estaba intentando salvar lo insalvable.

Retiré el listón negro del paquete —podía ser útil para comunicarme con Conrad— y tendí el vestido sobre la pila de escombros que alguna día había llamado hogar. Eché la vela encima y la vi arder.

El fuego se extendió rápido y en cuestión de minutos ya había subido a las cortinas y el techo de paja. Vi que cedía cuando me encontraba a varios metros de distancia, con una alforja semivacía en el hombro y la capa de Kellan a la espalda. Pese al calor de la choza en llamas y la calidez de la capa, sentí frío en el pecho y los brazos. El pavor me invadió mientras se integraba una niebla que me separó del fuego y que cobraba forma en sacudidas lentas e intermitentes. El frío se agudizó.

Cuando la aparición fue completa, era casi irreconocible, una sombra de sí.

—No, Aren, ¡ahora no, por favor!, no justo en este instante —rogué—. Todo está a punto de consumarse. Dedrick ha muerto, y la colusión entre Domhnall y el Tribunal ha quedado exhibida. Recuperaré a mi hermano y escaparemos con Zan... —giré el anillo de Zan en mi dedo—. La victoria está próxima. Si alguien va a morir, no quiero verlo. ¡No, por favor...!

Se acercó a rastras, impuso como grilletes en mi muñeca sus glaciales y huesudos dedos, y sorbió hasta el último hálito de vida para arrojarme a una visión movediza y crepitante.

Un intercambio de anillos.

El destello de un puñal.

Una chica que solloza en una ventisca arremolinada: yo. Inclinada sobre el cuerpo destrozado del joven que amaba con desesperación.

Sangre en la nieve.

Mi cabeza en su pecho. Un anillo en su dedo, el suyo en el mío. Su cabello oscuro, rígido contra la terrible tormenta blanca.

Sangre en la nieve. Su sangre.

—*No* —arranqué mi mano y la tormenta, la nieve y la sangre desaparecieron—. He sido engañada otras veces por tus visiones. No permitiré que me quites esto, que me lo quites a él.

Intenté repelerla con un decidido giro de mis talones.

No llegué lejos. El suelo crujió y se convulsionó bajo mis pies, y caí de rodillas. Era otra réplica, que me recordaba oportunamente mi insignificancia. Al final, Aren volvió a avanzar hacia mí. Me encogí frente a su sombra creciente. La reina soberana con la que crecí había sido reemplazada por un espectro retorcido, una profana aglomeración de venas, parras y huesos. De los listones negros de su cabello extrajo espinosas falanges que reptaron como arañas por mis mejillas y mi cráneo. Una vez que atrapó en sus manos mi cabeza, hundió sus pulgares en mis ojos.

Grité de frío, de dolor y de angustia cuando me obligó a que lo viera todo de nuevo, una y otra vez. *Anillos. Puñal. Muerte. Anillos. Puñal. Muerte.*

Sangre en la nieve.

Sangre en la nieve.

Sangre en la nieve.

Pájaro de fuego.

Fue un destello fugaz, un mero relámpago en la procesión de imágenes aterradoras, pero era inconfundible: a la hora de su muerte, Zan portaba mi dije.

No me di cuenta del momento en que Aren retiró de mis cuencas sus puntiagudos dedos y se marchó; las imágenes atroces continuaron su cabalgata sin ella. Me desplomé donde me dejó, atacada por escalofríos intensos pese a las oleadas de calor que llegaban desde mi choza.

Ella quiso que viera y ahora no podía ver más. Si intentaba imaginar los ojos de Zan, no había ya una verde claridad en ellos; estaban vacíos y desorbitados. No podía pensar en sus labios sin suponerlos azules, fríos y sin aliento. No podría tocarlo de nuevo sin volver a ver su cuerpo tendido, y a mí arrodillada a su lado abrumada por el dolor. Había quemado mi choza para arrasar con mi pasado, pero mientras era consumida por las llamas, fue mi futuro —mi futuro con Zan— lo que vi desmoronarse en los rescoldos.

Sangre en la nieve.

Aren había transmitido con claridad su mensaje.

Si no lo dejas, morirá.

★

Esperé tres horas en la muralla mientras daba vueltas de un lado a otro y practicaba lo que iba a decir, pero cuando vi que Zan se aproximaba en la oscuridad, iluminado por la esquirla de la luz de la luna, perdí la compostura.

—Aquí supe que te amaba —dijo en cuanto llegó a mi lado—. Después que vi lo mucho que hacías por mi gente, por *mí*, y que sentí en ese hechizo la fuerza de tu espíritu, ¿cómo habría podido no hacerlo? —acomodó un mechón detrás de mi oreja—. Jamás me permití suponer que podrías... que alguna vez podrías —el rubor lo hizo callar.

¡Protéjanme, estrellas! Quería besarlo, adherirme a él, fundirme en él y en la muralla, y transformarme en piedra para nunca tener que abandonarlo. Mas al momento en que permití en mi mente esas ideas, confronté de nuevo imágenes horripilantes de su muerte.

Así, en lugar de entregarme a su tacto o corresponder su confesión con una mía, invertí mi emoción entera en la espiral dentro de mí. La retorcí y tensé a tal extremo que habría bastado con que yo respirara mal para que se rompiera y me hiciera trizas, destrozada desde dentro.

—¿Emilie? —preguntó.

—No me llamo Emilie —dije impertérrita y sin atreverme a mirarlo—. Mi nombre es Aurelia.

—¿Qué dices? —dio un paso atrás, tan sorprendido como si le hubiera dado una bofetada.

—Emilie se llamaba una chica que conocí en Renalt. Y la Aurelia que conoces... se llama Lisette. Somos amigas desde niñas. Le leía tus cartas y nos reíamos de ellas. Lo convertimos en un juego. Todas las respuestas que recibiste las escribió ella. Pensaba que era divertido. Ambas lo creíamos.

—No entiendo —se recargó en las almenas.

—Nunca fue mi deseo venir a Achleva —prendí mis mentiras de una verdad creíble—. Me molestaba sobremanera casarme sin mi consentimiento con un hombre que, se rumoraba, sufría una extensa variedad de afecciones. Así, inventé un plan para impedirlo —oí que su respiración se hacía más pesada y fatigosa. Para no titubear, me lancé a fondo—. Le ofrecí dinero a Lisette para que tomara mi lugar. Lo preparé todo. Aunque ella no se mostró al principio muy entusiasta, el monto que le propuse fue sustancial, y la idea de ser reina muy atractiva.

—¿Por qué me dices esto? —reclamó—. ¿Por qué ahora?

—Las cosas no salieron como las planeé —proseguí—. No contaba con que el Tribunal tomaría el poder, y eso lo complicó todo. Tampoco esperaba traer a mi hermano. ¡El pobre cree que soy una espía de Achleva y que está ayudando a Lisette a poner en evidencia mi traición!

—¿Algo de esto es verdad?

—Me... encariñé contigo. Y cuando esta tarde hablamos, pensé que podía hacer que eso funcionara... pero te seguí a la sala y me oculté. Escuché lo que se dijo en ese sitio y... no puedo —le devolví el anillo de su madre—. Tu padre y tú son los únicos con linaje real en Achleva que restan, lo cual significa que tan pronto como te cases con alguien, sea quien fuere, se convertirá en un blanco para el colapso de la muralla. Es un riesgo que no puedo permitirme —pensé en los anillos que Aren me había mostrado—. De hecho, no deberías casarte. Si mueres sin herederos, la muralla subsistirá por siempre —*Y tendrás una vida larga y plena.*

—¿Piensas que debería morir solo? —estaba tan consternado que casi sonaba divertido, y entonces su expresión cambió—. No —volteó hacia mí y cubrió mi rostro con sus manos y ojos febriles—. Emilie, Aurelia... quienquiera que seas... te amo. Y a pesar de todo lo que me has dicho, pienso que tú también me amas. ¡Por favor, di que me amas! ¡Por favor!

¡Ay, Empírea! Dirigí a los cielos el ruego más ferviente de mi vida. ¡Ayúdame!

Dije:

—No puedo —retiré sus manos de mis mejillas—. Nathaniel acampa esta noche frente al camino suroeste a Ingram. Creo que sería sensato que te reunieras con él. Tal vez podrías permanecer un tiempo en Ingram hasta que...

Mis dedos rozaron algo en su muñeca. Levanté su manga de un tirón y expuse una pulsera de piel. Mi dije del pájaro de fuego estaba cosido en la cinta a la manera de un talismán, como Aren me lo había enseñado.

Me quedé sin aliento.

—Quítate eso.

—¿Qué? No...

—¡Que te lo quites! —gruñí como si quisiera arrancarlo yo misma, con dedos curvados en garras.

Zafó su brazo y escudriñó mi rostro con incredulidad y algo semejante al dolor cuando la fuerza de mis revelaciones se dejó sentir. La Emilie a la que amaba no existía.

Sin decir palabra, sacó una hoja de su bolsillo y la arrojó en mis manos antes de marcharse.

Esperé hasta que lo perdí de vista y la abrí con el alma en un hilo.

Era el dibujo de una chica absorta en un libro de fórmulas mágicas, con una mano bajo la barbilla y la otra en posición de dar vuelta a la página. Había sido forjado con los trazos oscuros y expresivos de Zan y los detalles eran escasos, pero había dulzura en la curva del cuello y en el giro delicado de la muñeca. Ésta no era la bruja imponente y aterradora de su otro esbozo. El tema aquí era una muchacha normal en un momento tranquilo, vista por alguien que la amaba.

Me desplomé en las piedras y sepulté la cabeza entre los brazos, completamente devastada.

★

Puse un pie frente al otro. Era lo único que podía hacer. Había destruido mi cabaña y mi relación con Zan. Kate estaba muerta, Nathaniel se había marchado y las últimas muertes requeridas para derribar la muralla habían quedado en suspenso, esperaba que para siempre. Nada me detenía en Achleva. Mi único objetivo ahora era recuperar a mi hermano. Una vez que estuviera a salvo, me concentraría de nuevo en la aniquilación del Tribunal. Si para hacerlo debía arriesgarme a que me olvidaran… tanto mejor.

Fui al castillo por la vía de costumbre, más allá de mi choza humeante y el pasaje de la torre, donde el nivel del agua continuaba a la altura del tobillo después de tantas lluvias. En algunos tramos tuve que apoyarme en las paredes para no caer, inclinada sobre la viscosa capa que los cubría. Luego de trepar por el acceso, descubrí que había alguien en la orilla rocosa y que miraba hacia la Puerta de los Reyes. Era demasiado tarde para encubrir mi presencia; aquella figura volteó al sonido de mis pasos.

Grité y perdí el equilibrio cuando vi su rostro, y aunque estuve a punto de atorarme con una enredadera de hoja de sangre, logré cruzar a la orilla y llegar a las rocas.

El rey Domhnall había muerto.

Su espíritu me vio subir con labios fruncidos, bajo los cuales colgaban su garganta abierta y su dorado jubón salpicado de sangre. Caminé con cautela hacia él. Había sido un alma fea en vida, corrompida por la cólera y la codicia, y la muerte no la había mejorado.

Tendí una mano lenta e insegura, pero él no esperó a que me armara de valor para tocarlo: secuestró mi muñeca con su zarpa carnosa y enredó mis huesos en sus dedos húmedos y fríos. Caí directo en los últimos momentos de su mortalidad.

—El plan es válido aún —se hallaba bajo la puerta que ostentaba el semblante de sus antepasados—. He cumplido mi parte del acuerdo. No hay motivo para desviarse ahora.

—¿Es válido aún? —Toris torció la boca—. Nuestro verdugo ha muerto. El príncipe ha roto el compromiso matrimonial y se resigna al exilio: dudo que las cosas pudieran ser peores. ¡Me falló, Domhnall! Tenía casi todo lo que quería: el perdón de sus deudas, la libertad de sus barones y un indiscutible dominio de dos reinos por el resto de su vida —se encogió de hombros—. ¡Es una lástima que su hermano Victor no viva ya! Por lo menos, yo tendría otra opción.

—Un día más, quizá dos, es todo lo que necesito. Supe de un chico en el distrito Canina… estoy seguro de que es mío, recuerdo a la madre…

—No tenemos dos días para esperarlo —replicó Toris—. La luna negra es inminente. El plazo vencerá pronto.

—¡No tiene que matarme, Toris!

Lo tomó por el cuello y dijo:

—Pero lo haré. Porque, mire usted, mi señora me lo ordena —sacó su navaja.

—¡Llamaré a mis guardias! —lloriqueó el rey—. No permitirán que me haga daño.

—¿Sus guardias? —se mofó Toris—. ¿Les paga unas irrisorias monedas de cobre, les arroja migajas y piensa que puede llamarlos suyos? Si no fuera por mi oro en abundancia, habrían desertado hace mucho y usted no tendría ninguno. Son míos, lo han sido desde tiempos inmemoriales. Si le obedecen es porque *yo* lo ordeno. No hay nadie aquí para ayudarlo, Domhnall. Y francamente, ya me colmó la paciencia.

Aunque Domhnall intentó escapar, su temor lo entorpeció, pese a su ventaja de estatura. Toris pronto lo había acorralado.

—*Nihil nunc salvet te* —sacó su puñal, la daga de luneocita de Dedrick, y rebanó con maestría el cuello rollizo de Domhnall, de oreja a oreja. Después lo empujó hasta la orilla y el rey cayó en medio de la niebla, dejó un rastro de sangre y se estampó en el agua. Permaneció con ojos vacíos y desorbitados en la superficie mientras la sangre manaba a su alrededor en filamentos finos que se extendían por el agua, a la que convirtieron en un rojo lechoso de tono enjoyado visible incluso en la oscuridad.

Con un grito, solté mis manos del puño de Domhnall y corrí a la playa. El cavernoso fiordo azul oscuro había sido sustituido por olas escarlatas que lamían la orilla rocosa.

El primer sello de la Puerta de los Reyes estaba roto. El rey había muerto y donde una vez había habido agua, ahora había sólo sangre.

PARTE TRES

LA MURALLA Y LA TORRE

31

El árbol del que me valí para comunicarme por primera vez con Conrad era ahora poco más que un amasijo de ramas con espinas. Como aún no amanecía, el listón negro que separé del paquete de mi vestido no se distinguía de los grises deprimentes que teñían los miserables restos del jardín. Le supliqué a Empírea que mi hermano lo viera.

Cuando oí un crujido giré, segura de que se trataba de Aren. Pero no era el Heraldo, sino Lisette.

—Pensé que serías tú —dijo. Retorcía nerviosa un par de guantes de encaje.

—¿Qué quieres?

—Que dejes en paz a Conrad. Que dejes de lastimarlo, de atormentarlo con tus mensajes. ¡Es un niño, Aurelia! No merece que lo arrastres a tus conspiraciones, a tu traición...

—¿*Mi* traición?

—Sé que mataste a Kellan —sus ojos resplandecieron—. Lo sé todo. Y no pasará mucho tiempo, ¡óyeme bien!, antes de que pagues por lo que has hecho. Mi padre afirma que estamos muy cerca de descubrir toda la trama y entonces esta pesadilla terminará.

Temía algo, era obvio. Me temía a *mí*, pero había venido a hacerme frente porque... quería proteger a mi hermano.

—¡No tienes idea! —masculló—. Ha pasado tanto tiempo... y tú no tienes la menor idea.

—¿La menor idea de qué?

—De lo que en realidad sucede. Yo no maté a Kellan. Era mi amigo más fiel —no me atreví a insinuar que estaba vivo, guardaba con celo en mi mente ese secreto—. Tu padre amenazó con matarlo si yo no le entregaba las invitaciones que requería para atravesar la muralla. Hice lo que él deseaba —dije entre dientes— y de todas formas lo mató.

—¡Mientes!

—No.

—Tú y ese hombre, Simon Silvis... están juntos en esto. Intentan sabotear a Achleva y a Renalt. Tu propia madre...

—¡Es rehén del Tribunal por instrucciones de tu padre! —Toris habría conocido a Dedrick Corvalis a través del comercio en los puertos de De Lena, tal como Simon había indagado, y lo reclutó para sus planes, lo mismo que al rey Domhnall. Y aunque el *cómo* estaba cada vez más claro, el *porqué* aún era un misterio—. Todo esto, hasta el último detalle, fue orquestado por él, no por mí. ¿Sabías que en el bosque intentó matarme a mí también?

—No, ¡no! Mi padre es un hombre recto, nada de esto tiene sentido...

La tomé de los hombros y miré de frente su linda cara.

—Alguna vez fuimos amigas. Hace años pudiste enviarme a la horca, pero no lo hiciste. Pienso que en el fondo sabías que no lo merecía. Que soy una buena persona pese a que haya nacido con la magia en las venas.

Abrió la boca y la cerró al instante. Había tocado una fibra sensible.

—Piensa, Lisette. Si nuestra amistad significó algo para ti, te ruego que me escuches ahora. ¿Tu padre no ha hecho nada en los últimos meses… ¡años!… que te haya dado que pensar? ¿Que haya despertado tus sospechas siquiera un momento? —la solté—. Lo ha hecho, ¿cierto?

—¡No! —respondió rápido—. Soy yo, tengo una imaginación muy activa y él dice que…

—Tu padre es un embustero y un traidor. No creas nada de lo que te dice. ¿Pensaste que todo esto era una simple farsa? ¿Que vendrías aquí a pavonearte con mi nombre para qué? ¿Para sorprenderme en un acto de traición? ¿Para confirmar mi deslealtad? No, te trajo para que te casaras con el príncipe. Para que se casaran y fuesen *asesinados* y la muralla cayera con su muerte. Ése es el propósito de todo esto. Toris de Lena no se detendrá hasta que destruya la muralla de Achleva, y toda la ciudad junto con ella.

—No, no… ¡él jamás haría tal cosa! ¿Por qué querría eso para mí? ¡Soy su hija! ¿Por qué no simplemente permitir que tú te unieras al príncipe para matarte enseguida?

Di un paso atrás.

—Porque entreví sus intenciones —él me había dicho otro tanto en el Ebonwilde cuando quise negociar la libertad de Conrad: *A diferencia de ti, ha demostrado ser dócil*—. No me usó porque no podía intimidarme ni controlarme —jamás lo había pensado así: me excluyó de sus planes no porque yo fuera débil, sino porque era demasiado fuerte y no podría manipularme.

—Entonces yo soy una idiota…

—No —repliqué—. Ya lo dijiste… eres su hija. Contaba con tu amor para disipar todas tus dudas. Y ya lo ves: dio resultado.

Se sorbió la nariz y me dio la espalda.

—No siempre fue así, ¿sabes? En mi infancia era tierno, cariñoso...

—Perder a tu madre lo cambió, lo sé —era una insensatez mencionar a Camilla, no quería recordarle quién había sido el culpable de su muerte.

—¿Qué? No. Peleaban mucho antes de que muriera. Ella siempre dijo que lo que había visto en la Asamblea lo había cambiado. Él estaba ahí el día que se desintegró, fue él quien dio la noticia en Renalt.

—¿Para qué estaba ahí? —pregunté impaciente—. ¿Qué vio, qué encontró?

—¡No lo *sé*! —dejó escapar un grito.

Puse una mano vacilante sobre su hombro.

—Sé que amas a Conrad. Eres mejor hermana suya que yo. Gracias, en verdad. Pero mira a tu alrededor. ¡El rey de Achleva ha muerto! El agua ha enrojecido con las algas y se ha vuelto tóxica. Todo lo verde en la ciudad se ha podrido. Algo terrible está a punto de suceder y yo debo alejar a Conrad lo más pronto posible.

—¿Todo esto —señaló el marchito jardín de la terraza y el fiordo carmesí— se debe a la muralla? Y para que ella caiga...

Todo comienza con tres caballos blancos
y luego una doncella, madre, anciana;
persisten al final tres tronos vacuos
en los que tres reyes caídos sangran...

—Tres achlevanos de la realeza morirán.

—El rey Domhnall, yo y...

—Valentin —tragué saliva—, el príncipe.

Dio un paso atrás. Este nombre la puso inquieta.

—Júzgame si quieres por haber participado en esto, por tomar tu lugar, pero —se encogió de hombros— lo amo, Aurelia. Lo he amado desde niña, cuando leía sus cartas y no paraba de escribirle. Soborné a un mensajero del castillo para que me diera sus cartas a mí, no a ti. Una vez que mi madre murió, eso era lo único que me mantenía a flote —soltó un par de lágrimas y gimoteó—. Sé que es una tontería. Y aunque sabía que no podía durar siempre, desde que llegamos aquí me ha hablado muy poco y... y...

La abracé, para mi sorpresa. Era quizá la influencia de Kate, o que nuestra antigua amistad no había muerto del todo, o que yo sabía qué era amar a Zan y tener que apartarse de él. Me devolvió el abrazo casi con timidez.

—Partiré hoy mismo —dije—. Quiero que Conrad y tú me acompañen. Volvamos todos a casa y enfrentemos a Toris. Como el Tribunal orquestó la destrucción de la muralla, Zan, digo, Valentin no tendrá nada que temer tan pronto como aquél desaparezca —le tendí el listón negro—. Dale esto a Conrad. Él sabe lo que significa.

Lo tomó con cuidado

—¿Tienes idea de dónde está Valentin ahora? —preguntó.

—Marchó al exilio —respondí—. Se encuentra a salvo, lejos del muro.

Mientras lo decía, el repicar de una campana atravesó el aire.

★

Recordé las palabras de Zan: *La campana de esa puerta toca sólo por dos razones: que se acerca un ejército o se aproximan personas de una familia real.*

Lisette y yo avanzamos a empujones entre la rabiosa multitud al tiempo que tres jinetes de la guardia del rey se abrían sosegado camino calle arriba. Un hombre tropezaba detrás de ellos, sujeto con cuerdas bien atadas a sus muñecas. Zan.

—¡Lo atraparon! —celebró alguien cerca de mí. A mis espaldas, le lanzaban toda clase de improperios. *Asesino del rey. Homicida. Traidor. Destructor.*

Lo señalaban como el asesino de su padre. Pese a que Domhnall había sido un rey terrible, la gente estaba asustada y urgida de alguien a quien culpar de su sufrimiento. Toris ofrecía a Zan como carroña a los lobos hambrientos.

—¡Zan! —traté de romper la línea para alcanzarlo—. ¡Zan! Lisette me jaló.

—Si mi padre te ve, te matará —dijo en un siseo.

Cuando oyó que lo llamaba, volteó, y me partió el alma ver que había sangre seca en su sien y moretones en sus mejillas. Sus ojos brillantes e iracundos me advirtieron que no me acercara y retrocedí. Seguí con Lisette a aquella masa hacia los escalones del castillo, donde Toris aguardaba con todas las galas del Tribunal.

—¡Buena gente de Achleva! —clamó con el mismo fervor que solía reservar para las más obscenas ejecuciones de brujas—. El gran rey Domhnall consagró su vida a servir a su pueblo, y ahora esa vida ha sido prematuramente truncada por la persona que él más amaba: su hijo. El príncipe Valentin hizo cuanto estuvo en su poder por destruir esta antigua ciudad sagrada, cometió un delito tras otro… al grado de incriminar y ejecutar al inocente Dedrick Corvalis. ¡Ya basta! ¡Su traición ha salido por fin a la luz y pronto se hará justicia!

La multitud que apenas ayer había aplaudido a Zan por desafiar al monarca ahora lo repudiaba y tachaba de asesino. ¡Maldita magia de sangre! Esto era el verdadero poder. Toris manejaba a la turba como un arma.

Me había equivocado al creer que mi peor pesadilla era que se me hiciera desfilar entre una muchedumbre ávida de mi muerte. Presenciar indefensa eso mismo contra alguien que amaba resultaba peor todavía.

—¿Qué hacemos? —murmuró Lisette.

—Lo sacaremos de aquí —contesté—. Lo llevaremos con nosotras.

No soporté ver cómo arrastraban a Zan al palacio. Dirigí toda la fuerza de mi mirada a Toris, quien se deleitaba en el miedo y la ira de los ciudadanos como una serpiente echada al sol. Hizo una amplia reverencia, adoptó una sonrisa confiada y se retiró al castillo, que ya era suyo casi por completo.

Empecé a calcular todas las maneras en que lo haría pagar.

★

Lisette tenía razón: si Toris me veía, me mataría. En cambio, ella podía entrar sin que la detectaran, así que se haría cargo de la labor de vigilancia. Indagaría lo más posible sobre la prisión de Zan: ¿en cuál celda de los calabozos estaba, si es que se encontraba ahí? ¿Cuántos guardias tendríamos que combatir? ¿Con qué frecuencia rotaban de turno? Reuniría toda la información que pudiera, cualquier cosa que nos resultara útil, y me la transmitiría. En la sombra, yo recuperaría a Zan y me reuniría con Conrad y ella en la torre, para que abandonáramos juntos la ciudad.

Ella era una espía renuente, y yo una centinela ansiosa. Aunque ambas resultábamos ineptas para nuestros papeles, una causa nos unía: rescatar a Zan y escapar con Conrad. Dejar a Toris sin sus peones e impedir su triunfo.

Tuve que esperar el día entero en la torre. Mi intención era llegar a la cima y vigilar la urbe desde su mirador más elevado, pero en cuanto crucé la puerta, mis rodillas cedieron. Me arrastré unos metros más antes de que la fatiga acumulada de varios días me alcanzara. Dormí muchas horas hecha un ovillo en el mosaico de la triquetra y con los mil peldaños de la torre que llegaban al infinito encima de mí.

Mis sueños fueron inquietos, llenos de sombras monstruosas y seductores murmullos. *Ayúdame*, decían. *Libérame*. Me vi desde arriba, vi cómo me agitaba mientras serpentinas volutas de humo se enrollaban en mis piernas. *Déjame salir*. Los murmullos eran cada vez más insistentes, y pasaron del ruego a la exigencia.

Déjame salir.

Desperté alarmada, me paré como pude en el mosaico y, empapada de sudor, me recargué en la fría piedra. Había sido un mal sueño, me aseguré, el lamentable efecto secundario de un cuerpo exhausto y un corazón herido.

Aun así, no quise permanecer un segundo más en la torre.

Pasé el resto de mi turno sobre las rocas de abajo, desde donde observé cómo las embarcaciones —llenas en su mayoría de comerciantes ricos— dejaban una por una el puerto, cruzaban la Puerta de los Reyes y abandonaban la sufrida ciudad. Los pobres no podían marcharse tan fácilmente.

Mi padre decía que un huracán era un fastidio para los ricos, mientras una gota de lluvia podía ser una catástrofe para los pobres. ¿Qué sabias palabras habría pronunciado ahora si no hubiera muerto en el incendio que provoqué en el muelle de De Lena? Hoy precisaba de consejo más que nunca.

Estaba oscuro de nuevo cuando escuché un arrastrar de pies al otro lado de la torre. Me levanté a toda prisa.

—¿Aurelia?

—¿Dónde has estado? —dije frenética—. ¡Esperé el día entero! Tenemos que...

Me detuve. Lisette caminaba detrás de Conrad, quien me miraba con ojos titubeantes. Tropecé para acercarme a él, lo tomé con ambas manos y le di un abrazo efusivo. No sé si yo reía, lloraba o ambas cosas, y no me importó. Me envolvió en sus brazos y oculté mi cara en su cabello.

—Él dijo que mataste a Kellan. Que querías lastimar a mi madre...

—No dañé a Kellan. Ni en un millón de años lo habría lastimado, ni a nuestra madre, a ti o a nadie más. Fue Toris. Él ha sido el autor de todo esto.

—Aurelia, o sea, Lisette, me cuidó.

—¡Lo sé! Y lo hizo muy bien. ¡Mira cuánto has crecido! Mamá se pondrá muy orgullosa.

—¡Ve esto! —sacó el dije del caballo alado que escondí para él—. Lo cuidé mucho.

Quiso devolvérmelo y sacudí la cabeza.

—Guárdalo, para que Empírea te conceda buena fortuna.

—No pude ver a Valentin —me informó Lisette en voz baja—. Ni siquiera llegué cerca. Lo intenté todo el día. Bloquearon un piso entero, con al menos diez guardias en cada salida. Mi padre lo tiene encerrado.

Ajusté mis planes a las nuevas circunstancias.

—Tendremos que utilizar una distracción, provocar un incendio o algo así. Esperaremos a que corran…

—¡Será imposible! —posó su mano en mi brazo—. Eso no es todo. Lo escuché mientras hablaba con los guardias: cerrarán esta noche las puertas, para que nadie entre ni salga. ¡Deberíamos irnos antes de que lo hagan —miró el castillo a sus espaldas— y de que sepan que huimos! —tragó saliva—. Le dije a mi padre que no me sentía bien y que Conrad y yo nos retiraríamos temprano a descansar. No sé si me creyó, pero no se me ocurrió otra cosa.

Asentí.

—Ustedes estarán afuera antes de que las puertas se cierren. Una vez a salvo, volveré por Zan. Encontraré el modo de hacerlo.

Salté por la cornisa primero, luego ayudé a Conrad desde abajo. Las botas de Lisette colgaban todavía de un lado cuando oímos gritos arriba.

—¡Ya deben haberse dado cuenta de que no estamos en nuestras habitaciones! —se irguió en el rocoso terreno de la ensenada—. Nos perseguirán.

—No darán con nosotros —repliqué—, te lo aseguro. ¿Podrías conservar la calma, por Conrad y por mí?

Tomó aire y asintió. Avanzamos varios metros en el túnel y recordé de pronto que había dejado bajo la estatua de Aren la reliquia de la sangre del fundador. No había pensado en ella durante varios días.

—¡Espera! —dije—. Debo regresar, olvidé algo… —me interrumpió el ruido de cascos arriba.

—¡No lo necesitas! —me reconvino—. Ya es tarde para recuperarlo.

Era cierto, y *odiaba* que Lisette tuviera la razón. Debí confiar en que Aren defendería el frasco.

Tomé la delantera y chapoteamos en el fango rojo que cubría el interior del pasaje. Con Conrad a mi lado, prestaba suma atención a cada piedra mellada bajo nuestros pies, cada vuelta resbalosa. Escuché la suave voz de Lisette:

—¡No te angusties, pequeño príncipe! Ya falta poco.

Pero dirigía esas seguridades menos a él que a ella misma; Conrad marchaba con un entusiasmo que indicaba que lo estaba disfrutando.

Cuando llegamos a la muralla, nuestro plan de ascenderla se desintegró como el polvo. El área superior estaba ocupada por guardias, y cada uno patrullaba una sección de treinta metros. Era imposible que subiéramos la escalera; no podríamos dejar el refugio de los árboles sin arriesgarnos a que nos vieran. Tuvimos que retroceder y escabullirnos como ratas en los laberínticos callejones de la ciudad.

Una muchedumbre se había reunido en la base de la Puerta del Bosque, cuyas estatuas estaban destrozadas y hendidas tras la extinción de su mágico sello. Unos hombres quitaban piedras para despejar el camino a fin de que la reja descendiera y obstruyese el paso. Otros guardias repelían en semicírculo a la ardorosa masa, que protestaba indignada contra la decisión de impedir su salida.

—¿Qué haremos ahora? —preguntó Lisette—. ¡Hay guardias por todas partes! Nos verán sin duda —sacudió la cabeza— y mi padre estará furioso.

—No nos hallarán —la contradije—. Saldremos. ¿Pueden confiar en mí, así sea sólo un momento? —no esperé a que me respondieran y saqué mi daga—. Denme sus manos —ordené.

—¿Qué dices? —ella retrocedió—. ¡No!

—No tengas miedo. ¡Mira, Conrad! —señalé a un guardia en el muro—. Él tiene arco y flechas, ¿lo ves? Fíjate bien, ahí está —entrecerró los ojos—. El arco y las flechas son armas —me miró—. Yo no soy un arma, soy una *persona*, tu hermana —volteé hacia Lisette—, tu amiga. Y la magia es tan parte de mí como las huellas de mis dedos o el color de mis ojos.

Él preguntó con su vocecita aguda:

—¿La magia no es peligrosa?

—Sí, puede serlo, igual que un puñal, un arco o una lanza. Pero yo la controlo y no permitiré que te ocurra nada malo, ¿comprendes? Nada —imploré a las estrellas que fuera capaz de cumplir esta promesa.

Y ahí estaba: el más pálido esbozo de una sonrisa. Tendió su mano.

Confiaba en mí.

Me asomé desde la esquina para analizar la distribución de la Puerta del Bosque.

—Si llegamos desde el lado este, podremos cruzar por allá, ¿ven?

—Ese punto está muy expuesto —reclamó Lisette—. Nos atraparán.

Extraje mi navaja y tracé una fina línea en el centro de cada una de mis manos. Sentí al instante que la magia aprovechaba mi temor de cruzar la muralla y el regocijo que me causaba que Conrad hubiera puesto su pequeña mano en la mía. Le ofrecí la otra a Lisette.

—¿Vamos?

Se quitó de mala gana el guante y la tomó.

—Caminen despacio —dije—. Síganme. Y no se suelten por nada del mundo.

Enfilamos juntos hacia la calle mientras yo susurraba el conjuro, con la esperanza de que surtiera tan buen efecto como lo había hecho para mí sola tantas otras veces.

—*Nos sunt invisibiles*. Somos invisibles. *Non est hic nos esse*. No estamos aquí. *Sunt invisibiles*. Somos invisibles...

Sentí que mi magia los envolvía en una red que tejía en ese momento.

—Aurelia —dijo Lisette con la boca de lado mientras nos dirigíamos a la puerta con una lentitud exasperante. No podía detenerme; ya habíamos pasado la línea del gentío y estábamos muy expuestos—. ¡Aurelia —repitió frenética—, mira!

Los hombres terminaban de retirar los escombros y la reja empezó a moverse. Rechinaba en su parsimonioso descenso y seis hombres daban vuelta a las cadenas a cada lado.

—¡Corramos! —dijo Lisette.

Sacudí enfáticamente la cabeza en tanto continuaba con mi salmodia. Sentí que mi sangre circulaba poco a poco y que el hechizo se extendía conforme yo sanaba y cicatrizaba. Sabía que no podría mantenerlo sobre ellos si se alteraban o rompían el vínculo de sangre que nos unía. Aceleré el paso en afán de llegar a la reja antes de que mi sangre dejara de circular y yo soltase el conjuro. El esfuerzo me hacía sudar. Debía mantener nuestro contacto. No podía perder el control.

Le había prometido a Conrad que no le pasaría nada.

Aunque ya estábamos muy cerca, los dientes de hierro de la reja caían tan rápido que no lograríamos llegar hasta ellos antes de que tocaran tierra. Con lágrimas que manaban de mis ardientes ojos, proseguí.

—*Sunt invisibiles*. Somos invisibles. *Non est hic nos esse*. No estamos aquí. *Sunt invisibiles*. Somos invisibles...

Lisette apartó su mano de la mía. El fragmento del hechizo que le tocaba se incorporó a la unión entre Conrad y yo. Visible por completo en el camino, lanzó un grito ensordecedor.

—¡Mis secuestradores huyen! ¡Deténganlos! ¡Deténganlos!

Nos había traicionado. Me había persuadido de su inocencia y me había hecho creer que aceptaba mis planes sólo para entregarnos al enemigo. ¡Tanto para nada!

Cuando la vi por encima del hombro, resuelta entre el enjambre de guardias que habían respondido a su llamado, no apuntaba hacia nosotros sino al lado opuesto. Había renunciado a su libertad para distraerlos y permitir que Conrad y yo escapáramos.

Gesticuló *¡Huyan!* y obedecimos, sin soltarnos ni abandonar el conjuro hasta que atravesamos la reja segundos antes de que recorriera el último tramo y sus dientes se hundiesen en el piso con un estruendo metálico.

32

Una vez que estuvimos a segura distancia de la puerta, puse fin al conjuro. No sabía si tendría fuerza bastante para repetirlo. Quienquiera que nos viese, podría identificarnos fácilmente con nuestros perseguidores. Y los campamentos estaban demasiado poblados esta noche, llenos hasta el tope de ciudadanos que habían salido antes de que se prohibiera el paso y que, de cara a los largos caminos y el inmenso Ebonwilde, optaron por refugiarse junto a la muralla antes de enfrentar ese destino.

Conrad no me había soltado ni yo me atrevía a hacerlo, ni siquiera para quitarme la sangre, que ya estaba pegajosa y semiseca. Ignoraba qué haríamos; no debíamos internarnos en el bosque sin mapa, guía o un plan. Yo ya no tenía a Falada para que me condujera, y en mi encuentro más reciente con Aren, ella había estado cerca de destruirme.

Conrad tiró de mi blusa.

—Tengo hambre —dijo—. Y huele mal aquí. Extraño a Lisette, ¿vendrá pronto?

Me arrodillé a su lado.

—No, hermano. Ella no nos acompañará más. Hizo algo muy valiente allá dentro: nos ayudó a cruzar la muralla antes de que la cerraran. ¿Serás tan valiente como Lisette?

—*Soy* valiente, Aurelia —dijo algo contrariado, aunque me abrazó de todas formas; cerré los ojos y lo estreché lo más fuerte que pude—. Tengo un amigo por aquí. Si lo encontramos, procurará mantenernos a salvo. Hasta entonces, debemos pasar desapercibidos. Cubre tu cabeza, mantén tu mirada baja y sigue mis indicaciones al pie de la letra, ¿de acuerdo?

Subió su capucha en respuesta.

Bordeamos entonces los campamentos de los viajeros, no muy lejos del fuego para que pudiéramos examinar los rostros de quienes se amontonaban a su alrededor, no tan cerca para que nos fuese posible ocultarnos en la sombra. Nadie reparó en nosotros. Todos esos sujetos eran desplazados y tenían miedo, víctimas como eran de circunstancias impredecibles e incontrolables. Y eso que habían tenido suerte, ¿cuántos más habían quedado atrapados en la ciudad, sin recursos para hacer frente a lo que pudiese venir?

Se oyeron gritos a nuestras espaldas: los guardias estaban inspeccionando los campamentos. Por encima del hombro vi que uno de ellos abordaba a una chica de mi edad, la obligaba a ponerse de rodillas y la esposaba. Le arrebataron el chal y le escupieron en cuanto quedó claro que no era la joven que buscaban. Yo.

Pese a que apresuramos la marcha, el mal olor se intensificó, y al voltear vi que el espíritu de Gilroy, el viejo amigo de Thackery, se hallaba en su jaula todavía, con aire sombrío. ¡Ajá! Ya sabía dónde estábamos, de modo que jalé a Conrad hacia el antiguo campamento de Thackery, ahora ocupado por un hombre con bigotes disparejos y mejillas rubicundas.

Esta vez, Darwyn no me vio venir. Presioné mi cuchillo contra su espalda antes de que se levantara del fuego.

—¡Llévese lo que quiera, señor! —vació rápido sus bolsillos.

Un par de monedas de cobre, una manzana a medio comer, un deforme anillo de latón y un trozo de queso duro se esparcieron por tierra mientras lo forzaba a ponerse en pie.

—¡No quiero tus sobras! —dije con frialdad.

Al sonido de mi voz protestó:

—¡Un momento! No permitiré que me robe una chica...

—¡Cierra la boca! —subí la navaja hasta su cuello y él se tensó y levantó las manos—. Escúchame bien: mi hermano y yo nos ocultaremos en el establo de Thackery. Y si los soldados vienen a buscarnos, harás todo lo que puedas por alejarlos.

—¿O si no qué? —preguntó, demasiado arisco para ser alguien con un puñal en la garganta.

Me corté velozmente un dedo y dejé que una gota de sangre cayera ante sus ojos.

—*Uro* —dije. *Arde.* Tan pronto como tocó el suelo, la sangre se convirtió en una hoguera, con llamas de un metro de altura. Cerré la mano y el fuego cesó.

Darwyn temblaba.

—Dos hombres que pasaron por aquí hace un par de semanas hablaban de una bruja de sangre... Tenían la cara destrozada... cicatrizada... irreconocible.

—Haz lo que te ordeno —aparté el cuchillo de su cuello ahora que ya me había dado a entender—, o no será tu cara lo que vuelva irreconocible.

—¿Qué sería peor que...? —entendió—. ¡Ah!

Los guardias estaban a unos campamentos del nuestro. Darwyn nos condujo al establo.

—Ray tiene un escondrijo en ese lugar —explicó—; pensó que nadie sabía de él. Cuando partió, ¡que Empírea lo guarde!, guardé ahí mis cosas de valor, justo a tiempo. El día que mi vieja Erdie se fue, se llevó todo aquello en lo que pudo poner sus sucias e intrigantes manos, aunque ya me le había adelantado —sonrió complacido hasta que vio mi seria expresión; hizo a un lado un montón de paja en la primera caballeriza vacía y puso al descubierto una tabla, que levantó en tanto nos hacía señas para que nos acercáramos—. Aquí es.

Las "cosas valiosas" de Darwyn eran grandes cantidades de licor; aquel agujero tenía varios metros de hondo y recorría por debajo todo el establo, lleno hasta el borde de bebidas alcohólicas. Descendí yo primero, me acomodé entre un envase de cerveza y unas botellas de ron, y enseguida bajé a Conrad y lo senté en mis rodillas. El espacio a nuestra disposición no era de más de un metro por un metro; era demasiado reducido.

Conrad intentaba asomarse por las rendijas para ver lo que pasaba arriba. Lo jalé y llevé un dedo a mis labios.

Momentos después oímos voces fuera de nuestra guarida. Aunque las palabras nos llegaban amortiguadas por la paja y el tablón, distinguimos la sarta de burdas exclamaciones que Darwyn les soltó a los soldados en cuanto empezaron a tirar cosas en el campamento. Abrieron la puerta de nuestra cabina.

Darwyn dijo:

—Aquí no hay más que paja. Véanlo ustedes mismos si quieren.

Dimos un salto cuando un hombre comenzó a meter su espada entre la paja; con cada golpe, hacía que nos cayera tierra en los ojos.

—¿Lo ven? —dijo Darwyn—. No hay nada. Imagino que su grupo no piensa pagar el daño que ha hecho, ¿verdad?

Un guardia contestó con aspereza:

—¡Hazte a un lado, viejo! ¡Señores, al campamento siguiente!

Permanecimos en esa madriguera casi toda la noche, más de lo necesario para nuestra seguridad.

Cuando por fin abrimos la trampilla, cayó en mis manos una pila de documentos que habían estado guardados bajo una tabla: las invitaciones de Thackery para atravesar el muro, de puño y letra de Zan. Las junté y las metí en mi alforja casi vacía junto al paño de sangre. Con el rabillo del ojo vi que algo destellaba bajo el escondite de las invitaciones. Introduje mis dedos entre las tablas y encontré algo increíble: el grifo de topacio que le había dado a Thackery en mi primera noche en Achleva. Lo aprisioné en la mano y agradecí a Thackery y a Empírea que me lo hubieran devuelto.

Darwyn golpeó la puerta del establo.

—Más vale que salgas, muchacha. Alguien te busca.

Cubrí a Conrad con mi espalda y preparé el cuchillo. Si no podía aproximarme lo suficiente para lanzar una buena acometida contra quienquiera que estuviera fuera del establo, usaría la magia. Saldríamos de aquí a toda costa. Quemaría, saquearía y destruiría cualquier cosa o persona que se interpusiera en nuestro camino.

Abrí la puerta de una patada y exclamé sorprendida:

—¿*Nathaniel*?

—Emilie, ¡*eres* tú! Me enteré de que los guardias perseguían... pensé que podía ser, pero debía estar seguro...

Darwyn tenía las manos en alto y Nathaniel sujetaba su cuello con un brazo, listo para retorcerlo si el otro oponía resistencia.

—¡Era *lógico* que se conocieran! —dijo Darwyn malhumorado.

—¿Qué haces aquí? —guardé mi navaja—. ¿Dónde está Ella?

Señaló hacia un hato de cobijas cerca, desde donde Ella miraba muy atenta la jaula del fantasma de Gilroy, quien jugaba con ella. Se asomaba, meneaba los dedos, la niña gorjeaba y él retrocedía un momento y volvía a asomarse.

—Se llevaron a Zan mientras yo conseguía caballos en otro campamento. Hay guardias por todas partes y lo vigilan todo, así que no pude regresar a la ciudad para buscarlo. Oí hablar de una chica que había aparecido como por arte de magia fuera de la muralla después de que cerraron las puertas; su descripción coincidía con la tuya y seguí tus huellas hasta aquí… —hizo una pausa—. ¿Ése es el príncipe Conrad? *¿Raptaste* al príncipe Conrad, Emilie?

—¡Claro que no! Es mi…

—Soy su hermano —el chico emergió detrás de mi falda.

Nathaniel ahogó un grito.

—¡No me aprietes tanto! —dijo Darwyn con voz ahogada—. ¡No me aprietes!

—¡Ah! —destrabó avergonzado su llave de cabeza—. Disculpe.

—¡Son una bola de lunáticos! —Darwyn frotó su adolorido cuello.

Pese a las encarnizadas objeciones que Darwyn opuso contra su desalojo, Nathaniel le consiguió un lugar en un tren de refugiados. Cargó con tantas botellas como pudo hacer caber en su valija y gruñó por tener que dejar el resto, pero se fue. Nathaniel le dio unas monedas para compensar sus dificultades. Fue más amable de lo que yo habría sido; aunque era cierto que Darwyn nos había ayudado, lo había hecho sólo porque temía por sus extremidades. En mi opinión, la preservación de su integridad física debía haber sido pago suficiente.

Nathaniel conocía un buen sitio para acampar a un par de kilómetros al sur de la muralla, junto al río Sentis. Con los caminos ahora rebosantes de viajeros, sus opciones se habían reducido. Su plan era evitar las lentas caravanas y cortar por el Ebonwilde, para reencontrar el camino varias leguas después de los cruces de Achleva con Ingram, Castillion y Achebe.

—Quizá para entonces —dijo, con una mano en las riendas y la otra en poder del envoltorio donde viajaba Ella— muchos se habrán desviado a Castillion y Achebe, o a Aylward, más al oeste, y el camino esté más despejado —miró a Conrad que, sentado al frente en el caballo destinado a Zan, dormitaba sobre mi pecho—. ¿Qué harán ustedes?

—Una vez que ponga a salvo a Conrad, regresaré por Zan —el nombre me revolvió el estómago—. Lo sacaré de ahí y entonces podré ocuparme de todo lo demás.

Me miraba fijamente.

—Disculpa —dijo—. No asimilo todavía que *seas* la princesa de Renalt.

—No eres el único, créeme.

Frenó su caballo.

—¿Oíste eso?

—¿El río? —pregunté, pero él ya había desmontado y guiaba a su caballo en silencio por la maleza.

—¡Despierta, Conrad! —sacudí a mi hermano.

Reaccionó y se frotó los ojos.

—¿Dónde estamos?

—No sé —respondí.

Adelante, Nathaniel se llevó el dedo a los labios. Desmonté y dejé a Conrad en la silla mientras conducía nuestro ruano junto a la alazana de él.

Apuntó a lo lejos.

—Mira ahí, en el valle.

Lo primero que vi fueron unas banderas azules que llevaban estampada la silueta de un alado caballo blanco: el estandarte de Renalt. Bajo los banderines se percibían un conjunto de tiendas y docenas de caballos, todos con las galas del ejército de Renalt.

—¿Son amigos o enemigos? —preguntó.

—En Renalt, nunca es fácil saberlo —parpadeé para examinar el campamento y exclamé—: ¡Ahí!

Bajo una bandera azul ondeaba una más pequeña, blanca, con el símbolo circular del frondoso espino de la familia Greythorne.

Salté sobre mi caballo detrás de Conrad y agité las riendas. Con mi corazón al ritmo de los cascos, bajamos por el terraplén hacia el campamento. No tenía ningún plan, ninguna estrategia para huir si resultaba que esos soldados habían venido a solicitud de Toris. Sólo pensaba en una bandera blanca y un espino.

Los soldados nos vieron llegar. Mientras nos acercábamos, los hombres de uniforme azul se formaron en posición defensiva, con las espadas desenvainadas.

—¡Alto! —gritó uno de ellos cuando nos aproximamos—. ¡Declaren su nombre y asunto!

Con la cabeza erguida, dije:

—¡Soy Aurelia, princesa de Renalt! Traigo conmigo a mi hermano, Conrad, príncipe heredero y futuro rey de Renalt —Nathaniel nos alcanzó a medio galope—. Y éste es Nathaniel Gardner, valioso amigo y aliado.

Un murmullo circuló entre las tropas al tiempo que nos escudriñaban. Estábamos sucios y despeinados, teníamos bolsas bajo los ojos y paja adherida a nuestras prendas. No los culpé por dudar de mi afirmación.

—¿Alguien podría confirmar aquí la veracidad de esas palabras? —preguntó el soldado.

Una voz resonó filas adentro.

—¡Ella es quien dice ser! ¡Declararé a su favor! Responderé por ella, la defenderé y pelearé con quien se cruce en mi camino.

—¿Kellan? —apenas me atrevía a respirar.

Se abrió paso entre la soldadesca.

—¡Como lo he hecho siempre y siempre lo haré!

★

Una improvisada mesa de piedra lisa ocupaba el centro de la más grande tienda de campaña. No todos cabían dentro, así que la mitad de los hombres se quedaron de guardia fuera y la otra mitad recubrió el interior de la carpa.

Las explicaciones de Kellan fueron expeditas: después de que cayó al río, sus recuerdos eran vagos, poco más que impresiones de que había sido arrastrado a la ribera y recogido para que cuidadosas manos curaran sus heridas. Presa aún de la fiebre, su hermano Fredrick lo encontró en la puerta de la finca Greythorne, sin señal alguna de su benefactor. Sólo estaban Kellan y, a lo lejos, un zorro de vigilantes ojos amarillos.

Sabiamente, Fredrick mantuvo en secreto la súbita aparición de Kellan. Él mismo atendió a su hermano menor, junto a cuyo lecho permaneció dos días en vela hasta que la fiebre cedió. Por fin lúcido, Kellan fue capaz de relatar lo que nos había sucedido en el bosque a manos de Toris. Las noticias que, a su vez, habían llegado hasta Fredrick acerca de la situación de la reina en la capital eran igual de desconcertantes: pese a que mi madre había sido tomada como rehén en Syric, el Tribunal no daba pasos adicionales para consolidar su poder. Empero, algo estaba a punto de estallar; todos los sabían. La pregunta era: ¿qué los detenía? ¿Qué estaban esperando?

Ofrecí la respuesta: el Tribunal estaba a la espera de que Toris destruyera la muralla de Achleva.

Confié en que no tuviésemos que descubrir lo que habían planeado después de eso.

Dentro de la tienda, Fredrick Greythorne se alzaba detrás de Kellan, ataviado con los distintivos de su familia. Se parecía a Kellan en todo, menos en el cabello; aquél tenía una mata de rígidos rizos, mientras el cabello de Fredrick era muy corto, al ras de su piel morena, con algunos indicios de gris en las sienes. Era quince años mayor, y al mirarlo resultaba fácil imaginar cómo sería el menor en ese lapso: apuesto, con una quijada amplia y angulosa, y leves arrugas alrededor de la boca y los ojos.

Había sido idea de Kellan la infiltración en Syric y el rescate de la reina, y plan de Fredrick las acciones que hicieron posible todo eso.

—¿Mi madre está libre? —pregunté, exultante por vez primera en lo que parecían años—. ¿Dónde está? ¿Cómo lo consiguieron?

Kellan daba vueltas sin cesar; sus movimientos delataban que aún sentía los efectos de sus lesiones.

—El castillo era inaccesible. El Tribunal ejercía absoluto control, y aunque afirmaban que la reina se encontraba en buen estado de salud, Onal era la única a la que Simon permitía entrar y salir de la habitación, para que les llevara alimentos y cosas por el estilo.

—¿Los clérigos del Tribunal se lo permitían?

—Es una anciana inofensiva. ¿Qué mal podía hacer?

Asentí.

—Entonces le tenían miedo.

—¡Le tenían terror!

Fredrick dijo:

—Primero acudimos a Onal para que transmitiera nuestros mensajes a tu madre y a Simon, e hiciéramos planes. Luego busqué en secreto a mis antiguos camaradas de la guardia y recluté a todos los que todavía profesaban lealtad a la reina. No reunimos a tantos como queríamos y esto volvía imposible tomar el castillo por asalto. Así, debimos ser sigilosos y usar nuestra única ventaja: Simon. Drogamos a sus guardias nocturnos y los metimos a rastras a la habitación en tanto Simon hacía que adoptaran su apariencia y la de la reina.

—¿Sirvió de algo?

—¡Fue lo que nos permitió salir de ahí! —dijo Kellan—. No me agradaría saber qué castigos recibieron esos dos cuando el Tribunal se dio cuenta de que no eran sus prisioneros —su amplia sonrisa indicaba lo contrario—. Sin Simon, habríamos fracasado. Fuera de la habitación se volvió invisible e hizo lo propio con la reina hasta que salimos de la ciudad. ¡Fue increíble!

—¡Ya lo creo! —dije lacónicamente.

Fredrick continuó el relato donde Kellan lo había dejado.

—El Tribunal no se percató de la ausencia de tu madre hasta bien entrado el día siguiente. Para entonces, ya estábamos a medio camino del puerto de Hallet.

—¿El Tribunal sigue en poder de Syric?

—Sí. Pusimos a salvo a la reina. Ahora se encuentra con un regimiento en la propiedad de la familia Silvis, fiordo arriba. Aunque queríamos que ella empezara a planear nuestro golpe siguiente, la recuperación de la capital, no piensa en otra cosa que en tu hermano y en ti.

—¿Qué hay de Simon? —interrogué—. ¿Se encuentra bien?

—Pregúnteselo usted —dijo Kellan—. Está con Onal a dos tiendas de aquí, en compañía de Conrad y su amigo con la bebé.

Corrí en la dirección que me señaló y cuando localicé la tienda indicada, eché a un lado la puerta y hallé a Conrad sentado en un banco con una expresión de desdicha. Junto a él, Onal pasaba un peine por los nudos de su cabellera. Ni siquiera me miró antes de decirme enfadada:

—¡Mira este enredijo! ¿No pudiste quitarle algunas manchas de la cara antes de que lo presentaras frente a un escuadrón? Dirigirá el ejército un día, Aurelia. No impondrá respeto si parece que se revolcó en un basurero —rodeé con mis brazos sus huesudos hombros y ella palmeó mi espalda en una rara muestra de afecto antes de añadir—: Espero que mi ropa no se impregne de su peste, señorita. Preferiría no oler como una cloaca.

—¿Cómo está mi madre? —me aparté.

—Está bien —me volví hacia la nueva voz, que procedía de la otra esquina de la tienda. Simon estaba sentado junto a Nathaniel, contra un camastro. Mecía a Ella y sonreía, aunque se veía demacrado y amarillento, como si hubiera envejecido varios años en las semanas que había dejado de verlo—. La propiedad de mi familia no es grande, pero sí muy segura. Estará más que protegida hasta nuestro regreso. Entre tanto, envió su amor para ustedes dos.

—¿Y a ti qué te pasó? —pregunté horrorizada.

—¿Qué modales son ésos, Aurelia? —chilló Onal.

—Sangrarse todos los días tiene su costo —respondió. Asentí.

En Renalt, me había mostrado ansiosa de aprender la magia de sangre, indiferente al dolor y la fatiga mental y física que la acompañan. Pero ahora lo sabía muy bien: la magia más potente demanda el sacrificio más grande.

Puso otra vez a Ella en brazos de Nathaniel.

—Fue una suerte que el caballero y el teniente Greythorne actuaran en el momento en que lo hicieron. No sé cuánto tiempo más habría resistido. Y los miembros del Tribunal eran como lobos en pos del gallinero: se relamían a la espera de la primera oportunidad de entrar.

—No estás fuera de peligro todavía —dijo Onal, atenta de nuevo a la cabellera de Conrad—. Por eso debí venir a este paseo: para confirmar que él no muriera en el camino —lo miró de soslayo—. Aunque le iría mucho mejor si tomara mis brebajes sin quejarse como un niño tonto.

Lo siento, gesticulé hacia Simon. Las pociones de Onal eran muy efectivas y sabían horrible.

—Me alegra que estén aquí —dije—. Tengo muchas cosas que contarles y muy poco tiempo para hacerlo —miré por encima del hombro a Kellan, quien me esperaba silencioso en la puerta—. Necesitaré todo el apoyo que sea capaz de reunir.

★

En una tienda aparte, Onal me dio una cubeta de agua helada y órdenes de que me tallara bien ("Hasta la médula de ser preciso, para que te quites ese olor") y me dejó sola para llevarse mi deshilachada ropa.

Me bañé con agua y jabón, castañeteé de frío y resistí la tentación de apresurarme con el argumento de que no podría rescatar a Zan si olía como si hubiera salido de un pantano.

—Si quemaste mi vestido —le dije a Onal a su vuelta, minutos después—, no tendré otra cosa que ponerme.

—¡Tonterías! —blandía un uniforme integrado por prendas tomadas de las mujeres de la guardia. Aunque me puse los pantalones sin dificultad, requerí asistencia con la casaca. Cuando la elevó por encima de mi cabeza, tuvo una vista amplia de la abundancia de moretones y cicatrices que había adquirido en las últimas semanas. Suspiró y dijo—: A tu madre se le rompería el corazón si estuviera al tanto de tus penurias.

Quise decirle que estaba bien, que había salido ilesa, pero no pude. Había cambiado en formas incalculables e irreversibles.

Después de que me ayudó a ajustar la capa sobre mis hombros, me ofreció un maltrecho espejo de mano para que lo sostuviera mientras cepillaba y trenzaba de lado mi cabello.

No recordaba la última vez que me había visto al espejo. Quise pensar que, después de todo lo que había pasado, al mirar mi reflejo vería impresa en él una fuerza nueva, o alguna hermosura nacida de la adversidad, pero me encontré con lo mismo de siempre: un cabello rubio ceniza, mejillas pálidas y ojos como dos platitos del color de la luna, demasiado grandes y extraños para el resto de mi semblante.

—Onal —dije pensativamente en tanto entretejía mi cabello con sus dedos ágiles, largos y morenos—, ¿viste a Ella, la hija de Nathaniel?

—Sí, una bebé muy sana, aunque chiquita.

—Fue prematura, y por eso es minúscula y preciosa, con esos lindos ojos cafés.

—Es bonita —dijo distraída.

Continué:

—Luego del parto, ella y la madre estaban delicadas y la comadrona me dio una poción que había destilado de una flor de hoja de sangre —aquietó sus manos, ahora escuchaba muy atenta—. Aun así, Kate, mi amiga, no la tomó, e insistió en que se la diera a la niña. Yo respeté su deseo —sentí que se me cerraba la garganta—. La bebé volvió del borde de la muerte, Onal, con otros ojos, más plateados, como los tiene ahora —y pregunté sin levantar la mirada—: ¿De qué color eran mis ojos antes de que me dieras la flor de hoja de sangre?

Hubo una larga pausa.

—No lo sé —respondió en voz baja—. Nunca los abriste antes de que la tomaras.

33

—Los reyes habían intentado concebir durante varios años y estaban eufóricos cuando lo consiguieron. Conforme a la tradición de entonces, decidieron no revelar su alegría hasta después del parto. Se tomaron disposiciones. Si el bebé era niño, su nacimiento se celebraría a lo largo de varias semanas en todo el país. Si era niña, se le haría desaparecer de noche, sería otorgada a una familia en un lugar lejano y el reino no sabría jamás de su existencia. Estaban más que preparados para cualquier desenlace.

Onal suspiró y se sentó a mi lado.

—Llegó entonces una niña quieta y silenciosa. A pesar de que estaban listos para enviarla lejos, sabedores de que tendría una vida plena y feliz, ésta era una despedida que no habían considerado. ¡Nunca, ni antes ni después, he visto tanta congoja! Así, fui a mi destilería. Había conservado a salvo y en secreto mis tres pétalos de hoja de sangre durante cerca de treinta y cinco años. Estaba al tanto de que era inútil desperdiciar uno, de que frente a la muerte nada logran... ¡pero si hubieras visto su rostro! —sacudió la cabeza—. Tomé a la bebé en mis brazos, abrí sus azules labiecitos, implanté ese pétalo en su lengua... y entonces abrió los ojos. Abriste los ojos, iguales a como son ahora.

"Tus padres no podían separarse de ti. Veían el milagro de tu vida como una señal de que estabas destinada a un magno propósito. Se pusieron en contacto con los reyes de Achleva, quienes enviaron como enlace a Simon. Se iniciaron así los preparativos para tu boda, pese a que tenías apenas unas semanas de nacida. Lo ocurrido contigo produjo en mí un exceso de confianza. Utilicé otro pétalo con tu padre, después del incendio, pero como bien sabes, no dio resultado.

—¿Por qué sí resultó conmigo?

—No lo sé. Pero siempre has tenido un halo curativo, por no hablar de lo rápido que sanas. A menudo me he preguntado si esas anomalías se debían estrictamente a *ti* o eran efectos residuales de que la flor de hoja de sangre te hubiera insuflado vida.

—¿Por qué nadie me dijo nada durante todo este tiempo? Me he pasado la vida con la idea…

—Te dijimos lo que creímos que debías saber. No me mires así. Y no te derrumbes, pareces puré. Ahora escúchame, Aurelia: todas tus adversidades te han convertido en lo que debías ser para superar todo esto. Da gracias de que seas tan fuerte.

—¿Lo soy?

—Bueno, todavía estás viva. Así que, por ahora, supongamos que lo eres.

★

Estaba oscuro de nuevo cuando emergí de la tienda ataviada con el uniforme de Renalt. Todos los guardias se habían congregado en el pastizal, a la espera de que hablara.

Me puse a la cabeza de los ahí reunidos y Kellan tomó su lugar detrás de mí, igual que siempre. Le lancé una rápida mirada, aún maravillada de que estuviera vivo, de que estuviese aquí. Atrapó mi vista y asintió ligera y sosegadamente.

Aunque ignoraba cómo diría lo que debía, comencé de todas formas.

—¡Hombres y mujeres de la guardia! A nombre de mi hermano y el mío propio, les agradezco su lealtad a nuestra madre, la reina Genevieve, y a nuestra monarquía.

Reconocí algunos rostros en virtud de antiguas heridas: componían el grupo soldados que en el pasado me habían ignorado o murmurado sobre mí mientras pasaba a su lado. A uno o dos de ellos incluso los había visto en las ejecuciones, coreando y vociferando. No podía criticarlos por sus prejuicios. Yo también los había tenido alguna vez en contra mía. El pasado era irrelevante; ahora estaban aquí, a la puerta de Achleva, listos para combatir. Por mi madre, en efecto, pero también por mí.

Aclaré mi garganta.

—Durante siglos, hemos visto Achleva como nuestro enemigo. Cientos y miles de vidas se perdieron mientras intentábamos en vano penetrar la muralla de Achleva, movidos por la palabra de un hombre: el fundador del Tribunal, Cael. Fueron muertes inútiles, sin sentido —dije—, en pos de la venganza de un solo individuo, el mismo que creó la organización que durante quinientos años nos ha mantenido a los ciudadanos de Renalt sumidos en la obediencia y el temor: obediencia a sus leyes, temor a los demás —recordé lo que Zan había dicho: *La mayor amenaza que esta ciudad ha enfrentado hasta ahora procedió de dentro, no de fuera*—. La verdad es ésta: Achleva no es nuestro enemigo. Nunca lo ha sido. Nuestro verdadero opresor es y ha sido siempre el hombre al que llamamos fundador… sus enseñanzas, su Tribunal y, ahora, su autoproclamado sucesor: Toris de Lena.

Alcé la voz.

—Toris está poniendo ahora en práctica un plan con muchos años de preparación… en un esfuerzo por destruir la soberanía de dos naciones y someterlas al control absoluto del Tribunal. En unas cuantas semanas ha desplazado a nuestra reina, secuestrado a nuestro futuro rey y emprendido en Achleva sucesivos episodios de destrucción que culminaron en regicidio: el rey Domhnall ha muerto a manos de Toris.

Escuché varias exclamaciones.

Continué:

—Por perturbadora que sea, la muerte de Domhnall no fue la última jugada de Toris, fue un paso indispensable más hacia una meta mayor. Toris se ha propuesto derribar la muralla de Achleva. Y en cuanto ésta caiga, las líneas de fuerza que él usó para construirla, las líneas espirituales, volverán de golpe a sus sendas de origen y se llevarán consigo cinco siglos de supresión de calamidades —elevé la barbilla—. Ya hay señales del peligro que se avecina: el agua es imbebible, las plantas se han secado, la tierra se ha estremecido y Toris prohibió la salida de los ciudadanos. Si no intervenimos, ni siquiera será necesario que la muralla se venga abajo para que todos los que están dentro mueran de hambre.

Respiré hondo.

—La magia protectora de la muralla se mantiene en su sitio gracias a las tres puertas, cada una de las cuales requiere tres sacrificios para inhabilitar sus tres sellos. La puertas Alta y del Bosque ya cayeron; la de los Reyes es la única que permanece en pie, y la muerte del rey Domhnall ha roto el primer sello. Dos miembros más del linaje real deberán ser victimados para concluir la labor. Zan… quiero decir, el príncipe Valentin es el único heredero, y hoy constituye el último obstáculo entre Toris y sus objetivos totalitarios.

Fredrick tomó la palabra:

—Si deben romperse tres sellos del linaje de Achlev y sólo hay un descendiente, ¿cómo será posible que la muralla caiga?

—Por matrimonio —terció Simon—. El ritual conyugal de Achleva es una ceremonia que compromete el linaje. Convierte en esencia a los contrayentes en una sola sangre. La única forma de que el príncipe asegure la permanencia de la muralla es que muera sin casarse ni engendrar un heredero.

Me invadió un temor frío. *¡Oh, clementes luceros!* Lisette estaba aún en la ciudad. Lisette, a quien Toris había elegido desde el principio como esposa de Zan.

—Nuestra misión es triple —logré decir con voz firme—. Evacuar a los inocentes ciudadanos de Achleva, recuperar al príncipe Valentin con debidas garantías a su seguridad y aprehender a Toris de Lena para que enfrente la justicia en Renalt —cambié a un tono grave—. Si fracasamos, muchos miles de inocentes morirán. Y ése sería apenas el costo inmediato; imaginen un futuro en el que el Tribunal reine y gobierne con completos poder e impunidad —se hizo un silencio oprobioso; ésa era una perspectiva desalentadora aun para quienes nunca habían cuestionado al Tribunal—. No podemos fracasar.

Simon se levantó, todavía con aspecto frágil.

—Gracias, princesa, por ayudarnos… Aun así, es un hecho que quienes poseen sangre de Renalt no pueden entrar a la ciudad sin ser invitados, y esto requiere la sangre de un descendiente directo de Achlev dada por voluntad propia. Aunque mi hermana fue reina, no tengo lazos de sangre con el trono, de manera que yo no puedo hacerlo. ¿Cómo salvarán la ciudad si ninguno de ustedes puede cruzar la muralla?

Le hice señas a Onal, quien aguardaba a un lado con una pila de papeles doblados.

—Cuento con esto —dije—. Son invitaciones emitidas por el príncipe Valentin y selladas por su sangre, dada en forma voluntaria. Sólo hay nueve. Como yo ya entré, nuestro equipo tendrá un total de diez integrantes. No es mucho, pero deberá bastar.

Onal caminó despacio frente a la Asamblea para que todos vieran a qué me refería.

—Encabezaré a esos nueve dentro de la ciudad y el resto se dividirá en dos grupos, uno apostado en la Puerta Alta, bajo la conducción de Fredrick, y el otro en la del Bosque, guiado por Nathaniel. Fredrick y compañía provocarán una distracción que saque a los soldados de sus puestos y nos permita a mis nueve y a mí atravesar sin que seamos detectados.

—¿Qué tipo de distracción será ésa? —preguntó Fredrick.

—Sé por casualidad dónde encontrarán una reserva considerable de licor embotellado a las afueras de la muralla, cerca de la Puerta Alta. Añadan un poco de fuego…

—¡Y podremos hacer algo de ruido! —asintió Fredrick.

—Dirijan sus bombas incendiarias a la muralla, pero no más allá de ella. No deseo que quemen Achleva antes de que la salvemos. Mi equipo intentará desde dentro abrir las puertas y dar con Toris y el príncipe. En cuanto las rejas suban, las compañías en las puertas Alta y del Bosque colaborarán desde fuera con las evacuaciones. Y cuando esto termine, los evacuados y ustedes *despejarán la ciudad de inmediato* y, más tarde, los nuestros regresarán a la propiedad de Silvis para encontrarse con la reina, ¿entendido? —dije cuadrando mis hombros—. Ha llegado el momento de decidir: ¿quiénes de ustedes son tan valientes para seguirme al otro lado de la muralla, por Renalt, por Achleva y por el incontable número de quienes se han ido antes que nosotros?

Para mi eterna sorpresa y gratitud, todos dieron un paso al frente.

★

Se resolvió pronto: Kellan y ocho de sus mejores compañeros entrarían conmigo en la ciudad, mientras que Onal y Simon se encargarían de Ella y Conrad, y partirían en el acto a la propiedad de los Silvis para reunirse con la reina. El resto de los soldados se dividiría en partes iguales entre las puertas Alta y del Bosque. La de los Reyes se levantaba sobre el agua, así que el plan fue que después de que liberáramos a Zan y a Lisette, y arrestáramos a Toris, conseguiríamos una embarcación en los muelles y saldríamos por esa vía, en unión de cualquier refugiado que se hubiera quedado a la zaga.

—Ojalá pudiera ir contigo —me dijo Simon cuando nos ocupábamos de los últimos preparativos.

—No te encuentras bien —dije compasivamente—. Y ya estoy muy familiarizada con el trazo de la ciudad. Nos las arreglaremos sin ti, y descansaré al pensar que velas por Conrad.

Palmeó mi mano e inspeccionó las cicatrices, mucho más numerosas que antes.

—Me avergüenza saber que Dedrick Corvalis es culpable de gran parte de esto.

—¿Qué vergüenza podrías merecer tú? —pregunté sorprendida—. No es culpa tuya.

—Intenté educarlo por un tiempo, cuando era chico, pero ya desde entonces intuí algo desagradable en él que me contrariaba con facilidad, y puse fin a nuestros estudios. Quizá si le hubiera dado la educación que necesitaba, lo habría moldeado, impedido todo esto... —sacudió la cabeza y se llevó la mano a la cadena que colgaba de su cuello. Era un hábito... ¿no había hecho lo mismo en Renalt? Esta vez reparé en lo que apresaba.

Un frasco con sangre.

—¿Qué es *eso*, Simon?

—Es una tradición de la antigua Orden de la Magia de Sangre. Cuando un mago pasa de aprendiz a maestro, guarda un poco de su sangre en un frasco como éste, para que incluso después de su partida se preserve algo de su esencia, su magia. El frasco es de cristal de luneocita —extrajo la cadena de debajo de su camisa para que la viera bien—. Es como si dejara un último sortilegio.

Mis pensamientos zumbaron como el mecanismo de un reloj.

—Y la luneocita... ¿es la que la preserva así?

—Sí. La luneocita es un don de Empírea. Y Empírea es la creadora y conservadora de la vida. Esta sangre pertenece al hermano de Domhnall, Victor de Achlev, un talentoso mago de sangre y el mejor hombre que he conocido, mi socio. Murió con muchos de nuestros amigos y colegas en la Asamblea —su expresión se dulcificó y entristeció—, pero me lo dio mucho antes de su muerte, para que siempre tuviera conmigo una parte de él.

—Simon —dije con urgencia—, creo que debo pedirte un gran favor.

34

Esperamos en la orilla del bosque, a treinta metros de los campamentos junto a la muralla, ahora casi abandonados; cualquiera que tuviese buen juicio se había marchado tiempo atrás.

Tracé para Fredrick y sus hombres un mapa hacia el tesoro etílico de Darwyn. Ocultos por el bosque, observamos a los soldados que patrullaban lo alto de la muralla y aguardamos las señales de que Fredrick hubiera hecho buen uso de esa prodigalidad.

Kellan apoyó una rodilla en el suelo para afianzar su catalejo.

—No hay señal todavía.

Yo daba vueltas por las filas.

—¡Mantenga la calma! —dijo entre dientes—. Siguen su ejemplo. Si está segura, ellos lo estarán también.

—Estoy preocupada —repuse—. Esto tarda demasiado. Y quién sabe qué pueda pasar…

—¿Con Zan? —terminó.

Miré mis manos.

—Sí. Escucha, Kellan: no he tenido la oportunidad de agradecerte que hayas regresado a buscarme. Y de decirte que lamento lo de Falada; me fue muy útil hasta el final.

—Hizo lo que yo no pude hacer.

—Kellan, no…

Bajó el catalejo.

—Recibí la encomienda de mantenerla a salvo y le fallé en la primera prueba. No merezco ser su protector.

Estudié su rostro. Aún era apuesto, pese a sus nuevas cicatrices y las notorias sombras bajo sus ojos.

—No *necesito* un protector, Kellan. Yo puedo cuidarme sola —supe al instante que esto era cierto y difícil de aceptar para él—. Necesito un amigo y un aliado. A cambio, ofrezco fastidio permanente, si te interesa —me encogí de hombros con un dejo sarcástico—. Es un mejor trato, deberías aprovecharlo.

Esbozó una pequeña sonrisa.

—¿Tendré que ser apuñalado todo el tiempo?

—No puedo afirmar que no será así —contesté—. ¡Ojalá eso no eche por tierra el acuerdo! Toma —puse un pequeño objeto en su mano—, me gustaría que tuvieras esto.

Lo miró intrigado.

—¿Es un dije de su pulsera?

—El grifo es noble y leal —expliqué—. Lo perdí hace tiempo, pero lo recuperé milagrosamente —carraspeé—. Creo que es apropiado que tú lo conserves.

Cerró los dedos sobre el grifo, pero antes de que respondiera llegaron ruidos desde la muralla: explosiones y gritos. Levantó el catalejo y examinó el muro.

—¡Ahí está nuestra señal!

Los guardias de Toris apostados en la muralla echaron a correr hacia la Puerta Alta.

—¡Vamos! —dijo.

Los diez atravesamos de prisa el espacio descubierto y nos detuvimos al pie de la muralla para prender las sogas de los ganchos.

—¿Todos tienen sus invitaciones? —pregunté—. Sáquenlas. Como no pueden trepar y sostenerlas, les aconsejo que las guarden en un lugar seguro junto a su piel —y continué mientras pasaba de un soldado a otro—: Aun con el debilitamiento de la muralla, es probable que atravesarla resulte desagradable, lo cual quiere decir que esa sensación no debe atraparlos en la soga. Seré la primera en subir, para sujetar a Kellan desde arriba. Después, ambos sujetaremos por turnos a dos de ustedes hasta que todos hayamos pasado la frontera.

—¿Están listos? —inquirió Kellan.

Tensé la quijada y asentí con determinación.

Él y los suyos dieron varias vueltas sincronizadas a sus ganchos en las sogas; todos volaron sobre la muralla y quedaron suspendidos. Kellan tiró de su cuerda para confirmar que estuviera firme, fijó un extremo a mi alrededor y anudó el otro en torno suyo. Con él como ancla y amarre de seguridad desde abajo, fui elevada y pasé las almenas sin mayor problema. Le indiqué a Kellan con una señal que todo estaba despejado: era hora de que me siguiera.

Había completado dos tercios del ascenso cuando las líneas de la marca de sangre en su invitación se ramificaron por su cuello como un relámpago. Lanzó una exclamación y le grité:

—¡No te sueltes! Tienes que cruzar, no te detengas. ¡Vamos!

De alguna manera se las arregló para concluir el resto del trayecto, aun cuando las punzantes líneas mágicas se habían introducido en su sangre y su piel. Lo jalé y sostuve mientras se estremecía de dolor. Al final, quedó postrado sobre el sendero del muro, respirando con dificultad.

—Creí que ser apuñalado y caer por un precipicio era lo más terrible que podía haber. Estaba equivocado.

—Debemos ayudar a los demás —dije.

Los dos cadetes siguientes tuvieron una experiencia similar a la de Kellan, pero el tercero se convulsionó antes de llegar a la mitad del camino.

—¡Aguanta, Warren! —clamó Kellan—. ¡Continúa!

Soportó otros cinco metros y el dolor lo rebasó de pronto: se soltó entre alaridos. Dio en el suelo con un golpe líquido aterrador.

Por más que quería apartar la mirada, me obligué a atestiguar su tránsito: era uno de mis soldados, aquí presente a petición mía. Le debía ese honor. Su espíritu se materializó junto a su cuerpo y me miró sobre la muralla.

—¡Gracias por su servicio, teniente Warren! —murmuré—. No olvidaré su sacrificio.

Me dirigió un saludo fantasmal y se marchó.

Los cinco soldados restantes contemplaron a su compañero caído con rostro lúgubre.

—Debe de haber una salida —dije—, algo que facilite esto.

Saqué mi daga y Kellan preguntó:

—¿Qué hace?

—Lo que puedo —tracé con celeridad una línea en mis palmas y sentí que la magia se agitaba en mi interior—. Diles que suban todos juntos, no sé cuánto tiempo pueda mantener esto.

—¿Mantener qué? —ya me había arrodillado e imponía las palmas sobre la piedra del muro.

La mágica corriente que ronroneaba en un ciclo sin fin dentro de la muralla se arremolinó a mi tacto y zumbó como si me reconociera. Permití que la magia pasara a través de mí como si fuese otra parte del conducto y ensanché mi percepción adonde mis soldados ascendían. Allí tiré otra vez de la corriente para que la magia se dividiera y girara en torno a ellos como rocas en un río. La sensación se tensó contra mi puño y empecé a sudar y jadear a causa del esfuerzo.

—¡Apresúrense! —un hormigueo irritante se propagaba de las yemas de mis dedos a mis brazos—. No resistiré mucho más.

—¡Ya están aquí! ¡Subieron todos! —dijo Kellan, y entonces me solté.

La magia que yo había redirigido retornó de golpe a su sitio; los cinco soldados cayeron de rodillas y se retorcieron de dolor como si les quemaran las entrañas.

—Lo siento —dije al tiempo que salían poco a poco de esa experiencia—. Sé que es terrible, pero al menos llegaron en el primer intento y no cayeron.

—Warren era un hombre valeroso y un buen teniente —dijo Kellan al resto—. Murió al servicio de la princesa, lo que significa al servicio de la reina. ¡Que Empírea lo guarde!

—¡Que Empírea lo guarde! —repitieron los demás con tono solemne.

Cuando bajamos y entramos a la ciudad, las calles estaban tan calladas que resultaba sobrecogedor.

—¿Dónde están todos? —preguntó un soldado.

—Celebran sus actos públicos en la plaza junto al castillo —contesté—. Ahí los encontraremos.

Zigzagueamos por caminos abandonados mientras el ruido de la multitud pasaba de zumbido a murmullo y, enseguida, a estruendoso rumor. Llegamos a la plaza desde el este sin que abandonáramos nunca los callejones, para ocultarnos de los guardias. Con las espadas desenvainadas, habían formado líneas a cada lado de la plaza y mantenían acorralada a la gente como ganado.

Kellan señaló una escalera en la parte posterior de un edificio. La subimos y cruzamos el techo inclinado para ver la escena desde atrás de la arista.

Al principio todo me resultó ilógico. Zan y Lisette estaban frente a frente, con las manos unidas y sangrantes. Toris se encontraba detrás de ellos y sostenía su amado Libro de Órdenes. Entonces comprendí.

Era una boda, y la ciudad entera había sido invitada a presenciarla.

La voz de Toris era tan fuerte que cubría toda la plaza.

—Por la autoridad que se me otorga como magistrado del gran Tribunal…

—No lo haré —aseguró Zan.

—… he convocado hoy a este hombre y esta mujer para unirlos en nombre, sangre, hueso y propósito. Lisette de Lena, ¿tomas voluntariamente como esposo a este hombre, Valentin Alexander, ahora y por siempre?

—¡Esper…! —intenté gritar pero Kellan me tapó la boca.

—No —Zan cerró los ojos y sacudió la cabeza—. No lo digas.

—Sí —respondió ella con voz trémula.

Toris se volvió hacia Zan.

—Y tú, Valentin Alexander, ¿tomas voluntariamente como esposa a esta mujer, Lisette de Lena, ahora y por siempre?

—*No* —dijo con voz potente.

—¡Di que sí, muchacho —ordenó—, o lo lamentarás!

Quise desprenderme de la mano de Kellan, él se llevó un dedo a los labios y apuntó a los guardias de Achleva que estaban en tierra. Para mi horror, vi que cada uno de ellos sujetaba bajo el brazo a un ciudadano, con la espada desenvainada.

—¡No! —declaró Zan con más vehemencia aún.

Toris dirigió su atención a la muchedumbre.

—¿Cuántas personas crees que están hoy aquí? Varios miles, diría yo.

A una señal, los guardias formados en los escalones se introdujeron en el gentío y tomaron a alguien al azar, a quien arrancaron de su familia y arrastraron escaleras arriba: una anciana, un padre de edad madura, un joven de barba incipiente... Los guardias regresaron a sus puestos y se cuadraron, con las espadas en una perpendicular exacta sobre el cuello de cada persona. La mano de Toris aleteó en el denso aire durante varios momentos de tensión, como si fuera un director de orquesta que prolongara demasiado la última nota. En perfecta sincronía con su descenso, ellos desplazaron sus espadas por la garganta de las víctimas, con la ensayada elegancia de músicos en una sinfonía homicida.

Orden en todas las cosas.

El éxodo simultáneo de una docena de espíritus me golpeó como una ola; sentí su paso del plano material al espectral en la vibración de mis huesos. Mi vista se empañó, mis oídos zumbaron, formas indefinidas aparecieron en los contornos de mi visión mientras palabras susurradas daban vueltas como buitres sobre mí. *Déjame salir. Déjame salir. Déjame salir.* Me cubrí las orejas. *Váyanse. No me molesten más.*

Kellan me sacudió.

—¡Reaccione, Aurelia! Míreme. ¡Debemos hacer algo!

A través de mis ojos nublados vi que Toris le preguntaba de nuevo a Zan:

—Valentin Alexander, ¿tomas voluntariamente como esposa a esta mujer, Lisette de Lena, ahora y por siempre?

—¡Que las estrellas me perdonen! —dijo él con voz quebrada al tiempo que Toris levantaba la mano, listo para ordenar otra matanza—. Sí.

—¡Detente! —intenté gritar, pero mi voz emergió como un siseo crepitante.

—¡Con la gran Empírea como testigo en las alturas, sus vidas se han unido en una sola! Intercambien sus anillos, como reina y rey.

Ésta era la primera imagen de la visión más reciente de Aren: el intercambio de los anillos. En medio del vértigo en que el derramamiento de sangre me había dejado, trepé tambaleante hasta la cima del tejado.

—¡Alto! —grité otra vez, más fuerte. Debía sacarme sangre para que la magia difundiera mi voz. Busqué mi daga en los pliegues de mi uniforme.

—¡Está hecho! —dijo Toris con tono triunfal y cerró su libro—. ¡Tantos años, tantos preparativos, y de pronto… ya está!

—Ningún poder vale el sacrificio de tu propia hija —repuso Zan—. ¡Esto te atormentará toda la vida!

La encontré. Mi mano se cerró sobre la empuñadura de la daga.

Lisette lloraba.

—¡No, padre! ¡No me hagas daño, por favor! Conseguiste lo que querías. Ya tienes el control de Achleva…

Toris le lanzó una mirada vidriosa.

—¡*No* soy tu padre!

Y con ecuanimidad rapaz le hundió el puñal en el corazón.

Mi grito fue ahogado por las exclamaciones conmocionadas de la multitud. *Lisette*.

Zan había intentado en vano ponerla a salvo entre sus brazos. La sangre manchó el corpiño de su vestido mientras la depositaba en el suelo y su cabellera se abrió en abanico sobre los peldaños. Ella le tendió la mano al tiempo que la sangre manaba de su cuello y goteaba por las comisuras de su boca.

—Lo siento —se asfixiaba, quería devolverle el anillo con manos ensangrentadas—. Nunca quise lastimarte. Te... —escupió sangre— te amo.

—Está bien —la tranquilizó—. Calla ahora, no te muevas. Yo también lo siento. Lo siento mucho.

—*Nihil nunc salvet te* —dijo Toris.

Zan imprimió en su frente un beso delicado.

—Vete en paz —le dijo—. Que Empírea te guarde.

Ella cerró los ojos.

El viento aulló. Un impulso de luz hizo erupción en su cuerpo y rodó en el aire como una onda expansiva hasta tocar el escudo cilíndrico de la muralla, por la que se extendió como un cáncer ulceroso.

El espíritu de Lisette permaneció junto a su cadáver, que miró con tristeza. *No te demores ahí*, pensé. *Busca la serenidad en los brazos de Empírea, amiga mía*. Inclinó la cabeza como si me hubiera escuchado y subió con lentitud y elegancia los escalones del castillo, conforme se iba desvaneciendo a cada paso. Se había marchado antes de que llegara a lo alto.

—¡La reina de Achleva ha muerto! —sonrió Toris—. ¡Larga vida a la reina!

35

—¡Toris! —mi voz atravesó la plaza como una guadaña al caer.

Me había sacado una gota de sangre y emitía la magia resultante en oleadas de sonido, no de fuego ni calor. Subí a lo más alto del tejado y me erguí como un pilar contra el viento mientras las nubes se ennegrecían y rotaban, y los relámpagos tronaban en sus entrañas enfurecidas.

Toris, que ya avanzaba sobre Zan con el puñal aún manchado con la sangre de Lisette, giró su cabeza hacia mí. Sus guardias comenzaron a agitarse en dirección a nosotros al tiempo que yo elevaba desafiante un frasco de sangre en el aire.

—¿Buscabas esto? —destapé el frasco de Victor de Achlev—. Es la sangre del fundador, los últimos vestigios de la esencia de Cael, su magia. Si tus guardias se acercan, derramaré hasta la última gota.

Se paralizó. Como sus hombres no lo hicieron, dejé caer una sola gota.

—¡Alto! —chilló.

Alcé la voz.

—Tengo lo que quieres. Tienes lo que quiero. Te propongo un trueque.

De rodillas, Zan ofrecía una expresión de emoción pura: esperanza, furia y temor luchaban codo a codo con un deseo tan claro y agudo que estuvo a punto de triturarme. Toris lo puso en pie a tirones.

—Sugiero que negociemos adentro. ¿Me acompañaría a la Sala Magna, querida princesa?

No respondí. En cambio, incliné el frasco por segunda vez.

—De acuerdo —cedió irritado—. Podemos negociar aquí.

—Si deseas recuperar esta sangre, abre las puertas —dije—. Permite que estas personas desalojen la ciudad. Tú y yo sabemos que sólo las mantuviste aquí para forzar al príncipe Valentin a casarse con Lisette. Cumplieron su propósito. Permite que se vayan.

Les hizo una seña a sus guardias y éstos se apartaron para que la gente pudiera pasar, pero nadie se movió. Entonces ladeó su cabeza a la derecha, en previsión de mi siguiente exigencia: la liberación de Zan. Él sabía lo que iba a pedirle, y yo sabía que se negaría. Si había algo que decir sobre nosotros era que nos conocíamos.

—Cuando la ciudad se haya vaciado, te daré la sangre del fundador a cambio del príncipe Valentin. Si a cualquiera de estas personas se le impide marcharse del reino, la derramaré. Si uno de tus hombres hostiga a uno mío, la derramaré. Y si Valentin muere antes de que yo finalice el trueque y la muralla cae, moriré derramándola, ¿está claro?

—Ha hecho demasiadas demandas, princesa. Para que esto sea justo, debe permitirme hacer algunas —su voz había perdido su entonación jovial—. Nos reuniremos en lo alto de la torre al anochecer. Acudirá sola. Hágalo y aceptaré sus condiciones.

La verdadera sangre del fundador aún estaba escondida en la torre. Si me proponía hacer un intercambio a favor de la vida de Zan, necesitaría el frasco auténtico.

—Acepto.

—¡No, Aurelia! ¡Huye, márchate! —exclamó Zan mientras Toris sujetaba sus manos a la espalda y tiraba de él. Entonces, con el puñal de luneocita contra el cuello de su víctima, se retiró al castillo.

—¡Nos vemos en la torre! —dijo previo a desaparecer junto a Zan detrás de aquellas puertas majestuosas—. Antes que anochezca.

Me volví y bramé:

—¡Abran las puertas!

Tan pronto como lo dije, un rayo cayó sobre una alta y ahusada ventana a menos de una cuadra a mis espaldas. Un segundo después, la vieja madera ardió como una antorcha.

La muchedumbre salió en estampida con un nuevo relámpago, al que le siguió uno más. Truenos ensordecedores apagaban los múltiples lamentos de temor y frustración. Varios implacables guardias de Toris intentaron canalizar la desbandada hacia las puertas y fueron pisoteados.

—¡Debemos bajar de aquí! —dijo Kellan entre las chispas que volaban ante nosotros y aterrizaban a nuestros pies.

Mis soldados y yo llegamos a la orilla del tejado, la escalera y el suelo justo en el momento en que la paja del techo empezaba a arder. Aunque el callejón era angosto, ofrecía una vía de escape hacia las arboladas montañas del segmento oriental de Achleva. Las colinas fulguraban por el calor a medida que el fuego las devoraba en patrones ondulados, como un dorado destello que ribeteara un encaje negro. Me asombró que esto hubiera comenzado tan rápido.

—¡Cubra su rostro! —instruyó Kellan—. ¡No respire el humo!

Peinamos las calles a la par que dábamos la alarma y buscábamos a los rezagados. A quienes no serían capaces de arribar a las puertas Alta o del Bosque los llevábamos con nosotros hacia los muelles mientras rayos que trazaban arcos grandiosos en el cielo caían a intervalos cada vez más reducidos. Contaba los segundos, consciente de que tanto mis posibilidades de salvar a Zan como el periodo entre un relámpago y otro disminuían a una misma tasa exponencial.

Estábamos a treinta metros del muelle cuando un rayo cayó sobre el mástil de un acorazado ahí atracado, encendió la pólvora de sus cañones y el buque completo se elevó como una inmensa bola de fuego, que nos cubrió con cenizas y polvo calcinantes. Corrimos el tramo final sólo para descubrir que el muelle había desaparecido y las agitadas aguas estaban llenas de escombros: tablas hendidas, pedazos de lienzos y ropa en jirones. La última pieza del casco aún ardía sobre el agua, donde dispersaba una luz naranja en las olas rojas. También había cuerpos en el agua, personas que habían esperado en el muelle para ponerse a salvo y no habían tenido la oportunidad.

Tomé a Kellan de la manga.

—Los barcos restantes están muy dañados —dijo—. Se hundirán antes de que lleguemos a la puerta.

—Hay un muelle privado en las cercanías —repliqué—, el puerto Corvalis. Tenía muchos barcos.

—¡Algunos todavía están vivos! —gritó un soldado—. ¡Miren!

Kellan era un buen nadador y él y sus hombres se arrojaron al agua para rescatar a los que estaban más lejos, mientras los refugiados y yo corríamos por la orilla para sacar a los que sabían nadar. Tiramos de cuantos empapados pudimos; resbalábamos en maderas escurridizas y tensábamos cada músculo. Para algunos, fue demasiado tarde. El borde estaba repleto de desanimados y sorprendidos espíritus que veían cómo se hundía su cuerpo en las profundidades.

—¡Debemos irnos! —Kellan jaló a uno de los últimos supervivientes y emergió del agua—. La tormenta empeora. Si esperamos, no saldremos vivos de aquí.

—Los barcos que te dije están por allá —apunté—. Lleva a todos lo más rápido posible.

—¿Se queda? —preguntó—. ¿Irá a la torre?

—Voy por Zan —respondí. No volvería a dejar la ciudad sin él.

Supuse que discreparía, que me rogaría escuchar razones y ponerme a salvo cuando aún podía. No lo hizo. Se volvió para dar órdenes.

—¡Vámonos! ¡Marchamos al oeste, a los barcos en el puerto Corvalis! —se puso a la cabeza del grupo y por encima del hombro me dirigió un último asentimiento antes de que lo perdiera de vista.

Corrí por el camino costero al castillo. Sobre las techumbres, la finca Corvalis se rendía al embate del viento y sus magníficas y ostentosas ventanas se cubrían de fracturas. Oí el chasquido y la explosión del cristal por encima del rugido de la tormenta. Sería imposible que Kellan subiera a todos a un navío y saliese del puerto antes de que la construcción cediera.

Me bamboleé a la izquierda y saqué mi navaja mientras corría a toda velocidad en busca de una mejor vista y saltaba sobre las piedras y ladrillos que caían de los arruinados edificios. Encima de los restos de un santuario demolido, me hice una cortada irregular justo cuando las primeras esquirlas se desprendían de la finca Corvalis.

—¡*Sile!* —prodigué la magia en rayos en tanto las ventanas estallaban. *Deténganse.*

Miles de afilados trozos de vidrio se congelaron en su sitio y cintilaron suspendidos en el aire, donde despedían reflejos de chispas y relámpagos.

Sentí que cada astilla chocaba conmigo mientras las detenía y gruñía por el esfuerzo.

Por favor, rogué en silencio. *¡Apresúrate!*

Entonces lo vi: el mástil de una goleta que salía del puerto.

El cristal tembló en el aire, miles y miles de piezas fulgurantes que se resistían a mi control. Mis oídos zumbaban y me temblaban las manos por la tensión, pero resistí hasta que el barco abandonó la ribera e iba a medio camino de la Puerta de los Reyes.

Las lágrimas acudieron a mis ojos cuando lo miré empequeñecerse.

—¡Que Empírea los guarde! —susurré.

Entonces, solté.

36

La torre era el centro de todo.

Para llegar a ella me abrí camino a través del poderoso viento, la trepidante tierra y la ascendente marea. Me azotó una lluvia combinada con cristales, me hirieron rocas que se precipitaban desde las terrazas caídas y fui desgarrada por espinas de plantas que crecían con ansia y desenfreno. Incendios provocados por los relámpagos consumían el techo del castillo y una ceniza ardiente recorría el negro cielo como si las propias estrellas se hubieran calcinado. Una vez en el sembradío de la hoja de sangre, distinguí varias huellas en las hojas aplastadas, aunque la mayor parte de la salobre savia había sido arrastrada por la lluvia y las olas rojas que chocaban contra las rocas.

Dentro de la torre privaba, en cambio, un silencio espeluznante.

Subí un peldaño, después otro. Ascendía sola, salvo por el aullido del viento y las figuras pintadas en la pared que narraban la trágica historia de los desdichados hermanos que habían dado inicio a todo esto: Achlev, Aren y Cael. Me entretuve un momento en los cuadros finales para observar sus inescrutables rostros. Después me armé de valor, lista para terminar con la sucesión de acontecimientos que ellos habían puesto en marcha tantos años antes.

Éste es el fin, pensé, con el frasco de sangre de Victor de Achlev en una mano y mi daga de luneocita en la otra. Empujé la puerta y salí decidida al pináculo a descubierto de la torre.

Afuera, la tormenta de fuego estaba en su apogeo, atizada por el aire impetuoso que la convertía en un cilindro flamígero. La ciudad estaba por completo envuelta en llamas y las calles carbonizadas destacaban contra el incendio como una marca negra en forma de triquetra. Arriba de mí, con todo, flotaba un círculo perfecto de cielo cubierto de estrellas, el ojo del huracán. Su centro estaba señalado por un vacío oscuro: la luna negra.

—Me alegra que haya venido, princesa.

Toris mantenía a Zan de rodillas, atado y amordazado. Los rodeaba un matorral de hoja de sangre crecido con voracidad que se había enredado en toda grieta de la argamasa y cualquier imperfección de la piedra. Di un paso hacia ellos, luego otro. Zan vio mi aproximación con ojos febriles y apesadumbrados y sacudió la cabeza como si dijera: *No debiste venir.*

Toris le golpeteó el hombro con su puñal.

—Creo que el príncipe confiaba en que usted renunciara a su oferta —rio—. No la conoce en absoluto.

—Teníamos un trato. Vine a cumplir mi parte del acuerdo.

—¿Le sorprendería saber que yo nunca tuve la intención de cumplir la mía?

—No, en lo absoluto.

—No concluiré mi tarea hasta que la última puerta haya caído, y para que eso suceda el príncipe debe morir. No hay otra opción.

—¿Qué propósito tiene *esto* en tu plan? —levanté el frasco y lo destapé—. ¿Por qué esta sangre es tan necesaria para ti? —la hice girar breve y perezosamente—. La sangre de nuestro venerado fundador… Se supone que es sólo un símbolo, pero… —la incliné para que una gotita cayera sobre las piedras de la torre—. La estimas como si fuese de la mayor importancia.

Tenía los ojos fijos en el frasco.

—Si lo hace de nuevo, lo mataré.

—Acabas de decirme que lo matarás de cualquier manera —incliné el frasco y derramé un poco más de él, aunque esta vez fui generosa y generé un fino y largo riachuelo—. Quiero que pagues lo que hiciste, Toris. Lo que me hiciste a mí, a mi país, a todos los que amo —mis ojos se desplazaron hasta Zan, quien respiraba con dificultad contra la mordaza—. Si debe ser así, que así sea.

—¡Alto! —exigió con ojos desorbitados—. ¡No sabe lo que hace!

—Dímelo —insté—. Dime por qué esta sangre es tan importante para ti —la ladeé para que salpicara el suelo. Se había consumido ya un tercio de ella, la mitad, dos tercios…

—¡Es *mía*! —estalló, y agregó entre dientes—: Así que discúlpeme: si deja caer una gota más… —elevó el mentón de Zan con la punta de su daga, sobre el filo de la cual resbaló una gota de sangre que desembocó en su mano. Su puñal era de cristal de luneocita, idéntico al mío, que había pertenecido a Achlev.

Entonces lo supe.

Su semblante era poco más que una capa ilusoria, como la que yo había usado para que el blanco pelaje de Falada diera la apariencia de ser negro. Un truco simple que, una vez visto, no podía ser invisible. Di vueltas alrededor de él asombrada; miraba una verdad que era al mismo tiempo increíble e intolerable, extraordinaria y obscena.

—Te veo —murmuré—. Sé quién eres. Quién eres *en verdad.*

Sus ojos ya no eran cafés sino de un frío azul violáceo con un destello de regocijo y malevolencia. Bajo mi perceptiva mirada recuperó en parte su aplomo, ajustó sus prendas y sacó de su bolsillo un pañuelo blanco, con el que limpió con delicadeza la gota de sangre de Zan que había caído en su mano.

Orden en todas las cosas. ¿No había sido ése su lema desde siempre?

En circunstancias distintas, me habría reído.

Habían pasado siglos y él lucía justo igual que el retrato que colgaba en la Sala de los Reyes de Renalt: una mandíbula cincelada, el cabello rubio, los labios tensos en un leve gesto de desdén.

El fundador mismo. Cael.

—Han pasado quinientos años desde que estuviste en este lugar, ¿cierto? —pregunté—. Viniste aquí con tus hermanos para celebrar un ritual mágico destinado a sellar una fisura, un peligroso orificio entre los planos espectral y material. Pero te volviste contra Aren y la mataste. ¿Por qué?

—Tenía que quitar una vida y lo hice. Mi error —dijo— fue elegirla a ella. Era quien estaba más cerca, la más fácil de asir. Debió de haber sido Achlev. Todo este… *lío* —señaló con displicencia la ciudad caída, la tormenta furiosa— podría haberse evitado si él hubiera estado ahí en lugar de ella… —agitó su cabello—. Por más buena que haya sido ella para ver la muerte, nunca vio la suya.

—Eras un triunviro, un líder de tu orden. Se te envió aquí para que hicieras algo bueno. En cambio, destruiste todo lo que amabas.

—El amor es debilidad —dijo entre risas—. No perdí nada porque no amaba nada.

Deslicé mis ojos hacia Zan, cuya respiración era cada vez más rápida y angustiosa. *¿Qué tan fácil sería todo si no lo hubiera conocido?*, me pregunté. Y entonces: *¿Cuánto habría perdido en ese caso?*

—¿Y qué tenías que ganar? —inquirí.

—La eternidad —dijo.

—¿Eso es lo que querías? ¿Esconderte detrás de un rostro ajeno? ¿Vivir para siempre en la vida de otro?

—Toris fue un medio para un fin. No lo compadezca tanto, princesa; él sabía quién era yo cuando me invocó. Por suerte, no vivió lo suficiente para lamentarlo.

—Lisette me dijo que él cambió después de que visitó la Asamblea —recordé—. Se presentó ahí como historiador y retornó como... tú. Tomaste su lugar, después de matarlo.

—He matado a muchos, querida. Toris, Lisette y su madre, tu padre, todos los idiotas que intentaron encerrarme en la Asamblea. Pronto será su turno —apuntó a Zan—. Después iré por ti.

Miré la sangre de Victor de Achlev. Toris —Cael— no sabía aún que no era la suya.

—¡Quinientos años! —dije—. Tuvieron que pasar quinientos años para que regresaras aquí a terminar el trabajo que estropeaste. Porque tu hermano vio lo que le habías hecho a Aren y quiso salvarla. Era un mago nato, pero trabajaba con la naturaleza, no con la sangre. Así que usó la tuya y te dejó sólo esto —hice oscilar de nuevo el frasco—. ¡Qué *desafortunado* para ti!

—Achlev —escupió el nombre— *desperdició* mi sangre en la forja de *esta* monstruosidad —señaló la mata de la hoja y aplastó un retoño con el talón—. Pero aunque, como tú, requiero sangre para hacer magia (¡y mi sangre era muy potente!), no es necesario que *emplee* la mía. Pronto descubrí una excelente fuente alterna por medio del Tribunal —sonrió—. Por supuesto que resultaba mucho más efectiva cuando la guillotina era nuestro principal método para acabar con las brujas, pero las decapitaciones pasaron de moda durante mi involuntario confinamiento en la Asamblea. He promovido la recuperación de esa práctica; tengo que interrogar a los sujetos durante varios *días* para obtener una fracción de la sangre que podría conseguir mediante el solo hecho de cortar una cabeza.

Cerré los ojos.

—¡Cuántas personas han tenido que sufrir y *morir* para que tú satisfagas tu venganza contra la magia...!

—No deseo vengarme de la magia, sino de los que la poseen en mayor medida que yo. Achlev tomó la mía, así que busqué una forma de compensar la pérdida. El Tribunal fue mi mejor idea, mi mayor legado —dijo con orgullo.

—Destruirla será el mío.

—¡No saldrás de esta torre, niñita! Es preciso que mueras para que yo abra por fin la fisura y ponga en libertad a mi señora —ladeó la cabeza—. ¿No escuchas sus murmullos? Te llama.

Ven a mí. Búscame. Libérame. La voz era sedante, reconfortante, seductora, demandante... *Déjame salir.* Lo miré alarmada. Tenía el oído al viento y una sonrisa en los labios, quizá para que esos susurros melosos lo indujeran a la obediencia.

—Todos adoran tan ciegamente a Empírea —dijo— que jamás se preguntan por las *otras* potencias. Siempre ha habido tres de ellas, ¿sabes? Una gobierna el cielo, la otra la tierra...

Pero a la última hermana… se le otorgó el dominio sobre la basura: los muertos, los condenados y las almas a las que se juzga demasiado corruptas para que se les dé vida. La llaman la anciana por error. Es perfecta, es hermosa, es mi señora; la señora de *todos* los magos de sangre en realidad. Y ese día *me* eligió a mí para que consumara su obra: tomar una vida, abrir el portal, dejarla libre.

Mientras hablaba, me acercaba cada vez más a él.

—Tu señora te hizo eterno e inmortal justo a tiempo para que Achlev tomara toda tu sangre y obstruyese tu sacrificio. Así que le fallaste y huiste, y él construyó este monumento, la ciudad entera y la muralla, para impedir durante *cinco siglos* que cumplieras tu pacto con ella —me alcé de hombros—. Supongo que no está complacida con tu trabajo.

Pateó a Zan en el costado y se arrojó sobre mí, pero se detuvo en seco cuando sacudí el frasquito sobre el abismo.

—¡Revela el nombre de tu amante! —exigí—. Di el nombre de la fuerza oscura a la que le vendiste tu alma.

—*Maléfica* —escupió. Estaba tan cerca de mí que vi los enrojecidos y serpentinos vasos sanguíneos de sus ojos vidriosos.

—¡Feliz reencuentro! —dije, y solté el frasco. Cayó con un tintineo, dejó a su paso un arco de sangre y rodó a los pies de la estatua de Aren.

Cael lanzó un gruñido bestial, saltó tras el frasquito y pasó toscamente los dedos por la sangre salpicada como si quisiera recuperarla. Lo rebasé y llegué hasta Zan, tendido de costado todavía. Al tiempo que cortaba con mi navaja las sogas que lo ataban, el viento pasó del silbido al alarido, y la torre se cimbró en cuanto una docena de nubes de formas curiosas bajaron rodando desde el cielo. El aire se puso caliente y eléctrico mientras la tierra exhalaba un gruñido profundo y primordial, y los tres hombres de mármol de la Puerta de los Reyes caían en pedazos sobre las agitadas aguas rubíes del fiordo.

Al parecer, mi apuesta había surtido efecto. La última sangre de Victor de Achlev había sido válida para el sacrificio en lugar de la de Zan. La Puerta de los Reyes caía y era el ancla final; su pérdida catalizaba la definitiva extinción del muro. En toda la ciudad, las antiguas e indestructibles piedras de la muralla de Achleva se sacudieron y desmoronaron. Bajo nosotros, las líneas blanquiazules de la magia fueron abrasadas en el negro espacio y volvieron una tras otra a su curso original. Estreché a Zan mientras se entrecruzaban en la tierra, muy por debajo de nosotros, como una maraña palpitante de luz y energía.

—¡Te tengo! —susurré en su hombro—. Saldremos de ésta. Vamos a...

Se desplomó sobre mí. Cuando aparté mis manos de su espalda, estaban manchadas de sangre.

Solté un lamento desgarrador.

Me había equivocado. No era la sangre de Victor la que había roto la Puerta de los Reyes, sino la de Zan. Cael había asestado su mortífero golpe antes de que yo llegara a la torre. La última predicción de Aren se había hecho realidad justo frente a mis ojos, y yo había sido incapaz de detenerla.

—¡No! —clamé, tendí a Zan en el lecho de hoja de sangre y le arranqué la mordaza con dedos sanguinolentos—. ¡No! —se me quebró la voz—. ¡No te vayas Zan, por favor! —saqué mi puñal y lo inserté en mi palma—. Puedo remediar esto —dije— como lo hacía antes. Puedo...

—*Nihil nunc salvet te* —dijo Cael a mis espaldas, con voz áspera.

Una luz azul de finos trazos estalló en el cuerpo de Zan y subió en espiral a las nubes. Debajo de él, la parra de hoja de sangre se enroscaba, se estiraba, se tensaba hacia su goteante elemento vital mientras su espíritu se materializaba arriba. Elevé la cabeza desde su postrado cuerpo justo a tiempo para ver que su fantasma resplandecía y se difuminaba, como arrebatado por la tempestad arremolinada.

Sollocé furiosa, apreté la frente contra su pecho y retorcí su camisa en mis puños. Su mano cayó flácida a su costado y de sus fríos dedos se desprendió el anillo de su madre. Cayó en el manto de hoja de sangre justo cuando los primeros y diminutos pétalos blancos empezaban a desplegarse.

Sangre en la nieve.

Tomé el anillo y me paré para deslizarlo en mi dedo, llena de una calma terrible.

Cael se divertía.

—¡Muy buena jugada! —dijo—, utilizar la sangre de otro. Pero yo te tenía una mejor, ¿no es así?

El último rey de Achleva había caído. Con su muerte, el sello postrero que sostenía la magia de la muralla había cedido y el plano del conjuro se había convertido en minúsculos y dentados fragmentos. Sobre nuestras cabezas, la luna negra lo observaba todo, un portal a la oscuridad.

Me volví hacia Cael, navaja en mano.

Ladeó la cabeza.

—Tu arma es inútil contra mí, niña.

—No es para ti —repuse.

Dolor y rabia brotaron corrosivos y catastróficos en mi cuerpo. Envolví la hoja de cristal entre mis dedos y di un tirón rápido y calcinante. Caí de rodillas y presioné mis manos sobre la piedra, para alimentar con la energía de mi pérdida a la torre y, más abajo, a la potencia profunda, y permití que creciera y se expandiera hasta que no fui simplemente yo, sino la torre, la tormenta, la magia, la hoja de sangre.

Arremetí contra él y cerré en su cuello mis dedos ensangrentados. La fuerza de mi puño hizo que se tambaleara, resbaló en la sangre de Victor de Achlev y cayó de espaldas sobre la almena cubierta de hojas de sangre. Quedó atónito por un segundo antes de echar atrás la cabeza para emitir una carcajada.

Cuando la primera parra de hoja de sangre se enredó en su garganta, su risa llegó a un abrupto fin.

—No puedes herirme —dijo al tiempo que más parras rodeaban sus piernas y sus brazos—. No puedo morir.

—No quiero que mueras —repliqué—. Quiero que sufras.

Cerré los puños y la hoja de sangre se tensó en respuesta. Líneas de color granate se extendieron desde las venas de las hojas a su piel y dejaron atrás huellas negras, como los espíritus de las puertas de Achleva.

—¡Mi señora te destruirá! —chilló con voz ahogada—. Está furiosa, es iracunda, no perdona…

—Yo tampoco —desaté lo último de mi magia en las parras que lo apresaban.

La hoja de sangre lo absorbió, lo consumió, se convirtió en él. Devoré su cuerpo, separé cada célula, hasta que él no fue sino una pila de ennegrecidas hojas y espinas que se hicieron polvo, azotadas por el viento.

—*Nihil nunc salvet te* —dije y caí de rodillas.

Cuando reuní fuerza suficiente para abrir de nuevo mis ojos, lo hice en un mundo cubierto de blanco.

El Heraldo me miraba.

Parpadeé. No, no era el Heraldo. La imagen que se reflejaba en la mancha de sangre no era de carne y hueso, pero tampoco un espíritu. Era la estatua de Aren. Me aparté de ella y lo vi.

Zan estaba postrado sobre la hoja de sangre.

Sangre en la nieve.

No era nieve, lo sabía ahora. Él estaba inmóvil en un lecho de pétalos blancos. Tenía cerrados los ojos y un brazo doblado bajo la oscura cabeza.

Sollocé de rodillas junto a su cuerpo e intenté envolverlo entre mis brazos. No soportaba que su piel estuviese tan fría, que sus labios fueran tan azules.

Esto era el fin, la visión de Aren hecha realidad. Zan estaba ausente. Muerto y ausente y frío, y yo estaba aquí, rodeada de flores de hoja de sangre cuando ya era demasiado tarde para utilizarlas.

Un pétalo flotó y cayó en sus labios, tan frágil como una capa de hielo al romper el alba. Lo vi y recordé: ¿la flor de hoja de sangre no había vencido antes a la muerte? ¿No había ido yo al otro lado y regresado?

Acerqué mis labios a un centímetro de los de Zan y soplé lenta y suavemente en su boca. El pétalo flotó entre sus labios abiertos, donde se disolvió y desapareció.

No pasó nada.

Me levanté y golpeé con el puño el pie de la estatua de Aren, furiosa por su pétrea e insensible expresión por encima de mí. Pegué y golpeé y pateé hasta que mis nudillos se hirieron y ensangrentaron.

—¿Cómo te atreves? —vociferé—. ¿Cómo te atreves a mostrarme su muerte y no me enseñas cómo impedirla? ¿De qué sirvió esto, Aren? ¿De qué sirvió todo esto? ¿Para qué me salvaste? ¿Para qué preservaste mi vida y guiaste mi camino si al final ibas a traerme *aquí* de todas formas? —pasé mi manga por mis ojos ardientes—. ¡Haz que vuelva! —les grité a Aren, al viento, a las estrellas. Me hundí junto a él y sepulté mi cara en su pecho—. ¡Por favor! —imploré—. ¡Haz que vuelva!

Lo olí entonces: un aroma de rosas. No el olor contaminado y cobrizo de la hoja de sangre, sino el perfume a rosas frescas de un día de primavera. Mi entorno se colmó de luz y levanté mi pesada cabeza para mirar por encima del hombro.

Ahí estaba ella. No el demacrado espectro que había visto la última vez, y tampoco el espíritu degollado que me había perseguido desde la infancia. Aren era como debía haberse visto en vida: radiante y luminosa, con ojos de jacaranda y cabello lacio y sedoso del color de la canela. Cruzó la torre hacia mí y tendió sus manos, con piel suave e impecable, para tomar las mías, arruinadas. Su tacto no era frío.

Cerró los ojos y me hizo girar en una visión nueva. No de una muerte futura, sino relacionada con el pasado.

Me mostró a sus hermanos, apuestos y adorables. Cómo desde niña había sentido los indicios de un sagrado poder sanador y cómo tenía visiones del futuro: el poder de ver la muerte y de burlarla. Me mostró que, bajo la dirección de Empírea, había ascendido por las filas de su orden en la Asamblea, se había casado con el rey de Renalt y había tenido un hijo, sólo para que Empírea le susurrase otro camino sagrado: un sacrificio accidental había abierto una fisura entre los planos; si ella daba voluntariamente su vida en un conjuro, la cerraría para siempre.

Se entregó al ensalmo tras consumir el veneno que le quitaría la vida, satisfecha con su destino, hasta que su hermano Cael, seducido por las murmuraciones de Maléfica, se levantó en su contra.

Me mostró cómo el enigmático y pesaroso Achlev, ignorante de los designios de Empírea, no pudo permitir que muriera. Me enseñó cómo él usó la daga de luneocita de ella, destinada al frustrado ritual, para extraer tres gotas de su sangre e incrustarlas en la hoja, a fin de preservar una chispa mínima de su espíritu mientras trataba en vano de salvar su vida...

Lo vi construyendo la torre y la estatua. Vi que colocaba la daga de luneocita en sus manos de mármol. Vi que erigía la muralla, y los arduos esfuerzos que empeñó en protegerla y reforzarla con un conjuro, y que dedicaba hasta el último aliento a confirmar que su hermano, ya lejos, nunca volviera a terminar con el mal que había iniciado.

Desolada e incorpórea, Aren vio que su familia sufría y sobrevivía sin ella. La vio ir a la guerra en su nombre. Destinó varios siglos a sentir cada muerte que su ponzoñosa sangre infligía por la hoja de sangre, con las pocas vidas salvadas por los pétalos como único consuelo. Y a todas ellas estaba unida: sentía cada vida salvada, cada vida perdida.

Lo último que me mostró fue una recién nacida cuyos padres le dieron un pétalo de hoja con la esperanza de que viviera. El sufrimiento, amor y dolor de sus descendientes la conmovió, pues recordó que su propio hijo había crecido sin su madre. La niña precisaba de una chispa de vida y ella le dio lo poco que quedaba de la suya. Justo cuando respiré por vez primera, ella gastó sus tres últimas gotas de sangre. Dio sus pasos finales a la muerte y devolvió mi espíritu al mundo de los vivos.

Estábamos unidas después de todo: mi espíritu avivaba al suyo y le daba la energía suficiente para que me presentara sus visiones. Cuando la rechacé en la torre, rompí el lazo que nos unía y ella empezó a consumirse, igual que los otros espíritus atrapados en la frontera entre los planos material y espectral. Hasta este momento, en este lugar, donde los portales de los planos espiritual, material y espectral se alinearon por primera vez en quinientos años, libres al fin de la muralla de Achleva.

Soltó mis manos.

—¿Comprendes? —preguntó con voz dulce y triste.

—Sí —exhalé.

Entonces se marchó.

Tenía todo lo que necesitaba. Tres piezas de la más pura luneocita: la daga de Achlev, que había pasado a ser mía; la daga que Cael había arrojado y la que había rescatado de manos de la estatua de Aren. Las coloqué en cada punta del triángulo: la de Cael junto a la mancha negra que había dejado su cuerpo desintegrado, la de Aren a los pies de su estatua y la de Achlev junto a la sangre derramada de Victor de

Achlev. Después saqué el ladrillo a los pies de Aren y recuperé el frasco verdadero de la sangre del fundador que había escondido ahí.

—Ésta es la sangre de Victor —tracé en su mancha el nudo de tres puntas al tiempo que capullos de la hoja, copias diminutas del símbolo, caían y se disolvían en él—, descendiente de Achlev.

Me desplacé a la punta posterior del triángulo. Vacié el frasco con la sangre del fundador en la mancha negra de su cuerpo desintegrado y tracé el nudo.

—Ésta es la sangre de Cael —dije.

Al final puse mi mano ensangrentada junto a la daga de Aren y repetí el procedimiento.

—Ésta es la sangre de Aurelia, descendiente de Aren.

Ése era el punto de convergencia original de la creación, el crecimiento y la muerte. Tiempo atrás, Aren, Achlev y Cael habían emprendido en este sitio un ritual con el que cerrarían una fractura entre los planos. Con su sangre ahora devuelta a su sitio, me tocaba a mí dar al conjuro un final concluyente.

Cael había querido ensanchar la fractura; Aren, cerrarla, y Achlev protegerla cuando ninguno de los dos había logrado lo que se proponía. Ahora me correspondía decidir cuál de esos esfuerzos prevalecería en definitiva, aunque sus pasadas intenciones ya no me importaban. Ésta era mi vida, y en el mundo quedaba una sola cosa que yo quería.

Deposité el cuerpo de Zan en el centro de las puntas, me arrodillé a su lado y abrí su camisa para imponer mis manos en su piel. Entonces cerré los ojos e imaginé la barrera que nos separaba, la cortina que se alzaba entre mi espíritu y el suyo; el lugar en el cual, durante cerca de quinientos años, Aren había vivido en el limbo, incapaz de avanzar o retroceder. La imaginé como una gasa fina, ligera, insustancial. Y detrás de ella, otro mundo.

Lo vi todo. Los nudos, las conexiones minúsculas e inmensas. Los patrones en las estrellas y las raíces y las ramas de los árboles y las líneas espirituales y la red enmarañada de vasos sanguíneos que llevan la sangre del corazón a la cabeza y las manos y los pulmones y adelante y atrás nuevamente. Vi las tres puntas de las puertas de Achleva y la flor de tres pétalos de la hoja de sangre y los tres círculos rojos en el paño de sangre. Y en el centro de todo, sólo estábamos Zan y yo.

Era momento de lanzar un conjuro, el último.

Sentí el pulso de la magia en lo hondo de la tierra, que repiqueteaba como un corazón palpitante.

Me concentré en el flujo de la sangre en mis venas hasta que mi conciencia se expandió a las relaciones ocultas en ellas, el curso entrecruzado de la vitalidad, la fuerza de la vida que empujaba a la sangre en primera instancia. Dejé que ese poder se volcara de mis manos al pecho de Zan, que viajara por sus circuitos. Fue un llamado a las armas: envié mi fuerza vital a marchar por su cuerpo para que pusiera en acción otra vez su sangre estancada, ordenara a su corazón que bombeara de nuevo, exigiese a sus pulmones que se contrajeran y dilataran, contrajeran y dilataran… pero su cuerpo nunca lo haría por sí solo si la herida en su espalda persistía, así que tomé su herida para mí. Su piel se cerró mientras la mía se abría.

Restaba una sola cosa que hacer: recuperar su espíritu.

No fue difícil encontrar la muerte, ¿acaso no había tenido siempre un pie plantado en ella?

No era nada excepcional, como imaginé siempre; era igual que el mundo de los vivos, sólo que visto a través de un espejo. Dos lados de una misma moneda, lo mismo pero no igual.

Hacía frío en la muerte. No un frío de invierno, en el que puedes obtener calor si enciendes un cerillo o te acurrucas bajo una capa abrigadora. Éste era el frío de un lugar donde el calor nunca había existido. No tuve que ir lejos: Zan estaba ahí, y parpadeó como si me hubiera materializado de la nada. Quizá lo había hecho.

—Eres tú —dijo azorado.

Me dolió verlo con una apariencia tan viva.

—Debí habértelo dicho —trastabillé—, esa noche en la muralla. Debí haberte dicho lo que eras para mí. Debí haberte dado la verdad.

Acarició mi mejilla y dejé que posara el pulgar en mi labio inferior. No lo sentí físicamente —ahí, no podía sentir nada—, pero todos los fragmentos de luz y sonido que habían compuesto mi espíritu rebelde emergieron bajo su tacto.

—Dímelo ahora —dijo con suave voz—, antes de que me marche. ¿Qué soy para ti, Aurelia?

—Todo.

Tomé los andrajosos hilos de mi alma y los amarré con fuerza alrededor de su alma. Cuando estuve segura de tenerlo bien agarrado, tiré de él a la frontera y lo llevé a su sitio al otro lado. Mi muerte, como estaba destinada la de Aren durante todos esos años previos, pondría fin al hechizo y cerraría esa brecha para siempre. Vi un destello justo antes de que la frontera se sellara, y los ojos de Zan mientras se abrían.

Aren había renunciado a su última chispa de vida para salvar la mía; ahora yo hacía lo mismo por Zan e intercambiaba mi vida por la suya. Mi muerte, en este día y este lugar, consumaría la misión de Aren y mantendría encerrada a Maléfica en su reino subterráneo. Era mi decisión y estaba en paz con ella.

—¿Aurelia?

Volteé asustada.

—¿Madre? ¿Qué haces…?

—¡Mírate! —exclamó sorprendida. Estaba del lado equivocado de la frontera, del lado de la muerte—. ¡Tan fuerte y hermosa!

—No, madre, ¡no! Tú no debes estar ahí.

—¡Claro que debo estar aquí! —repuso—. ¿Olvidaste el hechizo del paño de sangre? *Tres vidas mantenidas por la sangre y sólo por la sangre separadas.*

—¡Esto no puede estar pasando! —tartamudeé frenética—. Es mi vida la que quiero sacrificar, no la tuya, madre. No es eso lo que deseaba hacer.

—¡Mi dulce niña! —dijo, y me rodeó con sus brazos al tiempo que yo recordaba todas las veces que la había maltratado, que le había atribuido lo que estaba mal en mi vida, cuando lo único que había hecho siempre fue cerciorarse de que tuviera una—. Quisiste salvar a alguien que amas, lo entiendo. Yo he hecho lo mismo, querida, yo hice lo mismo.

Acarició mi cabello mientras me prendía de ella y sollozaba porque ya nunca olería el jabón de romero entre sus rizos ni me reprendería por todas las locuras e imprudencias que había hecho en Achleva, y porque estaba aquí sólo porque yo había olvidado que si moría, otro moriría en mi lugar.

—¡Mamá —grité—, lo siento tanto! Te amo.

Sonrió, con su mano en mi mejilla.

—Lo sé, mi amor. Siempre lo supe. Ahora vete y vive.

El lengüetazo de una flama brotó del humo y el silencio. Vi con curiosidad que aumentaba y relucía, extendía las alas y mostraba sus garras grandes y violentas. Era un ave de fuego dorado que emitía destellos rojos y naranjas, carmesí y amarillos.

Parpadeé y fijé mi atención en el ave que danzaba y giraba ante mis ojos. No era un ave fénix de verdad. Era pequeña, estaba hecha de oro y de gemas, y colgaba de una pulsera de cuero. La pulsera de Zan, en la muñeca de Zan.

Zan. Quise incorporarme, pero grité de dolor. Mi cuerpo chirrió cuando me moví, como si hubiera estado demasiado tiempo bajo la lluvia y empezara a oxidarme. Y mi espalda… se sentía pegajosa de sangre. Era mi sangre, la herida de Zan que había hecho mía.

—¿Aurelia? —puso las manos sobre mi cabello.

Extendí los brazos, me envolvió en los suyos y ocultó su rostro en mi cuello, entre aliviado e incrédulo.

—Esto no es real —afirmó.

—Estás aquí —dije—. Resultó.

Mi felicidad fue efímera. Saqué el paño de sangre y lo vio ondear al viento. La primera gota, la gota de sangre de mi madre, había desaparecido por completo, borrada como si nunca hubiese estado ahí. No era un sueño ni una alucinación. Todo era real, y eso quería decir que…

—Mi madre. Misericordiosos luceros, ella ha muerto. ¡Ha *muerto*, Zan! Y es mi culpa.

Me estrechó más fuerte y susurró palabras de consuelo en mi sien, en mi oído. Él también sabía lo que era perder a una madre.

Pasamos dos días en la torre de Aren mientras la tormenta se desataba a nuestro alrededor y el fuego se encolerizaba en el valle; compartimos relatos de nuestra infancia y nos acurrucamos en busca de consuelo. Zan estaba obsesionado con que si permitía que yo cerrara los ojos más de un minuto, no los abriría de nuevo.

—No me iré de aquí —le aseguré—. Me niego a hacerlo.

Morir una vez le había costado la vida a mi madre. No podía dejar que Simon o Kellan enfrentaran el mismo destino. Pensaba en nuestros seres queridos como protección para ahuyentar a la muerte.

La tormenta rompió en medio de la noche y cuando despertamos vimos unas velas en el fiordo. El barco hacía ondear dos banderas: una, el cuervo de la familia Silvis; la otra, las armas reales de Renalt.

Bajamos por última ocasión los escalones de la torre y pasé los dedos sobre las piedras que contaban en imágenes la historia de Aren. *Adiós*, pensé, aunque sabía que ya no escucharía; me había transferido el peso de su misión y ahora estaba bajo el cuidado de Empírea.

El barco nos esperaba junto a los escombros del castillo. Emergimos de la torre entre vítores. Una docena de guardias se recargaron en los costados de la nave, hicieron descender una rampa y gritaron jubilosos:

—¡Ahí están! ¡Están vivos!

Kellan fue el primero en saludarnos. Le ofreció el brazo a Zan para ayudarlo a subir antes de que ambos se volvieran para cargarme juntos.

—¿Por qué estás aquí? —le pregunté mientras él reparaba en nuestro triste estado—. Era un riesgo navegar por este caos sin pruebas de que hubiéramos sobrevivido.

Esbozó una sonrisa.

—Sigo vivo —dijo—. Eso era prueba suficiente. Además, no tuve otra opción, fueron órdenes del rey.

—¿Aurelia?

Me volví y vi una pequeña silueta en la puerta de la cabina del capitán. Conrad llevaba puesto un traje nuevo de brocado y el escudo de armas de nuestra familia en el pecho. En la cadena que colgaba de su cuello portaba la sortija de nuestra madre: sus dedos eran todavía demasiado menudos para que la llevara en su mano. Junto al anillo, colgaba un caballo alado de ópalo y diamante.

Traté de no llorar cuando se arrojó a mis brazos; era el rey ahora y no quería avergonzarlo con mis lágrimas.

—¡Murió mamá! —dijo con un hilo de voz.

—Lo sé —se me hizo un nudo en la garganta— y lo siento. Lo siento mucho. ¡Pero mírate! Nunca había visto a un rey más noble. Ella estaría tan orgullosa de ti como yo lo estoy.

—Aurelia —añadió—, no creo estar preparado. Tengo miedo.

—No temas. Toris se ha ido y el Tribunal fracasará sin él. Serás el *primer* monarca en quinientos años que gobierne sin su influencia. ¡Imagina todo lo que podrás hacer! Aunque será difícil, me tendrás a tu lado para ayudarte. Mi madre me pidió que te protegiera, hermanito, y así lo haré. ¡Y además, mira! —apunté a las ruinas de Achleva—. Sobreviví a *eso*, resulta que soy muy difícil de matar.

Asintió tranquilo, irguió sus señoriales hombros y se alejó entre saltos para ordenarle a Kellan, al timón, que nos condujera a casa, por poco precisa que fuese para todos la ubicación de "casa".

Volví mi atención a Achleva y le lancé una última mirada al tiempo que zarpábamos. Muchos edificios se habían venido abajo; muchos otros, habían ardido. El fiordo, de nuevo de un azul cristalino, había crecido e inundado las calles. Barrios enteros habían quedado bajo el agua y eran ya cosa del pasado. El castillo no era más que una cáscara descomunal consumida por el fuego. La muralla de Achleva y las tres inmensas puertas habían desaparecido, como si nunca hubieran existido.

Aun en su devastación, Achleva no había perdido su hermosura. Era tosca y exquisita, como los dibujos al carboncillo de Zan. Lo maravilloso y terrible de esto me abrumó.

Zan vino hasta mí para que viéramos juntos cómo se iba haciendo cada vez más pequeña en el horizonte.

—Fue un cataclismo —dije.

—Una aniquilación —replicó—. Pero nos salvamos. Todo ha terminado.

Intenté no pensar en los insistentes murmullos de Maléfica, *Déjame salir, déjame salir*. Zan tenía razón: *había* terminado. Era momento de mirar adelante, no atrás.

—¿Eso significa que por fin recibiré mi pago? —pregunté.

—Si aún quieres tu efigie en oro, podrías sentirte decepcionada: no tengo una sola moneda.

—Según recuerdo, mi precio era decirte un secreto y que lo creyeras, fuera cual fuese.

Sus ojos verdes tenían un nuevo brillo dorado pese a la luz difusa.

—Escucho.

Hundí mis manos en su cabello oscuro, ignoré mi persistente dolor de espalda y acerqué mis labios a su oído para susurrar en él:

—Creo que te amo.

Sonrió como nunca antes: con timidez y de lado, y tan ampliamente que en las esquinas de sus ojos se formaron arrugas.

—¡Pensé que ibas a decirme un secreto! *Eso* lo sé desde hace siglos.

Reí hasta llorar y lo besé con todas mis fuerzas. Dolió —¡vaya que dolió!— pero en ese momento, entre la ciudad en ruinas y nuestro incierto futuro, sentí que mi cuerpo se agitaba con un nuevo tipo de magia.

—¿Cómo es posible eso? —preguntó con fervor y entrelazó sus dedos en los míos—. ¿Esto?

—Sangre y sacrificio —respondí—. Como siempre ocurre con el poder.

AGRADECIMIENTOS

Con cinco muy diferentes versiones escritas e investigadas durante seis tortuosos años, acostumbro decir en broma que aunque *Hoja de sangre* es un cuento de hadas, mi trayecto para publicarla fue todo menos eso. Aunque el camino fue largo y a veces accidentado, estoy muy agradecida con las personas que me ayudaron a recorrerlo. La primera en la lista es mi increíble agente, Pete Knapp. Tu pasión por esta historia y tu fe en mi capacidad para contarla son la razón de que *Hoja de sangre* esté en las librerías, y no acumulando polvo en un maletero. Siempre te estaré agradecida por ese comentario revelador que me dio justo el valor que necesitaba para hacer una vez más clic en "enviar". Y al equipo de Park Literary, las rockstar de los derechos de autor extranjeros Blair Wilson y Abby Koons, lo mismo que Emily Sweet, Andrea Mai, Theresa Park, Alex Greene y Emily Clagett: gracias por sus esfuerzos en mi favor.

Gracias inmensas también a mi fabulosa editora, Cat Onder, cuya visionaria orientación hizo que *Hoja de sangre* cruzara la línea de meta con buenos resultados y dotes de rocanrol. Me ayudaste a convertirla en algo de cuyo lanzamiento al mundo estoy muy orgullosa. A todos en HMH Teen: me da mucho gusto que mi libro haya ido a dar a sus expertas manos. Sé que tengo de mi parte a un espléndido equipo y lo agradezco todos los días.

A mamá y papá: tengo la gran fortuna de que me hayan tocado padres como ustedes. Su apoyo y aliento (e indulgencia, cuando me quedaba despierta hasta la madrugada leyendo cada noche) hicieron de mí lo que soy ahora. Siempre me felicitaré de que nos hayan leído en voz alta todas esas novelas de ciencia ficción, aun cuando yo habría preferido princesas a inventos locos (¡perdón, papá!). No se lo diré a los demás, pero sé que soy su hija favorita.

También debo dar las gracias a mis hermanos: Carolanne, por nuestras interminables llamadas telefónicas de chismes y no haberse reído cuando le dije que iba a hacer que la principal deidad de *Hoja de sangre* fuera un caballo volador. Brandon, por motivarme siempre a pensar en grande y con valentía... para que cada escena sea memorable. A Carma, por leer pacientemente cada versión de *Hoja de sangre* (y hubo MUCHAS) y entusiasmarse en cada ocasión. A Melody, por ser mi gurú para avanzar y tener siempre una buena canción que añadir a la lista de inspiración. A Stacy, Katey y Tiffany, por ser constantes y atentas escuchas y las mejores porristas de *Hoja de sangre*. Gracias a todos por las incontables reuniones "clandestinas" a lo largo de los años. Nunca habría llegado tan lejos sin ellas (y sin ustedes).

Stan, Paula, Logan y Amy: no sé cómo ocurrió, pero definitivamente me saqué la lotería con mis cuñados. Hemos dependido de ustedes miles de veces y han visto por nosotros de mil maneras. Me siento muy orgullosa de llamarlos familia.

Al paso de los años, tuve la suerte de ir a dar a las aulas de extraordinarias profesoras que reconocieron mi gusto por escribir y me alentaron con entusiasmo a cultivarlo: la señora Kaufman, que me puso una A+++ en un cuento sobre una niña a la que su perro salvó de ahogarse; la señora Lewis, quien pidió los aplausos de mis compañeros cuando saqué cinco en el gran concurso estatal de creación literaria, y la señorita Williams, quien me consiguió un permiso especial para que escribiera novelas en el laboratorio de computación durante varios periodos escolares después de que había pasado por todos los cursos de creación literaria que mi bachillerato podía ofrecer y que de todas formas me inscribía en su clase. Gracias a todas ustedes por su incansable esfuerzo, que dejó una huella perdurable en esta alumna suya.

Gracias adicionales a Kierstyn, quien dijo lo correcto en el momento correcto para orientarme en la dirección correcta. A mis primeras lectoras, Kenra, Camille, Danielle y Jana: muchas gracias por sus ideas y valiosos comentarios. A los creadores y admiradores como yo de mi programa favorito, *12 Monkeys*: gracias por ser una fuente de inspiración y energía positiva y enseñarme que el mejor final es el que uno elige. Y a mis compañeros autores del Novel Nineteens: no dejo de agradecer su camaradería y apoyo. Estoy muy orgullosa de contarme entre los integrantes de un grupo tan extraordinario de escritores. Gracias a Billelis por dar mágica existencia a la hermosa portada. Laura Sebastian, Rebecca Ross y Sarah Holland: es probable que llore cada vez que lea de nuevo sus amables palabras. Gracias multiplicadas por un millón.

Y por último, a mi pequeña familia… Jamison: tu mente incisiva y enciclopédica memoria me recuerdan que siempre debo pensar más hondo y construir más alto. Lincoln: tu ilimitado entusiasmo y encanto diabólico me mantienen alerta para la siguiente aventura. Gracias a ustedes sé hasta dónde puede llegar una madre por sus hijos (aunque preferiría no tener que saltar de una torre si no DEBO hacerlo... es sólo un decir).

Y a mi mejor amigo de toda la vida, Keaton: gracias por tus interminables ocurrencias, juegos de palabras y chistes privados, y por ser la prueba de que el amor de juventud puede perdurar. Gracias por mantenerme divertida, cafeinada y motivada para no dejar de escribir aun cuando era difícil y quería darme por vencida. No sé dónde estaría sin ti, pero quizás estaría por completo ausente de agudezas, y eso sería inaceptable.

Los amo a todos. Gracias de nuevo por hacer este viaje conmigo.

LA MAGIA CONTINÚA...

Esta obra se imprimió y encuadernó
en el mes de junio de 2019, en los talleres
de Impregráfica Digital, S.A. de C.V.
Av. Coyoacán 100-D, Col. Del Valle Norte,
C.P. 03103, Benito Juárez,Ciudad de México.

Ciudad de

ACHLEVA

La torre

El castillo

Finca Corvalis

Plaza de la ciudad

El Tarro
y la Jarra

Bosque de Ebonwilde

Nihil Nunc Salvet Te

Tumba de
los Perdidos

Entrada
al túnel

Choza de
Aurelia

Casa de
Kate

Botica
de Sahlma